唐以后连珠体研究

杨 帅/著

九州出版社
JIUZHOUPRESS

图书在版编目（CIP）数据

唐以后连珠体研究 / 杨帅著 . —— 北京：九州出版社，2022.11

ISBN 978-7-5225-1457-4

Ⅰ . ①唐… Ⅱ . ①杨… Ⅲ . ①骈文—古典文学研究—中国 Ⅳ . ① I207.22

中国版本图书馆 CIP 数据核字（2022）第 222541 号

唐以后连珠体研究

作　者	杨　帅　著	
责任编辑	周　昕	
出版发行	九州出版社	
地　址	北京市西城区阜外大街甲 35 号（100037）	
发行电话	（010）68992190/3/5/6	
网　址	www.jiuzhoupress.com	
印　刷	北京亚吉飞数码科技有限公司	
开　本	710 毫米 ×1000 毫米　16 开	
印　张	24.5	
字　数	388 千字	
版　次	2023 年 6 月第 1 版	
印　次	2023 年 6 月第 1 次印刷	
书　号	ISBN 978-7-5225-1457-4	
定　价	98.00 元	

序

罗积勇

随着时代的发展,古代许多的文体发生了变迁,"连珠"便是其中之一。今人提及"连珠"时,更多认为是一种修辞手法,却少被视作一种文体。目前在众多文学史、文体史著作中也不再讲述这一文体,我国逻辑思想史著作中虽有提及,但对它的认识往往局限在陆机《演连珠》上,缺乏系统全面的认识。"连珠"在文苑中源远流长,自秦汉以迄民国,代有创作,积淀厚重。学术界对连珠体虽有不少断代研究成果,但对其整个历史发展面貌的研究则未见,尤其是唐以后连珠体的整理与研究。杨帅撰写的《唐以后连珠体研究》,正好填补这一缺陷。

该书是在作者博士论文的基础上修改而成的,有几个方面的特点:其一,从四部群书中收集到连珠体文献三千余首,是目前最全的收集,基本上能够反映历代传世连珠体文献的全貌。其二,从文献学角度,对资料的挖掘有较大突破。如以往学界对连珠体的整理与研究多集在唐以前四百二十一首,今杨帅不但对唐以前拾遗补缺,收得更全,而且对唐以后的创作广为搜集、整理,作者所得颇为可观,多学界未注意或未见者。其三,用文献学方法,对收集到的连珠体文献进行校勘,这将使资料不仅丰富,而且信实可用。其四,研究部分,首次对唐以后连珠体文献进行说解与分析,有助于学对界连珠体文献的进一步理解与阐述。

杨帅当年在武汉大学攻读博士时,我们师生曾为博士论文选题进行过相当长时期的探索。该选题源自他博士一年级提交我的课程论文,他通过阅读前人研究,了解到学界普遍认为连珠体在魏晋南北朝时期盛行,在唐以后渐渐衰微或消失。其次现有研究多集中在几个重复性问题的探讨上,如连珠体起源、文体特征等。通过他对连珠体文献的收集,发现明清时期存有大量的连珠体作品,于是我鼓励他该选题值得研究。他不但沉得下心做材料收集整理工作,而且不缺乏敏锐的眼光和慎密的思考能力。于是,我们最终选择了"历代连珠体研究"这个难度系数相当高的题目。

目 录

第一章

绪 论

「连珠」作为「文体」界的一株奇葩，它源远流长，纵横古今。它是中国古代逻辑思想史中的活化石，却存在开发挖掘的不足；它贯穿我国古代文学史、汉语史、逻辑思想史的发展，却始终沧海遗珠；关于它的起源，众说纷纭；关于它的界定，后世多有误解，如何焕然冰释？它因何而起，又因何而衰？唐以后，它的发展规律究竟是什么样？带着好奇心，开启一扇门。

第一节　选题背景与研究意义

一、研究对象的界定

连珠是不是一种独立的文体？学界存有两种观点，一种观点认为"连珠"并非独立的文体。如莫道才认为："连珠并不是中国古代时的一种独立文体，它只是骈文的变体。""因为连珠是骈文的初始形态，或称准骈文形态。因此'连珠'之名，亦即是骈文的乳名。"[①] 另一种观点认为"连珠"是我国古代一种特殊的独立文体。南朝萧统所编《昭明文选》[②]已将陆机《演连珠》独作一卷，这标志着连珠体已取得独立，同时暗示南朝之前连珠体已有大量创作，而此时期连珠体创作已有成熟代表作。前一种声音着眼于文体间相互关系上的分析，该观点预设了所谓"连珠"是指一首（则）而言；而后者则着眼于文献的具体记载，实证角度，"演"即推演之意，"演连珠"其预设连珠是偏向于多首的并排，成体成文，可见两者对连珠的认识亦存有分歧。

我们认为，连珠体是我国古代一种独立的特殊文体，其特殊性不仅在于其短小性、隐语性，更重要它是在一定程度上将推类思想形式化的中国最早的载体，具有活化石性质。它还是中国传统推理形式的典范，即融演绎、归纳、类比、论证于一体的综合推论形式。本书以连珠体为研究对象，同时扩展到对连珠文的探讨。研究范围从唐代至民国时期，以明清时期连珠体的发展为核心，涉及古代的思想、文化、语言、修辞、逻辑等方面。

---

①　莫道才.骈文通论 [M].济南：齐鲁书社，2010：1.
②　（南北朝）萧统.昭明文选 [M].上海：上海古籍出版社，1986：2365.

（一）学界对连珠的界定

从古至今，学界对"连珠"的界定，不乏其人。

现存最早的晋人傅玄《连珠序》曰："其文体辞丽而言约，不指说事情，必假喻以达其旨，而贤者微悟，合于古诗讽兴之义，欲使历历如贯珠，易观而可悦，故谓之连珠也。"

南朝梁代沈约《注制旨连珠表》曰："连珠者，谓辞句连续，互相发明，若珠之排结也。"

刘勰《文心雕龙·杂文》①云："扬雄覃思文阁，业深综述，碎文琐语，肇为连珠。其辞虽小而明润矣。……唯士衡运思，理新文敏，而裁章置句，广于旧篇，岂慕珠仲四寸之珰乎？夫文小易周，思闲可赡，足使义明而词净，事圆而音泽，磊磊自转，可称珠耳。"

明代有吴纳《文章辨体序》②云："连珠，大抵连珠之文，穿贯事理，如珠在贯。其辞丽，其言约，不直指事情，必假物陈义以达其旨，有合古诗风兴之义。其体则四六对偶而有韵。"

徐师曾《文体明辨》③云："按连珠者，假物陈义以通讽喻之词也。连之为言贯也，贯穿情理，如珠之在贯也。……其体辗转，或二或三，皆骈偶而有韵。"

以上几家言论常为当今学者研究"连珠"时所引用，然而在解读或理解古人言语时存在差异，甚至得出相反的观点。"连珠"究竟是指一首（则），还是几首举事为喻，定格联章而成文？傅玄所说"历历如贯珠"，沈约所称"辞句连续，互相发明，若珠之排结也"，可谓"仁者见仁，智者见智"。

目前学界大体有三种不同的观点，其中两种观点相反。第一种着眼于微观角度，即认为："连珠体是一首作品内上下文辞连贯，相互佐证，像穿串的珠子一样。"其代表学者有罗宪文、陈启智、周龙生、崔军红等。第二种着眼于宏观角度，以马世年为代表的学者认为："所谓连珠，它不是指一首作品，而是指一组体式相同或相近的作品。连珠便是针对这一

---

① 范文澜.文心雕龙注[M].北京：人民文学出版社，1958：255.
② （明）吴纳，徐师曾撰，于北山，罗根泽点校.文章辨体序·文体明辨[M].北京：人民文学出版社，1962：139.
③ （明）吴纳，徐师曾撰，于北山，罗根泽点校.文章辨体序·文体明辨[M].北京：人民文学出版社，1962：139.

组作品前后连续、历历相贯而言的。"同时引用刘勰"夫文小易周,思闲可赡,足使义明而词净,事圆而音泽,磊磊自转,可称珠耳"作旁证,认为一首作品仅为"珠耳",不足称"连珠"。其说亦不无道理。严云受主编《中华艺术文化辞典》称:"连珠体,说理文体之一,一般均有若干条,每条举事为喻说明一理,合起来构成全文。"① 也有学者注意到两种情况,认为两者皆为连珠。如胡大雷认为:"后世流传的连珠作品,大都是以多篇连章的形式出现,那么,多篇连章之间的串联也是'连珠'。"第三种着眼于诗文的变异,即认为"将诗歌以历历如贯珠的形式排列起来,且共同叙述同一主题,亦是连珠"②。我们拟此类为"诗文连珠",如清人张之洞《广雅堂诗集》下册《连珠诗》有"自序云:陆士衡创为《演连珠》,后世多效之。然骈体终不得尽意,今以其体为诗,务在词达而已。"

　　孰是孰非暂不论,三种观点各有依据。第一种和第二种观点皆以静态角度考察"连珠"。若以动态视角去观察"连珠"的发展变化,会发现两种观点皆有些片面。若仅着眼于微观角度,"连珠"仅指一首作品的特征集合,那么唐以后明清时期"连珠"作品的变化该作何解? 如宋代徐铉《徐公文集》卷二十四中存"连珠词"五首,明代唐寅有"花月吟效连珠体"十一首,清代出现钮琇《临野堂诗文集》卷九有"竹连珠"三十首,皮锡瑞《师伏堂骈文二种》卷二中有"左氏连珠"三十八首等等,仅从其命名上可见,"连珠"已发生变化,趋向于一组体式相同或相近的作品,且该组作品前后连续,多角度多层次叙述同一主题。再如程千帆先生所述:"《文选》所载陆机《演连珠》五十首是其典范之作。演是发挥的意思,作者依据前人的篇章,加以发挥,故名。"可见陆机之前"连珠"应是多首连章的形式。"连珠"并非只注重于微观,亦注重宏观。第三种观点的"诗文连珠",其实质是诗文模仿连珠文体形式的变异,如同汪奠基在《中国逻辑思想史》③ 中所提到"连珠式在汉魏时代,开始成了文学表述的一种推论格式","诗文连珠"同"连珠式"推理有异曲同工之妙,只不过"诗文连珠"侧重连珠文体的形式,"连珠式"则侧重于连珠文体的逻辑。综上,目前学界对"连珠"的界定是有待重新认识和规范的。

---

① 严云受.中华艺术文化辞典[M].合肥:安徽文艺出版社,1995:852.
② 胡大雷.论"连珠"体起源于"对问"[J].中山大学学报(社会科学版),2010(1):11-18.
③ 汪奠基.中国逻辑思想史[M].上海:上海人民出版社,1979:243.

（二）本书对连珠的界定

鉴于此，我们认为有必要对"连珠"进行重新界定与规范。从发展的动态性上看，"连珠"可细分为"连珠体""连珠式""连珠文"。三者间相互联系，相互区分。

单就形式上区别，举例如下：

（1）连珠体：是指在连珠文中，几首定格联章的作品中的一首作品。依据其形式不同，可分为二段式连珠体和三段式连珠体。二段式连珠体，常用"臣闻／盖闻／夫闻／妾闻……是以……"或"臣闻／盖闻／夫闻／妾闻……故……"形式。三段式连珠体的形式则常是"臣闻／盖闻／夫闻／妾闻／仆闻……何则？……是以……""臣闻／盖闻／夫闻／妾闻……何则？……故……""臣闻／盖闻／夫闻／妾闻／仆闻……故……是以……"，其句法上，多四六句，且两两相对。如：

> 盖闻操之岳岳，非颠沛之可渝；行之昭昭，非暗霾之可窒。是以清风朗月来以无心，逸士贤人如其高节。（清·钮琇《竹连珠》三十首之第四首）

> 盖闻物有同出于一，所为各异；亦有本不相类，合而成效。何者？形异则左右别施，声和则金石并调。是以万端杂参，相忘乎道术；天倪所和，只因平众妙。（清·李兆洛《养一斋集》卷十九连珠）

> 仆闻传闻黑白，识者必详；俗语丹青，君子宜慎。故作伪者徒劳，蹈虚者常摈。是以郭冲五事，裴少期则以为多诬；陆凯廿条，陈承祚则以为难信。（清·凌廷堪《校礼堂文集》卷二十一拟连珠四十六首）

（2）连珠式：同连珠体相似，但又有所不同。它取连珠体的推理和形式特点，常镶嵌于其他文体中，具有总领观点或说理功用。其形式也分为二段式连珠式和三段式连珠式。二段式连珠式，常用"……是以……"或"……故……"的形式。三段式连珠式则常用"……何则？……是以……"或"……何则？……故……"或"……故……是以……"。在句法上，多对偶句，两两相对。如：

虽有佳肴,弗食,不知其旨也。虽有至道,弗学,不知其善也。是故学然后知不足,教然后知困。知不足,然后能自反也;知困,然后能自强也。(《礼记·学记》)

(3)连珠文:两首或两首以上连珠体,围绕同一事物或主题,定格联章,排列成文。其排比数量少则三首,多则数百首。如:

清·钮琇《竹连珠》三十首

盖闻德不患孤,当其聚则辅必众;道莫务近,致于远则誉乃闻。是以产于东南比人才之美,输于西北称贡赋之良。

盖闻神与为亲,有忘言之对;志所独诣,有师俗之求。是以王子猷过访邻家何须问主,苏子瞻留题别业不可无君。

盖闻土虽淫不能以仇德,俗虽敝不能以朽文。是以会弁琇莹,独着武公之淇澳;茂林曲水,犹传逸少之山亭。

……

盖闻拟情于无情,罕喻而情不能隐;绘象于无象,结思而情不能违。是以陈四美于囊编,曾着乐天之巨手;写千寻于尺素,遥知与可之慧心。

中国古代"文体"中的"文""体"与当今"文体"之"文""体"其内涵与外延有所差异。"在西晋时期,已经将'体''文体'作为重要的文学理论范畴来使用,文体学意识已经相当成熟"①,故傅玄《连珠序》所述"其体"当为"连珠体","其体如珠,辞小而圆润,辞丽而言约,不指说事情,必假喻以达其旨,而令贤者微悟,合于古诗讽兴之义。"由几首连珠体相互排列,同时围绕一个主题,多角度多层次、反复申说的文章类别叫作"连珠文","连珠文"可长可短,历代连珠文中最长可达一百首,最短的也有两首。它由连珠体发展而来,其文如串珠,碎文琐语,串联而成。又陆机《文赋》曰:"体有万殊,物无一量。"李善注云:"文章之体,有万变之殊;众物之形,无一定之量。""其物多姿,其为体也屡迁",可见从"文体"范畴中可派生出来"体式",同样"连珠文体"亦可派生出"连珠式",连珠式同连珠体相似,辞小而圆润,辞丽而言约,不指说事情,必

---

① 汪奠基.中国逻辑思想史[M].上海:上海人民出版社,1979:243.

假喻以达其旨,而令贤者微悟,合于古诗讽兴之义,唯独连珠体处在连珠文中,而连珠式则单独存在,亦可镶嵌于其他文体。如(3)《礼记·劝学》的例子就属于连珠式,取譬设喻,言约意深,若将几首并列连章就成为一片围绕劝学的连珠文。再如先秦诸子散文中常常散见一些类似于连珠体的连珠式,这些连珠式具有较强的谏说明理性,镶嵌其中可提高文体的整体说服力。

连珠式与连珠文是密切相连的,其体为珠子,其文为串珠,串珠由珠子连成。一旦串珠散落,虽珠子,然已失去串珠的娇美,失去体的身份。连珠体变成一种形式,即"连珠式"。试想陆机《演连珠》仅一首,即使写得再美,亦无法在《文选》中独立成体,单列一章,仅一首,是一种类似连珠体的连珠式,只可用于说理或点缀他文。

连珠体同连珠式相似而又不同,两者皆为珠子,功效相似,但由于所处语境不同,亦有所差别。其体始终处于同类并列排比中,围绕同一类主题,反复申说,似多颗珠子相连而成项链,即连珠文。珠子除了能串成项链,亦可镶嵌其他实物,起装饰或点缀作用。连珠式与连珠体相反,趋向独存或点缀它体。连珠体作为一种特殊的综合性推论文体,说理性较强;连珠式亦具有推理性,可更多应用于散论和议论文中。

连珠文同连珠式也是密切相关的,因为连珠式同连珠文可以相互转化,只要处在同一并列排比的语境中,即可转化实现。连珠式常散见于其他文体或箴言语录中,若将其同类摘出,围绕同一主题,反复申说,连珠式就转化为连珠体,亦可构成连珠文。如宋代张君房所编《云笈七签》卷九十"七部语要"下标"连珠六十五首",此多为张君房摘录魏晋南北朝时期道经中关于"修身养性"的语段,围绕同一主题,反复申说,构成连珠文。

连珠体、连珠式、连珠文之间关系表

名称	连珠体	连珠式	连珠文
相互联系	1. 连珠体只有在连珠文中才称为连珠体。 2. 连珠体同连珠式在功用和文体特征上具有相同或相似性。	1. 连珠体同连珠式除去形式标记略不同外,在逻辑性和叙事说理上具有相同或相似性。 2. 几首连珠式在共同围绕同一主题叙事说理的前提下,有可能构成连珠文。	1. 连珠文是由连珠体构成的。 2. 摘录两首或两首以上连珠式,围绕同一大类主题,定格联章,亦可构成连珠文。

名称	连珠体	连珠式	连珠文
相互区别	1.连珠体是就连珠文中一首作品而言,连珠文则是一组作品。 2.连珠体在连珠文的语境中,连珠式则是镶嵌于其他文体中。 3.连珠体存有形式上的标记,与连珠式不同。	连珠式不同于连珠体、更不同于连珠文,它多镶嵌于其他文体中。	1.连珠文是一组作品。连珠体是连珠文中的一首作品。 2.连珠文是一组连珠体的并排连章而成。连珠式是镶嵌于其他文体中的一种说理程序,与连珠体相似而不同,在他文中有装饰或点睛的作用。
例证	清钮琇《竹连珠》三十首中的某一首。	宋代张君房所编《云笈七签》卷九十"七部语要"下标"连珠六十五首"多为张君房摘录魏晋南北朝时期道经中关于"修身养性"的语段,并体连章而成。	清钮琇《竹连珠》三十首。

二、选题缘由与研究价值

(一)从宏观角度进行连珠体研究,有其必要性和重要意义

1.从文体发展史上看,连珠体发展贯穿先秦至近代,经历了两个高峰发展阶段,即魏晋南北朝时期和明清时期,有必要对其进行系统整理。

古代许多文体正经历着古今文体的变迁。有的经典文体逐渐被边缘化,甚至被遗忘;有的边缘化文体渐渐兴盛,被时代接受。连珠作为一种文体,源远流长,贯穿先秦至近代,是我国历史文化长河中的瑰宝,代代相传,值得研究,亦值得继承发扬。然而随着时代发展,识其体者渐少,能作连珠体者亦少矣。

20世纪末,曾有学者明确指出"连珠体"的研究缺乏系统性、全面性。如罗宪文先生曾指出:"连珠文体,未见有人做过专门研究。古人虽然做过一些评述,也比较零碎,形不成系统。……对它做点探讨,还其在文学史上本来之面目、应有之地位,供我们文学爱好者借鉴,是有其必要,也有意义的。"[①]陈汝法先生曾说:"遗憾的是,我国逻辑思想史著

---

① 罗宪文.连珠文体初探[J].内蒙古大学学报(哲学社会科学版),1986(3):32-42.

作中虽然提到连珠,却没有系统地、全面地研究它,往往只提一下陆机的连珠之作就戛然而止;我国许多语言文学史专著也没有'连珠体'的一席之地……在逻辑史上,尤其在文学史、汉语史上,应该给连珠以应有的地位,应该充分研究它的影响和作用。"① 时隔三十多年,学界关于"连珠文体"的研究虽有进步,但仍缺乏系统性,处于零散状态,特别是唐以后连珠体发展的第二个高峰——明清时期。究其根本原因可能有二:一是学界对"连珠文体"研究的兴趣主要集中在唐以前的魏晋南北朝时期,目前已取得阶段性研究成果;二是连珠文体发展史较长,取材来之不易,尤其是唐以后的相关材料,较为散乱且难以收集,因此此阶段有待进一步研究。笔者通过整理总集、别集、史书、目录学著作以及诗话、词话、曲话、各种笔记、报刊等,大量收录了从先秦至近代,尤其是唐以后明清时期的连珠作品,以期尽可能地囊括连珠材料,除去重复,共计3585首(不含残存)。这些材料分布于各个历史时期,尤以明清时期较多,为进一步梳理连珠的发展脉络做好材料的铺垫。将魏晋时期的连珠体研究与明清时期研究相贯通,有助于对连珠发展史的系统考察,更有助于补充和丰富文体发展史的研究。

2.从文体学发展上看,连珠作为一种独立的文体,在不同发展阶段具有不同特点,即便在同一发展阶段特点亦不完全相同,有必要对唐以后连珠体的发展进行系统化深入研究。

自汉代扬雄创作其体且命名为"连珠"以来,经过两汉,连珠慢慢发展为一种独立的文体,但其发展并非一成不变,而是不同发展阶段具有不同特点。第一,在连珠体的逻辑性方面,连珠作为一种综合推论性的文体,富有集演绎、归纳、类比、推理为一体的特点。然此特点在唐以后,特别是明清时期,其逻辑性推理普遍减弱,文学性却渐渐增强。明清时期,其文体的特点、功用亦有很大变化。目前学界对唐以后连珠体的系统研究几乎没有。第二,句式的整齐性和押韵性。先秦两汉时期连珠体的句式手法参差不齐,不讲究押韵,然而在魏晋特别唐以后渐变为句式整齐,且多以对偶押韵形式出现,这一变化的出现与当时文学的发展有着密不可分的关联。然而唐以后,句式的整齐性和押韵下又呈现

---

① 陈汝法.试论"连珠体"的产生及影响[J].北京图书馆馆刊,1994(Z2):35-41.

新的特点。第三,连珠体的修辞手法。明清时期较先秦两汉时期连珠体使用积极修辞手法更多,比喻和用典明显增多,而这一转变大约在魏晋以后出现。第四,连珠体的功用。连珠体的功用与社会的需要有着密切关系。在先秦两汉时期,由于它具有较强说理性,所以多用于劝谏说理;至魏晋时期,由于文学性的发展,它实现了其文学性与逻辑性的统一,既用于说理亦用于抒发情感;到唐代,受诗歌发展的影响,连珠体渐渐融入了诗性,出现了连珠诗的创作,同样由于受不同时代主流文体的影响,宋代又出现连珠词,元代亦有连珠曲的出现,再到明清时期,连珠体的功用又发生了更大变革,有连珠小说出现。第五,连珠体的多元性。唐以后,连珠体由最初的单一短小的文体发生变异,呈现出多元性的变化。若以文体发展史为线索,可以看出连珠体同其他文体皆有密切关系,如连珠体同赋体、骈体、奏议、隐语、箴铭等文体皆有关系。另连珠的创作发展与骈赋之争的发生也有密切关系,它们有何相关亦值得研究。

同一发展阶段其特点亦有所不同。依据傅玄评点:"班固喻美辞壮,文体宏丽,最得其体。蔡邕的论,言质辞碎,然其旨笃矣。贾逵儒而不艳,傅毅文而不典。"再如清人拟连珠,虽然都为模仿前人连珠所创,但其作品的特点、风格亦有所不同。可见,同一发展阶段连珠的创作特点亦有所差异,这些差异主要体现在个人的语言风格、修辞特点上,此方面有待于深入细化,亦值得研究。

3.连珠作为中国逻辑思想史上的活化石,它见证了我国形式逻辑的发展历程。

语言同逻辑间是相互影响,相互辩证的。语言的表达记录着思维的发展,同时反映着逻辑的表达。连珠作为一种文体,一种认知形式,记录着整个汉民族思维发展的历程,它传递着我国逻辑思想史的变迁,对它做进一步研究有助于深层次了解汉民族思维的变迁和发展。

汪奠基曾在《中国逻辑思想史》[①]中提出"'连珠式(体)'是中国古代逻辑思想表述的一种形式",它反映了早期中华民族对世界的认知方式,它融演绎、类比、归纳、推理为一体,同时集合了文学性和逻辑性于一身。此乃连珠的独特性,亦是它区别于其他文体的重要特征。它融

---

① 汪奠基.中国逻辑思想史[M].上海:上海人民出版社,1979:243.

合了演绎、类比、归纳，而又与演绎、类比、归纳不同。它融三者于一体的推理形式，亦可以说是中国特有的一种认知推理形式。中国为什么会有这种推理形式？唐以后，它发生了什么变化？我们有必要对这种具有中国特色的推理形式进一步深入研究，以图揭示华夏民族形式逻辑的发展，揭示演绎思维在中国没有发展起来的原因。

（二）从微观角度分析，连珠体自身的表现手段和艺术特征，有研究的必要和价值

连珠体萌芽于先秦，起源于《韩非子》，西汉扬雄对其命名，东汉章帝时盛行，西晋时发展成熟，南北朝时期达到创作高峰，六朝过后连珠文体创作开始衰落，但并未停止发展，并出现了新的发展形式，到明代，连珠体开始复兴，在清代再次达到顶峰，清末民初，连珠的创作仍然在继续。程千帆先生曾评价："连珠体有自身特殊的表现手段和艺术特征，它要求巧设比喻以阐明义理，温雅明润，词约旨丰，往往以思理精深见长。"首先，从内容上看，唐以后仅就"连珠文体"的命名变化亦可看出连珠体的演变。如"演连珠""拟连珠""语要类连珠""艳体连珠""连珠诗"等，可见连珠体所述对象、涉及的文体皆有变化。其次，唐以后连珠体所述内容范围在不断扩大。从早期主要围绕君主治国之道、修身养性，慢慢到唐以后扩展到抒发情感、描写实物、读书心得、文章评点、颂圣祝寿等内容；从其形式上看，也在不断变化，单从起头的"臣闻"发展出"盖闻""妾闻""夫闻"甚至无起头词等形式；从语言上看，句式表达由不规范发展到规则的四六对；从修辞手法上看，除了类比较多，用典丰富外，还有为追求句式整齐，或说明某个道理而出现的"为文造势"的情况，破坏了语言的逻辑性。如陆机《演连珠》第八首，限于古代科技水平认识的局限性，其所举"鉴之积也无厚，而照有重渊之深；目之察也有畔，而视周天壤之际"，归纳推理出"以精不以形"，即精神至上的结论，盖由于古人科技水平有限，但可见其语言逻辑上的模糊性，亦有以偏概全的弊病。从逻辑上看，虽然大部分融合了三种逻辑，但有些融合两种或一种逻辑，此类现象值得关注和描述；从其起源上亦值得关注，目前学界存有十二种说法。可见其研究是有必要和价值的。

（三）从动态的文学视角来看,唐以后连珠体同赋文、骈文、对问、隐语、诗歌、论说文、箴言的发展相联系,对其进行比较研究,有必要性和可行性。

任何一种文体的形成,都并非一蹴而就,而是有一个漫长的过程。"连珠"的文体定位历来存有争议。刘勰《文心雕龙》将"连珠"同"七体""对问"一并归入"杂文"。"杂文"专指不好归类的文体的集合,由于"七体""对问"被认为是赋体的旁支,因此有许多学者认为连珠亦为赋体的旁支。如清代倪璠批注的《庾子山集注》①中认为连珠体乃赋之旁支;吴曾祺在《涵芬楼古今文钞》②中将它归为"辞赋类";章炳麟在《国故论衡·文学总论》③中将"连珠"归为无韵文之"杂文"论说类中,同样认为它为赋的支流;程千帆在《程千帆全集》④中认为"连珠是赋体之旁衍";周振甫在《文心雕龙译注》⑤中认为"对问、七体、连珠实际上都是辞赋";程章灿在《魏晋南北朝赋史》⑥中认为"连珠则是一篇精粹的微型赋";李士彪在《魏晋南北朝文体学》和廖蔚卿《论连珠体的形成》一文中亦同样有类似的观点。可见连珠同赋是有密切关联的。

还有许多学者认为连珠体当归为骈俪文。如明代王志坚《四六法海》分骈文四十一类,其中卷十二就含连珠类;清人李兆洛在《骈体文钞》中认为连珠为骈文的一类;清袁翼《邃怀堂全集》将"拟广连珠"放在"骈文笺注卷十三",可见他也认为连珠体当归骈俪文;清人皮锡瑞在《师伏堂骈文二种》也将连珠划分为骈文;刘师培《论文杂记》"连珠亦俪体中之别成一派者也。"清人同样持此观点的还有王嗣槐等。近现代学者中钱济鄂在《骈文考》中认为"骈文出自汉连珠";王瑶先生在《中国文学史·徐庾与骈体》⑦中认为连珠乃骈文的滥觞,是后人学写骈文的一种练习体;马积高在《王夫子〈连珠〉选释》⑧中认为"连珠是一种体制

---

① （北周）庾信,倪璠纂注.庾子山集注（中）[M].北京：中华书局,1980：593.
② 吴曾祺.涵芬楼古今文钞[M].北京：商务印书馆,1968.
③ 章炳麟.国故论衡[M].上海：上海古籍出版社,2003：116.
④ 程千帆.程千帆全集（第七卷）闲堂文薮[M].石家庄：河北教育出版社,2000：124.
⑤ 周振甫.文心雕龙译注[M].北京：中华书局,1986：278.
⑥ 程章灿.魏晋南北朝赋史[M].南京：江苏古籍出版社,2001：198.
⑦ 王瑶.中国文学史·徐庾与骈体[M].上海：上海古籍出版社,1982：297.
⑧ 马积高.王夫子《连珠》选释[J].船山学刊,1991（00）：94-104.

短小的骈体文"；褚斌杰也认为"连珠文实为骈体文的一个分支"①；于景祥《中国骈文通史》也有类似见解等，可见连珠同骈文也是有密切关联的。

由于连珠体具有"辞丽而言约，不指说事情，必假喻以达其旨，而贤者微悟，合于古诗讽兴之义"的语言风格，因此亦有学者认为它与诗歌有异曲同工之妙，还有学者认为它与隐语亦有密切关系。如崔红军认为"连珠体源于隐语，同时又与赋在渊源上有着千丝万缕的联系"②。还有从连珠体的形式上入手，认为连珠体同"对问"有密切关系。如胡大雷认为"假设把其中'臣闻'格式抽绎并汇聚起来，这是'连珠'体构成的模式之一。刘胜《闻乐对》为'连珠'雏形，为受诏作之。"③根据连珠体富含文学与逻辑的结合，既有文学性亦有说理性。褚斌杰《中国古代文体概论》"连珠在某种意义上起到铭文或箴戒文的作用"；孙津华在《文体学视野中的"连珠"定位》中认为"论说文体中常常会镶嵌有一段或几段连珠体式的文字，并且成为篇中的主旨所在"。

综上，连珠体同赋文、骈文、对问、隐语、诗歌、论说文、箴言的发展都有联系，它们之间具体是什么关系？我们有必要先对连珠体的演变史进行一个系统梳理，在此基础上对其相关的文体进行比对梳理，从这个角度可能会发现连珠体同其他文体是渐渐发生关系的，它们在写法上存在着相互影响，在功用上存在相互竞争。此研究也是后期系统研究明清小品文的铺垫。

第二节　古今相关研究综述

从古至今，连珠体的发展皆有人讨论。为全面了解当前学界连珠体研究状况以及与以往时期的关系，我们试图以连珠体发展时间为线索，

---

① 褚斌杰.中国古代文体概论 [M].北京：北京大学出版社，1984：18
② 崔红军.连珠文体探源 [J].郑州大学学报（社会科学版），2000（3）：92-94.
③ 胡大雷.论"连珠"体起源于"对问" [J].中山大学学报（社会科学版），2010（1）：11-18.

将其研究划分为唐以前连珠体国内外研究情况和唐以后连珠体国内外研究情况。从动态视角中分析学界对"连珠体"研究的现状和不足。

一、唐以前连珠体的研究状况

（一）古代学者对唐以前连珠体的研究状况

自汉至清,历代文人对于唐以前连珠体皆有研究。或探讨其起源,或探讨其文体特征,或评点前人作品,或梳理前人作品,或总结连珠体在某时期的特点,或总结连珠体历史的发展线索等等。总体上,清以前学者的研究主要集中在连珠体的起源和文体特征上,具体如下。

1. 关于连珠体的起源

关于连珠体的起源,古人的研究主要集中在四个方面。

（1）源自韩非子。其代表学者有:

明代陈懋仁注《文章缘起》云"《北史·李先传》:'魏帝召先读韩子《连珠论》二十二篇。韩子,韩非也。韩非书中有连语,先列其目,而后著其解,谓之连珠。据此则连珠已兆韩非。"此观点为同时代杨慎《丹铅总录》《升庵集》所引用。清人承袭明人此观点,如清人李兆洛辑《骈体文钞》、梁章巨撰《文选旁证》、胡绍煐《文选笺证》等,皆认为源自韩非。有些清人不赞同此说,而还有精彩论证,如章学诚《文史通义·诗教上》云:"韩非《储说》,比事征偶,连珠之所肇也。而或以为始于傅毅之徒,非其质也。"再如清方以智《通雅》卷三:"连珠始于韩子,《文章辩体》:'连珠体陆机演之,陈证、黄芳、刘祥、梁武帝、谢灵运皆作,未知所始。'《北史·李先传》:'魏帝召先读韩子二十二篇。'任彦升《文章缘起》谓'连珠之名,始于扬雄,非也。沈约、刘勰皆言雄始。韩子比事,初立此名,而组织短章之体,则子云也。勰曰:雄覃思文阁,碎文琐语,肇为连珠,是可想已。'《三辅决录》注:'赵岐拟前代连珠之书,四十章上之,留中不出。韩说奏连珠,蔡邕、傅毅、刘珍皆著连珠,汉时已盛。人止（只）见《文选》"演连珠"而定体耳,或作联（连）珠。窦氏《联珠集》则诗也。五窦之父叔向,字遗直,左拾遗出为溧水令,唐书称其以诗自名,《诗苑类格》上官仪云:'萧萧赫赫,为连珠对。'"

（2）源自扬雄。其代表学者有:

最早持此观点者乃南朝梁代沈约《注制旨连珠表》曰:"窃闻连珠

之作,始自子云,放《易》象《论》,动模经诰。班固为之命世,桓谭以为绝伦。连珠者,盖谓辞句连续,互相发明,若珠之排结也。"同样持此观点的还有刘勰的《文心雕龙》:"扬雄覃思文阔,业深综述,碎文琐语,肇为连珠。"唐代欧阳询作《艺文类聚》也认为源自扬雄;宋代的《文章缘起》亦持此观点;高承的《事物纪原》中引梁沈约观点认为起源于扬雄。

明清还有学者对前人所述有所总结,其中不乏有自我见解者。如明徐师曾《文体明辨序》"盖自扬雄,综述碎文,肇为连珠,而班固、傅毅之流,受诏继作,傅玄乃云兴于汉章帝之世,误矣。"有同样见解的还有明代彭大翼《山堂肆考》的补遗"连珠"。至欧阳询作《艺文类聚》,亦有"扬雄连珠,则知斯文之兴,不自汉章明矣"。清代黄叔琳《文心雕龙辑注》中"连珠傅"云:"按《文章缘起》连珠,扬雄作是,连珠非始于班固也。"清代官方编纂的《皇清文颖》卷首"四圣祖仁皇帝御制文连珠"中存序曰:"朕尝观扬雄博综艺文,叙述短章,名曰连珠。班固、贾逵、傅毅诸人相继有作。昔人所谓辞丽言约,合于古诗讽兴之义,良不虚也,效其体作数首,以示侍臣,虽亦假物陈义,至于托寄高远,殊让古人尔。"

(3)源自汉章帝。其代表有:

晋傅玄的《连珠序》曰:"连珠者,兴于汉章帝之世。班固、贾逵、傅毅三子受诏作之,而蔡邕、张华之徒又广焉。其文体辞丽而言约,不指说事情,必假喻以达其旨,而贤者微悟,合于古诗讽兴之义,欲使历历如贯珠,易睹而可悦,故谓之连珠也。"对于"兴"字有两解,其中一解作"起始"讲,即连珠体起始于汉章帝之世。后人持此观点的有宋王十朋《东坡诗集注》、明吴纳《文章辨体序》,还有明王祎的《王忠文公集》。在王祎的"序言"曰:"汉章之世,班固、贾逵、傅毅三子者受诏,始作然其文,后世鲜传焉。祎读《文选》尝喜陆机所作演连珠,因拟其体,为五十首。虽讽兴之义,窃或庶几,而辞不能丽,言不能约,有愧于作者多矣。录之于左,以备览云。"

(4)源自陆机。其代表有:

清人张之洞《广雅堂诗集》下册有《连珠诗》。其自序云:"陆士衡创为《演连珠》,后世多效之。然骈体终不得尽意,今以其体为诗,务在词达而已。"

2. 连珠文体特征的探讨

对其文体特征的探讨,历代皆有。最早当属晋代傅玄《连珠序》曰:

"连珠者,其文体辞丽而言约,不指说事情,必假喻以达其旨,而贤者微悟,合于古诗讽兴之义,欲使历历如贯珠,易睹而可悦,故谓之连珠也。"其说为唐代欧阳询《艺文类聚》和宋代王十朋所引用。南朝时还有梁沈约《注制旨连珠表》对连珠文体特征也有所描述,即"盖谓辞句连续,互相发明,若珠之排结也。"同时代还有刘勰《文心雕龙·杂文》:"扬雄覃思文阁,业深综述,碎文琐语,肇为连珠。其辞虽小而明润矣……唯士衡运思理新文敏,而裁章置句广于旧篇,岂慕珠仲四寸之玱乎?夫文小易周,思闲可赡,足使义明而词净,事圆而音泽,磊磊自转,可称珠耳。"

至明清时期有学者提出新的见解,如元郝经撰《续后汉书》:"连珠,汉章命班固、傅毅作。一事未已,又列一事,骈辞相连,体如贯珠,故谓之连珠,亦奏议之体也。"明代吴纳《文章辨体序》曰:"连珠,大抵连珠之文,穿贯事理,如珠在贯。其辞丽,其言约,不直指事情,必假物陈义以达其旨,有合古诗风兴之义。其体则四六对偶而有韵。"明徐师曾《文体明辨》:"按连珠者,假物陈义以通讽喻之词也。连之为言贯也,贯穿情理,如珠之在贯也。……其体辗转,或二或三,皆骈偶而有韵。"

清王之绩的《铁立文起》卷九"连珠"引前人所述:"王懋公曰:'连之为言贯也,珠则有取于珠圆玉润之意。凡论文只在顾名思义,知其义则知所以为文矣。'《辨体》曰:'考之《文选》,止载陆士衡五十首而曰《演连珠》,言演旧义以广之也,大抵连珠之文穿贯事理,如珠在贯,其辞丽,其言约,不直指事情,必假物陈义,以达其旨,有合古诗风兴之义。其体则四六对偶而有韵,自士衡后,作者盖鲜。洪武初宋王二老有作,亦如士衡之数,今录之以为嗜古者之助,且以着四六对偶之所始云。'《明辨》曰:'按连珠者,假物陈义以通讽谕之词也。盖扬雄综述碎文,肇为连珠,而班固、贾逵、傅毅之流,受诏继作。傅玄乃云:兴于汉章之世,误矣。其体展转,或二或三,工于此者,必使义明而辞净,事圆而音泽,否则恶能免于刘勰之嘲耶。'"

还有学者对"连珠"的名称有解释的。如《六臣注文选》中张铣曰:"连珠者,假托众物陈义,以通讽谕之道。连,贯也。言穿贯情理,如珠之在贯焉。汉章帝时,班固、贾逵已有此作。机复引旧义,以广之演引也。"也有对"连珠文"名称的研究,如清袁翼《邃怀堂全集》卷十三"拟广连珠"中按语云:"梁武帝有赐到溉连珠,简文帝有被幽连珠,惟班孟坚受诏作,故首云臣闻。士衡诸人或放之,或演之,故亦云臣闻。子山非受诏作,则云盖闻。孝仪作艳体,则云妾闻也。"

3.唐以前作品风格评点

历代连珠的创作者都曾对唐以前作品进行模仿或评点,有的直接在序言中自我评点。具体如下:

晋代傅玄《连珠序》:"班固喻美辞壮,文章艳丽,最得其体。蔡邕似论,言质而辞碎,然旨笃矣。贾逵儒而不艳,傅毅有文而不典。"

南朝刘勰《文心雕龙》:"杜笃、贾逵之曹,刘珍、潘勖之辈,欲穿明珠,多贯鱼目,可谓寿陵匍匐,非复邯郸之步;里丑捧心,不关西子之颦矣。惟士衡运思理新文敏,而裁意置句广于旧篇,岂慕珠仲四寸之珰乎?"

清倪璠注《庾子山集注》卷九"拟连珠":"陆机复引旧义,以广之谓之'演连珠'。信复拟其体,以喻梁朝之兴废焉,观其辞旨,凄切略同于江南之赋矣。"

清储大文《存砚楼二集》卷十九"书栗本马子演连珠箴后"云:"连珠肇演,体符象象,内外交合,虚实互融,斯尽其妙矣。陆士衡,魏晋杰才,排突山海,而辨亡五等,才不为多,连珠五十首,才不为少。此史所以赞百代文宗也。江都栗本马子记,赡采俦间,演连珠箴,穷探突邃,而援士衡语以謖序,所谓倾沥液漱,芳润课虚,无叩寂寞者,尤为曲肖。然士衡任尚书郎,尝策纪瞻曰:今有温泉,而无寒火。其语雅连珠,而酷暑严冬。马子标举弥别,若繇此引伸触类则《辨亡》《五等》宏丽恢肆诸巨篇,且将放之而准。而隋唐设科,专试策,暨后加文若赋,又加大经帖,而后试策三道,并宋礼部试后试策,王詹事陈金,判文右相诸名世篇,其操纵合辟,交合互融之机实钧也。夫马子岂直思过半也。"

4.唐以前连珠体的发展史研究

唐以前连珠体的发展史研究,具体如下:

晋代傅玄曾对两汉的连珠体发展史做过小结,至南朝刘勰时亦有总结。如《文心雕龙》所述:"扬雄覃思文阁,业深综述,碎文琐语,肇为《连珠》,其辞虽小而明润矣,凡此三者,文章之支流,暇豫之末造也。自此已后,拟者间出,杜笃、贾逵之曹,刘珍、潘勖之辈,欲穿明珠,多贯鱼目,可谓寿陵匍匐,非复邯郸之步;里丑捧心,不关西子之颦矣。惟士衡运思理新文敏,而裁意置句广于旧篇,岂慕珠仲四寸之珰乎?夫文小易周,思闲可赡,足使义明而辞净,事圆而音泽,磊磊自转,可称珠耳。"

　　南宋王应麟在《玉海》中的"汉连珠"总结更为全面。"赵岐拟前代连珠之书四十章,上之假论以达旨,而览者微悟,历历如贯珠,故谓之连珠。蔡邕传者连珠,韩说奏连珠,《文苑》传傅毅著连珠,刘珍著连珠文,选陆机《演连珠》五十首注,傅玄叙:连珠兴于汉章之世,班固、贾逵、傅毅受诏作之,合于古诗讽兴之义。《文心雕龙》扬雄覃思文阁,碎文琐语,肇为连珠,拟者间出,杜笃、贾逵、刘珍、潘勖欲穿明珠,多贯鱼目,唯士衡理新文敏,《文选注》引扬雄连珠、杜笃连珠、宋庠撰连珠一卷,仿陆机之作。《隋志》陆机连珠一卷,何承天注《文选》。刘孝标注谢灵运《连珠集》五卷,《唐志》同。陈证连珠十五卷,黄芳连珠一卷,梁下连珠一卷,沈约注曰:'谓金镳互骋,玉辚奔驰。'梁武帝《制旨连珠》十卷,邵陵王纶注,又陆缅注。武帝著连珠,群臣继作者数十人,丘迟文最美。梁有《设论连珠》十卷,谢灵运撰《南齐书》,刘祥著连珠十五首。《唐志》:谢灵运《连珠集》五卷,梁武帝《制旨连珠》四卷,陆缅注十一卷。康显《海藏连珠》三十卷。《文章缘起》连珠扬雄作,沈约曰:连珠之作,始自子云。盖谓辞句连续,互相发明,若珠之结琲也。"

　　明李濂撰《嵩渚文集》卷四十六(明嘉靖刻本)嵩渚子曰:"连珠,古无是体也。其昉于汉安帝之世乎,维时班固、贾逵、傅毅三子受诏,同撰嗣是蔡邕、延笃、刘珍、潘勖、张华又从而广之。"

　　明朱荃宰撰《文通》卷十一"连珠",对连珠体的发展史亦有总结,多引傅玄、刘勰、沈约的观点堆砌,缺少个人的见解。

　　清凌廷堪撰《校礼堂文集》卷二十一"拟连珠",其序曰:"傅鹑觚《连珠序》以为兴于汉章之世,班固、贾逵、傅毅受诏作。而刘舍人任中丞皆云:扬雄肇为连珠,疑不能明也。厥后魏文帝、王仲宣、谢惠连、梁武帝、沈休文、吴叔庠皆有此体,而陆士衡之《演连珠》五十首,庾子山之《连珠》四十四首最为富而工也。又潘元茂有《演连珠》,颜延年有《范连珠》,王仲宝有《畅连珠》,他如梁武帝有《赐到溉连珠》,简文帝有《被幽连珠》,刘孝仪有《探物作艳体连珠》,率因其体而推广之者,孟坚受诏作,故首云臣闻,士衡诸人或效之,或演之,故亦云臣闻。子山非受诏作则云盖闻,孝仪作艳体则云妾闻也。唐以前连珠之盛如此,至姚宝之《唐文粹》竟无一篇。盖元和以还魏晋之风藻渐微矣,己亥客于崟水,欲学为文,苦无涂径。窃谓连珠之体,编金错绣,比物喻情,而对偶声韵,靡所弗备于初学为近。时方读《三国志》,遂组织事之相类者,姑拟为之,羞沮未敢示人也。十余年来,不复省忆,辛亥发箧,得于蠹简中,以其覆簏之始不忍弃也。乃少加润色,录而存焉,别云仆闻者,缘作于佣书之暇,匪表异也。"

　　清蒋湘南《七经楼文钞》卷四中曰:"与田叔子论古文第二书""古人何尝不重类比乎?《客难》出而《解嘲》《宾献》《应间》《达旨》《释诲》《释劝》《抵疑》继起矣。《七发》出而《七激》《七辨》《七依》《七启》《七命》《七召》《七励》继起矣。连珠出而拟连珠、演连珠、畅连珠、范连珠继起矣。古人何尝不重类比乎?大概古人用功最严文笔之分,叶声韵者谓之文,颂赞箴铭序论奏对诔谥书檄以及金石诸篇,皆是也。不叶声韵者谓之笔,即史家叙事之作,因人褒贬以立意,法无可用其类比者,其类比必自文始,音节取其铿锵,辞句贵乎华丽。事出沉思,义归翰藻,雄才博学,神明于声音,成文之故始。"

　　张英、王士祯、王惔《渊鉴类函》"连珠一":"原晋傅休奕《叙连珠》曰:班固喻美辞壮,文章弘丽,最得其体;蔡邕似论,言质而辞碎,然旨笃矣;贾逵儒而不艳;傅毅有文而不典。《增三辅决录》曰:赵岐拟前代连珠之书四十章上之。《文心雕龙》曰:扬雄覃思文阁,碎文锁语,肇为连珠。拟者间出,杜笃贾逵刘珍潘勖,欲穿明珠,多贯鱼目,惟士衡理新文敏。《文章缘起》曰:连珠,扬雄作。沈约曰:连珠之作,始自子云。盖谓辞句连续,互相发明,若珠之结琲也。《太平御览》《隋志》曰:《梁武连珠》沈约注,约谓金镳互骋,玉轪并驰。又《唐文志》曰:谢灵运《连珠集》五卷。明吴讷《文章辨体》曰:文选只载陆士衡五十首,而曰演连珠,言演旧文以广之也。大抵连珠之文,贯穿事理,如珠在贯,其辞丽,其言约,其体则四六对偶而有韵。自士衡后,作者盖鲜,洪武初宋濂、王祎有作,亦如士衡之数。"

　　5.连珠体同其他文体关系的研究

　　若从文体发展史的角度,将连珠体置身于文学视野中,可见连珠体是具有多元性的,正是因为它在动态的发展变化中,所以与诸多文体都有联系性。古代学者也有研究,具体如下:

　　(1)连珠体同赋的关系。如清倪璠批注《庚子山集注》卷九"拟连珠"曰:"信复拟其体,以喻梁朝之兴废焉。观其辞旨,凄切略同于江南之赋矣。"

　　(2)连珠体同骈文的关系。如明代吴纳《文章辨体序》曰:"连珠,其体则四六对偶而有韵。"明徐师曾《文体明辨》:"按连珠者,假物陈义以通讽喻之词也。连之为言贯也,贯穿情理,如珠之在贯也。……其体展转,或二或三,皆骈偶而有韵。"清王之绩撰《铁立文起》卷九"连珠"曰:"洪武初宋王二老有作,亦如士衡之数,今录之以为嗜古者之助,且以着四六对偶之所始云。"

（3）连珠体同奏议的关系。如元郝经撰《续后汉书》曰:"连珠汉章命班固、傅毅作,一事未已,又列一事,骈辞相连,体如贯珠,故谓之连珠,亦奏议之体也。"

（4）连珠体同诗歌的关系。如晋代傅玄《连珠序》曰:"连珠其文体辞丽而言约,不指说事情,必假喻以达其旨,而贤者微悟,合于古诗讽兴之义。"宋王十朋《东坡诗集注》卷十八:"小诗有味似连珠,次公连珠,文章一种名。"清张之洞"连珠诗"其序曰:"陆士衡创为演连珠,后世多效之,庾子山并用韵,然骈体终不能尽意,今以其体为诗,务在辞达而已。"

（5）连珠体同箴、铭的关系。如清俞樾《诂经精舍四集》收"冯松生连珠十首",其序曰:"今举言之有关身心者约为十条,仿连珠为之,非敢谓有所自得,亦借以自警云尔。"箴铭具有警戒之意。清代李兆洛《端研铭》则标"连珠体十五首",可见连珠同箴铭关系较为密切。

总上,小结有三:第一,历代学者对于唐以前连珠体皆有关注,尤其是魏晋南北朝时期和明清时期的学者,对连珠体的起源、文体特征等探讨颇多,且有代表性。盖魏晋时期为连珠体发展成熟阶段,此时上至皇帝下至士大夫阶层皆嗜好创作;而明清时期多探讨,盖因连珠体自身发生了新的变化,需要追本溯源,且明清时期文人对小品文较为喜好。第二,历代文人皆存有对前人经典作品的探讨。自唐以后,皆有学者对魏晋时期作品进行评点或讲授,明清时期亦存有此现象。然而明清过后,学界仍多关注魏晋南北朝时期的连珠,而忽视了明清时期连珠体的变异和对大量的作品研究,实属不当。第三,历代文人都曾探讨对唐以前连珠体的发展史,但简略且零散,真正的连珠文体发展史还有待进一步梳理总结。

（二）近现代学者对唐以前连珠体的研究

近现代以来,学者们对唐以前连珠体的研究可分为国内学者研究和国外学者研究。

1. 国内学者的相关研究

从20世纪初至今,国内在唐以前连珠体的研究上,有所进步,呈现出全方位、多角度的特点,然在深层次上仍有待进一步深入。其研究大体分为七个方面,具体如下:

(1)有关唐以前连珠体文献综述的研究

此方面的研究不多,且缺乏深入性。如夏冬梅《连珠体述略》(才智,2009)从连珠体的起源、连珠体的逻辑性、连珠体的创作研究方面做了相关概括,提出"连珠体的研究还处于初级阶段,首先,研究角度的重复性;其次,研究范围的狭小。同时提出研究连珠体的文学性质将有更多的空间。其次,研究范围更宽了,尤其是连珠和赋、骈文的密切关系。"另一单篇论文为符欲静的《"连珠"研究述要》(湖北广播电视大学学报,2010),较为粗略概括了学界对"连珠"的研究,主要是对连珠体的定义、连珠体渊源考辨、连珠体的逻辑性以及对陆机《演连珠》作品的探讨,可能作者主要研究南北朝连珠体的嬗变,因此涉及尚浅,视野也有待开阔,研究的深度、广度也有待进一步提高。

(2)关于唐以前连珠体的起源以及渊源问题的讨论

清人凌廷堪曾很困惑地说:"傅鹑觚《连珠序》以为兴于汉章之世,班固、贾逵、傅毅受诏而作。而刘舍人、任中丞皆云扬雄肇为连珠,疑不能明也。"今人对其困惑亦有研究,目前学界关于连珠起源的问题,存有八种说法。具体如下表:

近现代以来学界对连珠体起源问题说法汇总

序列	代表说法	代表观点	其他学者
1	源自《邓析子》	孙德谦《六朝俪指》	
2	源自《荀子·成相》	刘师培《论文杂记》	武君等
3	源自《管子》《墨经》	孙波《连珠的范式及其逻辑解析》	王克喜、范蓓蓓等
4	源自《内外储说》《淮南子》		陈柱等
5	源自《韩非子》	陈奇猷《韩非子集释》	周振甫、张觉、周勋初、程千帆、汪奠基、温公颐、沈海燕等

续表

序列	代表说法	代表观点	其他学者
6	源自墨韩管荀诸家或源自先秦诸子的说法	钱钟书《管锥编》	周龙生、李世跃、罗莹、耿振东、高辅平、吴明贤、任树民、陈启智、夏德靠、彭敏哲、靳丹等
7	源自扬雄	吴承学、何诗海《中国文体学与文体学史》	张晓明、崔红军、孙津华、邱渊、孙良申、仇海平、尚慧鹏、陶秋英、徐潜主、解瑞等
8	源自东汉章帝	马积高《王夫之〈连珠〉选释》	罗宪文、段熙仲、郑子瑜、吴永圣等

还有部分学者在连珠体溯源的基础上进一步深化探讨连珠体的渊源问题,目前国内学界共有六种说法,①渊源于隐语,其代表为崔红军《连珠文体探源》[郑州大学学报(社会科学版),2000.3]"连珠体源于隐语";②渊源于对问,其代表为胡大雷《论"连珠"体起源于"对问"》[中山大学学报(社会科学版),2010.1]:"'连珠'起源于'对问'中的某一部分并最终构成一种新的文体,从事物的发展规律上来说具有必然性。"孙津华《连珠体的起源、命名及著录探析》(中州学刊,2009.9):"考察一种文体的渊源,相似的结构形式是非常重要的前提。连珠最开始是用'臣闻'发端,这就表明其最初是臣下向君上言说之辞,同时也隐含了对问的结构,这就使我们想到战国纵横家的论辩劝说之辞也具有这样的修辞技巧和结构特点。"③渊源于奏议,其代表为夏德靠《连珠体起源及文体意义》[绍兴文理学院学报(哲学社会科学),2011]:"连珠最初是作为奏议而存在的,发挥劝谏的功能,但在后来的发展中,慢慢也成为抒发个人情感的一种文体。"④渊源于西周以来的垂戒之辞,其代表为马世年《连珠体渊源新探》(甘肃社会科学,2008):"连珠体源于西周以来祝、史之官诫勉君主的垂戒之辞。"⑤渊源于连珠辞格,其代表为郑子瑜《郑子瑜作品集》。⑥渊源于章表,代表有丁红旗《先唐"连珠"论》(许昌学院学报,2008):"作为章表的一个旁支,早期的'连珠'称得上是言'志'之作。"

(3)关于唐以前连珠文体特点的探讨

关于唐以前连珠文体特点的研究,分为三个方面:连珠体的界定或文体特点;连珠体同其他文体间的关系;连珠体的功用和归类文体。

①学界目前对唐以前连珠体特征的探讨

当前学界除多引古人观点,如傅玄、刘勰、沈约、徐师曾所言外,亦有新解。代表学者如韩贤克《〈韩非子·储说〉文体与连珠体辨析》(文学教育,2010.10)中将连珠体的文体特征概括为:内容上,不直接论理说事,而是取譬设喻,言约意深;结构上,或二或三,格式固定,逻辑严密;形式上,骈偶用典,讲求文采,篇幅短小,历历贯珠,易睹可悦。此特征更偏向于对成熟连珠体的界定,对于汉代扬雄的连珠界定就不太实用。陈启智《连珠溯源》(渤海学刊,1985):"综合诸家所言,归纳成熟连珠体所备特点:篇制短小,语言简约;不直指事情,借喻达旨;辞丽如珠;注重推理,历历如贯珠;由骈句组成,又像诗一样讲究押韵。"同时又指出"一般'连珠',只是具备其基本特点——骈偶、推理、短制"罗宪文《连珠文体初探》[内蒙古大学学报(哲学社会科学版),1986]:"连珠就是这样一种文体,是用比兴的手段,以诗样的语言与形象进行说理的,界于诗和散文之间的一种特殊文学体裁。"沈海燕《连珠体试论》(文学遗产,1985)中总结了四个连珠体的特点:"第一,它是逻辑与文学结合的文体;第二,它短小精悍,长于议论,具有高度的思想性;第三,它讲究用典、辞藻及对偶;第四,它大量运用比喻。"陈汝法《连珠略说》中总结其至少有以下三个特点:第一,言简意赅;第二,设譬说理;第三,逻辑推理。崔红军《连珠文体探源》(郑州大学学报〈社会科学版〉,2000.3):"连珠体的特征如下:1.文辞华美,多用对偶,间或用韵;2.短小精悍,'义明词净';3.设喻明理,事理圆润;4.短章连缀,'历历如珠';5.委婉讽谏,晓喻人君。"耿振东《连珠源于先秦子书考》(西南交通大学学报〈社会科学版〉,2007.12):"连珠体特征可归纳如下:1.论说讽谏,逻辑严密;2.骈偶用典,讲究文采;3.设譬陈义,言约意深;4.历历贯珠,易睹可悦;5.或二或三,格式固定。"曾枣庄在《中国古代文体学(下)·中国古代文体分类学》(上海人民出版社,2012.第288页)中对连珠文体特征从内容和形式两方面进行总结,如"从内容上看,连珠具有说理性质,与箴铭诚等文体的内容相近,不少可作座右铭看。其说理的方式有两种,一种是以比喻说理,另一种是以史事说理。从形式上概括出五个连珠体的文体特征,即'文辞华美而简短''通过比喻表达主旨(最突出特点)''历历如贯珠,一篇连珠往往由数首组成,一首为一珠,一篇则像一串珍珠。一首之内,往往一环扣一环,也像一串珍珠''骈体韵文''连珠的结构似乎较呆板,几乎都是由比喻与主旨组成,但细看也富于变化'"。高辅平《连珠源流考》（吴明贤主编《知不足丛稿》第 283 页）认为："连珠体短小精悍，长于推理，善于议论，有很强的思想性，往往是作者对治理国家社会、个人生活经验的总结。其中多为至理名言。"

②对唐以前连珠体同其他文体间关系的研究

有的学者研究它与赋的关系，如靳丹《连珠体与赋之间关系》（青年文学家，2009）："连珠体通过比喻说理劝诫君王的初衷与汉赋的讽谏目的不谋而合。"孙良申《连珠源起及与汉赋之关系》[西南民族大学学报（人文社科版），2010]"连珠确应为扬雄所创，并是汉赋的一种浓缩体、改写体。"陶秋英《汉赋研究》（浙江古籍出版社，1986，第 34 页）"连珠，赋的末流，骈偶之迹益显，不过在正式的骈文产生前，即有一种体式类似的东西，这就是连珠。"

有学者认为它与骈文有联系。如马积高《王夫之〈连珠〉选释》（船山学刊，1991）："连珠可以说是一种最精粹的骈体文，故其发展颇与骈文的升降相应。"沈海燕《连珠体试论》（文学遗产，1985.12）中认为"连珠体是骈文前身。"靳丹《连珠体与骈文之关系》："六朝以后，连珠愈发整齐，对仗工整，声韵和谐，俨然六朝时最流行的骈文。后世许多学者文人持连珠是骈文的观点。"陈鹏《连珠与骈文关系辨析》（社会科学家，2014）："连珠对骈文的说理方式有所启发，但并非是骈文的初始形态，也并非全为属文的初步练习，只是'俪体中之别成一派者'。"吴令华编《吴世昌全集（第 10 册）》（河北教育出版社，2003，第 70 页）"余论一：连珠体释例"提出："在中国文学史上，这类骈体说理便是连珠体。"吴承学、何诗海《中国文体学与文体学史》（凤凰出版社，2011）："连珠虽然在讽喻这一点上和赋有些相通之处，但从文体特点上看，和赋有较大的差异，故不宜视作赋的旁衍。""陆机《演连珠》等六朝人的连珠体作品，确实比较华美，但也只能说他们是小型的骈文而不是骈赋。"马积高《王夫子〈连珠〉选释》（船山学刊，1991）："连珠是一种体制短小的骈体文。"褚斌杰《中国古代文体概论》（北京大学出版社，1984）："连珠文实为骈体文的一个分支。"持同样观点的还有于景祥《中国骈文通史》（吉林人民出版社，2002）等等。王瑶先生在《中国文学史论》（上海古籍出版社，1982）中提出"连珠和骈文的演进历史是完全一致的"，《徐庾与骈体》中也提出类似"连珠乃骈文创作者必须要学习的练习文体"的见解。关于连珠与骈文的关系还有学者继承并发展了王瑶先生的观点,提出"连珠并非独立之文体,当为骈文之乳名"。如莫有道《骈文名次的演变与骈文的界说》[广西师范大学学报(哲学社会科学版),1991]:"连珠并不是中国古代的一种独立文体,它只是骈文的变体。它的兴衰与骈文的兴盛基本重合,兴于汉,盛于魏晋,衰于唐宋。连珠是作为习骈文者的练笔之用的""连珠是骈文的初始形态,或称准骈文形态。因此,'连珠'之名,亦即是骈文的乳名。"

有的学者认为它与诗歌关系密切,如朱承平《古诗词中的连珠对》(华夏文化,2002)从连珠体的隐语性入手,探讨连珠与诗歌间的关系。有的学者讨论它与对联的关系,如吴永圣《对联与连珠》:"在历史上,曾经有过一种文体与对联最为接近,那就是兴于汉代的连珠。"还有学者讨论它与奏议间的关系:如仇海平《连珠文体新论——兼论连珠与奏议之关系》(燕赵学术,2011):"从文体功能考察,连珠与奏议有密切关联。"

还有学者认为它与赋、骈文、诗歌、对联、箴言等亦有关系,对此有一定研究的,如刘娇的论文"'对问''连珠'与'七体'"[南京大学文学院本科生论文选集(1999—2007)]:"连珠体肇始于汉扬雄""连珠体与骈赋之间存在相互影响的关系却是显而易见的""'对问''连珠''七体'及其影响过的赋体、格律诗、对联、'格言体'等,绵亘魏晋至清一段极为漫长的历史时期,作品数量十分可观,堪称一座语料宝库。"孙津华《文体学视野中的"连珠"定位》(许昌学院学报,2009):"历代的连珠作品以其短小的体制,对偶的句式,假喻以达旨的手法,讽谏的功用等特征与赋、骈文、隐语、诗歌、箴铭、论说文等文体之间存在一定的关联和纠葛。"

③对唐以前连珠体功用的研究

此研究的代表有邱渊《连珠文体及其与〈韩非子·储说〉的关系[云南民族大学学报(哲学社会科学版),2011.7]:"连珠的本质既不是论述说理,也不是抒情,但人们可以用连珠来寄予哲理,也可以用来抒情。"任树民《从连珠的艺术特质看其文体渊源》[中国石油大学学报(社会科学版),2008.4]认为连珠体的最基本说理方式是"先列其目,而后著其解"。陆祖吉《论连珠文体的"讽兴之义"》中说:"连珠文体有特殊的讽谏功能。"

谈论连珠体亦有学者探讨某一时期连珠体的功用的变化。如颜兆丽《浅探魏晋南北朝连珠体功用》(镇江高专学报,2015):"魏晋南北朝是连珠这一文体发展的顶峰,而这一时期也突破了汉代的单一劝喻功用,表现为三种主要功用。一是继承汉代以来传统的温柔敦厚的讽劝功用,二是由于时代文学内涵新变而产生的深切悲戚的抒情功能,三是在独特的哲学文化背景下产生的宁静致远的体悟功用。"《逻辑学辞典》中说:"连珠体是我国古代一种综合性推论的表述形式。它往往融演绎、归纳和类比于一体而不同于一般的省略式和复杂式。""韩非子所作之连珠体虽系草创,然较为质朴。逻辑性质比较单纯,不像后来的连珠体兼重文学性,然而却丧失了其作为逻辑形式的独立性。"

魏晋时期乃连珠体发展的顶峰,历代文献皆有著录,然其文体归类各有不同,或将其归入杂文,或将其并入辞赋,或将其归入骈文,无论怎样,连珠始终在总集分类中占有一类。对其归类进行研究的,有罗莹《连珠体的归类与起源问题的再思考》(古典文学知识,2007):"由于连珠体自身的独特性(兼有赋和骈文的部分特点),刘勰将之归入'杂文'类是比较合适的,或者单独'连珠'一体,把它作为一种古老而式微的文体样式存在于研究者的视野中会更好。"孙津华《连珠体的起源、命名及著录探析》(中州学刊,2009.9)中在谈连珠著录情况时亦谈到归类问题,其观点有待深入探讨。

(4)唐以前连珠体的历时性与共时性研究

唐以前,连珠体的发展经历了魏晋南北朝时期的高峰。关于连珠体发展的历时性,学界有单篇论文介绍,亦有他类书籍进行简单描述,此方面有待深入研究。如罗宪文《连珠文体初探》(内蒙古大学学报〈哲学社会科学版〉,1986)结合作家及其连珠创作总结:"连珠文学发展的梗概,它酝酿于先秦,创制于扬雄,滥觞于东汉,演进于魏晋,繁荣于六朝,隋唐之后也间有所作;可见连珠文学的创作具有较大的普遍性、广泛性和历史的延续性。"沈海燕《连珠体试论》(文学遗产,1985)通过分析历代作品来总结其嬗变,即"总的来说,魏晋南北朝是连珠体创作的繁荣期,其后渐成末流"。徐国荣、杨艳华《论汉魏六朝连珠体的演变与文学发展》[暨南学报(哲学社会科学版),2005]认为:"连珠体的发展正好与魏晋南北朝时期整个文学与文化的演变发展密切相关,故由连珠而论汉魏六朝文学特点。"丁红旗《先唐"连珠"论》(许昌学院学报,2008)对唐以前连珠的总体发展有一个大概的描述。刘城《试论连珠体之演变》(语文知识,2013)主要分析魏晋时期连珠特点,侧重分析陆机《演连珠》,而对其他作家连珠作品的特点皆采用简略式评点。彭敏哲

《论连珠的正体与变体》(中国韵文学刊,2014)打破了时间的局限,以连珠体的体裁为线索,简略概括出"连珠文体肇始于汉,兴盛于魏晋六朝,唐宋日渐式微,而后有复兴与明清,是古代一种比较特殊的韵文"。武君《"连珠体"的来龙去脉》[南阳师范学院学报(社会科学版),2016]勾勒出"连珠体"在古代文学中的一个脉络。尚慧鹏《汉魏六朝连珠文探析》(盐城师范学院学报,2016)对汉魏六朝不同时期连珠体的发展亦有简单总结。曾枣庄在《中国古代文体学(下卷)·中国古代文体分类学》(上海人民出版社,2012,第288页)中对历代连珠的发展概况有大致描述。李秀花《陆机的文学创作与理论》的附录"陆机以前各家连珠体式详述"中对扬雄至曹丕的连珠作品均有描述。

魏晋南北朝时期可谓连珠发展的第一个高峰,对此阶段研究相对深入的主要有四篇论文。陆祖吉《汉唐连珠体研究》(中国古代文学,广西师范大学,2006)涉及四个方面的研究:第一,从思想内容与艺术形式上分析连珠的文体特征;第二,依据创作的体裁分析连珠体的文体功能;第三,依据所收集的汉唐连珠作品总结连珠体的发展阶段;第四,就连珠体与奏疏、赋、骈文进行文体间的比对研究。符欲静《南北朝连珠体研究》(中国古代文学,郑州大学,2006)主要对南北朝时期连珠体作品,尤其是陆机、庾信的连珠作品有相对细致的讨论。靳丹《六朝连珠体研究》(中国古代文学,四川大学,2007)主要从两个角度解读魏晋南北朝时期连珠的特点,即主题及体裁;形式与技巧。虽材料收集上相对扎实但有待进一步扩充,对连珠体流变的描述亦有待进一步深入;解瑞《汉魏六朝连珠体研究》(中国古代文学,辽宁师范大学,2008),上篇对连珠的文体特征与渊源进行描述,下篇则侧重以人物作品为主线,分时期讨论不同创作者的特色。

亦有对连珠体材料进行辑佚的,如李朝虹《连珠体研究》(汉语史,广西大学,1997)该篇论文的侧重点在材料收集及训释上。材料收集较为扎实,收集历代连珠作品三十家共计四百二十一首,并做有相关训释,但仍存有不足,如对于唐以后尤其明清时期的材料收集存有严重不足。如明代只收集到四人的作品,清代只有两人。根据笔者所收集的语料,明代约流传有二十四人的作品,清代约有四十八人的作品。另此文在前言部分较为宏观地描述了连珠体的发展演变脉络、不同时期个人连珠作品的特点、连珠体的语言逻辑性、思想史的变化等方面,而这些亦有待进一步深入。孙津华《文体的范式与突破——七体、连珠、对问、九体研究》(中国古典文献学,南京大学,2006),该文虽然提及连珠,并且对历代连珠有一定的研究,但对连珠体发展第二个高峰的研究仍有待深入。

综上可见,对连珠体进行系统整理,全方位多角度深层次研究是必要的。

(5)对唐以前个别文人之作的研究

针对历代优秀的连珠文作品,学界皆有研究。针对两汉时期作品进行研究的有张晓明《论扬雄"连珠"的文学价值》(青岛大学师范学院学报,1999),针对扬雄残存的两篇"连珠"进行了文学价值方面的研究。陈彦革的硕士论文《蔡邕创作体裁承变研究》(中国古代文学,广西师范大学,2008),将蔡邕的连珠体作品与前贤进行了对比,发现"在体制结构、内容表现等方面与前贤一脉相承,但其对偶、用典远不及扬班诸人"。

南北朝时期的作品,学者们研究最多的当属陆机的《演连珠》,盖陆机所创连珠体具有代表性,亦有学者认为陆机使连珠体走向了成熟。如李秀花《陆机与连珠体》[上海大学学报(社会科学版),2002]:"陆机在连珠体发展史上占有重要地位。陆机使连珠体走向成熟的原因在于文采与连珠体互相凭借,其好思索现象中的道理的性格与创作连珠体作品的要求相契合。陆机连珠体式为后代大多数连珠作者所遵循,称为连珠体的基本体式。"孙立《从傅玄到刘勰——关于二者的文体研究方法论》[中山大学学报(社会科学版),1998]中通过比对傅玄的《连珠序》与陆机的《演连珠》,认为"陆机的《演连珠》五十篇中的每一篇文字都很短,诚傅玄所谓'易睹'也;而文辞明润朗丽,又所谓'可悦'也;短小而明润的文字相连,正可谓之连珠。傅玄由连珠体的'连珠'二字切入,分析连珠体的特性,对刘勰'释名以章义'的做法应有直接影响"。

亦有对《演连珠》创作时间的讨论。如李乃龙《游戏性与严肃性的统一——论连珠的文体特征与陆机的〈演连珠〉》[广西师范大学(哲学社会科学版),2007],剖析陆机作品中连珠的文体特征,推理陆机创作时间为元康八年,又从《演连珠》的内容和修辞方面进行了分析,反证连珠体式是游戏体裁与严肃主题的结合体。同样对《演连珠》的创作时间进行考据的还有俞士玲著《陆机陆云年谱》(人民文学出版社,2009,第226页):《演连珠》为陆机黄门郎时讽喻净谏之作。"

围绕陆机《演连珠》的内容和体式进行研究的有滕福海《陆机"连珠"理新文敏》(阅读与写作,1999):"'理新'指内容的开拓,陆机突破了前期连珠着眼于君臣关系用人之道来立论的窠臼。'文敏'指形式上的创新,陆机其他作品,辞藻或伤繁缛,膏腴害骨,有'深而芜'之讥。其《演连珠》则文辞明丽省净。"钟新果、赵润金《"体变曹王"——试论陆机的文体创新》(湖南工程学院学报〈社会科学版〉,2005)亦对陆机所创"演连珠"的体式创新有阐发。罗华良《大雅之作〈演连珠〉》(前进论坛,2017):"分析全文五十篇短骈文,有论政治、说性情、谈修养、叹怀才不遇。"李秀花《陆机的文学创作》(齐鲁书社,2008,第89页)针对演连珠的内容和体式进行了分析,颇有启发。

还有从美学的角度研究《演连珠》及其语言特色的,如詹杭论《陆机〈演连珠〉中美学观点试探》[四川师范大学学报(社会科学版),1986]从美的本质、美感的心理活动等方面进行研究。刘亚男《陆机〈演连珠〉中的音乐美学思想——陆机音乐美学思想系列研究之三》(内江师范学院学报,2011)认为:"《演连珠》中大量使用音乐设喻,蕴含了丰富的音乐美学思想。"此文对其进行了探讨。陈复兴《陆机〈演连珠〉美学臆解》(长春师范学院学报,1999)探讨陆机关于文学艺术家个性特征的思想。陈启智《陆机〈演连珠〉中比喻的妙用》(沧州师范学院学报,1985)探讨了其所用的双喻、博喻,赞叹其所用之妙;他在《陆机"演连珠"的语言美》(沧州师范学院学报,1985)提出"演连珠"语言讲究词采美、动态美、对称美、音乐美的特征。

亦有学者对陆机"演连珠"进行训释解读,如黎锦熙著、杨庆惠编选《黎锦熙语言文字学论著选集·黎锦熙卷》(北京师范大学出版社,2002)对汉魏连珠体均有训释,其中包含了陆机的《演连珠》。王德华《假喻达旨,辞丽言约——陆机〈演连珠〉解读》(古典文学知识,2011)对连珠体以及陆机的"演连珠"进行了认识。王晓燕《中国古典美文十讲》(西南交通大学出版社,2014)中第五讲骈文的缘情托兴之作,亦选用陆机《演连珠》进行分析。在曹虹、程章灿注释《程千帆推荐古代辞赋》(广陵书社出版,2004,第115页)中有荐"演连珠"中选十首,可见程先生亦认为陆机所创之优美,值得后人学习。

还有对庾信作品进行研究的,如张海涛《〈拟连珠〉的史家意识及悲情美》(安康学院学报,2008),从史学角度研究梁朝兴衰,研究庾信对史的认识。王晓妮《庾信〈拟连珠〉初探》(安康学院学报,2012)从题旨、语言形式、逻辑推理三方面进行研究,同时与陆机《演连珠》相对照,突出了庾氏作品的特色。

（6）关于唐以前连珠体推理方面的研究

此方面是近代人对连珠体研究的进一步推进,且多依据唐以前连珠体材料。严复最早在翻译西方《穆勒名学》时,曾将"三段论"Syllogism译成"连珠体",点明了连珠体的推理性。其后的代表周文英《连珠的逻辑性质》(哲学研究,1981)对连珠的逻辑性质进行了研究,率先将陆机的《演连珠》从逻辑上分为三类,同时还绘声绘色引用"满园春色关不住,一枝红杏出墙来"形容连珠体逻辑性之特色,当重视研究它。罗宪文《连珠文体初探》(内蒙古大学学报,1986)将连珠体的推理形式进行了划分。李朝虹《试论连珠体的逻辑推理》[阅读与写作,1997(12)]对连珠体的推理进行分类,即演绎推理、归纳推理和类比推理等几种推理形式。围绕"连珠体"同三段论、因明论对比研究的,有孙波《论"连珠体"的逻辑性质》(社会科学战线,1993)从逻辑学角度对连珠形式的性质、特点以及三段论和因明三支论做了比较研究;《连珠范式的演变及其逻辑解析》(甘肃社会科学,2008)该文对连珠的起源及几个作家作品进行了逻辑解析,同时分析了连珠后期转衰微的原因,颇有启发。刘培育《荀韩逻辑思想评述》(求实学刊,1983)提出"韩非首创了'连珠体'推理形式"还分析了内外《储说》三十三则论式,其推理格式大体相同,同时还提出了"把西方逻辑三段论直接译作连珠,值得商榷""连珠体推理的本质,尚有待做进一步研究"疑义。周龙生《连珠体与三段论的形式比较》(船山学刊,2006)将连珠体与三段论进行比对,得出二者表面上相近,根本上存差异的结论。高航《严复对连珠体与三段论的比较》(湘潮月刊,2016)通过对比连珠体与亚里士多德三段论推形式,阐释中国传统逻辑与西方逻辑的融合性及其影响。还有将连珠体归纳为类推形式研究的,其代表王克喜《推类视角下的连珠体研究》(毕节学院学报,2010)从类推视角下将连珠分为二段式连珠、三段式连珠、复杂式连珠,同时还对连珠体的推理机制进行研究。王克喜著《中国语言与中国逻辑》(中国戏剧出版社,2006,第213页)中亦将连珠体看作推类的一个特殊的形式进行了研究。亦有从连珠体的发展影响上研究的,如李世跃《从连珠体的构成看中国传统思维方式》(江淮论坛,1991)从连珠体的结构形式去了解中国传统语言思维,得出"连珠具有一种活化石的重要意义"。关于连珠体推理方面的研究还有一篇硕士论文——范蓓蓓的《连珠体探析》(逻辑学,南京大学,2009),该文"分别从连珠体的结构性和推理类型这两方面考察了连珠的推理机制,并从语言结构、逻辑结构、推理过程、推理目的、文体风格几个方面总结了连珠的特点和性质。该文还将连珠体与三段论、因明三支论进行了比较。"该文对连珠体在逻辑上的研究起到了一定推动作用。

对连珠体逻辑性的研究还存于一些逻辑学专著中。如张忠义、张晓翔著《三支、三物与证成》(燕山大学出版社,2012,第 203 页)中第六章"明辨三物与证成"提出"连珠演绎"认为是"中国土生土长的,不受西方逻辑影响的一种推论形式",并对其进行了分析。逻辑教研室所编《逻辑》(第 167 页)一书在讲复合三段论时,连锁三段论(连珠体)作为其子标题出现,可见他们认为连珠体同三段论有关联。陶伯华著《智慧思维学》(吉林人民出版社,2010,第 65 页)第三章抽象思维的提升中认为"'演连珠'是别具一格的东方类推逻辑,并对其进行了研究"。张家龙主编《逻辑学思想史》(湖南教育出版社,2004,第 97 页)第九节"连珠",对韩非、葛洪、陆机的作品进行逻辑上的分析。汪奠基著《中国逻辑思想史》(上海人民出版社,1979,第 243 页)从语言逻辑角度对"连珠形式的表述方式"进行了解析。张忠义著《中国逻辑对"必然地得出"的研究》(人民日报出版社,2008,第 68 页)认为连珠体是另一种必然推理,并对其进行了解释。

2. 港台地区学者对唐以前连珠体的研究

目前,台湾学界主要有四位学者曾对唐以前连珠体进行研究,具体如下:廖蔚卿先生在《论连珠体的形成》(幼师学志,第 15 卷第 2 期),认为"连珠体孕育于先秦游辩之士的论说之辞中"对连珠体的起源问题提出新的见解。台湾辅仁大学中文系王令樾先生对连珠体颇有研究,曾收集自扬雄至厚烷,二十六人,凡二百二十一首,录成《历代连珠释》;还曾就连珠在文体中的关系进行研究,如《连珠与汉代文学》提出"连珠在文体中十分特异,非诗非赋非文章,却又与文章、诗、赋密切相关,可谓诗、赋的支流,议论文的变革,四六文的滥觞",即认为连珠乃赋体旁衍"连珠体的发展,随着各代文风而改变,尤其与赋的发展一致",然而陈松雄先生在《陆机之家世及其在丽坛之地位》(东吴中文学报,第 16 期)中提出"连珠体乃骈四丽六之前驱"的见解,可见他将其归为骈文之体,与赋之旁衍相对立。还有台湾辅仁大学中国文学研究所简名宏《论陆机连珠文体的类比与创新》(辅大中研所学刊,第 17 期),该文"一方面辨别从汉代为南北朝时期连珠文体源流,认为先秦诸子的论证文章为连珠文体的形成阶段,而从扬雄肇名,至曹丕诸文人所作大量摹本出现为文体演变的第二阶段,陆机《演连珠》则对连珠体进行创造性转化,为第三阶段;另一方面从陆机的类比和创新着手,认为其类比手法是构思的初级阶段,最终目的为创新、超越古人"。

香港地区对连珠体的研究不多见,主要集中在作品的创作上。如林东邱"香港航天热(连珠体七绝六首)"。

32

3. 国外学者对唐以前连珠体的研究

目前国外连珠体研究比较分散,主要体现在三个方面:

第一,延续古人研究,继续探讨连珠的起源、形成、文体特征。如:日本蒲阪圆《韩非子纂闻》,认为"连珠体起源于韩非子《储说》"。新加坡国立大学中文系周建渝《连珠论》(第三届魏晋南北朝文学国际学术研讨会论文集,第167页),主要围绕连珠的起源、唐以前连珠的流变以及陆机的演连珠特点三个角度来探讨,颇有启发。

第二,针对唐以前某个作者连珠作品风格特点的研究,如日本横山弘《陆机连珠小考》(中国文学报,1968),日本佐竹保子《陆机〈演连珠〉五十首研究》(Bulletin of Sinological Society of Japan,2003)以及《陆机〈演连珠〉的构成上的特质》均从不同角度对陆机的连珠特点及语言特色进行了分析。樋口泰裕《庾信〈拟连珠〉初探》(Tsukuba sinological studies,1999),从南北朝时期大的社会背景中解读庾信创作连珠的文学性理念,与此同时分析了庾信作品的特点;同样研究庾信《拟连珠》的还有安藤信广《庾信〈拟连珠〉的表现和伦理》(The Chinese culture,2006),还有英国伦敦大学东亚系王次澄《庾信〈拟连珠〉析论》(第三届魏晋南北朝文学国际学术研讨会论文集,第127页),主要从内容、体式、结构三个方面分析庾信《拟连珠》的特点。

第三,历代连珠训释且编纂成册,书名虽标"历代"但并非"历代",只是两到三个时期连珠作品的集合,其中或存有遗漏,或存描述欠缺,但不可否认该类专著在连珠体的研究上有一定的作用。如日本学者横山弘《历代连珠集》(Tenri University journal,1973,第33-64页),《历代连珠集(续补)》(女子大文学·国文篇:大阪女子大学纪要,1987,第47-54页)。前者研究主要集中在汉魏至南北朝的连珠作品,虽然横山弘有后续补充连珠集,但仍集中在唐宋以前连珠体作品,对于明清民国时期的连珠体有所忽略。

二、唐以后连珠体的研究状况

目前学界对于唐以后连珠体的关注相对较少,因此研究成果不多。通过中国知网和读秀等数据库了解到主要集中在如下两方面:

第一,浅析明末以来连珠体在题材上的演变与突破,如孙津华《连珠体裁的演变与突破——明末以来连珠创作管窥》[河南教育学院学报(哲学社会科学版),2014]该文对明末以来,连珠体在题材上出现的创新有所总结,即"连珠体出现了诸如游戏笔墨、读书心得、写景绘物、颂君祝寿、评论文章、写实忧民等题材的作品,这既昭示了连珠在题材上的创新,也说明了连珠体功能的增强和使用范围的扩大",发人深省。彭敏哲《论连珠的正体与变体》(中国韵文学刊,2014)该文打破时间的局限,以连珠体的体裁为线索,大体归类描述,简略概括出"连珠文体肇始于汉,兴盛于魏晋六朝,唐宋日渐式微,而后又复兴于明清,是古代一种比较特殊的韵文。"让学界进一步认识到连珠体发展至唐以后并未衰落。

第二,针对唐以后连珠体作品进行研究或训释。此方面主要集中于明代,主要是刘基《拟连珠》、唐寅《花月吟》。如张宏敏《刘基〈拟连珠〉哲学思想研究》[重庆邮电大学学报(社会科学版),2010]从哲学角度解读刘基作品的来源主要是先秦子学的继承。刘基《刘基散文选集》(百花文艺出版社,2005)对刘基"拟连珠六十八首"选七首进行了训释。明代江南四大才子之首的唐伯虎《花月吟效连珠体十一首》是七律组诗,在中国诗歌史上具有里程碑地位。围绕《花月吟》研究的有李金坤《唐寅〈花月吟〉组诗的诗学意蕴及其价值发微》[辽东学院学报(社会科学版),2013]对《花月吟》的文学意义与诗学价值进行了阐发。

在训释方面,马积高《王夫之〈连珠〉选释》(船山学刊,1991)对王夫之的二十八首作品精选十首进行训释。台湾学者王令樾著《历代连珠释》(台湾,学海出版社,1979),该书收集了从汉代扬雄至明朱厚烷的连珠作品,看起来所研究作品是从汉代一直到明代而标历代,实际仅为汉代至魏晋南北朝连珠作品的研究,仍是以唐以前连珠文体为主,唐以后作品收录有待补缺。如唐代文献记载连珠创作者八位,其中六位有作品传世,而其中唐代只训释了苏颋的连珠两首;再如宋代黄庭坚"引连珠七首"、张君房"连珠六十五首"、周弼"连珠一首"等均未收入,明代连珠创作者共计二十五人,而王氏仅收了朱厚烷一人。可见,唐以后尤其是明清民国时期，对连珠体作品的收集与整理是欠缺的。

三、当下研究的启示

对比古人对唐以前连珠体的研究，近现代以来学者的研究可谓"承上启下"。

"承上"主要表现在三个方面：第一，对古代学者研究成果的继承。如近现代以来的研究成果是建立在前人研究成果的基础上，如唐以前连珠体的文体特征，近现代以来学者研究延续前人的认识，进一步从句法、语义、语用等角度细化连珠体的文体特征；第二，对前人研究的认识进一步深化。如近现代以来学者对连珠体渊源的认识，其实是建立在其起源的基础上的，是对前人认识深化后所提出的见解；第三，对前人研究领域有所扩展，如对连珠体逻辑性的进一步研究，连珠体的逻辑性与三段论、因明论的对比认识等方面。

"启下"主要是近现代以来的研究成果对本课题研究的启发，具体如下：

无论是对连珠体的起源、界定、文体特征的研究，还是对连珠体推理性的研究，较前人虽有推进，但多以静态视角研究连珠体，较少以动态视角考察其体。如连珠体的起源、界定、文体特征的研究。目前学界的研究，在古人研究的基础上，又发展出大约八种说法，对连珠的溯源也提出了六种见解，但究竟谁是谁非，缺乏以史的视角深入研究。关于文体的界定，古代学界常用"连珠"指称，究竟"连珠"指的是一首，还是多首连章？当今学界亦有人称"连珠"或"连珠体"或"连珠文"或"连珠制"或"连珠文体"或"联珠"，这些繁杂名称的背后，反映着"连珠"文体界定的模糊性。关于文体特征方面，今人常常引用古人说法，多角度去理解固然是好，却又陷入以今虑古的狭隘中，即以静止的、成熟的作品，去看问题动态的初期的作品，认为其不属于连珠。

关于连珠体的推理性，虽认为连珠体是融合推理性与文学性于一体的文体，但学界往往各执一端，要么专注于其文学性，要么探讨其逻辑性。缺乏动态探究连珠体的文学性与推理性关系变化，如唐以后连珠体的文学性逐渐增强，推理性有所削弱。这种变化对于连珠体的逻辑性与句法表达的特点有什么影响，也缺乏动态视角关注。

就连珠体的历时与共时研究来说，虽然有所谓的"历时研究"和"历代研究"，其实是集中了唐以前作品的研究，宋元明清时期，连珠体作品的研究要么没有，要么只一两人有几首作品。现有几篇硕士论文有"共时研究"，但仍较多研究分析唐以前某时期连珠体的发展，较少了解唐以后的发展状况。其实连珠体的发展并没有在唐以后衰落消失。根据彭敏哲《论连珠的正体与变体》（中国韵文学刊，2014），连珠体的发展在"唐宋日渐式微，而后又复兴于明清"。笔者通过《基本古籍库》《四库全书》、历代文集、笔记、报刊等收集的语料，了解到连珠体在唐以后的确存在渐衰，然而在元末明初开始复兴，至清朝中期达到顶峰，民国时期仍有大量创作。可见学界对于唐以后尤其是明清时期连珠体发展的系统研究基本空白，因此唐以后的连珠体研究尚有很大研究空间。

在历代作品的研究中，古人往往对魏晋南北朝时期的作品较为重视，盖此为连珠体的成熟阶段，其中陆机《演连珠》登峰造极，达到文学性与逻辑性的统一，因此后人包括今天多数学者亦在研究《演连珠》。对于唐宋以后，明清时期是连珠体发展的又一个高峰，民国时期的创作也非常丰富，而对于此时段个人作品的研究可谓凤毛麟角，有很大的挖掘空间。

学界多知道连珠体具有劝谏论说功用，较少了解该体还有颂君、祝寿、评论、读书心得等功用。可见整理与研究唐以后连珠体文献是必要和有意义的，有助于勾陈历代连珠体发展史，推进当前文学、语言学、逻辑学研究对其认识的不足；为中国传统形式逻辑的研究提供材料和理论方面的新支撑，同时推动学界对"杂文"的研究，深化文体学理论发展。如罗宪文（《连珠文体初探》，内蒙古大学学报，1986）曾指出："连珠文体，未见有人做过专门研究。古人虽然做过一些评述，也比较零碎，形不成系统。……对它做点探讨，还其在文学史上本来之面目、应有之地位，供我们文学爱好者借鉴，是有其必要，也有意义的。"陈汝法《试论"连珠体"的产生及影响》（北京图书馆馆刊，1994）："遗憾的是，我国逻辑思想史著作中虽然提到连珠，却没有系统地、全面地研究它，往往只提一下陆机的连珠之作就戛然而止；我国许多语言文学史专著也没有'连珠体'的一席之地……在逻辑史上，尤其在文学史、汉语史上，应该给连珠以应有的地位，应该充分研究它的影响和作用。"

第三节　本书研究方法及语料来源

一、本书研究方法

（一）历史文献法

针对连珠体的研究，收集材料是关键。然而唐至民国时期连珠体散落于浩如烟海的文集、史书、目录书籍、报刊等文献中，本书首先采用历时文献法，搜集和分析研究各种现存的有关文献资料，以期尽可能从中获取有效的信息，来为进一步研究唐以后连珠体打基础。本书材料主要依据《四库全书》《中国基本古籍库》《鼎秀古籍全文检索平台》《民国报刊》等电子资源，以"连珠／联珠""连珠／联珠体""连珠／联珠文"为关键词，以期尽可能收集文本。与此同时，笔者也整理了历代的别集、史书、目录类文献如《全唐文篇目索引》《宋人文集篇目分类索引》《全辽金文》《全辽文》《元人文集篇目分类索引》《清代文集篇目分类索引》等著作以及诗话、词话、曲话、各种笔记、民国报刊等纸质文本，尽可能地收录语料。

（二）运用比较法

立足于文体发展史的角度，以动态视角梳理唐至民国时期连珠体的发展变化，通过唐以后不同时期连珠体的文献著录、结构形式、句法形式、语义推论、语言艺术特点及功用等六个方面，来进一步探究各个时期的发展特点。在此基础上，系统总结连珠体的创作机制，探讨连珠体在发展中同其他文体间的互渗现象。

（三）分析与归纳法相结合

从先秦至明清，连珠体在不断变化发展。如句式上的整齐性和押韵性：先秦两汉时期，连珠体的句式手法多参差不齐，不讲究押韵；然而魏晋以来特别是唐以后，渐变为句式整齐，且多以对偶押韵形式出现。针对句式变化中出现的规律性，我们均采用归纳法，与此同时，结合分析法进行文体的说明。如这一变化的出现与当时文学的发展有着密不可分的关联；再如连珠体修辞手法的变化，明清时期较以往更多使用积极的修辞手法，比喻和用典明显增多，而这一转变大约在魏晋以后出现，其出现的原因与当时的社会风气密不可分。

（四）统计法与图表法相结合

针对收集的语料，本书采用统计法和图表法相结合研究。主要展示三个问题：第一，将历代语料来源的时代、数量、所收书目等情况以图表形式说明，便于成果一览无余；第二，对于历代连珠体的创作数目以图表说明，便于提高文章的说服力；第三，连珠体虽融演绎、归纳、类比为一体，但有些连珠体只融入了两种逻辑形式。本书试图对唐以后历代语料的逻辑性进行统计，试图为中国传统思维的变迁提供一点例证。

二、语料来源说明

唐以后，连珠体的材料常散见于类书、史书、历代诗文总集、道藏佛典、各种专集以及近代的报刊艺文中，若要对连珠体进行系统研究，扎实的材料是前提。

本书材料主要依据《四库全书》《中国基本古籍库》《鼎秀古籍全文检索平台》《民国报刊》等电子资源，以"连珠/联珠""连珠/联珠体""连珠/联珠文"为关键词，以期尽可能收集文本。与此同时，笔者也整理了历代的别集、史书、目录类文献如《全唐文篇目分类索引》《宋人文集篇目分类索引》《全辽金文》《全辽文》《元人文集篇目分类索引》《清代文集篇目分类索引》等著作以及诗话、词话、曲话、各种笔记、民国报刊等纸质文本，尽可能收录了从先秦至近代，尤其是唐以后明清时期的连珠体作品。目前收集共计3682首（除去重复，不含亡佚），相对全面展现历代连珠体的发展面貌。

鉴于唐以前的研究材料相对集中，但存有一些遗漏，将在附件中说明。唐以后材料较多，尤其是明清时期的材料几乎超唐以前材料之总和。本书所收集材料概况如下：

时代	作者人数	作品数量
先秦时代	1	33
两汉时代	13	14
魏晋时代	5	235
南北朝时期	18	125
唐代	7	12
宋代	7	81
元代	0	0
明代	24	558
清代	48	2104
民国	48	520
总计	171	3682

第二章

连珠体的总体特点概述

第一节　连珠体的起源及创作机制

一、连珠体的起源

　　从古至今,连珠体的起源及其溯源就争论不断,粗略统计围绕连珠体的起源有九种说法。通过进一步分析,我们认为连珠体当萌芽于《墨经》,起源于《韩非子》,肇名于扬雄。具体如下:

　　第一种说法,认为连珠体起源于邓析子。其说之代表孙德谦《六朝丽指》:"连珠之体,彦和谓肇始扬雄,此说不然,或谓源于《韩非·储说》,斯得之矣。以吾考之,其体创于《邓析子》,又非出自《韩非》也。"通过分析《邓析子》一书,发现《无厚篇》中有两首类似连珠,试将其与成熟时期连珠作品进行对此,分析如下:

　　　　(1)夫负重者患涂远,据贵者忧民离。负重涂远者,身疲而无功;在上离民者,虽劳而不治。故智者量涂而后负,明君视民而出政。(《邓析子·无厚篇》)

　　　　(2)猎黑虎者,不于外围,钓鲸鲵者,不于清池。何则?围非黑虎之窟也,池非鲸鲵之泉也。楚之不溯流,陈之不束庵,长卢之不士,吕子之蒙耻。(《邓析子·无厚篇》)

　　　　(3)臣闻听决价而资玉者,无楚和之名;因近习而取士者,无伯王之功。故玙璠之为宝非驵侩之术,伊吕之佐非左右之旧。(东汉·班固《拟连珠》)

　　　　(4)臣闻寻烟染芬,熏息犹芳;征音录响,操终则绝。何则?垂于世者可继,止乎身者难结。是以玄晏之风恒存,动神之化已灭。(西晋·陆机《演连珠》)

　　例(1)"负重涂远者,身疲而无功"中"身疲"即"身体疲劳",从字词的搭配角度看,先秦至西汉时期,表"身体疲劳"多用"身劳""劳身",

即"身"与"劳"搭配,如《荀子》"身劳而心安",并未见"身"与"劳"的搭配。"身疲"的用法则最早出现在东汉以后佛经翻译中,据吴佩蓉的深入考证,认为"'身疲'一词在东汉时主要见于佛教典籍,至西晋时才见非佛经的用例"①。其次,通过与成熟时期连珠作品对比,此两首作品在句式、推类形式、修辞等方面,同汉章帝以后成熟的连珠体没有差别,不符合最早的连珠作品特点。如例(2)中"何则"作单独句式使用,"何则"在先秦两汉时期多出现在句首或句尾,表疑问。其在东汉以后陆机笔下"演连珠"创作的三段式连珠体,才具有句式特点。

又《四库提要》记载:《邓析子》其文节次不相属,似亦掇拾之本也。"②张心澄《伪书通考》在"子部名家类"中也认为"今本《邓析子》非《汉志》著录之旧"③,范文澜在《文心雕龙注》中认为"《邓析子》出战国时人假托,今之存者,又节次不相属,掇拾重编而成。孙氏所举两条,玩其文辞,不特非春秋战国时人所能作,即扬雄连珠,亦视此为质木,安可据义位连珠之体春秋时已有之哉"④。此外吴佩蓉通过对今本《邓析子》的语言分析,认为其"成书时代为西晋末年"⑤。无论从此两首连珠体作品中的用词用句,还是《邓析子》本书自身的成书背景看,连珠体源自邓析子之说不能成立。

第二种说法,认为源自荀子《成相》。其说之代表刘师培《论文杂记》云:"刘彦和作《文心雕龙》,叙杂文为一类。吾观杂文之体约有三端……一曰'连珠',始于汉魏,盖荀子演《成相》之流亚也。首用喻言,近于诗人之比兴,继陈往事,类于史传之赞辞,而俪语韵文,不沿奇语,亦俪体中之别成一派者也。"⑥刘师培在《刘申叔遗书》中又认为:"韩非著书,隐肇连珠之体;荀卿《成相》,实为对偶之文。"⑦可见,他认为连珠是肇名于韩非,而韩非是受荀子《成相》篇的影响。

① 吴佩蓉.从语言角度考查今本《邓析子》的成熟时代[J].香港浸会大学,2013:97.
② 永瑢.四库全书总目[M].北京:中华书局,1965:848.
③ 张心澄.伪书通考[M].台湾:明伦出版社,1972:72.
④ 范文澜.文心雕龙注[M].北京:人民文学出版社,1958:260.
⑤ 吴佩蓉.从语言角度考查今本《邓析子》的成熟时代[J].香港浸会大学,2013:2.
⑥ 刘师培,舒芜点校.中国古代文学史·论文杂记[M].北京:人民文学出版社,1998:113.
⑦ 刘师培.刘申叔遗书(上册)·文说·耀采篇第四[M].南京:江苏古籍出版社,1997:707.

分析荀子《成相》篇，知其五十六章在形式上定格成排比，即"其五十六章结构一致，均为3-3-7-4-7结构，一气呵成，韵律和谐"[①]。在内容上，讲君主兴亡之事，立身之道，虽符合先秦两汉时期连珠语用功能，但这些都不足以作为判断连珠的依据。连珠体之所以特殊，不仅仅是因为其形式短小，更重要的是其推理性，故具有强谏功用，而荀子《成相》篇的五十六章并非如此，仿若民歌形式，更何况五十六章与早期连珠体的句式结构、语体风格也相差甚远，所以此说有待商榷。

第三种说法，认为源自《墨经》。持此说的孙波在《连珠范式的演变及其逻辑解析》中认为："连珠脱胎于《管子》尤其是《墨经》，形成于韩非、扬雄，兴盛于汉，魏晋达到高潮。他的出现，最早是建立一种具有逻辑蕴含关系的推论形式的尝试。"其依据"《管子·心术》篇中文分先后，后一部分的文字逐段诠释前段文字；《墨经》中，则直接用《经上》《经说上》《经下》《经说下》名篇，这两种文体形式，与明杨慎和陈懋仁对韩非子连珠体'先列其目，而后著其解'的特征的归纳相应，故可以视《管子》和《墨经》为连珠的萌芽状态。"

其说仅从篇章角度解析连珠体，认为先列其经，后解释其经，即为连珠，同样忽视了连珠体的推理的本质，因此此观点不足以为依据，即便将连珠的萌芽归于此，论证也略显单薄。

相反，王克喜在《推类视角下的连珠体研究》一文中，紧扣连珠推类的逻辑性。他认为："连珠是古人为了建立一种有效的论证推理形式而做出的一种尝试，脱胎于《墨经》中的逻辑推类思想，成形于韩非的法家论证体系，定名于扬雄，并发生了转向，兴盛于魏晋南北朝时期。"从连珠的本体出发，紧扣连珠的推类特点，说明连珠体萌芽于《墨经》。其说虽有一定的道理，但并未解释连珠体同墨家推类思想的关系，对连珠的文体特点也有所忽视。

"推类"一词最早见于《墨辩·经下》："推类之难，说在之大小。""推类"是建立在"说"的基础上。又《墨辩》"方不㲀，说也"，知"说"其实是以"类"为基础，如一种"见者可以论未发"式的概括。换句话讲，"推类"的本质其实是将前提与结论所述对象的基本属性在类同的前提下进行的一种推断。纵观历代连珠体，无论是从静态微观角度，还是动态历时角度观察，其连珠体的推理性正是建立在"推类"的前提条件下展开的。纵然学界普遍认为，连珠体在魏晋以后走向文学发展道路，推理

[①] 吴君.连珠体的来龙去脉[J].南阳师范学院学报，2016（5）：39.

性大大削弱。其实不然,无论是魏晋以后的唐宋,还是明清时期,连珠体的推理性依然存在,并没有弱化,可见,抓住连珠体推理性的特点如同掌握其精髓,这也是其体存在与发展的源泉。从推理角度看,有学者认为"连珠是归纳,又兼演绎,并寓类比于不言之中的文体"[①],甚至有学者认为它是一种"融合演绎、归纳和类比于一体的综合性推论形式,具有丰富的逻辑内涵"[②],无论是归纳、演绎还是类比推理,我们发现其均是建立在"类同原则"基础上,如同《墨经·小取》"以类取,以类予",《墨子·经上》"法同则观其同"的原则。因此一定程度上可见,连珠体的产生与发展同墨家的推类存有思想上的渊源,将连珠体溯源于《墨经》也是较为可信的。

从古至今,争议较大当属第四种与第五种说法。

第四种说法,认为源自韩非子。此观点影响较大,其代表有明代陈懋仁为梁任昉《文章缘起》"连珠,扬雄作"一文作注云:"《北史李先传》:'魏帝召先读韩子《连珠》二十二篇。韩子,韩非也。韩非书中有连语,先列其目,而后著其解,谓之连珠。据此则连珠已兆韩非。"

从史的角度看,《北史·李先传》:"俄而召先读韩子《连珠论》二十二篇,《太史兵法》十一事。诏有司曰:'先所知者,皆军国大事。'"此类记载又见于《魏书·李先传》:"俄而召先读韩子《连珠》二十二篇,《太史兵法》十一事。诏有司曰:'先所知者,皆军国大事。'"对比两则史料,《魏书·李先传》中"连珠二十二篇"少以"论"字。检索今存《韩非子》目录,并无《连珠》或《连珠论》的篇目。

据范文澜先生考证:"《李先传》所云韩非《连珠论》二十二篇,今读韩非书,并无'连珠论'之目。按《韩非子·内储说》上有《七术》七条,《内储说》下有《六微》六条,《外储说右》上所举凡三条,《外储说右》下所举凡五条,计共三十三条,疑二十二为三十三之误。此三十三条,《韩非子》皆称之曰经,李先嫌其称经,故改名为论;又以其辞义前后贯注,扬雄拟之称《连珠》,因名为《连珠论》。"[③]由于将《连珠论》与《太史兵法》放一起同读:"《内储》谓聚其所说,皆君之内谋;《外储》言明君观听臣下之言行,以断其赏罚,赏罚在彼,故曰外也。皆人君南面之术,故李先

① 沈剑英.论连珠体,载中国逻辑史研究 [M].北京:中国社会科学出版社,1982:252.
② 孙波.连珠范式的演变及其逻辑解析 [J].甘肃社会科学,2008(3):46.
③ 范文澜.文心雕龙注 [M].北京:人民文学出版社,1958:259.

为魏帝读之。"① 因此从内容和形式上判断内外《储说》当是"连珠论"。

其次,从连珠的命名上看,目前最早肇名"连珠"的文献记载是扬雄,而今《韩非子》书中并无"连珠论",唯独内外《储说》与《北史》《魏书》记载"连珠论"相类同,这可能是一种语言传播的后置性。如同"逻辑"一词并非亚里士多德所创,而是后来斯多亚学派才提出的,该词在亚里士多德时期也并没有不存在。鉴于此《北史》《魏书》将内外《储说》称之为《连珠论》,恰恰侧面也说明了内外《储说》早于扬雄之前的连珠。清人李兆洛在《骈体文钞》卷二九"连珠类"云:"此体昉于《韩非》之内外《储说》,《淮南》之《说山》。"也正是看到"连珠"受内外《储说》《说山》形式上的影响。刘师培在《文说·耀采篇》直接说:"韩非著书,肇引连珠之体。"因此也就不难理解章学诚在《文史通义·诗教上》云:"韩非《储说》,比事征偶,连珠之所肇也。"

今天看来,《墨经》是古人对"推类"思想的深入总结,加之诸子时代,唇枪舌剑,各抒己见,在诸子谏言与论辩中,推类思想不仅具有"辩",而且也具有"辨"的功用。连珠体恰恰吸收了"辨"与"辩"的功用特点,无论从文体的功用上,还是推理上,其体与推类思想都是一脉相承。韩非子正是推类的功用,内外《储说》突破以往文章形式,发明了"先列其目,而后著其解"的文体特点,增强了论说的功效。以上,我们认为连珠体当起源于《韩非子》。

第五种观点,认为源自扬雄。最早提出此观点的是刘勰《文心雕龙·杂文》:"扬雄覃思文阁,业深综述,碎文琐语,肇为连珠。"此外还有沈约《注制旨连珠表》:"窃寻连珠之作,始自子云。"任昉《文章缘起》:"连珠,扬雄作。"徐师曾《文体明辨》:"盖自扬雄综述碎文,肇为连珠,而班固、贾逵、傅毅之流,受诏继作。"

目前扬雄《连珠》在传世文献中仅存两首,如下:

(5)臣闻明君取士,贵拔众之所遗;忠臣荐善,不废格之所排。是以岩穴无隐,而侧陋章显也。(西汉·扬雄《连珠》)

(6)臣闻天下有三乐,有三忧焉:阴阳和调,四时不忒;年谷丰遂,无有夭折;灾害不生,兵戎不作;天子之乐也。圣明在上,禄不遗贤,罚不偏罪,君子小人,各处其位,众臣之乐也。吏

---

① 范文澜.文心雕龙注 [M].北京:人民文学出版社,1958:259.

不苟暴,役赋不重,财力不伤,安土乐业,民之乐也。乱则反焉,故有三忧。(西汉·扬雄《连珠》)

（7）观听不参则诚不闻,听有门户则臣壅塞。其说在侏儒之梦见灶,哀公之称"莫众而迷"。故齐人见河伯,与惠子之言"亡其半"也。其患在竖牛之饿叔孙,而江乙之说荆俗也。嗣公欲治不知,故使有敌。是以明主推积铁之类而察一市之患。(战国·韩非子《内储说上》)

从内容上看,扬雄传世作品中例（6）明显不符合后世刘勰、沈约等批评家所述"连珠"的特点,因此后世学者却以"刘勰和沈约是历史上最著名的文学评论家,又是治学严谨的学者,而且他们距扬雄、汉章帝的时代较近,因此,他们提出的见解应是较为可信"[1]的认识来追溯连珠起源问题是欠妥的,以成熟时期连珠体的特点去界定早期作品,忽视早期连珠体的不稳定性。例（6）整首连珠通过描述"天下三乐""天下三忧"而展开,在正反对比中隐藏了劝谏君主治国的理想。对比韩非的连珠,首先,两者在内容与功用上皆用以说明君主治国之道;其次,在形式上,扬雄继承并改造了韩非连珠的形式,例（6）中,扬雄省去例（7）韩非"是以"后面主旨,在正反对比中进一步体现;在例（5）中,扬雄省去例（7）韩非"其说""其患"部分,直接以"臣闻……是以……"展现。可见,扬雄的"连珠"对韩非子的"连珠"是具有继承性的。

其次,据晋傅玄《连珠序》云:"连珠者,兴于汉章帝之世。班固、贾逵、傅毅三子受诏作之。"又扬雄生于公元前53年至公元18年,结合扬雄晚年对汉大赋的认识,"连珠"极可能是其晚年所作。又汉章帝之世约在公元57—88年之间,前后间隔不足百年,因此可推测班固所作《拟连珠》极可能是仿扬雄《连珠》[2]的作品,至少可确定其仿之作当属于早期连珠。

今传世班固《拟连珠》五首,除去二段式连珠体外,还有一类体较为特殊。如:"臣闻:公输爱其斧,故能妙其巧;明主贵其士,故能成其治。"如同二段式连珠中的前提或断案中的对句,前后间构成一种类比

---

① 罗宪文.连珠文体初探[J].内蒙古大学学报（哲学社会科学版）,1986（3）:35.

② 张晓明.论扬雄"连珠"的文学价值[J].青岛大学师范学院学报,2002（2）.可知"扬雄《连珠》很可能作于哀、平年间,其目的在于讽喻。"

推理。将公输班爱斧的行为和结果与明主重视才士的行为和结果进行类比,君主在阅读中进行推类认识,从而达到劝谏的功效。类似的还有:"臣闻马伏枥而不用,则驽与良而为群士;齐僚而不职,则贤与愚而不分。"

通过查阅韩非三十三首连珠作品,同样有此类作品。如"失臣主之理,则文王自履而矜。不易朝燕之处,则季孙终身庄而遇贼。"(《外储说左下》)前后对句间构成一种类比推理。鉴于韩非创作的是一种自下向上带有说服色彩的"辩",因此先言理由,后举例论证。班固的创作是受诏而作一种自下而上带有解释色彩的"辨",因此两者对句在重点前后出现会有所不同,但其本质皆为一段式连珠,其逻辑形式皆为类比推理。从班固模仿的早期连珠作品可见,早期连珠,其形式并不固定,并非局限在二段式,还存在一段式类比连珠。追溯这种一段式类比连珠体最早又见于韩非连珠中。

追溯早期连珠作品的形式,我们均能在韩非《连珠论》中找到原型,虽然早期的连珠作品同样散见于先秦其他散文中,但它们只能算是"连珠式",缺乏篇的形式,而韩非《连珠论》则不同,他是首位将此类短小而富有推类形式的体裁,以定格联章排列成篇的。三十三首连珠体,虽在语言表述中缺乏骈偶性,其连珠体的结构形式"先言理,次案断,后举例"或"先言理,后举例",这些特点都为后世连珠体结构所继承与发扬。可见,从传世文献角度,扬雄《连珠》班固《拟连珠》都具有承袭与发扬韩非子《连珠论》的特点。

刘勰《文心雕龙·杂文》:"扬雄覃思文阁,业深综述,碎文琐语,肇为连珠。""覃思文阁"是描述扬雄在天禄阁中静默深思;"业深综述"描述他学业精深、善于综述前人著作;"碎文"指文章中的片段。"琐语"又见于刘勰《文心雕龙·诸子》:"迄至魏晋,作者间出,谰言兼存,琐语必录。"可见,刘勰的"琐语"是指琐碎的言谈。"碎文"与"琐语"并列,即描述扬雄把富有启发性的琐碎的言辞集结起来,命名为"连珠"。刘勰所述"业深综述,碎文琐语"其本质已说明"连珠兴起的继承性"[①],是受先秦散文影响而成。与刘勰同时代的沈约在《注制旨连珠表》中云:"窃寻连珠之作,始自子云,放《易》象《论》,动模经诰。""放《易》象《论》,

---

① 陈汝法.试论"连珠体"的产生及影响 [J].北京图书馆馆刊,1994(3):37.

动模经诰。"即描述扬雄所作连珠是仿照《易经》模仿《论》,具有经和诰的劝谏作用。同样强调了扬雄《连珠》的创作是受前人著作影响的。持此观点,还有明人徐师曾《文体明辨》:"盖自扬雄综述碎文,肇为连珠,而班固、贾逵、傅毅之流,受诏继作。"

扬雄作为汉赋大家,以善于模仿前人作品而著称。他"少时好学",其作赋风格多仿司马相如,"心好沈博绝丽之文"(《答刘歆书》),随着赋体创作的深入,他晚年有感于汉赋的缺点是过分渲染,而提出"诗人之赋丽以则,辞人之赋丽以淫"的观点,认为汉赋如同"童子雕虫篆刻",难有"劝百讽一"作用。又据《华阳国志》卷十:"雄以经莫大于《易》,故作《太玄》;传莫大于《论语》,故作《法言》;史莫善于《仓颉》,故作《训纂》;箴谏莫美于《虞箴》,故作《州箴》;赋莫弘于《离骚》,故反屈原而广之;典莫正于《尔雅》,故作《方言》。"① 鉴于此,扬雄转向短小文体连珠的创作也不难理解。他的《连珠》应该是模仿韩非《内外〈储说〉》中"经"或"论"的部分,将前人启发性的碎文琐语汇总取的一个篇目名,此时的"连珠"并未独立成体,随着后世效仿者增多,无论是篇名还是体式上的模仿,渐渐使其形式趋向固定,终成一种文体。

以上,我们可认为扬雄《连珠》并非最早,其创作是受韩非《内外〈储说〉》的影响而成,但"连珠"的名称,当时乃扬雄所立。如方以智《通雅》所云:"韩子比事,初立此名,而组织短章之体则子云也。"②

第六种说法,认为源自《内外〈储说〉》《淮南子》。其代表是清代李兆洛《骈体文钞》卷二十九:"连珠体仿于韩非之《内外〈储说〉》,淮南之《说山》。傅休奕谓连珠兴于汉章帝之世,班固、贾逵、傅毅三子受诏作之,而《艺文类聚》所载有扬子云,恐非其实。"其观点某种程度上不仅印证了连珠体源自韩非子,还认为韩非子的《内外〈储说〉》与《淮南子》同属于连珠体的创始之作。

第七种说法,认为源自墨韩管荀诸家或源自先秦诸子。其代表是钱钟书《管锥编》:"盖诸子中常有其体,后汉作者本而整齐藻绘,别标门类,遂成'连珠'。如《邓析子·无厚篇》中'夫负重者患途远''猎黑虎者,不于外圈''夫水浊则无掉尾之鱼'三节即连珠之草创;《淮南子》更多,而《说山》《说林》《修务》为其尤。后来如《抱朴子》外篇《博喻》,稍加

① 常璩著,汪启明,赵静译注.华阳国志译注[M].成都:四川大学出版社,2007:402.
② (清)方以智.通雅[M].上海:上海古籍出版社,1988:176.

裁剪，便于陆机所《演》同富；刘昼《刘子》亦往往可拆一篇而成为连珠数首。若谭峭《化书》，则几乎篇篇得剖贝成珠矣。"① 钱钟书所述"连珠"其实是先秦文论中散见的与连珠体相似的连珠式。在战国时期，谋臣策士在游说中，常运用连珠式传情达意。如《文史通义》云："战国者，纵横之世也。是以比兴之旨，讽喻之义，固行人之所肆也。从横者流，推而衍之，是以委折而入情，微婉而善讽也。"② 这种说理方式同样见于《论语》《孟子》《管子》《荀子》等书中，但唯独《韩非子》不同，他在《内外〈储说〉》中将这些短小的论说方式，从文中摘录下来，围绕同一主题进行排列而成经或论。不可否认，这在先秦诸子散文中是一种创造，不同于连珠式是一种散见现象。可见，将连珠的起源泛化归结于墨韩管荀诸家或源自先秦诸子其实是不准确的。

第八种说法，认为连珠体开始于汉章帝。据晋傅玄《连珠序》云："连珠者，兴于汉章帝之世"，学界认为"兴"有两种解释，一种认为"兴"字作"起始"之意，然在汉章帝之前，扬雄已有连珠作品，且已《连珠》定名，故其说不攻自破。笔者认为"兴"应当作"兴胜"，因此通过《连珠序》可知：第一，连珠体在汉章帝之时已开始兴胜；第二，班固、贾逵、傅毅三人在章帝要求下创作，说明其体当已经独立且受到帝王的宠爱；第三，三人之作，虽参差不齐，但都属于均为仿拟之作。

第九种说法，认为源自陆机。此说之代表是清人张之洞《广雅堂诗集》下册《连珠诗》，其自序云："陆士衡创为《演连珠》，后世多效之。然骈体终不得尽意，今以其体为诗，务在词达而已。"今观之亦为失误。

以上，在韩非子之前，"连珠式"已散见于诸子言论之中，但它尚未独立，更多是镶嵌于他文中总结或引领观点而存在，没有准确的称呼。至韩非开始有意识地将此论说方式编排成经，发明其体；至汉代扬雄模仿并改造其体，依据其形式特点，有肇名为"连珠"，自此，随着模仿者渐多，连珠逐渐成为一种文学文体。

二、连珠体的创作机制及其构成基础

（一）连珠体的创作机制与墨家的"三知"说

同其他文体不同，连珠体的特殊性在于其富有推理性，抓住了其推

---

① 钱钟书.管锥编 [M].北京：中华书局，1979：1136.
② （清）章学诚，吕思勉.文史通义 [M].上海：上海古籍出版社，2009：19.

理性就掌握其体的精髓。鉴于此,笔者试图分析历代连珠体,构建其创作机制。经分析发现连珠体的创作机制与墨家的"三知"说有着密切的关联。

《墨子·经上》将人获取知识的依据划分为三类:"知:传受之,闻也。方不障,说也。身观焉,亲也。"即"闻知""说知""亲知",三者之间相互联系,相互统一。"闻知"是通过传授得来的知识;"说知"是一种从已知到未知逻辑推理过程获得知识,如同"以往知来,以见知隐"的推理;"亲知"是"通过自己的亲力亲为,在繁杂的社会现象或实验中概括总结出的新知"[1],可见"亲知"也包含自身的观念。

纵观历代连珠体作品的形式,大体有两类:一类为两段式连珠,即"臣闻……,……""臣闻……是以……""臣闻……故……";一类为三段式连珠"臣闻……是以(故)……故(是以)……""臣闻……何则?……是以……"从形式上看,连珠体开头常以"臣闻"起,类似于墨家所述的"闻知";在二段式连珠中常采用"是以""故"等连词表达结论或论据,类似于墨家所述的"说知",在三段式连珠中,"是以""何则"之后说述更偏向于墨家所述的"亲知",在"故""是以"之后则是墨家所述的"说知"。分析如下:

第一类:二段式连珠

（8）臣闻:明君取士,贵拔众之所遗;忠臣荐善,不废格之所排。(前提)是以岩穴无隐,而侧陋章显也。(西汉·扬雄《连珠》)

扬雄通过"闻知"即"明君取士""忠臣荐善"两个行为所指向结果的类同关系,即"人才不会被埋没";基于此他得出"说知",即"岩穴无隐,而侧陋章显"的逻辑推论。墨家类同原则在推类中的表现:推理者以类同关系为基础,将前提中行为结果的某种属性贯通其类,推断该类的全部对象都具有这种属性。此首连珠的推类本质是一个不完全归纳推理,其前提与结论之间是一种或然联系。

（9）臣闻:公输爱其斧,故能妙其巧;明主贵其士,故能成其治。(东汉·班固《拟连珠》)

① 张永祥,肖霞.墨子译注[M].上海:上海古籍出版社,2015:313.

"公输爱其斧""明主贵其士",二者在行为及行为指向结果上具有类同关系,即"爱其物,成其治"。班固通过"闻知"即"公输爱其斧,故能妙其巧",来"说知"即"明主贵其士,故能成其治",前后形成类比推理,其前提与结论之间也是一种或然联系。

(10)盖闻:廉将军之客馆,翟廷尉之高门。盈虚倏忽,贵贱何论?是以平生故人,灌夫不去;门下宾客,任安独存。(南北朝·庾信《拟连珠》)

庾信"听闻"先列举事例,即"廉颇将军和翟廷尉的家里,当有权势时,常常宾客满堂,当失权势时,常常空无一人,变换很快"。感慨"人与人交往都是以贵贱来衡量,有何交情可论?"依据廉颇将军和翟廷尉得势与失势的相似性,言人情冷暖世态炎凉的道理,庾信又从反面"说知":"平生故人,灌夫不去;门下宾客,任安独存。"表达了知己难寻,忠友难遇的感慨。

第二类:三段式连珠

(11)臣闻:音以比耳为美,色以悦目为欢。是以众听所倾,非假北里之操;万夫婉娈,非俟西子之颜。故圣人随世以擢佐,明主因时而命官。(西晋·陆机《演连珠》)

此类连珠乃陆机首创,常以"臣闻"起头,"是以"为转合,最后以"故"来引申结尾。整首连珠完美融合墨家"三知"理论为一体,具体先以"闻知"表述臣听说:"音乐以悦耳为美,女色以悦目为喜",后以"亲知"认为"众人听感所喜欢的,就无须借用北里古乐的歌曲;许多人所欣赏的美,就不必等待古代西施容颜的再现。"依据"众听所倾""万夫婉娈"行为所指的类同性,即"当顺应时代之有,无空慕古人",最后通过"说知"推类出"圣人应当顺着时代所拥有的人才来选拔辅佐的大臣;明智的君主当顺应时代的需要来任命官吏"。从"闻知"到"亲知"是一种演绎推理,从"亲知"到"说知"是一种类比推理,从"闻知"到"说知"又表现为一种演绎推理。

(12)臣闻:寻烟染芬,薰息犹芳;征音录响,操终则绝。

何则？垂于世者可继，止乎身者难结。是以玄晏之风恒存，动神之化已灭。（西晋·陆机《演连珠》）

此类连珠也首创于陆机，其基本形式为"臣闻……何则？……是以……"。从推论形式看，以"闻知"述所听来的道理，即"顺着烟气沾染香味，烟气消散后仍有芳香。求歌曲的节奏就记下它的音调，等那歌曲结束时，音调也会没有了。"次以"何则？"为转合，引出作者"亲知"的见解，即"用书面文字记录世上的法则可以继续流传，局限于自身抽象的神感应是不可传的"，最后"说知"推类出"礼教的流风常常存在，变动不测的政化却早已泯灭了"。从"闻知"到"亲知"是一种归纳推理，从"亲知"到"说知"是一种演绎推理，从"闻知"到"说知"又表现为一种演绎推理。值得注意的是"亲知"所得到认识也并非全部正确。从今天的物理学中可知，"寻烟染芬，熏息犹芳"其实是空气分子运动的结果，"征音录响，操终则绝"其实是物体振动的结果，并非陆机所认识的。从侧面证明"亲知"是作者通过亲身实践得来的知识，又由于古人认识水平有限，因此此类连珠中"何则？"后"亲知"所得到观点还有可能存在诡辩。

通过对连珠不同形式的分析，可见连珠体的创作机制其实是将《墨子·经上》中"闻知""说知""亲知"三者融为一体综合的表达，侧面佐证连珠体的创作思想萌芽于墨家的推类思想，形式创造成形于韩非子，肇名于扬雄。二段式连珠的创作机制常以"闻知"起头，以"说知"推类来结尾，表现出一种归纳、演绎、类比两两衔接的语用逻辑形式。三段式连珠的创作机制也常以"闻知"为起头，以"亲知"为转合，以"说知"推类来结尾，表现出一种归纳、演绎、类比两两衔接或三者为一体的语用逻辑形式。

（二）连珠体构成基础

1. 哲学基础

通过对历代连珠体进行分析，我们认为，透过现象看本质、溯源因果是连珠体形成的哲学基础；而矛盾的普遍性与特殊性、共性与个性的统一，则是构成整首连珠体的哲学基础。

矛盾的普遍性与特殊性、共性与个性的统一，是整首连珠构成的哲学基础。普遍性是指同类事物共同具有的状态、属性和变化发展的规律，即共性方面；特殊性是指同类事物中各个事物所具有的不同特点，即个性方面。普遍性寓于特殊性之中，特殊性又受普遍性的制约，两者是辩证统一的关系。一方面连珠体起头多通过"臣闻"描述两种自然或社会生活现象，通过两种现象揭示存在其中的普遍的、共同的规律；另一方面"是以"或"故"后所表达的内容、展现的角度等都有不同的特点，又有着特殊性，换句话说，连珠体某种程度上是将矛盾的普遍性应用于特殊性之中的一种表达，同时连珠体的特殊性又受普遍性的制约，两个方面是相互联结的。可见连珠体现了矛盾的普遍性与特殊性、共性与个性的统一。

连珠文的形成同样是建构在此基础上，单首连珠体是由"臣闻""是以""故"等关联词构成的相似结构所构成，多首连珠体定格联章构成了连珠文，这就是连珠文的普遍性；组成连珠文的各首连珠，在具有相似结构的前提下，又有着各自的特殊性，所表达的内容具有多角度多层次的特点，因此也体现了连珠文的特殊性。

在二段式连珠中，透过现象看本质是构成连珠的哲学前提。本质是事物的根本性质或组成事物基本要素的内在联系，现象是事物的外部联系和表面特征。现象与本质是对立的，现象是表现的、具体的、容易变化，往往需要靠感官感知；本质则是隐藏在事物内部的，是事物一般共同的、相对稳定的方面，它往往只能依靠抽象思维来把握。现象与本质是统一的。现象离不开本质，任何现象都由本质所决定，都是本质的某种表现；本质也不可能离开现象而单独存在，都要通过现象表现出来，因此，两者是辩证统一的。人们认识事物总是通过对现象的分析研究才能了解到本质，这个分析研究过程常常被概括为"去粗取精，去伪存真，由此及彼，由表及里"的过程。在连珠创作中，"臣闻"常常通过描述自然或生活现象，通过揭示现象的本质为下文"是以"或"故"后的结论做铺垫。例如："春风朝煦，萧艾蒙其温；秋霜宵坠，芝蕙被其凉。"谁都知道"萧艾""芝蕙"在春天与秋天感受的气温变化，陆机通过现象归纳得出"自然界中万物皆平等"的规律，通过揭示现象的本质为下文结论做铺垫。

在三段式连珠"臣闻……何则？……是以……"中，因果关系则是其前提建构的一个哲学基础。有原因必会造成某种结果（或影响），有结果又必来源于某种原因。一般来讲，原因在前结果在后；同一个现象，依据不同的条件,可以是原因也可以是结果,前一个原因的结果也可能是后一个结果的原因;同时,一个原因可以引起几个结果,一个结果也往往由几个原因引起。在三段式连珠中,"臣闻"后常常描述一种自然或社会现象,"何则?"后描述原因,紧接着"是以"对所述原因进一步说明。例如:"臣闻:寻烟染芬,熏息犹芳;征音录响,操终则绝。何则?垂于世者可继,止乎身者难结。是以玄晏之风恒存,动神之化已灭。"(陆机《演连珠》)

从"臣闻"来看,即"顺着烟气沾染香味,烟气消散后仍有芳香。求歌曲的节奏就记下它的音调,等那歌曲结束时,音调也会没有了。""何则?"为作者认为的原因,即"用书面文字记录世上的法则可以继续流传,局限于自身抽象的神感应是不可传的",最后"是以"从另一方面进一步说明原因"礼教的流风常常存在,变动不测的政化却早已泯灭了"。

2. 美学基础

从连珠体的形式看,成熟的连珠体句式常运用对偶句进行表达;连珠文则是由多首连珠体定格联章所构成,而这里的定格联章,其实也是按照一定规律排比的手法。

(1)对称与平衡

在连珠体中,前提多以字数相等、句法结构相同或相似的形式呈现,表现出两两相对;结论的推导因建立在前提上,故也多以两两相对的形式展现。如陈望道先生所云:"对偶所以成立,在形式方面实在是普通美学上的所谓对称。"[1] 对称不同于反复,陈望道先生在《美学概论》中指出,对称与反复相比,稍显繁复。朱承平先生则认为"反复"即"重复","偶句的重复不是词语的重复和句子的重复,而是基本结构和行文规则的重复。这种重复,具体表现在字数相等、词性相对、词义类别相同,以及附带产生的句式结构对应等方面;就连平仄声调的交错对立,也能在一种规律性变化中获得循环往复的雷同效应"。"这种重复以相同不变的有定规则驾驭着万万千千内容迥异、变化不同的各色词语。"可见,对偶的重复其实是形式方面的重复,这里的对偶也就是对称。

在连珠体中,无论是"臣闻"之后前提或观点的对称,还是"是

① 陈望道.修辞学发凡.载陈望道学术著作五种[M].上海:复旦大学出版社,2005:361.

以""故"后的结论的对称,其对称的方式不仅包括平行对、流水对,还包括宽对等,具有多样的形式。从形式上看,平行对的词性、句法结构等方面要求对称。如"良臣度其材而成大厦,明主器其士而建功。""申胥流音于南极,苏武扬声于朔裔。"两者表意平行对举而不分先后。流水对仍属于基本对称范畴,只是在语义层面展现出一种动态性。如"研磨墨以腾文,笔飞毫以书信。"出句"研墨"与对句"飞毫"的行为存有先后关系,是一种过程连贯型的流水对。"岩穴无隐,而侧陋章显也",出句与对句前后构成一种假设关系的流水对。

宽对属于对称中的一种特殊形式,虽也讲究对称性,但更多强调的是均衡。陈望道先生曾在《美学概论》中认为:"均衡是左右的形体不必相同,而左右形体的分量却是相等的一种形式。"在宽对中,虽然只要求对句关键部位的词性与出句相应部位相对,在非关键部分则呈现出一种不相对称,但这种不相对称的部分却是少量的,不足以打破出句与对句之间的均衡。

正如黑格尔所述:"如果只是形式一致,同一定性的重复,那就还不能组成平衡对称。要组成平衡对称,就须对大小、地位、形状、颜色、音调之类定性方面有所差异,这些差异还要以一定的方式结合起来。只有把彼此不一致的定性结合为一定的形式,才能产生平衡对称。"连珠体中用偶正是如此,不但在结构、节奏,甚至在词性等形式方面都对称,而且其对应表达的语义特征也是对举,讲究平衡与匀称。可见,连珠体所产生的美感效应当是建立在平衡与匀称基础上的。

（2）繁多的统一

从动态角度看,连珠并非仅限于单首,当多首连珠体以定格联章的形式呈现,也可称连珠。而这里的"定格联章"其实是一种排比手法,这种排比手法是一种全方位、多角度、深层次围绕一个主题的描述,因此本书将其界定为连珠文。连珠文的美感源自排比,是一种繁多的统一。陈望道《美学概论》认为:"美的对象最好一面有着鲜明的统一,同时构成它的要素又是异常的繁多。"[1]在连珠文中,每首连珠体皆以"臣闻……是以……故……"为共同要素,即"公相","公相为全体底形成原理,根本节奏,根本思想,根本情调",每一首连珠的本体则是"公相所

---

① 陈望道.修辞学发凡.载陈望道学术著作五种[M].上海:复旦大学出版社,2005:103.

分化的枝叶"。每一首连珠结构相似,语义相连,按照一定的规律整齐排列,共同构成连珠文整体,展现出美的统一性。在整体的统一中又独具个性,所用的词语、表达内容、所用节律各有所异,此为"公相所分化的枝叶",展现出多样性。如明人叶小鸾《艳体连珠》九首,每首连珠皆以"臣闻……故……是以……"为"公相",构成排比的统一性;而这九首连珠又分别从女子的发、眉、目、唇、手、腰、足、全身以及七夕来吟咏,每首字数长短不一,所述内容又各具差异,此为"公相所分化的枝叶",构成排比的多样性。以上可见,连珠文既富含统一的整齐美又具有多姿的变化美,两者相得益彰,形成繁多的统一性。

3. 心理基础

傅玄《连珠序》云:"连珠者,其文体辞丽而言约,不指说事情,必假喻以达其旨,而贤者微悟,合于古诗讽兴之义。"可知连珠其体形成的心理基础乃建立在比喻之上,即基于"感知、联想、想象的心理机制",可从说写者、听读者的心理活动进行探讨。

陈望道先生《修辞学发凡》中认为:"比喻是思想的对象同另外的事物有了类似点,说话和写文章时就用那另外的事物来比拟这思想的对象的。"可见,比喻其实是包含"共有思想的对象""另外的事物""类似点"等三个要素。从说写者角度看,"在创作连珠体时常常需要对客观事物的感知"[1]。这里的感知其实是感觉与知觉的混合,如朱德熙先生所述"知觉是在感觉的基础上产生的,但不是简单的相加。在知觉中,人的知识经验起着重要作用"[2]。可见连珠体的创作正是建立在说写者对客观事物的认识和经验的基础上,在此基础上开展进一步的创作。即"本体作为客观存在物,刺激着创作者的感观,以其鲜明的生动形象进入创作者大脑,并与原本储存于头脑中的既有认识共同作用,以期找出喻体"[3],这便是比喻修辞的前提。

所谓的联想,是指由一事物想到另一事物的心理过程,是客观事物之间的联系在人们头脑中的反映。从联想的内容上看,可分为相似联

---

① 曾雄伟,王琴.比喻修辞的心理机制分析 [J].湖南人文科技学院学报,2007(4):152.
② 朱德熙.语法分析和语法体系 [J].中国语文,1982.1.
③ 曾雄伟,王琴.比喻修辞的心理机制分析 [J].湖南人文科技学院学报,2007(4):152.

想、对比联想、接近联想和关系联想。而比喻主要以相似联想为主，以两种事物的性质或形态上的相似为基础，引发人由一种事物的知觉和回忆而对另一事物的联想。如"公输爱其斧，故能妙其巧；明主贵其士，故能成其治。"即公输爱斧造的行为，造就其神工巧匠的结果，引发人由此行为与结果的认识联想到英明的君主如果能重用贤才，也一定能治理好国家。

所谓的想象是"以原有表象或经验为基础创造新形象的心理过程，其生理基础是大脑中旧的暂时联系经过重新配合构成新联系的过程。按照想象内容的新颖性、创造性的不同，分为再造想象和创造想象。"从听读者的心理活动看，连珠体的文体特征是由比喻而达到令贤者微悟，其实便是听读者对连珠体所用喻再造想象的活动，通过解读喻体所传递的信息，激发听读者的想象活动，借助大脑对生动形象喻体的认知，加深对本体的认识。如"臣闻春风朝煦，萧艾蒙其温；秋霜宵坠，芝蕙被其凉。是故威以齐物为肃，德以普济为弘。(陆机《演连珠》)"以"春风""秋霜"比喻"君王"，以"萧艾""芝蕙"比喻"群臣"，通过分别描述"萧艾""芝蕙"在春天与秋天感受的气温变化，借助具体生动的自然景象，令听读者再造想象，进而归纳出"威力要平等，恩德要普及"的认识，暗示君主当罚不遗贵，赏不遗贱。

4. 语言基础

连珠体作为一种文体，除"臣闻……是以……故……"等固定连接词外，其形式上还多运用对偶、排比等手法。汉语自身的独特性，为对偶、排比的形成和创造提供了客观条件。

第一，汉语词汇基本没有形态上的变化，如动词没有时态、人称没有变化、代词没有主宾格之分等，也缺少前缀后缀的变化，如"悲伤"一词，可做谓语，可做定语，还能做状语。汉语的这些语言特点为对偶提供了极大可能性。与此同时，古汉语词汇中还有大量的单音节词和双音节词以及较多的同义词，这些词汇同样为汉语对偶中讲究词义对当、词性对品、平仄押韵等方面提供了得天独厚的条件。

第二，汉字属于方块字，每个字具有很强的立体感，在句中所占空间相等。在古代汉语中，每个汉字对应的词或语素也是单音节的。如同"一些方方正正的砖块，可以用数目相同的两堆砖头，垒砌成任何两个建筑物，而使它们的样子完全相同。不像拼音文字，每个词拼写的长短参差不齐,包含的音节也无定数,很难使两段相对的文字完全对称。"①

第三,汉语的语法具有较强的弹性,语序自由灵活,因此在汉语运用中更容易排列组合,从而达到对称、均衡、整齐划一的审美效果。

第二节　连珠体的结构形式

分析历代连珠体作品,其形式总体呈现出多样性。我们试从宏观与微观两个角度进一步划分。从宏观角度,依据连珠体结构形式可分为:一段类比式连珠、二段式连珠、三段式连珠、复杂段式连珠;依据连珠体结构功能可分为:明理、用喻、举例、断案四种;依据连珠体的推理形式可分为:论证式、类比式、归纳式、演绎式、归纳演绎式、归纳类比式、正反类比式、论证与归纳式、演绎归纳类比一体式等。从微观角度,依据连珠体形式标记可分为:发语词标记、结构连词标记、疑问代词标记。

一、连珠体的结构形态及其特点

纵观历代连珠体的形态,依据连珠体形式标记的划分,大体可划分四大类:一段式连珠、二段式连珠、三段式连珠、复杂式连珠。

（一）一段式连珠

一段式连珠体缺少论证,往往在发语词之后点明观点。其观点的表达形式有两种:一种为对偶句,出句与对句,形式相似、语义相对,形成对比;一类为排比句,全方位,多角度,说明事理,直抒胸臆。此类连珠不仅见于两汉时期,还见于明清时期。举例如下:

---

① 宗廷虎,陈光磊.对偶辞格审美发展史（第四卷)[M].长春:吉林教育出版社,2018: 17.

1. 对偶句类

（1）臣闻公输爱其斧，故能妙其巧；明主贵其士，故能成其治。（东汉·班固《拟连珠》）

（2）臣闻良匠度其材而成大厦，明主器其士而建功业。（东汉·班固《拟连珠》）

（3）臣闻马伏皁而不用，则驽与良而为群士；齐僚而不职，则贤与愚而不分。（东汉·班固《拟连珠》）

（4）皋夔之勋，责之于共鲧；韩岳之忠，求之于桧离。此待人者之过也。鹪鹩翼弱，使其扬鹓鸰之辉；山狸毛毵，望其工解鹰之斗。此待物者之过也。（清·姚燮《演连珠》）

以上四首均为对偶形式，其中前三首是班固模仿东汉扬雄《连珠》所作《拟连珠》，侧面可见扬雄的《连珠》也并非全是二段式，也有一段式的。从目前所存扬雄《连珠》两首的内容上看，扬雄时期连珠的形态还并不固定。从班固《拟连珠》上看，采用对偶手法，前后句不仅在内容上类比，而且在形式上也形成对比，在对比中深化听读者对说写者表达的理解。此创作手法还见于王粲《仿连珠》、葛洪《博喻》《广譬》中。

（5）臣闻振鹭虽材，非六翮无以翔四海；帝王虽贤，非良臣无以济天下。（东汉·王粲《仿连珠》）

（6）臣闻观于明镜则疵瑕不滞于躯，听于直言则过行不累乎身。（东汉·王粲《仿连珠》）

2. 排比句类

（7）道为知者设，马为御者良。贤为圣者用，辨为知者通。（东汉·蔡邕《连珠》）

（8）抱朴子曰："豹笏之裘，不为负薪施；九成六变，不为聋夫设；高唱远和，不为庸愚吐；忘身致果，不为薄德作。"（东晋·葛洪《抱朴子·博喻》）

此类连珠体以四句排比句并列展开，其主旨蕴含于其中。如蔡邕《连珠》将治国用人之道的普遍性寓于特殊性之中，通过描述"道路是知道的人所设置,马是让骑马的人来驾驭,贤才是为圣明君主所任用,论辩之道是智者所通晓的。"将"君主用贤"的思想寓于"道""马""辨"之中,通过排比的手法表达出。而抱朴子所用排比句则从反面描述"豹笏之裘""九成六变""高唱远和""忘身致果"分别描述君主治国之礼的重要性。

(二)二段式连珠

二段式连珠通常在发语词之后说出前提,在结果连词之后点明观点。其形态模式大体有:"臣闻……是以……""臣闻……故……""臣闻……是故……"等形式。

依据发语词后前提条件描述的简单与复杂,又可细分为两类,一类为一个简单的二段式,即一个前提条件对应一个论点;一类为两个或两个以上前提条件对应一个论点。

1. 简单的二段式连珠(显性二段式)

简单的二段式连珠,主要指发语词之后的前提为一个对偶句,结果连词之后对应也为一个对偶句。举例如下:

> (9)吾闻道行则五福俱奏,运闭则六极所钟。是以麟出而悲,岂唯孔子;途穷则恸,宁比嗣宗。(南朝梁·萧纲《被幽连珠三首》)
>
> (10)余闻易栋需材,大小异区。瘵疾需药,甘苦殊性。故弃大取小,难扶六宇之颠;厌甘即苦,何补七年之病。(明·郑晓《连珠》)

以上三例,皆在发语词后用一个对偶句点明其前提或观点,在结果连珠之后同样以对偶句的形式对应一个结论或论证。(9)中连珠第一段"大道运行时,五种福都会来;大道衰塞时,六种凶恶就会聚在一起。"说明了前提;第二段通过列举孔子知大道衰而停止作《春秋》,阮嗣宗穷途恸哭的行为进一步论证其前提观点。即一个前提对应一个结果,便是简单二段式连珠的要点。又如(10)中明代人郑晓《连珠》第一段"余闻"后说明原因,即建楼房的材料是有大小区别的,治疗重病所用药有甜苦的差别;第二段"故"之后推出结果,即放弃大建筑材料而取小的木头,是难以建成高楼大厦的;不喝苦药,是难以治疗多年的疾病的。第一段的前提说明原因,对应第二段的结论说明结果。

2. 复杂的二段式连珠(隐性二段式)

复杂的二段式连珠又可分两种情况:一种是其前提并非一个对偶句能描述清楚,而是两个或两个以上的条件,对应一个论点;另一种是其结论并非一个对偶句能描述清楚,而是一个前提对应两个或两个以上的论点。

（11）盖闻外味不加,则形气日削;内养有道,则神明自腴。苟譬诸物,若契以符。是以脾析一停,摩牛即仆;中夷既涸,鳜刀成枯。(明·宋濂《连珠》)

（12）盖闻人非大圣,鲜有全材。君欲任贤,当如用器。惟能避短而庸长,乃克奏功而济事。是故骅骝骒骊以之运磨,不若蹇驴之能。干将莫邪以之刈草,不若钩镰之利。(明·刘基《拟连珠》)

以上两例均属于前提复杂二段式,因其前提皆有两个条件对应一个论点。如(11)中第一段"盖闻"之后通过描述"外来饮食五味不加于口,就会使身体气血日渐衰弱;内在的养生之道,应会使精神丰满。假设以物体来比喻,其道理就同契券相同。"四句话皆在阐述其前提观点;第二段"是以"之后则通过列举"脾析(牛胃)""中夷(胰脏)"来论证说明前提。(12)中第一段含两个条件,皆围绕明君用人之道来说明;第二段则列举"骅骝骒骊""干将莫邪"来论证其前提。

（13）臣闻太微象呈西京,敞端闱之度;章陵郁近南都,焕连阁之光。是以交同会极于日下,殿陛存址于沈阳;门启大清,题文德武功于双掖;殿称崇政,观飞龙翔凤于两厢。(清·吴焘《圣驾东巡盛京祇谒祖陵恭纪》)

（14）抱朴子曰:偏才不足以经周用,只长不足以济众短。是以鸡知将旦,不能究阴阳之历数;鹊识夜半,不能极晷景之道度;山鸠知晴雨于将来,不能明天文;蛇虫岂知潜泉之所居,不能达地理。(东晋·葛洪《抱朴子·博喻》)

以上两例皆属于结论复杂性二段式。从例中可见,第一段"臣闻"后叙述了一个条件,第二段"是以"后也对应了一个结论,但结论的叙述由三个结构相似的排比句构成。(13)通过描述"太微象呈西京""章陵郁近南都",推论出"爻间会极""门启大清""殿称崇政"的论点性描述;(14)第一段给出论点,即"偏才没办法对他进行全面的使用,单一的长处无法弥补众多的不足"。第二段则分别通过描述"鸡""鹄""山鸠""蛇虫"的偏才,来进一步论证其结论。

（三）三段式连珠

此类连珠体作品较少,但也有成篇的形式。如尤侗《五色连珠》储麟趾《皇上五旬万寿恭纪》等。三段式连珠体也可分为两种类:一类是显性三段式连珠,即依据连珠中结构标记进行的划分,如"臣闻……何则?……是以……""臣闻……是以……故……""臣闻……故……是以……"等形式;另一类是隐性三段式连珠,即依据连珠中的逻辑语义进行划分,此类中有些含有一个形式标记,有些则不含形式标记。分析如下:

1.显性三段式连珠

（15）臣闻任重于力,才尽则困;用广其器,应博则凶。是以物胜权而衡殆,形过镜则照穷。故明主程才以效业,贞臣底力而辞丰。(西晋·陆机《演连珠》)

（16）盖闻旭日才升于上玄,则沈霾斯屏;疾霆或振于后土,则魑魅潜惊。何则?大明足以著宣天德,大威足以遍昭天声。是以两观之诛尼父与政,三叔之乱姬旦东征。(明·宋濂《演连珠》)

（17）盖闻苏小乘车,松枝蔽日;章台走马,柳叶随风。故我所思兮,愁美人千玉案;嗳其泣矣,泪司马于衫中。是以一道裙腰踏遍王孙之草,八分眉黛画成帝子之峰。(清·尤侗《五色连珠》)

通过以上三例可见,结果连词分别在以上连珠体中出现两次,可见为显性三段式连珠。三例分别代表三种不同类型的三段式连珠体,其论证及叙述方式则也有所不同。（15）为"臣闻……是以……故……"结构,其所强调的中心往往在"故"以后；（16）为"臣闻……何则？……是以……"结构,其所强调的中心往往在"何则？"后；（17）为"臣闻……故……是以……"结构,其所强调的中心往往在"故"以后。具体分析详见第三、四章。

2. 隐性三段式连珠

（18）盖闻事贵审机,行当寡尤。大易慎辨早之戒,春秋严谨始之谋。微必驯于显极,鸿每事于纤求。是以肥虾一出,潜鱼尽怖；霜钟初动,巢鸟咸忧。（明·宋濂《演连珠》）

（19）盖闻资地而成,恒丽形于名岳；向阳而集唯,唯藉饮于醴泉。物以颣而方聚,德必均而可肩。是以五色神芝,惜邕灵于朽壤；九苞彩凤,咲吓鼠之焉鸢。（明·宋濂《演连珠》）

（20）臣闻日薄星回,穹天所以纪物；山盈川冲,后土所以播气。五行错而致用,四时违而成岁。是以百官恪居,以赴八音之离；明君执契,以要克谐之会。（西晋·陆机《演连珠》）

以上三例单从连珠的形式标记看,会被其形式所误导,而认为皆是二段式连珠,但从语义上分析,可知皆为三段式连珠。（18）中第一段当为"盖闻"后"事贵审机,行当寡尤。大易慎辨早之戒,春秋严谨始之谋",说明其前提；第二段当为"微必驯于显极,鸿每事于纤求",其实是针对前提解释说明其原因；第三段"肥蛇一出,潜鱼尽怖；霜钟初动,巢鸟咸忧",即通过列举"肥蛇""霜钟"的行为来进一步论证其原因。（19）中第一段当为"资地而成,恒丽形于名岳；向阳而集唯,唯藉饮于醴泉",通过描述资地而生的植物,向阳而集的鸟禽的行为；"物以颣而方聚,德必均而可肩",即说明物因同类才会聚集在一起；德性相似才能够相互依靠；此乃解释说明第一段的原因,故当为第二段；第三段"是以"列举"五色神芝""九苞彩凤"则为进一步论证第二段的论点。（20）中第一段在"臣闻"之后,描述"日薄星回""山盈川冲"的自然现象；第二段"五行错而致用,四时违而成岁",为总结自然之道中的规律；第三段通过将君臣之道与自然规律进行类比,点明主旨。

（四）复杂式连珠

复杂式连珠是指四段或四段以上的连珠体,其论证过程也较为复杂。复杂式连珠产生的原因:一方面是连珠处于初创时期,其结构形式还不固定,如韩非子、扬雄的连珠作品;另一方面是连珠体在不同时代与其他文体存有竞争关系,连珠体受其他文体的影响出现变体超过三段形式。如张君房、王嗣怀的连珠作品。举例如下:

（21）省略:权势不可以借人,上失其一,臣以为百。
故:臣得借则力多,力多则内外为用,内外为用则人主壅。
其说:在老聃之言失鱼也。
是以:人主久语,而左右鬻怀刷。
其患:在胥僮之谏厉公,与州侯之一言,而燕人浴矢也。
（战国·韩非子《内储说下》）

从其连词形式上看,不难看出此首连珠其推论共有五段。第一段省略其发语词,直接说明君臣之道中“权借在下”而点明中心论点,即“君主的权力和威势不可以借给臣子去用,君主失去一分权势,臣下就会把它当作百分去争”。第二段“故”之后道出结果:“臣下力量强大起来了,朝廷内外就会被利用;朝廷内外一旦被利用,君主就会受到蒙蔽。”第三段“其说”通过列举“老聃说的‘鱼不可脱于渊’”来进一步论证第一段的论点;第四段“是以”以后进一步引申将君主的某些行为与论点进行类比论证,即“君主同臣下谈话的时间长,臣下就以此作为抬高身价的资本;近侍会卖弄主子赐给的一些小物品”。第五段“其患”则又通过列举“胥僮劝谏晋厉公,州侯手下的人异口同声为他解脱,燕人受骗用屎浴身”来进一步论证第四段论点。

（22）一段　省略:七窍者,精神之户牖也;志气者,五脏之使候也。
二段　省略:耳目诱于声色,则精神驰骛而不守;志气縻于趣舍,则五脏滔荡而不安。
三段　省略:嗜欲连绵于外,心腑壅塞于内,曼衍于荒淫之波,留连于是非之境,而不败德伤生者,盖亦寡矣!

四段　是以：圣人清目而不视，静耳而不听，闭口而不言，弃心而不虑。（北宋·张君房《七部语要连珠》）

从连珠的结果连词上看，此首连珠当属二段式，但从语义上分析，此首连珠包含四段，属于复杂式连珠体。一段式首先说明前提"七窍""志气"的内外作用；二段式给出论点说明"耳目诱于声色""志气縻于趣舍"会导致"精神驰骛不守""五脏滔荡不安"的结论；三段式从反面进一步说明人曼衍荒淫之波、留恋是非之境而不败德伤生是不可能的；四段式将论点与圣人行为相类比，得出"圣人清目而不视，静耳而不听，闭口而不言，弃心而不虑"。

二、连珠体的结构功能及其特点

连珠体之所以是一种说理性强的文体，这与其每一个句子所承担的特殊功用有关。从宏观层面上，依据连珠体结构功能可分为：明理、用喻、举例、断案四种。换句话讲，任何一首连珠体都是这些结构功能相互组合而成的。

此种分类方式最早见于周贞亮的《文选学》，周氏在《文选入手读法》中有专门研究连珠体的篇目，涉及连珠体起源、作用、文式及《演连珠》五十首的章旨。在论述连珠文式时，周氏将陆机《演连珠》五十篇按结构分为六类："先举事例，继明其理；先设喻，继举例，不及其理；先明其理，继举其例；先设喻以明理，终以断案；先言理，次设喻，终经断案；喻与理起结各具。"[1] 骆鸿凯先生承袭周贞亮先生的观点，在《文选学》中认为"连珠之体，大率先以理以为基，继援事以为证"[2]，继承以连珠结构功能为切入点，将陆机《演连珠》分为六类，如下表：

《演连珠》结构功能类型	《演连珠》首数
（一）先举事例，次明理由	第 6、13、14、17、18、20、30、31、33、34、46 首
（二）先设喻，继举例，略去理由	第 7、32 首
（三）先明理由，继举事例	第 9、10、11、28、34、39、50 首
（四）先设喻，次明理由，终以断案	第 8、24、39 首

---

① 王立群. 现代《文选》学史 [M]. 郑州：大象出版社，2014：372.
② 骆鸿凯. 文选学 [M]. 北京：知识产权出版社，2013：353.

《演连珠》结构功能类型	《演连珠》首数
（五）先言理，次明设喻，终以断案	第 2、27、41 首
（六）喻与理，起结各具	第 25、42 首

骆氏所引周氏对连珠体的分类文式，可见他对周氏观点的认同。此种分类方式也为后世学者所认可，如台湾学者王令樾《历代连珠评释》在评论连珠结构中便融合了骆鸿凯先生的分类方式。此外，学者张仁清在《中国骈文发展史》中引用骆鸿凯先生的分类方式[①]；吴林伯在《〈文心雕龙〉义疏》的"杂文"部分也引用此种分类方式[②]；总体上，足见学界对周氏分类法的认同。

我们借助周贞亮先生对陆机《演连珠》的分析，认为连珠的文式由举事例、明理由、断案、设喻四部分构成。举事例，即通过列举历史事实或事例来证明所述观点，可出现在连珠体起头、结尾部分。明理由或言理，指叙述的一种客观道理，此道理可以是整首连珠的一个前提，具有普遍性，也可是整首连珠的中心思想，具有特殊性；常出现在句子的起头、中间、结尾部分。断案，是指整首连珠体的中心思想，可出现在连珠体结构的起头、中间、结尾部分。设喻，是比喻修辞的一种扩大化手法，从已知的事物原理出发，描述与其相似的抽象事例，常借助自然社会生活的现象或历史典故进行表达，具有启迪性、寓理性、进谏性特点，常出现在连接结构的起头、中间部分。

在周氏的分类法中，第六类"喻与理，起结各具"值得注意。周氏是说《演连珠》中有一类是起头部分兼具说理与设喻色彩，结尾部分同样也兼具说理与设喻色彩。暂不论周氏对《演连珠》分类正确否，至少他认识到连珠体的四个结构部分是有兼具特点的，起头的设喻部分兼具说理色彩，结尾的说理部分也兼有设喻色彩，诸如此类。可见，虽然连珠体是由举事例、明理由、断案、设喻四部分构成，但在实际作品中多是由两个或两个以上的结构文式构成，且每个结构部分有时会兼具两种结构色彩。

通过分析历代连珠体的结构文式，我们还发现连珠体的结构文式不止周氏所列六种，还有"先言理，后断案""先设喻，后断案""先设喻，

---

① 张仁青. 中国骈文发展史 [M]. 杭州：浙江大学出版社，2009：220.
② 吴林伯.《文心雕龙》义疏 [M]. 武汉：武汉大学出版社，2013：162.

次说理,终以举例""先说理,次设喻,终以举例""先举例,次兼具类"等等。举例如下:

（一）先举事例,次明理由

臣闻钻燧吐火,以续汤谷之曚;挥翮生风,而继飞廉之功。是以物有微而毗着,事有琐而助洪。(西晋·陆机《演连珠》第十九首)

此首"是以"下文为明理,以诠释上举事例,推理上为归纳法。

（二）先明理,继举事例

盖闻机心难湛不接异类,淳德易孚可狎殊方。是以高罗举而云鸟降,海人萃而水禽翔。(南朝·谢惠连《连珠》)

此首"盖闻"下文为明理,"是以"下为举例,推理上为论证。

（三）先设喻,继举例,略理由

臣闻听极于音,不慕钧天之乐;身足于荫,无假垂天之云。是以蒲密之黎,遗时雍之世;丰沛之士,忘桓拨之君。(西晋·陆机《演连珠》第三十二首)

此首"臣闻"下文为设喻,"是以"下文为举例,期间略去理由。

（四）先设喻,次明理由,终以断案

盖闻春兰早芳实忌鸣鹄,秋菊晚秀无惮繁霜。何则?荣乎始者易悴,贞乎末者难伤。是以傅长沙而志沮,登金马而名扬。(南朝·谢惠连《连珠》)

此首"盖闻"下为设喻,"何则?"后为明理由,"是以"表断案,点明中心。

（五）先设喻,次断案,终以明理由

臣闻鸾凤养六翮以凌云,帝王乘英雄以济民。《易》曰鸿渐

于陆,其羽可用为仪。(东汉·班固《拟连珠》)

此首连珠"臣闻"后用对句,出句表设喻,对句表断案,点明整首连珠的中心;最后引《易》曰以明理由。

(六)先设喻,次言理,终以举例

臣闻烟出于火,非火之和;情生于性,非性之适。故火壮则烟微,性充则情约。是以殷墟有感物之悲,周京无伫立之迹。(西晋·陆机《演连珠》)

此首连珠其结构也并非周贞亮所云"喻与理,起结各具"类,虽然骆鸿凯在批注此首时,有点明"此首于结论中更举实例相明,与上文(第二十五首连珠)递引而出,又一格也",但仍将其归纳为"喻与理,起结各具"类,可见是有误的。此首当为"先设喻,次言理,终以举例"类,"臣闻"以后为设喻,"故"下文为言理,"是以"后为举例论证。

(七)先设喻,次断案

盖闻百仞之台,不挺凌霜之木;盈尺之泉,时降夜光之宝。故理有大而乖权,物有微而至道。(南朝齐·刘祥《连珠》)

此首"盖闻"下文先设喻,"故"后表断案。

(八)先言理,次断案

盖闻习数之功,假物可寻;探索之明,循时则缺。故班匠日往,绳墨之伎不衰;大道常存,机神之智永绝。(南朝齐·刘祥《连珠》)

此类与(七)相对,此首"盖闻"下先言理,"故"后表断案。

(九)先言理,次明设喻,终以断案

臣闻托暗藏形,不为巧密;倚智隐情,不足自匿。是以重光发藻,寻虚捕景;大人贞观,探心昭忒。(西晋·陆机《演连珠》)

此首形式上为二段式连珠,实际上为三段式连珠,其结构也并非周贞亮所云"喻与理,起结各具"类,当为"先说理,次设喻,终以断案"类。"臣闻"以后为说理,"是以"下虽为对句,但包含两层结构。即"重光发藻,寻虚捕景"为设喻,表"太阳光出来就能照射到阴暗地方,而且能获得遮藏物的身影"。"大人贞观,探心昭忒"为断案部分,点明中心即"大人对下公正观察,便可探测出下人的内心真意,从而看出他隐藏的诡诈。"

（十）先言理,次兼类

> 臣闻明君取士,贵拔众之所遗;忠臣荐善,不废格之所排。是以岩穴无隐而侧陋章显也。（西汉·扬雄《连珠》）

此首"臣闻"下为言理,"是以"后为设喻,同时兼有断案色彩。

> 臣闻性之所期,贵贱同量;理之所极,卑高一归。是以准月禀水,不能加凉;晞日引火,不必增辉。（西晋·陆机《演连珠》）

此首"臣闻"下为言理,"是以"后为举例,同时兼有设喻色彩。

> 臣闻智周通塞,不为时穷;才经夷险,不为世屈。是以凌飙之羽,不求反风;耀夜之目,不思倒日。（西晋·陆机《演连珠》）

此首"臣闻"下言理,"是以"后举例,兼有设喻色彩。

三、连珠体的形式标记及其特点

与其他文体结构相比较,连珠体具有明显的形式标记。它不仅能起到承上启下的作用,还代表作者创作时的某种心境。纵观历代连珠体的形式标记,大体可划分为三类:发语词标记、结果连词标记、疑问代词标记。从先秦两汉至明清,连珠体不断发展变化,因此笔者采用动态视角考察之,以期发现不同阶段的形式标记不同的含义。具体分析如下:

（一）连珠体发语词的形式标记

连珠体的发语词，是指连珠体起头形式的标记，它某种程度上暗含作者的身份。历代连珠体发语词的形式标记大体有："臣闻""夫 / 夫闻""盖闻""吾闻""妾闻""×× 曰""常闻""仆闻"以及省略发语词等形式。动态分析如下：

1. 先秦两汉时期

在先秦两汉时期，连珠体发语词的形式标记主要有"省略发语词""臣闻"两种形式。

（1）省略：数见久待而不任，奸则鹿散。使人问他则并鬻私。是以：庞敬还公大夫，而戴让诏视辒车；周主亡玉簪，商太宰论牛矢。（战国·韩非子《内储说上》）

（2）臣闻：臣闻明君取士，贵拔众之所遗；忠臣荐善，不废格之所排。是以：岩穴无隐而侧陋章显也。（西汉·扬雄《连珠》）

先秦是连珠体的萌芽时期，此时期连珠体在韩非子《内外〈储说〉》中初露锋芒。通过《韩非子序》："非见韩之削弱，数以书干韩王，韩王不能用……观往者得失之变，故作《孤坟》《五蠹》《内外〈储说〉》《说难》五十五篇，十余万言。"[1] 又顾颉刚先生云："战国后期游学之风机盛，诵习简编，求简练易记，所以各家作'经'。墨家有《墨经》，《荀子》中引有《道经》，《韩非子》中有《内外〈储说〉》之经……若战国前期，则尚无此体之著作也。"[2] 可见韩非子所作《内外〈储说〉》[3] 之经当为战国后期，一是为发表自己的见解，抒发愤懑和郁积之情，一是为诵习简编，便于记忆，求得政治认同。因此《内外〈储说〉》中三十三首连珠省略其发语词，一方面是因为韩非子当时作"经"，其接受者并非单只帝王将相，还包括法家游学者；另一方面是连珠体为初创时期，其结构形式还相对不稳定。可见，"省略发语词"表示其接受者的群体身份不受限定，此模式也为唐以后连珠的变体拓展了道路。

---

① 陈奇猷. 韩非子新校注（上册）[M]. 上海：上海古籍出版社，2000：1.
② 顾颉刚. 古史辨（第一册上编）[M]. 上海：上海古籍出版社，1981：56.
③ 太史公云："韩非《孤愤》《五蠹》《内外储》《说林》《说难》皆与今本所存《韩子》同。"可见今本所见《内外〈储说〉》当属韩非子所作无疑。

直到西汉时期,扬雄所作《连珠》才开始出现句首发语词"臣闻",从其所述内容看,主要是君主的用人之道,属于政治题材,因此"臣闻"应指君臣之道中臣子身份,也说明连珠体开始用于臣子抒发政治见解,劝谏君王。此模式奠定了后世连珠发语词标记的节本格式,如后世班固《拟连珠》,受汉章帝诏而作之,同样以"臣闻"起头。

2. 三国魏晋时期

在此时期,连珠体的发语词形式标记出现新变化,如"盖闻""××闻"。

(3)盖闻:驽骞服御,良乐咨嗟,铅刀剖截,欧冶叹息。故少师幸而季梁惧,宰嚭任而伍员忧。(三国·曹丕《连珠》)

此首连珠体仍属于政治题材,表达任用庸臣奸佞的不幸。然而是曹丕改以往"臣闻"起头为"盖闻",变以往臣子劝谏君主口吻为帝王身份而作,总结历史教训,鞭策自己。

由"臣闻"到"盖闻",虽一字之差,但却标志着连珠体不仅限制于劝谏,还可用于箴言,劝谏自己。此格式为后世帝王创作连珠体起到范例作用。

(4)臣闻:忠臣率志,不谋其报;贞士发愤,期在明贤。是以:柳庄黜殡,非贪瓜衍之赏;禽息碎首,岂要先茅之田。(西晋·陆机《演连珠》)

陆机《演连珠》仍延续先秦两汉时期的政治题材,抒发自己的政治见解,因此其所用"臣闻"仍指君臣之道中的臣子。

(5)抱朴子曰:金以刚折,水以柔全;山以高移,谷以卑安。是以:执此节者,无争雄之祸,多尚人者有召怨之患。(东晋·葛洪《抱朴子外篇·广譬》)

"抱朴子"既是葛洪的号,也是书名。葛洪所作连珠体主要集中在《博喻》《广譬》两篇中,他改以往连珠体发语词"臣闻"形式为"抱朴子曰",

将儒道思想融入连珠体,渗透到道教领域,某种程度上打破了连珠体仅限政治题材,进而走向宗教题材,开辟了一种新的形式。对后世尤其是道教文体形式的发展产生了一定影响。

3. 南北朝时期

此时期连珠体的发语词主要有"吾闻""省略""常闻""妾闻""盖闻""臣闻"。

（6）吾闻有古富而今贫,可称多而赈寡。是以度索数下,独有衰神,松柏桥南,空余白社。（南朝梁·萧纲《连珠》）

（7）研磨墨以腾文,笔飞毫以书信。如飞蛾之赴火,岂焚身之可吝。必耄年其已及,可假之于少芬。（南朝梁·萧衍《赐到溉连珠》）

（8）常闻盈虚之道,虽修平而必陂;损益之由,在至象而无蠲。是以谓地之厚而东南缺,唯天为大而西北悬。（南朝梁·萧詧《连珠》）

以上三首分别是萧纲、萧衍、萧詧以梁代君王身份所作。同梁代以前帝王所用发语词不同,出现来"吾闻""省略""常闻"三种形式,进一步分析,"吾闻""省略"除表说作者身份外,还标志着连珠体为帝王总结历史,劝谏自己的箴言。然而"常闻"则不同,它标志着连珠体开始走向抒情化。

（9）妾闻:芳性深情,虽欲忘而不歇;薰芬动虑,事逾久而更思。是以:津亭掩馥,祇结秦妇之恨;爵台余妍,追生魏妾之悲。（南朝梁·刘孝仪《探物作艳体连珠》）

刘孝仪变"臣闻"为"妾闻",以女性口吻描述事理,彻底打破了连珠仅用于谏言论政的功用,开创了艳体连珠,对后世尤其是明清连珠的发展产生了一定的影响。

（10）盖闻:经天纬地之才,拔山超海之力;战阵勇于风飙,谋谟出乎胸臆。斩长鲸之鳞,截飞虎之翼。是以:一怒而诸侯

惧,安居而天下息。(南北朝·庾信《拟连珠》)

（11）臣闻:烈风虽震,不断蔓草之根;朽壤诚微,遂贯崇山之峭。是以:一夫不佳,威于赫怒,千乘必致,亡于巧笑。(南朝梁·沈约《连珠》)

庾信《拟连珠》中所用发语词"盖闻",不同于以往君王所用含义,已不再是身份的象征,而是一种单纯的形式标记。沈约《连珠》中所用"臣闻"仍延续两汉时期用意,表示君臣之道中臣子的身份。又如刘祥《连珠》:"盖闻理定于心,不期俗赏;情贯于时,无悲世辱。故芬芳各性;不待汨渚之哀;明白为宝,无假荆南之哭。"

4. 唐宋时期

此时期连珠体的发语词形式标记主要有"夫""臣闻""盖闻""妾闻""省略"。

（12）夫:恩至深而必报,言至信而周遗。系于我者深不可夺,牵于彼者信不可欺。故:操刀而割,岂为他人所污;书扇而殒,竟还夫氏之尸。(唐·苏颋《为人作连珠二首》)

（13）臣闻:有其才者效其职,重其任者竭其能。故:乐播大风乃能调四气,身骑列宿于是运三光。(唐·王维《奉和圣制圣札赐宰臣连珠词应制》)

（14）盖闻:变可揣机,明难辨势。金石之悬已扣,孰谓识微;风云之候未形,罕知能制。是以:连兵百万,虽称盖代之雄;闻道三千,谁悟入神之契。(唐·司空图《连珠》)

苏颋《为人作连珠二首》其发语词均以"夫"起头,这里的"夫"并无实际意义,为语气词。王维所作《奉和圣制圣札赐宰臣连珠词应制》承袭两汉时期"臣闻"格式,表君臣之道中的臣子身份。司空图《连珠》中"盖闻"延续南北朝时期不表身份,是一种引出道理的形式标记。

（15）名比大乔,怨佳期之未卜;居连小市,恨的信之难移。因知夜逼更长,斜汉回而脉脉;寒侵梦断,行云去以迟迟。(唐·段成式《连珠五首》)

（16）背时则弃，不必论贵贱之殊；适用则珍，不必论精麤之异。是以：淳风既及，抵金璧于山林；考室已成，问泥涂于采苹。（北宋·徐铉《连珠词》）

（17）神静而心和，心和而形全；神躁则心荡，心荡则形伤。将全其形，先在理神。故：恬和养神，则自安于内；清虚栖心，则不诱于外也。（北宋·张君房《云笈七籤》）

无论是唐人段成式的《连珠五首》，还是北宋时期徐铉的《连珠词》、张君房的《云笈七籤》，皆采用"省略"发语词的方式，继承了先秦时期连珠特点的同时又有新的突破，走向抒情化的道路。没有发语词标记的连珠体，其预设的接受者具有多元化特点，并非仅限于单一群体。

《旧唐书》卷五十一《列传·第一·后妃（上）》有："太宗贤妃徐氏……因为七言诗及连珠以见其志。"可见太宗贤妃徐氏之聪慧，由于徐氏所作连珠今已亡佚，但列传所记内容多为女子情之所感叹，故推测其所用连珠的疑问词当继承刘孝仪的特点，用"妾闻"。

5. 明代

此时期连珠体的发语词形式标记主要有"盖闻""臣闻""愚闻""余闻"。

（18）盖闻：空谷来风，谷不与风期而风自至；深山圈木，山不与木约而木自生。是故：福不可徼德盛则集，功不可幸人归则成。（明·刘基《拟连珠》）

（19）臣闻：圆穹垂象，列宿昭符。北辰天枢至尊而不动，中宫天极泰乙之常居。是以：人君居正所以建皇极，王者宅中所以恢帝图。（明·王祎《演连珠》）

（20）夫羊质虎皮，见草而悦，见豺而战；蝍蛆好物，负焉又仆，仆焉又取。石崇知奴辈利财而尚云云；李斯忧税驾无所而犹尔尔。（明·沈一贯《仿连珠》）

刘基《拟连珠》所用发语词"盖闻"继承了唐宋时期，是一种引出道理的形式标记，不表示身份。王祎《演连珠》中的"臣闻"继承了两汉时期，具有身份象征，表示君臣之道中臣子的身份。沈一贯《仿连珠》所用发语词"夫",继承唐代,并无实际意义,作语气词。

（21）愚闻：物无专美配祸为福,情有轧机缘恩出怨,达士悟而廉取,贪夫昧而无厌。是以：庄生上相宁为曳尾之龟,韩氏真王终作就烹之犬。（明·王世贞《演连珠》）

（22）余闻：道莫大于纲常,有主则立;政莫先于礼乐,非人不行。故：作之君师治教所系,防以和敬阴阳乃平。（明·郑晓《连珠》）

王世贞《演连珠》所用发语词"愚闻",郑晓《连珠》所用发语词"余闻",皆不同于以往所用发语词,但无论是"愚闻"还是"余闻"与南北朝时期的"吾闻"相似,均表示"听说",但也有所不同,在明代"愚闻""余闻"有一种谦称的意味,并不表示身份;而"吾闻"在南北朝时期连珠体中,则象征着帝王口吻。

6. 清代

此时期连珠体的发语词形式标记主要有"盖闻""臣闻""仆闻""省略"。

（23）仆闻：哲后首出,同声相应;危邦不居,蜚避所利。然而：巢箕洗耳,非无雍熙之时;比干剖（剖）心,不渝靖献之志。（清·孔广森《转连珠》）

与以往连珠发语词形式不同,孔广森所作《转连珠》采用发语词"仆闻"。"仆"在古时是男子谦称,因此"仆闻"如同明代的"愚闻",是一种谦称,表示听说,作为连珠的发语词形式并不表身份。

（24）盖闻：因心为友,棣萼相辉;式好无犹,荆株并茂。是以：铜阳侯之让宅名重汉南,长乐尉之授餐行高朝右。（清·王嗣槐《姜紫垣先生七十寿连珠》）

（25）盖闻：动静互宅,所以乘阴阳之机;张弛咸宜,所以体刚柔之撰。是以：春温秋肃,四时之玉烛常调;山结川融,八柱之金枢永奠。（清·康熙皇帝《连珠》）

王嗣槐作《姜紫垣先生七十寿连珠》中，其发语词"盖闻"继承唐宋时期用法，只是一种引道理的形式标记，不表示身份。而康熙皇帝作《连珠》，其发语词"盖闻"则不同，是继承三国时期曹丕的用法，不仅仅是一种连珠体的形式标记，还代表了其身份。

（26）皋夔之勋，责之于共鲧；韩岳之忠，求之于桧离。此待人者之过也。鹓鶵翼弱，使其扬鹏鹍之辉；山狸毛毨，望其工解鹰之斗。此待物者之过也。（清·姚燮《连珠广演》）

（27）造父无马无所见其能，羿无矢无所见其巧。

不患国无人，有贤不知宝。

有不得其用，用不尽其道。

掣肘作书难，狐撑成功少。

廉颇弃异邦，乐毅不自保。

信陵徒饮酒，屈原空起草。

虞卿著书穷，苟况作赋老。

赠策托空言，斧柯伤怀抱。

吾闻齐扁鹊，治疾恨不早。（清·张之洞《连珠诗》）

姚燮的《连珠广演》以及张之洞《连珠诗》均采用省略发语词的形式标记，继承早期萌芽阶段连珠体的特点，打破连珠体固定的成熟的模式，有一种返璞归真的意味。

（28）臣闻披绳握纽，道在体元；酿化懿纲，法归由旧。是以圣作明述证治法于面稽，文在揆同协传心于口授。（清·王引之《圣驾临幸翰林院礼成恭纪演连珠三十首》）

（29）臣闻山川纳禄，厥彰祥源；苞符延洪，斯引福纪。是以泰策执契推贞，恒于璇厅；洛文则书敷元，吉于瑶阤。（清·乾隆皇帝《恭祝圣母皇太后七旬万寿连珠》）

王引之《圣驾临幸翰林院礼成恭纪演连珠三十首》，所用发语词"臣闻"仍继承两汉时期用法，表君臣之道中臣子的身份。乾隆皇帝虽为帝王，但在圣母皇太后面前仍需以臣的身份自居，因此恭祝圣母皇太后七旬万寿连珠所用发语词"臣闻",同样继承的是两汉时期用法,表君臣之道中臣子身份。

以上可见,连珠发语词的形式不同时期具有不同的特点。从动态视角看,是一个不断变换发展的过程。这些发语词的运用也并非随意,而是依据说写者的身份与听读者的群体会有所不同。

（二）连珠体中结果连词的形式标记

在连珠体中,发语词标记后通常会出现连词标记,如"是以""故""然而""是故""省略"等形式。这些中结果连词,在不同时期的连珠作品中分别具有不同的含义。从动态角度看,这些结果连词的发展经历了由表逻辑关系的含义逐渐发展成无意义的形式标记。不同类型的连珠体,其连词出现的形式也会不同。在一段式连珠中,通常会省略转折连词的形式标记;在二段式连珠中,通常会出现"是以"或"故"结尾点明观点;在三段式连珠中,则通常"是以""故"会依据说写者所表达强调的不同而先后顺序不同。分析如下:

1. 先秦两汉时期

在此时期连珠体中连词形式标记有:"省略""×书曰""是以""故""是故"等。举例如下:

（1）臣闻良匠度其材而成大厦,明主器其士而建功业。（东汉·班固《拟连珠》）
（2）臣闻鸾凤养六翮以凌云,帝王乘英雄以济民。《易》曰:"鸿渐于陆,其羽可用为仪。"（东汉·班固《拟连珠》）

例（1）是早期连珠体的形式,为对比式连珠。此类连珠因直抒胸臆,无复杂推理,故省略了连词。整首通过描述良匠度材的行为及结果,与明主器重贤才的行为及结果,前后在接受者大脑中形成类比,领悟到君主当重视"士"的谏言,犹诗歌中的比体。例（2）中因连词为"《易》曰",即引《周易》的内容,具有引经据典佐证之意。此种模式在后世也为训诂学家所用,发展成为一种训释经典的模式,如刘孝标训释陆机《演连珠》第二十首云:"春风不以善恶殊其凋荣,人君不以贵贱革其赏罚。故《诗》云:'柔亦不茹,刚亦不吐'也。"同样还见于倪璠训释庾信《拟连珠》

注中。

（3）臣闻记切志过，君臣之道也；不念旧恶，贤人之业也。是以齐用管仲而霸功立，秦任孟明而晋耻雪。（东汉·王粲《仿连珠》）

（4）臣闻明主之举士，不待近习；圣君之用人，不拘毁誉。故吕尚一见而为师，陈平乌集而为辅。（东汉·王粲《仿连珠》）

"是以""故"皆为因果连词，但在连珠体中，则其用法有所区别。从例（3）可见，该首连珠其前提先明贤者能不计前嫌旧恶而用人才，而"是以"后"齐用管仲""秦任孟明"的两个行为皆与其前提所述行为道理存有相似性推论。连词"是以"表"因此"，但在句中并非因果关系，而是相似推论（P导致A，Q和P相似，Q也可能导致A），它具有引申过渡到观点或主旨的作用，富含语气较轻。换句话讲，"齐用管仲""秦任孟明"的行为倒置反推"记切志过，君臣之道也；不念旧恶，贤人之业也"是不成立的。而在例（4）中"故"后"吕尚一见而为师""陈平乌集而为辅"则可以导置用"明主之举士，不待近习；圣君之用人，不拘毁誉"进行解释。连词"故"表"所以"，在句中属于因果关系，可以由因找果，也可以果溯因，富含语气较重，具有强调说明或重申观点的作用。

（5）臣闻目润耳鸣，近夫小戒也；狐鸣犬噪，家人小妖也。犹忌慎动作，封镇书符，以防其祸。是故天地示异，灾变横起，则人主恒恐惧而修政。（东汉·蔡邕《广连珠》）

此例中"犹"是对其前提"目润耳鸣""狐鸣犬噪"做进一步解释，紧接"是故"则点明中心，即"天地示异灾变横起，则人主恒恐惧而修政"。这里的"是故"等同于"是以"，因天地示异灾变，导致人主恐惧而修政的行为，与前提中"目润耳鸣""狐鸣犬噪"所导致的行为具有相似性，并非因果关系。

2. 魏晋南北朝时期

此时期连珠体的连词形式有所发展，呈现出多元化。如出现"故""是以""犹""然""是以……故"等。举例如下：

（6）盖闻骜骞服御良乐咨嗟，铅刀剖截欧冶叹息。故少师幸而季梁惧，宰噽任而伍员忧。（三国·曹丕《连珠》）

（7）盖闻膏唇喋喋，市井营营；或以如簧自进，或以俎诈相倾。是以子贡使乎，五都交乱；张仪见用，六国从横。（南北朝·庾信《拟连珠》）

（8）抱朴子曰：法无一定，而慕权宜之随时，功不倍前，而好屡变以偶俗，犹刲高马以适卑车，削附趺以就褊履，断长剑以赴短鞞，割尺璧以纳促匣也。（东晋·葛洪《抱朴子·博喻》）

（9）抱朴子曰：连城之宝，非贫寒所能市也。高世之器，非浅俗所能识也。然盈尺之珍，不以莫知而暗其质；逸伦之士，不以否塞而薄其节。乐天任命，何怨何尤。（东晋·葛洪《抱朴子·广譬》）

（10）臣闻任重于力，才尽则困；用广其器，应博则凶。是以物胜权而衡殆，形过镜则照穷。故明主程才以效业，贞臣底力而辞丰。（西晋·陆机《演连珠》）

例（6）中"故"继承两汉时期用法，表因果关系，语气较重，强调说明主旨的作用。句中"少师幸而季梁惧，宰噽任而伍员忧"是强调其主旨，即"贤臣遇到劣臣而无法驾驭皆为忧恐"。例（7）"是以"同样继承两汉时期用法，连接前提中"膏唇喋喋""如簧自进"等行为与结果，同例证中"子贡使乎""张仪见用"的行为与结果进行相似推论，具有引申过渡的作用，语气较轻。例（8）中"犹"同汉代蔡邕《广连珠》中用法相同，表进一步解释说明。例（9）中的"然"不同于以往，在句中表转折。先从正面说明"连城之宝""高世之器"的价值与地位，进而从反面说明"连城之宝""逸伦之士"不会因遭受埋没而改变，正反对比突出主旨，即"乐天任命，何怨何尤"。例（10）为陆机用"是以""故"的结果连词作的三段式连珠，"是以"将前提所述之理进一步通过"物胜权""形过镜"形象化，"故"在"是以"的基础上将其因果化，点明主旨"明君应因材而用，忠臣应量力而仕"。

3. 唐宋时期

此时期连珠体连词的用法仍继承两汉时期，但在连珠体中所展现的

形式而又有所出新。如"所以""因知""盖……是以……"组合;"故……×书曰……""譬……省略……"组合等。举例如下:

（11）盖闻角力争雄,必中干而自殆;乘权逞怨,或遄丧而无归。将射鹝而发弩,是忿风而焚衣。所以傲吏格言,先忘情于物我;能仁妙旨,当遣滞于是非。(唐·司空图《连珠》)

（12）窃以铜街丽人,恨尘泥之将隔;石室素子,怨仙侣之易分。因知三鸟孤鸾,从来要匹;金鸡玉鹄,不厌成群。(唐·段成式《连珠五首》)

例(11)变以往连词形式为"所以",在句中表因果关系,相对于"故"的用法。例(12)中"因知"在句中同样表因果关系,相对于先前"故"的用法。

（13）臣闻五种不美,未尝易田以耕;百度凌迟,何必变化而治。盖不役于物者不绝物,不制于俗者不离俗。是以手足以得轻重而任权衡,目可以察曲直而付绳墨。(北宋·黄庭坚《引连珠》)

（14）臣闻宫商唱和,乃知钟律之前;圣贤凤期,不拘聘币之末。故至精难以言说,妙契参于自然。《易》曰:"鸣鹤在阴,其子和之。"(北宋·黄庭坚《引连珠》)

（15）海蚌未剖,则明珠不显;昆竹未断,则凤音不彰;情性未炼,则神明不发。譬诸金木,金性包水,木性藏火,故炼金则水出,钻木而火生。人能务学,钻炼其性,则才慧发矣。(北宋·张君房《云笈七籤》)

例(13)中"盖"表原因,分析"臣闻"所述的现象。"是以"则是在"盖"的基础上进行相似推论,连接两种行为的推论。例(14)中"故……×书曰……"的结合是在之前连珠体基础上的一词创新。"故"在句中表示因果关系,"《易》曰"相当于"是以"表进一步说明。例(15)中"譬"表类比,为进一步解释说明。此首连珠体为张君房摘抄魏晋时期《刘子·崇学》篇而成,通过类比和归纳推理的形式,同时,"海蚌""昆竹""情性""金木"的形象,启发人们要明白人皆有才慧,但需磨炼和学习,才能开发出来。易读而可解,易观而可悦。

4. 明清时期

此时期是连珠体中连词形式依据继承前代,但以产生分化。"是以""故"出现语义弱化,仅仅是连珠体的一种形式象征。此时期的连词形式返璞归真,继承魏晋时期"是以""故"形式,但在组合方式上又有所不同。

（16）盖闻事势濒危,用人弗及;国家闻暇,弃才不任。是以郑惧东封急而求乎烛武,齐侵北鄙命必受于展禽。(清·皮锡瑞《左氏连珠》)

（17）盖闻荷叶田田,香能彻骨。罗衣薄薄,冷太欺人。是以龙脑成灰,休唤海棠睡起。鲛人有泪,空随铜狄同流。(明·沈宜修《续艳体连珠》)

此二首中"是以"有所不同,例(16)中"是以"继承两汉时期用法,表解释说明。此首为皮锡瑞读《左传》之心得,他以《左传》为论说对象,创作此类连珠。通过列举《左传》事实,来解释论证"事势濒危,用人弗及;国家闻暇,弃才不任"的道理。例(17)为沈宜修所作的艳体连珠,属于游戏之文,具有怡情娱乐的功用,此类连珠犹如谜语。该首连珠赞的是"花之露水",句句暗含花露的功效,由浅及深,娓娓道来。先借荷叶的清香类比花露之清香,借轻薄的罗衣单薄感受的凉意来类比花露之清凉,之后又描述花露的功效即唤醒头脑。"是以"句中"以"失去逻辑含义,变成一种连珠体的形式象征。

（18）臣闻鹢羽乱凤辨之惟,明鱼目混珠一之非。是故采欺世之虚,名为执衡之大累。是以孟尝君养列国客,而不能得一客;公孙弘延四海士,而不能得一士。(明·李濂《演连珠》)

（19）臣闻鼠可害象,豺能杀虎。故三户可以亡秦,一夫可以胜禹。是以明王慎德,独观万化之原;君子知微,克赞三才之矩。(明·李濂《演连珠》)

例(18)中"是故"相当于魏晋时期"故"的用法,表因果关系;"是以"继承两汉时期用法,表进一步解释说明。例(19)中"故"与"是以"的用法继承两汉时期连珠体结果连词的含义,"故"前面描述的一般是具体的事理,与"故"后所述内容一般构成因果关系,可由因找果,也可以由果溯因。"是以"前面描述的一般是一种动作或现象,与"是以"后所述动作或现象具有相似性,"是以"是相似推论的连词。

以上可见,"是以""故"虽都是结果连词,但在文体使用中还是有差别的。在二段式连珠中选择"是以"还是"故",都会影响文义的解释;在三段式连珠中,其出现的先后顺序不同,则其所表达的内涵也会有所不同。从上文用例还可见,"是以"的语气较轻,一般起引申阐发的作用;"故"则表示强调,侧重点明或重申主旨的作用。两者的发展在明清时期,随着连珠体功用在游戏文、写景记事方面重抒情而少逻辑性的特点,发展成为象征连珠体的一种形式标记,而无实际意义。

(三)连珠体疑问代词的标记形式

在三段式连珠体中,还存有疑问代词的形式标记。这种形式的连珠,最早见于陆机《演连珠》中。通过所收集的语料,发现这种三段式连珠体中的疑问代词标记有"何则?""盖"两种形式。举例如下:

(20)臣闻寻烟染芬,熏息犹芳;征音录响,操终则绝。何则?垂于世者可继(霁),止乎身者难结。是以玄晏之风恒存,动神之化已灭。(西晋·陆机《演连珠》)

(21)盖闻春兰早芳,实忌鸣鸠,秋菊晚秀,无惮繁霜。何则?荣乎始者易悴,贞乎末者难伤。是以傅长沙而志沮,登金马而名扬。(南北朝·谢惠连《连珠》)

(22)盖闻霁日才升于拂曙,则蚁穴自开;澄川或激于惊波,则龙舟莫进。何则?明于诚而物皆竞劝,制于彼而我难示信。是以至诚未著见非感而不通,横俗无猜知有孚而必顺。(唐·司空图《连珠》)

(23)臣闻五种不美,未尝易田以耕;百度凌迟,何必变化而治。盖不役于物者不绝物,不制于俗者不离俗。是以手足以得轻重而任权衡,目可以察曲直而付绳墨。(北宋·黄庭坚《引连珠》)

(24)臣闻流泉峻岭,起自知音;按剑投珠,生于背意。何

则？利到而相倍，爱遇则同心。是以齐庭有拉背之君，汉令吟白首之句。（明·孟思《戏效连珠》）

（25）仆闻九畴之书，刘向演之而为传；五行之志，班固录之而成史。何则？达士识治乱之几，儒者阐天人之理。是以晋基未建，张掖之石马出；董卓始生，临洮之铜人毁。（清·凌廷堪《拟连珠》）

通过以上六例可见，三段式连珠从西晋至明清皆有人创作。通过举例，"何则"或"盖"一般均出现在发语词标记之后，结果连词之前。探究其义，"何则""盖"皆表原因。句首发语词之后先描述现象，"何则"或"盖"之后引出作者分析的原因，"是以"以后一般为进一步引申，或解释观点，或进行论证。试分析例（20）的其基本形式为"臣闻……何则？……是以……"。从推论形式看，以"闻知"述所听来的道理，即"顺着烟气沾染香味，烟气消散后仍有芳香。求歌曲的节奏就记下它的音调，等那歌曲结束时，音调也会没有了。"次以"何则"为转合引出作者"亲知"的见解，即"用书面文字留在世上的法则可以继续流传，局限于自身抽象的神感应是不可传的"，最后"说知"推类出"礼教的流风常常存在，变动不测的政化却早已泯灭了"。从"闻知"到"亲知"是一种归纳推理，从"亲知"到"说知"是一种演绎推理，从"闻知"到"说知"又表现为一种演绎推理。值得注意的是"亲知"所得到的认识也并非全部正确。从今天的物理学中可知，"寻烟染芬，熏息犹芳"其实是空气分子运动的结果，"征音录响，操终则绝"其实是物体振动的结果，并非陆机所认识。从侧面证明"亲知"是作者通过亲身实践得来的知识，又由于古人认识水平有限，"何则"后"亲知"所得有可能存在诡辩。

四、连珠体的语义推论形式及其特点

通过以动态视角观察，历代连珠体的推理形式，大体可分为：论证式、类比式、归纳式、演绎式、归纳演绎式、归纳类比式、正反类比式、论证与归纳式、演绎归纳类比一体式等。本章仅举个别例子以说明，具体将在后文进一步说明。

（一）类比式

（1）臣闻良匠度其材而成大厦，明主器其士而建功业。（东汉·班固《拟连珠》）

班固通过描述好的工匠会衡量材料的适宜与否，才能建成大厦，将"英明的君主"与"良好的工匠"在成其业的行为上做类比，即重视其材。

（二）归纳式

（2）臣闻媚上以希利者，臣之常情，主之所患；忘身以忧国者，臣之所难，主之所愿。是以忠臣背利而修所难，明主排患而获所愿。（东汉·潘勖《拟连珠》）

潘勖以类同为基础说明两种行为"谄媚君上以布利益""忘身忧国"，从君臣角度点明了君臣利害的相反性，进一步归纳出忠臣能舍己之利，去君之害，做到使君臣利害一致。

（三）归纳演绎式

（3）臣闻目润耳鸣，近夫小戒也；狐鸣犬嗥，家人小妖也。犹思慎动作封镇，书符以防其祸。是故天地示异灾变横起，则人主恒恐惧而修政。（东汉·蔡邕《广连珠》）

蔡邕通过"目润耳鸣""狐鸣犬嗥"的异常而归纳出"封镇书符"，之后又进一步演绎出天示灾异时，人主要恐惧反省，改善政务。

（四）正反对比式

（4）臣闻：天下三乐，有三忧焉。阴阳和调，四时不忒，年丰物遂，无有夭折，灾害不生，兵戎不作，天下之乐也。圣明在上，禄不遗贤，罚不偏罪，君子小人，各处其位，众臣之乐也。吏不苟暴役赋，不重财力，不伤安土，乐业民之乐也，乱则反焉，故有三忧。（西汉·扬雄《连珠》）

前提中"三乐""三忧"与结论所展开的内容具有"类同关系"。即

"天下、朝臣、民生"三方面的乐与忧的描述。扬雄可据此推类"天下、朝臣、民生"的乐与忧。类同原则在推类中表现：推理者以类同原则，将前提中"三乐""三忧"的所指诉诸同类，即"天下、朝臣、民生"三方面，展现出一种演绎推理的形式。与此同时，"三乐""三忧"在内容上也形成正反对比论证。整首连珠以"闻知"起，次以"亲知"论证"闻知"的同时，又为"说知"埋下铺垫，即"君主治国安邦的标准"。

（五）论证式

（5）臣闻鸾凤养六翮以凌云，帝王乘英雄以济民。《易》曰："鸿渐于陆，其羽可用为仪。"（东汉·班固《拟连珠》）

此首连珠最后引用《易经》来论证"帝王乘英雄以济民"的观点，同时此观点又与"鸾凤养六翮以凌云"形成类比，认为"鸾凤养六翮"的行为指向与"帝王乘英雄"的行为指向具有类同性。

（六）论证与归纳式

（6）观听不参则诚不闻，听有门户则臣壅塞。其说在侏儒之梦见灶，哀公之称"莫众而迷"。故齐人见河伯，与惠子之言"亡其半"也。其患在竖牛之饿叔孙，而江乙之说荆俗也。嗣公欲治不知，故使有敌。是以明主推积铁之类而察一市之患。（战国·韩非子《内储说》）

韩非所作连珠属于连珠体草创时期，虽其形式不固定，但从其创作机制来看，吸取《墨经》之精华用于论辩已相当成熟。韩非先提出见解"观听不参则诚不闻，听有门户则臣壅塞"，次以"闻知"来论证，即"侏儒梦见灶""哀公称莫众而迷""其人见河伯"三件事所指类同特征来论证"观听不参则诚不闻"，同样以"竖牛饿叔孙""江乙说荆俗""嗣公欲治不知"三事件所指类同性来论证"听有门户则臣壅塞"。以"闻知"论证"亲知"，又以"闻知"的类同性归纳"说知"，即"君主要明白类推积铁防箭的道理，明察三人成虎的祸患。"整首连珠的推理为："亲知""闻知"间是一种论证式，"闻知"到"说知"为归纳式。

（七）演绎归纳类比一体式

（7）妾闻洛妃高髻，不资于芳泽；玄妻长发，无藉于金钿。故云名由于自美，蝉称得之天然。是以梁妻独其妖艳，卫姬专其可怜。（南朝·刘孝仪《探物作艳体连珠》）

刘孝仪以女性口吻通过描述"洛妃高髻""玄妻长发"归纳出"云的美名是由于它的美好，蝉称来源于天赋使然"，进而通过演绎得出"梁翼妻子的坠马髻""卫庄姜的头发"，同时又富含类比。

（八）归纳类比式

（8）臣闻春风朝煦，萧艾蒙其温；秋霜宵坠，芝蕙被其凉。是故威以齐物为肃，德以普济为弘。（西晋·陆机《演连珠》）

通过分别描述"萧艾""芝蕙"在春天与秋天感受的气温的变化，归纳得出"威力要平等，恩德要普及"暗示君主当罚不遗贵，赏不遗贱。以"春风""秋霜"类比"君王"，以"萧艾""芝蕙"类比"群臣"，前后形成类比推理。

（九）演绎式

（9）臣闻忠臣率志，不谋其报；贞士发愤，期在明贤。是以柳庄黜殡，非贪瓜衍之赏；禽息碎首，岂要先茅之田。（西晋·陆机《演连珠》）

作者通过"闻知"描述"忠臣率志"与"贞士发愤"两者的行为目标是"谋其志""期明贤"。"是以"意为"所以"，上下首之间构成演绎推理出"柳庄黜殡""禽息碎首"两人的行为分别对应"谋其志""期明贤"。从反面进一步说明，"柳庄"类同"忠臣"，"禽息"类同"贞士"。

（十）演绎类比式

（10）盖闻德不患孤，当其聚则辅必众；道莫务近，致于远则誉乃闻。是以产于东南，比人才之美；输于西北，称贡赋之良。（清·钮琇《竹连珠》）

此首连珠源自清人钮锈所作《竹连珠》,以竹子为中心,通过描述它的生长状态,来歌颂其品德。整首连珠通过演绎类比手法,句句描述竹,但只字未提竹。正如杨复吉在《竹连珠跋》中所言:"竹连珠,体物工细,枝分节解,所谓言之不足由长言之也。"

五、连珠体的句法形式及其特点

从微观角度看,无论是一段式连珠,还是二段式连珠、三段式连珠,甚至是复杂式连珠,除去其体的形式标记,连珠体的句法形式不仅包含排比句,而且多以对偶句为主,这里的对偶并不局限于一种狭义概念,而是一种相对宽泛的理解。

对偶的本质如陈望道先生在《修辞学发凡》中所述:"说话中凡是用字数相等,句法相似的两句,成双作对排列成功的,都叫作对偶辞。"结合对偶句的特点,我们认为"对偶是指将字数相等的相连两个句子或两个语段调整成为词性对品、结构对应、节奏基本对拍的语言表达形式的修辞方式。由两句组成的对偶中上句称出句,下句称对句;由两段组成的对偶中,每段称为一边或单边"[①]。

鉴于连珠体的结构文式大体包含设喻、说理、举例、断案等四部分,我们尝试以此为分类依据,细化连珠体中对偶句在各结构文式中的不同,以期从中总结连珠句法形式的特点。这里以陆机《演连珠》为例,分析如下:

(一)设喻结构的句法形式及其特点

依据连珠体的结构功能划分的类别中,设喻主要表现在隔句对、单句对中。依据隔句对的特点,按首起句的字数可分为:

1. 起句为四言句式

起句为四言句式的,无论在陆机《演连珠》中,还是庾信《拟连珠》中皆较为常见。进一步可细分为:

---

① 宗廷虎,陈光磊.对偶辞格审美发展史(第四卷)[M].长春:吉林教育出版社,2018:3.

第一类：四四隔句对。如：

（1）灵辉朝觏，称物纳照；时风夕洒，程形赋音。（西晋·陆机《演连珠》第六首）

（2）顿网探渊，不能招龙；振纲罗云，不必招凤（西晋·陆机《演连珠》第七首）

（3）利眼临云，不能垂照；朗璞蒙垢，不能吐晖。（西晋·陆机《演连珠》第十三首）

第二类：四五隔句对。如：

（4）因云洒润，则芳泽易流；乘风载响，则音徽自远。（西晋·陆机《演连珠》第十七首）

（5）弦有常音，故曲终则改；镜无畜影，故触形则照。（西晋·陆机《演连珠》第三十五首）

第三类：四六隔句对。如：

（6）日薄星回，穹天所以纪物；山盈川冲，后土所以播气。（西晋·陆机《演连珠》第一首）

（7）众听所倾，非假北里之操；万夫婉娈，非俟西子之颜。（西晋·陆机《演连珠》第二十七首）

第四类：四五、四七、四八隔句对。如：

（8）春风朝煦，萧艾蒙其温；秋霜宵坠，芝蕙被其凉。（西晋·陆机《演连珠》第二十首）

（9）飞辔西顿，则离珠与蒙瞍收察；悬景东秀，则夜光与碔砆匿耀。（西晋·陆机《演连珠》第三十三首）

2. 紧缩句两分的隔句对

（10）鉴之积也无厚，而照有重渊之深；目之察也有畔，而视周天壤之际。（西晋·陆机《演连珠》第八首）

（11）物胜权而衡殆，行过镜则照穷。（西晋·陆机《演连珠》第二首）

3. 单句对

（12）目无常音之察，耳无照景之神。（西晋·陆机《演连珠》第三十七首）

（二）说理结构的句法形式及其特点

由于连珠体本身具有较强的说理性，因此说理部分在其体中所占数量较多。通过陆机《演连珠》，乃可窥见其端。在 50 首连珠中，说理结构共计 33 次。其句法结构形式以隔句对为主，以单句对为辅。举例如下：

1. 起句为四言句式

第一类：四四隔句对。如：

（1）任重于力，才尽则困；用广其器，应博则凶。（西晋·陆机《演连珠》第二首）

（2）世之所遗，未为非宝；主之所珍，不必适治。（西晋·陆机《演连珠》第四首）

（3）积实虽微，必动于物；崇虚虽广，不能移心。（西晋·陆机《演连珠》第九首）

第二类：四五隔句对。如：

此类中句式也较为特殊，皆以“……者，……”“……，非……”结构为句型。

（4）禄放于宠，非隆家之举；官私于亲，非兴邦之选。（西晋·陆机《演连珠》第五首）

（5）绝节高唱，非凡耳所悲；肆义芳讯，非庸听所善。（西晋·陆机《演连珠》第二十三首）

（6）通于变者，用约而利博；明其要者，器浅而应玄。（西晋·陆机《演连珠》第四十六首）

第三类：四六隔句对。如：

（7）听极于音，不慕钧天之乐；身足于荫，不假垂天之云。（西晋·陆机《演连珠》第三十二首）

2.单句对

（8）五行错而致用，四时违而成岁。（西晋·陆机《演连珠》第一首）

（9）音以比耳为美，色以悦目为欢。（西晋·陆机《演连珠》第二十七首）

（10）垂于世者可继，止乎身者难结。（西晋·陆机《演连珠》第二十四首）

（三）举例结构的句法形式及其特点

举例部分在《演连珠》中共计出现24次，依其句法特点，可分为隔句对、单句对、紧缩句。举例如下：

1.起句为四言句式

第一类：四四隔句对。如：

（1）凌飙之羽，不求反风；曜夜之目，不思倒日。（西晋·陆机《演连珠》第四首）

（2）准月禀水，不能加凉；晞日引火，不必增辉。（西晋·陆机《演连珠》第二十一首）

（3）天地之颐，该于六位；万殊之曲，穷于五弦。（西晋·陆机《演连珠》第四十六首）

第二类：四五隔句对。如：

（4）充堂之芳，非幽兰所难；绕梁之音，实萦弦所思。（西晋·陆机《演连珠》第十首）

（5）蒲密之黎，遗时雍之世；丰沛之士，忘桓拨之君。（西

晋·陆机《演连珠》第三十二首）

（6）吞纵之强，不能反蹈海之志；漂卤之威，不能降西山之节。（西晋·陆机《演连珠》第四十七首）

第三类：四六隔句对。如：

（7）都人冶容，不悦西施之影；乘马班如，不辍太山之阴。（西晋·陆机《演连珠》第九首）

（8）柳庄黜殡，非贪瓜衍之赏；禽息碎首，岂要先茅之田。（西晋·陆机《演连珠》第十二首）

（9）三晋之强，屈于齐堂之俎；千乘之势，弱于阳门之夫。（西晋·陆机《演连珠》）

第四类：四七、四八隔句对。如：

（10）三卿世及，东国多衰弊之政；五侯并轨，西京有陵夷之运。（西晋·陆机《演连珠》第五首）

（11）吞纵之强，不能反蹈海之志；漂卤之威，不能降西山之节。（西晋·陆机《演连珠》第四十八首）

（12）生重于利，故据图无挥剑之痛；义重于身，故临川有投迹之哀。（西晋·陆机《演连珠》第四十四首）

2. 紧缩结构形成的隔句对

（13）乌栖云而缴飞，鱼藏渊而网沉；赍鼓密而含响，朗笛疏而吐音。（西晋·陆机《演连珠》第四十三首）

（14）四族放而唐劲，二臣诛而楚宁。（西晋·陆机《演连珠》第二十六首）

3. 单句对

（15）南荆有寡和之歌，东野有不释之辩。（西晋·陆机《演连珠》第二十三首）

（16）殷墟有感物之悲，周京无伫立之迹。（西晋·陆机《演连珠》第四十二首）

（四）断案结构的句法形式及其特点

断案部分在《演连珠》中共计出现 26 次，依其句法特点，可分为隔句对、单句对、流水对。举例如下：

1. 起句为四言句式

第一类：四四、四五隔句对。如：

（1）赴曲之音，洪细入韵；蹈节之容，俯仰依咏。（西晋·陆机《演连珠》第十六首）

（2）览影偶质，不能解读；指迹慕远，无救于迟。（西晋·陆机《演连珠》第十八首）

（3）在乎我者，不诛之于己；存乎物者，不求备于人。（西晋·陆机《演连珠》第三十七首）

第二类：四六隔句对。如：

（4）百官恪居，以赴八音之离；明君执契，以要克谐之会。（西晋·陆机《演连珠》第一首）

（5）大人基命，不擢才于后土；明主聿兴，不降佐于昊苍。（西晋·陆机《演连珠》第三首）

（6）王鲔登俎，不假吞波之鱼；兰膏停室，不思衔烛之龙。（西晋·陆机《演连珠》第三十八首）

第三类：四七、四八隔句对。如：

（7）利尽万物，不能救童昏之心；德表生民，不能救栖遑之辱。（西晋·陆机《演连珠》第二十八首）

（8）天殊其数，虽同方不能分其戚；理塞其通，则并质不能共其休。（西晋·陆机《演连珠》第三十首）

（9）淫风大行，贞女蒙冶容之诲；淳化殷流，盗跖挟曾史之情。（西晋·陆机《演连珠》第三十九首）

2.单句对

（10）德教俟物而济，荣名缘时而显。（西晋·陆机《演连珠》第十七首）

（11）威以齐物为肃，德以普济为弘。（西晋·陆机《演连珠》第二十首）

（12）圣人随世以擢佐，明主因时而命官。（西晋·陆机《演连珠》第二十七首）

3.流水对

（13）重光发藻，寻虚捕景；大人贞观，探心昭忒。（西晋·陆机《演连珠》第二十五首）

第三节　连珠体的语言艺术及思想功用

一、连珠体语言艺术特点

从连珠文体特征上看，它作为一种短小的文体，辞丽而言约，不指说事情必假喻以达其旨，因此其文体的语言艺术在用喻上较丰富。从先秦至明清，连珠体是一个不断变化发展的过程。从文体发展史上看它经历了由赋到骈文的发展；在此过程中，它还与唐诗、宋词等短小文体相互渗透相互影响。因此不同时期的连珠体其语言艺术各有特色，总体来看，连珠体将对仗、用典、声律、辞藻等完美结合在一起，如萧统《文选序》云："总辑辞采，错比文华"，构成了连珠体的艺术特色。通过分析历代连珠体的语料，可见其形式之多样，这里只做总体上的概要，具体将在后文分析中进一步说明。

（一）对偶中的对称美

春秋战国时期，百家争鸣，各家都希望自己的学术观点能得到国君及他人认同，因而言必有文。对偶作为一种修辞，在此时期得到极大发展，在《老子》《论语》《墨子》等著作中比比皆是。战国时期的韩非子同样也不例外,由他创作的《内储说》和《外储说》更是将对偶手法引入了连珠体中,扬雄虽肇其名,但后世连珠体中的句法格式基本以对偶为基础,进行发展。换句话讲,对偶在韩非子的创作下,成为连珠体句式发展的基因。总观历代连珠体中对偶的形式,大体可分为如下几种:

1. 工对句

工对,一般强调对仗工整,出句与对句必须以同一门类的词语为对,如出句为天文、地理等名词,对句也必须是天文、地理等名词与之相对。在连珠体句式中,工对分为单句工对、整首工对。单句工对是指一首连珠,其前提或结论为工对;整首工对则是指一整首连珠所用句式皆为工对。举例如下:

(1)单句工对。

①身无恒守,势穷则屈;心无定主,情急则亲。(明·刘基《拟连珠》)

②利之所在民归之,名之所彰士死之。(战国·韩非子《外储说》)

(2)整首工对。

③盖闻名高八俊,伤于阉竖之党;智周三杰,毙于妇女之计。是以洪泽之蛟,遂挫长饥之虎;平皋之蚁,能摧失水之龙。(南北朝·庾信《拟连珠》)

④盖闻远山有黛,卓文君擅此风流。彩笔生花,张京兆引为乐事。是以纤如新月,不能描其影。曲似弯弓,可以折其弦。(明·沈宜修《香艳丛书·续艳体连珠》)

2. 宽对句

与工对相比,宽对句是一种相对宽泛的对仗,它只要求句型、词性相同即可。如名词对名词、形容词对形容词即可。

(1)墨翟以重茧趼怡颜,箕叟以遗世得意。(东晋·葛洪《抱朴子·博喻》)

（2）严遂、韩傀争而哀侯果遇贼，田常、阚止、戴驩、皇喜敌而宋君、简公杀。（战国·韩非子《内储说（上）·六微》）

（二）用典的含蓄美

"为了一定的修辞目的,在自己的言语作品中明引或暗引古代故事或有来历的现成话,这种修辞手法就是用典。"[①] 连珠的创作者在自己的作品中明引或暗引古代故事或有来历的现成话语是为了一定的修辞目的,这种修辞目的不仅包括引用典故所要达到的直接功用,还有与此相联系的修辞效果。换句话讲,"引用典故,关键不在于'引',而在于'用',即引来之后是否为我所用,是否产生了或例证、或比较、或替代的功用。"[②] 通过分析历代连珠体语料,发现连珠体有大量用典的特点,我们依据罗积勇教授的《用典研究》所建构的用典分类,划分连珠体用典特点如下:

1.用典的显与隐

依据用典的有无引用标志,可将用典分为"明引"和"暗用"两类。举例以说明:

（1）夫清净恬和,人之性也。恩宠爱恶,人之情也。凡人不能爱其性,不能恶其情,不知浊乱躁竞多伤其性,悲哀离别多伤其情。故圣人云:顺物者物亦顺之,逆物者物亦逆之。不失物之性情,乃自然性情之道者也。（宋·张君房《七部语要·连珠》）

（2）抱朴子曰:郢人美下里之淫蛙,而薄六茎之和音;庸夫好悦耳之华誉,而恶利行之良规。故《宋玉》舍其延灵之精声,智士招其独见之远谋。（东晋·葛洪《抱朴子·博喻》）

（3）抱朴子曰:娥英任姒,不以蚕织为首称,汤武汉高,不以细行招近誉。故澄视于三辰者,不逞纤鉴于井谷;清听于《韶》《汉》者,岂暇垂耳于桑间。（东晋·葛洪《抱朴子·博喻》）

（4）臣闻振鹭虽材,非六翮无以翔四海;帝王虽贤,非良臣

① 罗积勇.用典研究 [M].武汉:武汉大学出版社,2005:1.
② 罗积勇.用典研究 [M].武汉:武汉大学出版社,2005:3.

无以济天下。(东汉·王粲《仿连珠》)

以上四例皆属于典故的明引。例(1)中"圣人云：顺物者物亦顺之，逆物者物亦逆之。不失物之性情，乃自然性情之道者也。"都属于引用标记放在所引典故语前边。班固、张君房将圣人言或经典中的话，引到自己的连珠创作中去，便平添许多的权威性，同时也体现了"宗经"和"征圣"的价值观。例(2)《宋玉》、例(3)《韶》《汉》、例(4)《振鹭》，都属于引用标记同时代表了所引典故语，但其实它不光是引用标志，在一定程度上还是典故内容的代表，因为在魏晋那个用典盛行的时代，只要一提《宋玉》与《韶》《汉》等篇名，文人们就能想到其篇的来源及其内容。

（5）臣闻听决价而资玉者，无楚和之名；因近习而取士者，无伯王之功。故玙璠之为宝非驵侩之术，伊吕之佐非左右之旧。(东汉·班固《拟连珠》)

（6）臣闻明主之举士不待近习，圣君之用人不拘毁誉。故吕尚一见而为师，陈平鸟集而为辅。(东汉·王粲《仿连珠》)

（7）臣闻寻烟染芬，熏息犹芳；征音录响，操终则绝。何则？垂于世者可继，止乎身者难结。是以玄晏之风恒存，动神之化已灭。(西晋·陆机《演连珠》)

以上三例为用典的暗引。例(5)"楚和""伯王""伊吕"皆为人物事典故，班固将"楚和之名"与"听决价而资玉者"相对，"伯王之功"与"近习而取士者"相对，相对中深化说理，引"伊吕之佐"用于进一步例证观点。例(6)中"吕尚""陈平"同为人物事典故，王杰运用此两人的事迹，论证其理"贤明君主善视人才，不拘泥于远近毁誉"。例(7)中"玄晏之风""动神之化"皆属于引经用典，"玄晏之风"出自曹植《魏德伦》中的"玄晏之化，丰洽之政"，"动神之化"出自《尚书》中的"益曰：'至诚感神'"，陆机正是借助这两个典故来表达自己的见解。

2. 用典的言与事

连珠体中所引用典故，不仅包含经典的言论，还有典籍所记载的故事。因此，我们也可将用典的方式划分为引言和引事两类。

通过分析语料，连珠体中引言主要集中在引言理之语，侧重偏向引事理判断的话语,其次还有引用描述之语。

　　(8)臣闻鸾凤养六翮以凌云,帝王乘英雄以济民。《易》曰:
鸿渐于陆,其羽可用为仪。(东汉·班固《拟连珠》)

　　此例属于事理判断的话语,"鸿渐于陆,其羽可用为仪",出自《易经》。《易正义》曰:"进处高絜,不累于位,无物可以屈其心而乱其志,峨峨清远,仪可贵也,故曰其羽可用为仪,吉。"班固的意思是:听说鸾凤这种鸟长了六只羽柱,所以能飞上云霄;而帝王可以驾驭英雄来处理天下事,所以能利于百姓。正如《易经》上所述"雁群循序渐进地上升,有秩序地飞行,终于达到目的地,它的羽毛正可以作为渐进的仪表"。借经文进一步论证帝王必借英雄之力以济民。

　　(9)盖闻天方荐瘥,丧乱宏多。空思说剑,徒闻枕戈。是以刘琨之英略,莫知自免;祖逖之慷慨,裁能渡河。(南北朝·庾信《拟连珠》)

　　"天方荐瘥"出自《诗经·小雅·南山》,毛诗传云:"荐,重也。瘥,病也。"可见,"天方荐瘥"是描述天降病灾之意。通过描述天降灾乱,为下文叙述王僧辩平贼与陈霸先不忠的事做铺垫。以刘琨喻王僧辩,因梁元帝承制江陵,僧辩劝进,犹如晋元帝承制江左,刘琨劝进。然而僧辩为陈霸先所缢,犹如刘琨为段匹磾所缢,感慨梁如果有祖逖,怎会有陈霸先之事。

　　3. 用典的语义关照

　　依据典故在文中使用义跟典故原义彼此关照的不同情形,分析连珠体中所引原典义与用典义的语义关系看,又可分为同义式、转义式、衍义式、反义式、双关式、别解式。之所以产生这些方式是因为"作者使用典故来表达自己的事情、态度和情感,一般情况下,可以找到适切的典故,基本不改变其原义而使用于文中。但典故毕竟不是为后世作者而设,所以有时便不得不对典故原义做些引申、改造,而后加以使用。"①

---

　　① 罗积勇.用典研究[M].武汉:武汉大学出版社,2005:50.

第一种：同义式，即文中所表述典故部分所展现的意义与典故原义相同。

（10）臣闻达之所服，贵有或遗；穷之所接，贱而必寻。是以江汉之君，悲其坠屦；少原之妇，哭其亡簪。（西晋·陆机《演连珠》）

（11）臣闻虐暑熏天，不减坚冰之寒；涸阴凝地，无累陵火之热。是以吞纵之强，不能反蹈海之志；漂卤之威，不能降西山之节。（西晋·陆机《演连珠》）

以上两例皆属于文中典故所展现的意义与典故原义相同。例（10）中"江汉之君"此处借代楚昭王。例（11）"西山"出自《史记》："武王以平殷乱，伯夷、叔齐耻之，隐于首阳山，及饿且死作歌。其辞曰：'登彼西山兮采其薇。'"可见"西山"是指"伯夷、叔齐"两位贤者。

第二种：转义式，即"对典故本来所表示的意义加以引申，这就是转义式用典。具体来说，指通过比喻、借代、双关等途径从典故原义生发引申义，然后在引申义上使用该典故。"[①]

（12）盖闻驽骞服御良乐咨嗟，铅刀剖截欧冶叹息。故少师幸而季梁惧，宰嚭任而伍员忧。（三国·曹丕《连珠》）

（13）臣闻听极于音，不慕钧天之乐；身足于荫，不假垂天之云。是以蒲密之黎，遗时雍之世；丰沛之士，忘桓拨之君。（西晋·陆机《演连珠》）

（14）臣闻冲波安流，则龙舟不能以漂；震风洞发，则夏屋有时而倾。何则？牵乎动则静凝，系乎静则动贞。是以淫风大行，贞女蒙冶容之诲；淳化殷流，盗跖挟曾史之情。（西晋·陆机《演连珠》）

以上三例属于转移式。例（12）"铅刀"源自《东观汉记》："班超上疏云：'臣乘圣汉威神，冀效铅刀一割之用。'""铅刀"表极其钝的刀，比喻才劣无用。这里引申表示贤臣遇到劣臣，无法驾驭，因此会忧虑恐惧。

---

① 罗积勇.用典研究[M].武汉：武汉大学出版社，2005：53.

例(13)"丰沛之士"中"丰沛"原是两县名,在此引申表汉朝。"桓拨之君"中"桓拨"在这里代指殷朝,《诗经·商颂》云:"玄王桓拨"。例(14)"曾史"本指曾参和史鱼,都是贤人,在此借代表贤人的群体。

第三种:反义式,即反其意而用之的用典方式。"典故中有所谓熟典,今说写者所叙之事与之完全相反,或部分相反,或者因说写者所叙之事而对该熟典原来的含义、原来所承受的价值评判有所否定,这时说写者往往把该熟典的故事情节或其价值评判或其所言道理全部改写或部分改写成跟它原来相反的样子,以与原来那个人人皆知的熟典构成对比,达到特定的修辞目的。这便是反义式,习称'反用'。"①

(15)盖闻意气难干,非资扛鼎;风神自勇,无待翘关。是以曹刿登坛,汶阳之田遽反;相如睨柱,连城之璧更还。(南北朝·庾信《拟连珠》)

例(15)"相如"句反用完璧归赵典。《史记·廉颇蔺相如列传》载:秦王欲以十五城换赵王的和氏璧,蔺相如奉璧入秦,秦王无意偿赵城,蔺相如持璧视柱,说要头与璧俱碎。后见秦王无诚意,便推说要斋戒后再献璧,设法把璧送回国了。庾信奉命出使西魏,其事与蔺相如同,但最终庾信没有完成使命,为西魏所欺,身留长安,所以,庾信要把典故后半部分的结局改得相反。

4. 用典的功用

连珠的创作者为了一定的修辞目的在作品中明引或暗引典故,这种修辞目的就展现为用典的功用。通过分析语料,可将连珠体中用典的功用划分为四类:即证言式、衬言式、代名式、代言式。

一是证言式,即引用前人言论或事迹来证明自己的观点,或是提供自己如此做的理由。

(16)君臣之利异,故人臣莫忠,故臣利立而主利灭。是以奸臣者,召敌兵以内除,举外事以眩主,苟成其私利,不顾国患。其说在卫人之夫妻祷祝也。故戴歇议子弟,而三桓攻昭公;公

---

① 罗积勇.用典研究[M].武汉:武汉大学出版社,2005:62.

叔内齐军,而翟黄召韩兵;太宰嚭说大夫种,大成牛教申不害;司马喜告赵王,吕仓规秦、楚;宋石遗卫君书,白圭教暴谴。(战国·韩非子《内储说·六微》)

(17)臣闻明主之举士不待近习,圣君之用人不拘毁誉。故吕尚一见而为师,陈平乌集而为辅。(东汉·王粲《仿连珠》)

(18)臣闻记切志过君臣之道也,不念旧恶贤人之业也。是以齐用管仲而霸功立,秦任孟明而晋耻雪。(东汉·王粲《仿连珠》)

以上三例皆为证言式,例(16)此首连珠"是以"以前为言理部分,"是以"以后为整首连珠的断案部分,提出中心思想,"其说"以后大量用典,为举例部分。引典以为证,引用前人的事迹来证明"是以"后所提出的观点。例(17)为王粲的《仿连珠》,"臣闻"以后"明主之举士不待近习,圣君之用人不拘毁誉"为言理部分,是提出观点,"故"以后所引用"吕尚""陈平"的事迹进一步论证其观点。例(18)同例(17)论证结构相似,只是所引典故不同,表达观点不同。

二是衬言式,即通过典故中的事与说写者当下所叙之事的比较来显示优劣、表现情感。

(19)盖闻迹慕近方,必势遗于远大;情系驱驰,固理忘于肥遯。是以临川之士,时美结网之悲;负肆之氓,不抱屠龙之叹。(唐·刘祥《连珠》)

整首连珠通过言理说明:羡慕狭近方面功业的,必定会失掉远大的势力;情志系缚在奔走富贵的,必然忘掉了高隐的理趣。"是以"以后刘祥借助"临渊羡鱼""屠龙之技"两个典故进一步设喻以证其主旨:"明务近者徒羡图远之计,识低者不知高技之存。"

(20)研磨墨以腾文,笔飞毫以书信。如飞蛾之赴火,岂焚身之可吝。必耄年其已及,可假之于少苌。(南北朝·萧衍《赐到溉连珠一首》)

此首连珠中典故所言及的事物成为喻体。通过设喻将难以言说的人生感慨形象地表达出来。点明人生与笔墨相同，日日消磨不自惜，犹借岁月于余年，借此感叹人生。故后人有诗云："人非磨墨墨磨人"。

（21）抱朴子曰：灵凤振响于朝阳，未有惠物之益，而莫不澄听于下风焉。鸱枭宵集于垣宇，未有分厘之损，而莫不掩耳而注锚焉。故善言之往，无远不悦；恶言之来，靡近不忤。犹日月无谢于贞明，枉矢见忘于暂出。（东晋·葛洪《抱朴子·博喻》）

例（21）典故所言及的事物成为喻体，其中"贞明""枉矢"作为喻体，将整首连珠的中心思想，通过设喻的形式表达出来，即"日月不辞于固守其运行规律而常明，而枉矢即便暂时出现也被人忌恨"。"贞明"出自《周易·系辞》："日月之道，贞明者也。"指日月能固守其运行规律而常明。"枉矢"是星名。《释名·释天》："枉矢，齐、鲁谓光景为枉矢，言其光行若射矢之所至也；亦言其气狂暴，有所灾害也。"

三是代名式，即用典故语来替代当下所叙说事物的名称。

（22）臣闻灵辉朝觐，称物纳照；时风夕洒，程形赋音。是以至道之行，万类取足于世；大化既洽，百姓无匮于心。（西晋·陆机《演连珠》第六首）

（23）臣闻托阒藏形，不为巧密；倚智隐情，不足自匿。是以重光发藻，寻虚捕景；大人贞观，探心昭忒。（西晋·陆机《演连珠》第二十五首）

（24）臣闻飞辔西顿，则离珠与蒙瞍收察；悬景东秀，则夜光与碔砆匿耀。是以才换世则俱困，功偶时而并劭。（西晋·陆机《演连珠》第三十三首）

代名式用典，也有人把它叫"以典故代"。以上三例便是以典故代旧名，例（22）中"灵辉"表"太阳"，例（23）中"重光"出自《尚书·五行传》："明王践位则日俪其精，重光以见吉祥"，表示"太阳"。例（24）"飞辔"，李善云："日有御，故云辔也"，表示"太阳"。"悬景"是造词的代语，因为太阳高悬，故以此形容太阳。类似的如骆鸿凯先生在《文选学·余论》说："六代好用代语，触手纷纶。举'日'言之，曰灵晖，曰悬景，曰飞鹑,曰阳鸟,皆替代之词也。此外,言'月'则曰素娥,曰望舒,曰蟾魄,此以典故代也。言'山'则曰峦、岑、嶂、冈、陵;言'舟'则曰航、舫、舸、舻;言'池塘'则曰渎、沼;言'车'则曰轺、辕,此以训诂代也。……溯其源起,大抵由文人厌黩旧语,欲避陈而趋新,故课虚以成实。抑或嫌文辞之坦率,故用替代之词,以期化直为曲,易迳成迁。"

四是代言式,借说典故来说自己的事,即自己有话不直说,而借典故来说。

（25）抱朴子曰:小疵不足以损大器,短疚不足以累长才。日月挟虫鸟之瑕,不妨丽天之景,黄河合泥滓之浊,不害凌山之流。树塞不可以弃夷吾,夺田不可以薄萧何,窃妻不可以废相如,受金不可以斥陈平。（东晋·葛洪《抱朴子·博喻》）

（26）抱朴子曰:肤表或不可以论中,望貌或不可以核能。仲尼似丧家之狗,公旦类朴斫之材,咎繇面如蒙倛,伊尹形若槁骸,及龙阳宋朝,犹土偶之冠夜光,藉孺董邓,犹锦纨之裹尘埃也。（东晋·葛洪《抱朴子·博喻》）

以上两例属于代言式,说写者将叙说的事情加入到典故中去。如例（25）通过描述"设立影壁不能因此而遗弃管仲,践价强买百姓田宅数千万不能因此而鄙薄萧何,私下与新寡的卓文君结为夫妻不能因此而罢退司马相如,接收贿赂不能因此而指责陈平。"借助"夷吾""萧何""相如""陈平"等人物的形象与"树塞""夺田""窃妻""受金"等行为相对,来表述作者的思想。例（26）借助"仲尼似丧家之狗,公旦类朴斫之材,咎繇面如蒙倛,伊尹形若槁骸"的形象引申阐述"外表不能代表他的内心",借助"龙阳宋朝""藉孺董邓"进一步引申表述"容貌不可以用来审核他的才能"。

5. 用典寡与多

依据一首连珠体用典数量的多寡可分为:单引和叠引。"单引是指:为了叙述一个对象,在一个句子或一个句群内只引用一个典故;叠引则指:为了叙述一个对象,在一个句子或句群内引多个典故。"[①]

---

① 罗积勇. 用典研究[M]. 武汉:武汉大学出版社,2005:135.

（27）抱朴子曰：路人不能挽劲命中而识养由之射，颜子不能控辔振策而知东野之败，故有不能下棋而经目识胜负，不能徽弦而过耳解郑雅者。（东晋·葛洪《抱朴子·博喻》）

（28）盖闻市朝迁贸，山川悠远。是以狐兔所处，由来建始之宫；荆棘参天，昔日长洲之苑。（南北朝·庾信《拟连珠》）

（29）盖闻膏唇喋喋，市井营营。或以如簧自进，或以狙诈相倾。是以子贡使乎，五都交乱；张仪见用，六国纵横。（南北朝·庾信《拟连珠》）

（30）盖闻驽骞服御，良乐咨嗟；铅刀剖截欧冶叹息。故少师幸而季梁惧，宰嚭任而伍员忧。（三国·曹丕《连珠》）

例（27）与例（28）属于单引，例（27）整首连珠体单引"颜子"，来说明颜阖不能一手握绳驭马，一手挥动马鞭策马前进，但却能预知东野稷驾车必定失败。"颜子"是春秋鲁国贤者颜阖。例（28）整首单引"狐兔所处"，该典源自潘岳《西征赋》曰："狐兔窟穴于殿旁。"用于说明现在狐兔所住的地方就是当年壮丽的宫殿，衬托出迁都后旧京的荒凉之象。例（29）与例（30）属于叠引，例（29）中分别引用"喋喋""营营""子贡使乎，五都交乱""张仪见用，六国纵横"等四个典故来描述诸王援兵时，谗言多，导致兄弟间相互猜忌，骨肉相残。如《哀江南赋》云："晋郑靡依，鲁卫不睦，是也。"例（30）中分别引用"良乐""欧冶""铅刀""少师季梁""宰嚭子胥"来形象说明贤臣遇劣臣，无法驾驭，故忧虑恐惧的思想。

（三）用韵的音乐美

刘勰在《文心雕龙》中将"连珠"与"对问""七"一并归入"杂文"，由于"杂文"属于有韵之文，可见刘勰认为"连珠"为有韵之文。分析历代连珠体的用韵特点，主要有三个：一是用字声调上平仄搭配的讲究，二是用字的韵部注意押韵，三是对偶句中所呈现的节律性。连珠体因此也富有音乐美。通过分析唐以前的连珠体语料，发现连珠体大量用韵主要始于晋以后。又明人吴讷认为："连珠，其体四六对偶而有韵"[1]，可见

---

[1] 吴讷，徐师曾.文章辨体序说·文体明辨序说[M].北京：人民文学出版社，1960：552-553.

连珠体的用韵在唐以后至明清时期仍有延续。

（1）臣闻：鉴之积也无厚，而照有重渊之深；（平）

目之察也有畔，而视周天壤之际。（仄）

何则？应事以精不以形，（平）

造物以神不以器。（仄）

是以：万邦凯乐，非悦钟鼓之娱；（平）

天下归仁，非感玉帛之惠。（仄）

（西晋·陆机《演连珠》第八首）

（2）臣闻：积实虽微，必动于物；（仄）

崇虚虽广，不能移心。（平）

是以：都人冶容，不悦西施之影；（仄）

乘马班如，不辍太山之阴。（平）

（西晋·陆机《演连珠》第九首）

（3）臣闻：应物有方（阳），居难则易（支）；（仄）

藏器在身（真），所乏者时（之）。（平）

是以：充堂之芳（阳），非幽兰所难（元）；（平）

绕梁之音（侵），实萦弦所思（之）。（平）

（西晋·陆机《演连珠》第十首）

（4）臣闻：郁烈之芳（阳），出于委灰（之）；（平）

繁会之音（侵），生于绝弦（先）。（平）

是以：贞女要名于没世（祭），（仄）

烈士赴节于当年（先）。（平）

（西晋·陆机《演连珠》第十四首）

（5）盖闻：膏唇喋喋，市井营营。（2,2）

或以如簧自进，或以狙诈相倾。（2,2,2）

是以：子贡使乎，五都交乱；（2,2）

张仪见用，六国纵横。（2,2）

（南北朝·庾信《拟连珠》第七首）

（6）盖闻：死别长城，生离函谷。（2,2）

辽东寡妇之悲，代郡孀妻之哭。（2,2,2）

是以：流恸所感，还崩杞梁之城；（2,2）（2,2,2）

洒泪所沾，终变湘陵之竹。（2,2）（2,2,2）

（南北朝·庾信《拟连珠》第十四首）

（7）盖闻：九五飞龙，三灵叶瑞；（2，2）

大德有贞，至神攸驭。（2，2）

是以：帝尧即政，景星出翼；（2，2）

成汤临寓，飞煌挟驭。（2，2）

（明·宋濂《演连珠》第三十七首）

分析上文举例，可见例（1）中无论是"臣闻"以后，还是"何则？""是以"后，每段末尾字均以"平仄"相押韵，例（2）在"臣闻"与"是以"后，每段末尾字均以"仄平"相押韵，平仄相搭配，抑扬顿挫。例（3）在平仄方面，无论是"臣闻"还是"是以"，皆以平声相押韵；与此同时，"方"属阳部，"身"属真部，"芳"属阳部，"音"属侵部，皆为阳声韵；"易"属支部，"时"属之部，"思"属之部，皆为阴声韵。整首连珠结尾用字皆押韵，显得朗朗上口。例（4）同例（3）相类似，在平仄方面皆押平声，同时在用字韵部方面同样押韵，"芳"属阳部，"音"属侵部，皆为阳声韵；"灰"属之部，"弦"属先部，"年"属先部，皆为阴声韵。连珠体的句式不仅有四四、四六，还有四五、四八等，无论是何种句式，多以双音节词为一个韵部节拍，这种有规律的变化形成了连珠的节奏，从而产生音乐的美感。例（6）（7）呈现的是连珠体的节律性，例（6）以（2，2）（2，2，2）为整首连珠的节奏性，例（7）是以（2，2）为整首连珠的节奏性。正如刘勰在《文心雕龙·声律》云："音律所始，本与人声""文章神明枢机，吐纳律吕，唇吻而已"，从魏晋以后的连珠中便可窥探一二。

（四）排比的形式美

连珠中排比的形式美主要体现在两个方面：第一，连珠体内部形式上的排比；第二，连珠其文形式上的"定格联章"。举例分别如下：

1. 连珠体内部形式上的排比

通过语料分析，此类可进一步细化为四小类：一是整首连珠体是由三个或三个以上的排比句构成；二是连珠体内句法在"臣闻""是以""故"等形式标记后以排比形式呈现；三是连珠体内句法形式含有偶排形式；四是连珠体内句法成分上含有排比形式。举例如下：

（1）抱朴子曰：舿艎鹢首，涉川之良器也，棹之以北狄，则沈漂于波流焉。蒲梢汗血，迅趋之骏足也，御非造父，则倾偾于崄途焉。青萍豪曹，刿锋之精绝也，操者非羽越，则有自伤之患焉。劲兵锐卒，拨乱之神物也，用者非明哲，则速自焚之祸焉。（东晋·葛洪《抱朴子·博喻》第二十三首）

（2）抱朴子曰：锐锋产乎钝石，明火炽乎暗木，贵珠出乎贱蚌，美玉出乎丑璞。是以不可以父母限重华，不可以祖祢量卫霍也。（东晋·葛洪《抱朴子·博喻》第六十五首）

（3）抱朴子曰：身与名，难两济；功与神，鲜并全。支离其德者，苦而必安；用以适世者，乐而多危。故鸷禽以奋击拘絷，言鸟以智慧见宠，琼瑶以符辨剖判，三金以琦玩冶铄，兰茞以芬馨剪刈，文梓以含音受伐。是以翠虬睹化益而登玄云，灵凤值孟戏而反丹穴，子永叹天伦之伟，漆园悲被绣之牺。（东晋·葛洪《抱朴子·博喻》第四十四首）

（4）抱朴子曰：谤读言不可以巧言弭，实恨不可以虚事释。释之非其道，弭之不由理，犹怀冰以遣冷，重炉以却暑，逐光以逃影，穿舟以止漏矣。（东晋·葛洪《抱朴子·博喻》第二十五首）

（5）抱朴子曰：垂荫万亩者，必出峻极之岭；滔天襄陵者，必发板桐之源。邈世之勋，必由绝伦之器；定倾之算，必吐冠俗之怀。是以虫焦螟之巢，无乘风之羽；沟浍之中，无宵朗之琦。（东晋·葛洪《抱朴子·博喻》第六十首）

（6）抱朴子曰：南威青琴，姣冶之极，而必俟盛饰以增丽，回赐游夏，虽天才隽朗，而实须《坟》《诰》以广智。（东晋·葛洪《抱朴子·博喻》第三十八首）

例（1）整首连珠体由四个排比句构成；通过列举说理，最后断案点明主旨。例（2）（3）（4）分别为连珠体的起头、中间、结尾部分排比形式；例（5）属于连珠前提的偶排句，四个句子皆的"……，必……"的形式构成排比，但其实"垂荫万亩者"和"滔天襄陵者"形成相对，"邈世之勋"和"定倾之算"形成相对。例（6）其实是句内主语成分的排比，"回"即"颜回"，"赐"即"子项"，"游"即"子游"，"夏"即"子夏"。

2. 连珠其文形式上的"定格联章"

两首或两首以上连珠体以"定格联章"的形式构成连珠文。从文的角度看,每首连珠皆以"臣闻""盖闻"等形式标记起头,以"是以"或"故"结尾。围绕一个主题,平列排开,整齐划一,非单首连珠体所能概括。从每首连珠体上看,皆符合"其体辞丽而言约,不指说事情,必假喻以达其旨,而令贤者微悟,合于古诗劝兴之义"的文体特征,同时每首连珠皆具有文学性与逻辑性的统一。如庾信《拟连珠》:

（1）盖闻经天纬地之才,拔山超海之力。战阵勇于风飙,谋谟出乎胸臆。斩长鲸之鳞,截飞虎之翼。是以一怒而诸侯惧,安居而天下息。

（2）盖闻萧、曹赞务,雄略所资;鲁、卫前驱,威风所假。是以黄池之会,可以争长诸侯;鸿沟之盟,可以中分天下。

（3）盖闻解封豕之结,塞长蛇之源。必须制裳千里,歃血辕门。是以开百里之围,用陈平之一策;盟千乘之国,须季路之一言。

......

（17）盖闻江、黄戎马之徽,鄢、郢风飙之格。乍有去而不归,或无期而远客。是以章华之下,必有思子之台;云梦之傍,应多望夫之石。

（18）盖闻无怨生离,恩情中绝。空思出水之莲,无复回风之雪。是以楼中对酒,而绿珠前去;帐里悲歌,而虞姬永别。

庾信《拟连珠》共计四十四首,创作于入北之后。这里仅以前十八首举例说明。从多首串联角度看,清人李兆洛评价《拟连珠》:"与《哀江南赋》相表里",不仅就抒情,其在史学价值上,两者也互为表里,互为补充。从四十四首连珠内容上看,从叙述梁武帝建业到昌盛、梁朝统治者的腐败无能到自相残杀,总结侯景之乱、江陵之祸的前因后果,描述抗敌将士的勇敢牺牲、人民生活的痛苦不堪以及由此引发的个人内心的哀伤与思乡之情,传达出与《哀江南赋》相同的抒情与叙史的特点。从庾信《拟连珠》前十八首可见,多首连珠上下关联,以时间顺序,共同围绕叙史梁之兴衰,侧重叙史兼有抒情。每首连珠体在文中的位置并非杂乱无序,而是精心设计,层层递进,为下文后二十四首连珠抒情作铺垫的。庾信将四十四首连珠体以定格联章形式推演开来,数首连珠全方位多角度深层次围绕"叙身世"所展开,前后相互关联,是一首连珠无法披靡的。

从唐代至明清时期连珠文献上看,自庾信以后连珠作品的流传才多以定格联章的篇的形式出现,常围绕一个主题,相互关联,全方位多角度深层次地描述或叙述。如唐代王维《奉和圣制圣札赐宰臣连珠词应制》、宋代徐铉《连珠词》、张君房《七部语要连珠》、明代董说《梦连珠》、唐寅《花月吟效连珠体十一首》、叶小鸾《艳体连珠》、叶绍袁《拟艳体连珠》、沈宜《拟艳体连珠》、清代钮琇《竹连珠》、佚名《十三经连珠》(见于金兆燕《棕亭骈体文钞》)、皮锡瑞《左氏连珠》、阮葵生《连珠六章》、张之洞《连珠诗》等。

二、连珠体的思想功用特点

依据连珠体的思想特点,又可划分为不同的类。如明理谏说类、赞君祝寿类、评论文章类、写景记事抒情类、读书心得类、怡情娱乐类等,分别举例如下:

(一)明理谏说类

(1)臣闻良匠度其材而成大厦,明主器其士而建功业。(东汉·班固《拟连珠》)

班固通过描述好的工匠会衡量材料的适宜与否,因而才能建成大厦。班固将"英明的君主"与"良好的工匠"在成其业的行为上做类比,即重视其材。

(2)臣闻春风朝煦,萧艾蒙其温;秋霜宵坠,芝蕙被其凉。是故威以齐物为肃,德以普济为弘。(西晋·陆机《演连珠》)

通过分别描述"萧艾""芝蕙"在春天与秋天感受的气温的变化,归纳得出"威力要平等,恩德要普及",暗示君主当罚不遗贵,赏不遗贱。以"春风""秋霜"类比"君王",以"萧艾""芝蕙"类比"群臣",前后形成类比推理。

（3）臣闻忠臣率志，不谋其报；贞士发愤，期在明贤。是以柳庄黜殡，非贪瓜衍之赏；禽息碎首，岂要先茅之田。（西晋·陆机《演连珠》）

作者通过"闻知"描述"忠臣率志"与"贞士发愤"两者的行为目标是"谋其志""期明贤"。"是以"在此表"所以"，上下首之间构成演绎推理出"柳庄黜殡""禽息碎首"两人的行为分别对应"谋其志""期明贤"。从反面进一步说明，"柳庄"类同"忠臣"，"禽息"类同"贞士"。

（二）赞君祝寿类

（4）臣闻车攻奏雅，王迹肇于土中。柴望陈书，帝业光于海表。是以礼隆嵩岱，先四镇以山呼；化洽东南，进群神而云绕。（清·陈兆仑《圣驾南巡恭纪演连珠》）

此首为陈兆仑跟随乾隆皇帝南巡游走各地时所作，多表赞颂明主圣朝之意，以连珠的形式表达出颂的功用。此时的连珠虽然已不再说理，推理性也大大减弱，但在其描述中仍见类比于其中，用古人事迹与乾隆皇帝南巡相比较，以见出古今道理的一致，以及乾隆皇帝对古人礼教的发扬光大。如以"化洽东南，进群神而云绕"来类比乾隆皇帝下江南的行动。

（5）臣闻元首赖乎股肱，贰公宣化；大学逮乎痒序，三适兴贤。是以洽屋喻治民，功不任乎一己；树人如树木，计每切于百年。（清·潘世恩《皇上五旬万寿恭纪》）

此首连珠源自潘世恩为乾隆皇帝五十大寿时所作，"元首""股肱"源自古文《尚书·益稷》，分别对应"君主""臣子"，通过描述"君主依靠臣子，臣子会去传布君命，教化百姓"，进而归纳出"君主在大殿中下达惠民的政策，其功劳当并非一人"；从"小学升入大学，是选举有贤德的人"归纳出"培养人才如同栽树，需要有长远的眼光"。将"洽屋"喻"治民"，"树人"如"树木"，在归纳中融类比逻辑。通过"臣闻"描述君臣关系、小学与大学的关系,突出人才之重要。"是以"后在劝君明理的同时,又歌颂了乾隆皇帝重视对人才的培养。

(三)评论文章类

（6）盖闻四营布算,数生有象之初;一画探微,道蕴无名之始。是以穷其要妙,大儒咨籀桶之人;昧厥精深,古圣罚守门之子。(佚名《十三经连珠》)

此首连珠源自清人无名氏所作《十三经连珠》,以"十三经"中每部书为描述对象,进行点评。此首是以《易经》为对象,评论"听说易学的占卜,命运都存乎于象的初始;《周易》所探求的道,它蕴含在无中。所以学问渊博之人想穷尽《周易》的奥妙,也要询问精通《周易》之人;愚昧不知其中精深之道的人,都会被古圣贤惩罚为守门之人。"整首连珠推理以演绎法呈现。

(四)写景记事抒情类

（7）盖闻德不患孤,当其聚则辅必众;道莫务近,致于远则誉乃闻。是以产于东南,比人才之美;输于西北,称贡赋之良。(清·钮琇《竹连珠》)

此首连珠源自清人钮锈所作《竹连珠》,以竹子为中心,通过描述它的生长状态,来歌颂其品德。整首连珠采用演绎类比手法,句句描述竹子,但只字未提竹。如清·杨复吉《竹连珠跋》:"竹连珠,体物工细,枝分节解,所谓言之不足由长言之也。"

（8）盖闻鼓鼙怀音,待扬桴以振响;天地涵灵,资昏明以垂位。是以俊乂之臣,借汤、武而隆;英达之君,假伊、周而治。(唐·刘祥《连珠》)

刘祥通过先描述"鼓鼙怀音"需扬桴才振响,"天地涵灵"需昼夜交替才可以,为下文类比说理进行铺垫。将"鼓鼙怀音"与"俊乂之臣"类比,"天地涵灵"与"英达之君"类比,由于"鼓鼙怀音""英达之君"均需要借外力才各显其性,因此"俊乂之臣需要借汤、武才会兴盛;英达之君需伊、周才能治理好"就更具说服性。

（9）妾闻洛妃高髻，不资于芳泽；玄妻长发，无藉于金钿。故云名由于自美，蝉称得于天然。是以梁妻独其妖艳，卫姬专其可怜。（南朝·刘孝仪《探物作艳体连珠》）

刘孝仪以女性口吻通过描述"洛妃高髻""玄妻长发"，归纳出"云的美名是由于它的美好，蝉称称誉来源于天赋使然"，进而通过演绎得出"梁翼妻子的坠马髻""卫庄姜的头发"，同时又富含类比。

（五）读书心得类

（10）盖闻事势濒危，用人弗及；国家闲暇，弃才不任。是以郑惧东封急而求乎烛武，齐侵北鄙命必受于展禽。（清·皮锡瑞《左氏连珠》）

此首连珠是皮锡瑞读《左传》之心得，他以《左传》为论说对象，创作此类连珠。该首通过列举《左传》事实，来证明"事势濒危，用人弗及；国家闲暇，弃才不任"的道理。

（六）怡情娱乐类

（11）盖闻荷叶田田，香能彻骨。罗衣薄薄，冷太欺人。是以龙脑成灰，休唤海棠睡起。鲛人有泪，空随铜狄同流。（明·沈宜修《续艳体连珠》）

该首为沈宜修的游戏连珠，具有怡情娱乐的功用，此类连珠犹如谜语。该首连珠赞的是"花露"，句句暗含花露之功效，由浅及深，娓娓道来。先借荷叶的清香类比花露之清香，借轻薄的罗衣遇冷的凉来类比花露之清凉，是以之后演绎出花露的功效"唤醒头脑"。

（七）佛道经文类

（12）海蚌未剖，则明珠不显；昆竹未断，则凤音不彰；情性未炼，则神明不发。譬诸金木，金性包水，木性藏火。故炼金则水出，钻木而火生。人能务学，钻炼其性，则才慧发矣。

（宋·张君房《云笈七签》卷九十"连珠"第四首）

此首连珠为张君房摘抄《刘子·崇学篇》而成。从形式上看,先有释例,后及论断,属于典型的连珠二段式。其前提与结论之间互相佐证,运用类比与归纳推理,启发人们明白"人皆有才慧,但需磨炼和学习,才能开发出来"的道理。通过"海蚌""昆竹""情性""金木"等形象进行类比,点明事理,易读而可解,易观而可悦。整体上符合连珠辞丽而言约,不指说事情,必假喻以达其旨而令贤者微悟,合于古诗劝兴之义的文体特征。

（13）吴竿质劲,非筈羽而不美;越剑性利,非淬砺而不铦;人性怀慧,非积学而不成。人不涉学,犹心之聋盲,不知远近。祈明师以攻心术,性之蔽也。（宋·张君房《云笈七签》卷九十"连珠"第五首）

此首也为张君房摘自《刘子·崇学篇》而成,但在《刘子》原文中此首连珠的前提与结论相隔 252 个字。从内容上看,"吴竿质劲,非筈羽而不美;越剑性利,非淬砺而不铦;人性怀慧,非积学而不成",实际省略了大前提,即"远而光华者,饰也;近而愈明者,学也",强调学习的重要性。其结论"人不涉学,犹心之聋盲,不知远近。祈明师以攻心术,性之蔽也。"从反面说明学习的重要性,同其前提有异曲同工之妙。在《刘子》中,结论同其前提相距甚远,盖张君房基于对《刘子》熟悉的基础上,进行二次创作,将原文不相连且相距甚远的材料拼接在一起,使之上下连贯,正反对比,突出主题,既符合语录体特点,也符合连珠体的特征。

（14）盖闻物之生也非物,故虽生而不生;道之化也非道,故及化而逾化。何则? 析体则离肤寸之庸,观空则无参黍之积。是以燧人秉御劫有沉灰,火正耀灵林无坚木。（清·净挺《圆觉连珠》）

此首连珠为清代净挺精研《圆觉经》而作,属于笔记心得,但鉴于其思想含有宗教色彩,故将此类单作一个类别。《圆觉经》是佛向文殊、普贤、普眼、金刚藏、弥勒、清净慧、威德自在等十二位菩萨宣说如来圆觉的妙理和观行方法。净挺依据《圆觉经》所述十二菩萨聆听的妙道与观行方法,借助连珠体,以十二菩萨为主题,为每首菩萨作连珠三首并配有颂歌一首,多角度多层次论说,将连珠从体升华到文的形式。

第三章

唐代连珠体创作及其特色

通过对历代连珠体文献的整理与研究，我们认为从先秦至民国时期，连珠体萌芽于《墨经》，创造于韩非子，肇名于扬雄，兴盛于汉章帝之时，演进于魏晋时期，繁盛于南北朝时期，唐宋之间创作虽有减少，但其体依然受重视并有所发展，直到南宋至元末时期连珠体发展才真正开始衰退，然而在元末明初其体再次复兴，至清代再次发展到巅峰，民国时期继承清代之余绪，此后连珠体发展走向衰落。鉴于连珠体发展具有历史的延续性，因此我们采用以动态视角梳理唐以后至民国时期连珠体发展的特色，以时间为线索，分别从文献著录、句法形式、论证方式、修辞手法、语用特点等方面进行剖析，以期展现连珠体的发展脉络及在不同时期的特色。

第一节　唐代连珠体的文献著录情况

　　从传世的文献上看,唐代连珠体的发展其实是延续了南北朝时期创作者的特点而有所衰落,这种衰落主要是创作者数量较少,而并不是连珠体的发展不受文人、帝王的喜爱,如唐玄宗时期,连珠体受到赏识,曾命令大臣王维作《奉和圣制圣札赐宰臣连珠词》。这种衰落并不代表连珠体在唐代走向衰亡,停止发展,相反,是继续向前。

序号	时间	作者	作品名称	现存状况
1	唐	贤妃徐氏(惠)	连珠	
备注	(后晋)刘昫著《旧唐书》云:"太宗贤妃徐氏,名惠,右散骑常侍坚之姑也。生五月而言,四岁诵《论语》《毛诗》,八岁好属文。其父孝德试拟《楚辞》,云:'云中不可以久留',词甚典美。自此遍涉经史,手不释卷。太宗闻之,纳为才人。……及太宗崩,追思顾遇之恩,哀慕愈甚,发疾不自医。病甚,谓所亲曰:'吾荷顾实深,志在早殁,魂其有灵,得侍园寝,吾之志也。'因为七言诗及连珠以见其志。永徽元年卒,时年二十四。诏赠贤妃,陪葬于昭陵之石室。"			
2	唐	苏颋	为人作连珠	2 则
文献著录	宋·李昉《文苑英华》卷七百七十一为人作连珠二首(明刻本) 清·董诰《全唐文》卷二百五十七为人作连珠二首(清嘉庆内府刻本) 清·张英《渊鉴类函》卷二百文学部九存两则(清文渊阁四库全书本)			
3	唐	李鼎祚	明镜连珠,又名《连珠集》	10 卷亡佚
文献著录	元·脱脱《宋史》卷二百六《艺文志》第一百五十九右天文类(清乾隆武英殿刻本) 明·柯维骐《宋史新编》卷五十一《志》三十七《艺文》五五行类(明嘉靖四十三年杜晴江刻本) 清·张玉书《御定佩文韵府》卷二十七之五"六壬"(清文渊阁四库全书本) 清·张祥河《小重山房诗词全集》之《福禄鸳鸯集》(清道光刻光绪增修本) 宋·吴曾《能改斋漫录》卷五《辨误》(清文渊阁四库全书本) 元·王士点《秘书监志》卷七(清文渊阁四库全书本) 清·俞樾《茶香室丛钞》之《茶香室续钞》卷二十一(清光绪二十五年刻,春在堂全书本) 清·刘毓崧《通义堂文集》卷一《周易集解跋》(下篇)(民国求恕斋丛书本) 清·桑宣直《字触补》卷六《说部》"五行系包"(清光绪小婑嬛书库刻本) 清·俞正燮《癸巳存稿》卷六《三合说》(清连筠簃丛书本)			

序号	时间	作者	作品名称	现存状况
备注	清·刘毓崧《通义堂文集》卷一记载："李鼎祚，充内供奉，辑梁元帝及陈乐产、唐吕才之书，以推演六壬五行，成《连珠明镜式经》十卷，又名《连珠集》。上之于朝，其事亦在乾元间。代宗登基后，献《周易集解》，其时为秘书省著作郎，仕至殿中侍御史。"（续修四库本，上海古籍出版社，2002）			
4	唐	王维	奉和圣制圣札赐宰臣连珠词五首应制	5
文献著录	清·赵殿成《王右丞集笺注》卷二十七《哀辞奉和圣制圣札赐宰臣连珠词五首应制》（清文渊阁四库全书本） 清·董诰《全唐文》卷三百二十五《奉和圣制圣札赐宰臣连珠词五首应制》（清嘉庆内府刻本）			
5	唐	段成式	连珠	2
文献著录	《全唐文》			
备注	明代董斯张撰《吹景集》卷十四有评论			
6	唐	司空图	连珠	10 则
文献著录	《司空表圣文集》卷八			

通过上表可见：

第一，目前收集的资料看，唐代有连珠体创作的作者只有 5 人，其中贤妃徐氏、李鼎祚的作品今已亡佚。与南北朝时期相比，唐以后连珠体的创作的确是有所衰微。

第二，虽然连珠体的创作数量在唐代有所衰微，但连珠体的发展并未衰落。相反，连珠体仍受到统治者的喜爱，如王维《奉和圣制圣札赐宰臣连珠词五首应制》[①]，据《王右丞集笺注》中"连珠词"小注记载，创作此内容时王维官任库部员外郎，又依据《王维生平大事年表》知"连珠词"当创作于王维 52 岁时的天宝九年（750）。根据题目"奉和圣制"，可见王维是受唐玄宗之命创作。

第三，从此阶段连珠体的命名，如苏颋《为人作连珠》、司空图《连珠》、王维《奉和圣制圣札赐宰臣连珠词》，可见此时期连珠体的发展在继承南北朝连珠体发展的基础上，又有一些新的特点，即开始与其他文体相互竞争，相互渗透，如连珠词的出现。又如唐·陈抟《自赞铭》："一

① 毕宝魁.人间最美是清秋：王维传 [M].北京：现代出版社，2017：286.该书所附《王维生平大事年表》记载，"连珠词"创作于天宝九年（750），当时王维 52 岁，任库部员外郎。

念之善,则天神、地祇、祥风、和气,皆在于此;一念之恶,则妖星、厉鬼、凶荒、札瘥,皆在于此。是以君子慎其独。"

此阶段,还有一些以"连珠"命名的文集问世,但其"连珠"并非本书所说的"连珠体",而是"连珠"的其他含义,如五行连珠的意义。唐李鼎祚《明镜连珠》又名《连珠集》,今亡佚,但清人刘毓崧《通义堂文集》卷一记载:"李鼎祚,充内供奉,辑梁元帝及陈乐产、唐吕才之书,以推演六壬五行,成《连珠明镜式经》十卷,又名《连珠集》。上之于朝,其事亦在乾元间。代宗登基后,献《周易集解》,其时为秘书省著作郎,仕至殿中侍御史。"[①] 可见,《连珠集》其实是李鼎祚理顺易学中象数和义理关系的书。

此外还有窦氏《联珠集》,据《新唐书·窦群传》记载:"(群)兄常、牟,弟庠、巩皆为郎,工词章,为《联珠集》行于时,义取昆弟若五星然。"窦群与其兄窦常、窦牟,弟窦庠、窦巩均为郎官,并有文才,他们所写的《联珠集》刊行于当世。"联珠"之名,意思是兄弟五人如五星相连,灿烂生辉。后用为称美兄弟并有文才之典。类似还有唐诗创作中的"连珠"修辞。如上官仪云:"诗有六对:一曰正名对,天地日月是也;二曰同类对,花叶草芽是也;三曰连珠对,萧萧赫赫是也;四曰双声对,黄槐绿柳是也;五曰叠韵对,彷徨放旷是也;六曰双拟对,春树秋池是也。"

第二节　唐代连珠体的结构特点

唐代连珠体的创作数量虽有所衰微,但并未影响连珠体自身的发展。通过语料分析,此阶段连珠体在结构形态方面继承魏晋南北朝,不仅表现为二段式、三段式,还有形体二段实际三段式;连珠体的形式标记方面,此时期出现了"夫""窃以"等新的起头标记,"因知"结尾的连接词,个人连珠文则整篇皆以"臣闻……故……"为统一形式标记;连

---

① （清）刘毓崧.通义堂文集（续修四库本）[M].上海:上海古籍出版社,2002.

珠体的结构功用方面，主要继承两汉时期连珠体"言理＋举例"的结构特点。具体分析如下：

一、唐代连珠体的结构形态及其标记

（一）二段式连珠体

（1）臣闻大明驭宇，天地同符；间气佐时，君臣协德。故千年圣主，唐帝抚其宝图；七德诸侯，周公为之元老。（唐·王维《奉和圣制圣札赐宰臣连珠词五首应制》）

（2）盖闻愧于心者，或毁人而掩谤；足于己者，必奖善而推公。是以炫饰求容，不悦端居之操；优游待聘，乃宏交让之风。（唐·司空图《连珠》）

（3）窃以铜街丽人，恨尘泥之将隔；石室素子，怨仙侣之易分。因知三鸟孤鸾，从来要匹；金鸡玉鹄，不厌成群。（唐·段成式《连珠》）

以上两首连珠体皆为二段式，例（1）以"臣闻"起头表明王维的臣子身份，言理"圣人驾驭的明德日益广大，天地之道会相互契合；辅佐当世之君治理国家，君臣要相互协德。""故"以后为举例论证，赞颂唐玄宗为千年圣主，同时将其与周公之德类比。从题目上可见，此首连珠的创作背景为王维奉唐玄宗之命作连珠词五首赏赐给宰相。例（2）以"盖闻"起头表言理，"是以"以后通过举例进一步论证其理。例（3）为段成式所作"连珠"，"窃以"起头列举"铜街丽人""石室素子"的"恨"与"怨"，之后在"因知"的衔接下进一步设喻说明其原因。

（二）三段式连珠体

（4）盖闻霁日才升于拂曙，则蚁穴自开；澄川或激于惊波，则龙舟莫进。何则？明于诚而物皆竞劝，制于彼而我难示信。是以至诚未著，见非感而不通；横俗无猜，知有孚而必顺。（唐·司空图《连珠》）

此首连珠体为三段式连珠体，其连珠体的形式标记继承了陆机的《演连珠》，标记为"盖闻……何则？……是以……""盖闻"以后列举现象,"何则?"以后为通过现象归纳原因,即言理部分,"是以"以后为例证,通过描述"至诚未着""横俗无猜"进一步论证其言理部分,即至诚者且有经久之行,方可取信于人。

（5）盖闻中和所赋,植性自驯。孰为之而曰凤,孰为之而曰麟。翔必以时,肯争鸣而作怪? 动惟中矩,宁受喙以噬人?
（唐·司空图《连珠》）

此首连珠体虽只有"盖闻"起头的形式标记,但其为三段式连珠体。"太和所赋,植性自驯"为言理部分,之后通过"孰为之而曰凤,孰为之而曰麟。"借助"凤、麟"进一步设喻以明其理。"翔必以时,肯争鸣而作怪? 动惟中矩,宁受喙以噬人?"通过反问句的形式进一步说明万物各有禀赋,本性不可移的道理。

（三）形体为二段式,实际为三段式连珠体

（6）夫情有理会,不可以理遣;行有义得,不可以义怨。定其情者,则理无滞;宝其行者,则义有全。故韩冯之妻,死哀吟于松上;石崇之妓,生效命于楼前。（唐·苏颋《为人作连珠体二首》）

（7）夫恩至深而必报,言至信而罔遗。系于我者深不可夺,牵于彼者信不可欺。故操刀而割,岂为他人所污? 书扇而殒,竟还夫氏之尸。（唐·苏颋《为人作连珠体二首》）

此两首为苏颋《为人作连珠体》的两首作品,从形式标记上看,皆为"夫……故……"二段式连珠体,但从结构语义上看,实际为三段式。例（6）先言理,即"感情有时候可与道理融合,但不可能拿道理来遣除感情;行为有时彰显正义,但不可超过正义的适度。"次以断案,即"真能坚定感情的,那么道理也不会滞碍;行为真是宝贵的,那么正义也自能全备"。终以举例论证其断案,即通过列举"韩冯之妻""石崇之妓"进一步说明。例（7）的写法同例（6）相同,皆先言理,次断案,终以举例进一步论证。

二、唐代连珠体的结构功用

通过分析语料得出,唐代连珠体的结构功用形式类别较少,多以二段式为主,其中说理性、论证性较为突出。具体如下表:

"言理"类起头	具体表现
言理 + 举例	王维之作第一、五首,司空图之作第七首
言理 + 设喻	王维之作第二首、司空图之作第四、五、六首
言理 + 断案	王维之作第三首
言理 + 断案 + 举例	苏颋之作第一、二首
言理 + 设喻 + 断案	司空图之作第一、二、三、十首

第一种:言理 + 举例

（8）臣闻宣至理者,文悬之于日月;表圣言者,字动之以烟云。故虞舜作歌,徒施于典策;伏羲画卦,未类于昭回。(唐·王维《奉和圣制圣札赐宰臣连珠词五首应制》第五首)

此首连珠"臣闻"以后为言理,即强调"圣制圣札"的重要性,"故"以后通过列举"虞舜作歌""伏羲画卦"进一步论证"圣制圣札"。

第二种:言理 + 设喻

（9）盖闻达识难窥,神明有朕。或推之而犹拒,或抑之而必进。是以钓川钓国,入兆则享。从虎从龙,乘时自振。(唐·司空图《连珠》第四首)

此首连珠"盖闻"以后为言理部分,"是以"以后借助"钓川钓国""从虎从龙"进行设喻,进一步深化其思想"积德而不求回报,而冥冥中自有报应。"

第三种:言理 + 断案

（10）臣闻先天不违,德合于上;事君尽力,功济于下。故君臣同体于大道,庶人以康。亿兆宅心于至仁,万邦乃固。(唐·王维《奉和圣制圣札赐宰臣连珠词五首应制》第三首)

此首连珠"臣闻"以后为言理部分，表述治理国家不违背天命，君主的大德也迎合上天；臣子事君主应尽力，君主所取得的功绩多归功于臣子。"故"以后为断案部分，表达王维对君臣同体，宅心至仁的向往和追求。

第四种：言理＋断案＋举例

（11）夫恩至深而必报，言至信而罔遗。系于我者深不可夺，牵于彼者信不可欺。故操刀而割，岂为他人所污？书扇而殒，竟还夫氏之尸。（苏颋《为人作连珠体》第二首）

此首连珠"夫"以后为言理部分，即"至深的恩惠必会报答，最真诚的诺言是永远不会被遗忘的。"此以断案，表述"恩惠于我来说，受惠至深，不会被外力侵夺，以有辱此恩，言的承诺虽涉及给出承诺的人，但到了最真诚处，给出承诺的人不会有所欺骗，而有负此言。""故"以后列举"操刀而割""书扇而殒"事例来论证其旨。

第五种：言理＋设喻＋断案

（12）盖闻济世者材，存神者道。各系遭逢之运，并着抑扬之效。是以英豪未出，虚倾市骏之金；文雅已衰，徒有游仙之棹。苟惭白首而待聘，不若沧洲而寄傲。（唐·司空图《连珠》第三首）

此首连珠同例（9）相似，"盖闻"以后皆为言理部分，说明能兼济天下的是人才，能懂得通神的是明道者。"是以"以后的"英豪未出，虚倾市骏之金；文雅已衰，徒有游仙之棹"为设喻部分，以明其"材"与"道"。"苟惭白首而待聘，不若沧洲而寄傲"为断案部分，表述怀才若不在对的时间，当以隐退为妙。

"举例"类起头	具体表现
举例＋设喻	段成式之作第一首
举例＋言理	司空图之作第九首、段成式之作第二首

第六种：举例 + 设喻

（13）窃以铜街丽人，恨尘泥之将隔；石室素子，怨仙侣之易分。因知三鸟孤鸾，从来要匹；金鸡玉鹄，不厌成群。（唐·段成式《连珠》第一首）

此首连珠通过罗列"铜街丽人""石室素子"的"恨"与"怨"的结果，"因知"以后为设喻部分，点明其原因。

第七种：举例 + 言理

（14）盖闻绅河砺岳之盟，虽酬勚力；翼子贻孙之祚，本自推心。是以阴德常施，忘报而或能济患。危机潜伏，希时而无救祸溢。（唐·司空图《连珠》第九首）

"盖闻"以后通过列举"绅河砺岳之盟""翼子贻孙之祚"的历史事实，在"是以"后归纳，进一步说明其主旨，即"积德而不求回报，而冥冥之中自有报应"。

"设喻"类起头	具体表现
设喻 + 断案	王维之作第4首
设喻 + 言理 + 举例	司空图之作第8首

第八种：设喻 + 断案

（15）臣闻形之端者，影必随焉；声之善者，响必应焉。故偃武修文，皇天降之善气；薄赋省役，后土报以丰年。（唐·王维《奉和圣制圣札赐宰臣连珠词五首应制》第四首）

此首连珠通过设喻"形之端者，影必随焉""声之善者，响必应焉"言理，次以"偃武修文""薄赋省役"为断案，点明其主旨。

第九种：设喻 + 言理 + 举例

（16）详见例（4）

此时期连珠体的发展虽有所衰落,创作量较少,但发展出不少新的特点。第一,此时期连珠作品继承魏晋时期的特点,主要以二段式为主,内容上仍以说理为主,指称的对象也转向群臣或一般读者;第二,此时连珠体的形式标记出现"夫""窃以"等新的发语词、"因知"等新的衔接词;第三,此阶段连珠体的功能结构形态类型较前代有所减少,但并不表示此时期连珠体缺乏功能结构,相反,说明此阶段连珠体仍以说理为主,具有逻辑性。

第三节　唐代连珠体的句法研究

与南北朝时期相比,唐代连珠体的创作数量有所下降,句法形式上仍延续南北朝时期的特点,以对偶句为主,只是对偶句的种类相对少了。

一、言理部分

（一）平行对

（1）盖闻变可揣机,明难辨势。（唐·司空图《连珠》）
（2）盖闻中和所赋,植性自驯。（唐·司空图《连珠》）
（3）明于诚而物皆竞劝,制于彼而我难示信。（唐·司空图《连珠》）
（4）夫恩至深而必报,言至信而罔遗。（唐·苏颋《为人作连珠二首》）
（5）臣闻有其才者效其职,重其任者竭其能。（唐·王维《奉和圣制圣札赐宰臣连珠词五首应制》）

以上前两例平行对源自司空图《连珠》,其句法形式为单句所构平行对;后三例为紧缩结构所形成的平行对,即例（3）（4）为条件紧缩复句,例（5）为假设关系紧缩复句。

（二）扇对

1.四四扇对

（6）臣闻大明驭宇，天地同符；间气佐时，君臣协德。
（唐·王维《奉和圣制圣札赐宰臣连珠词五首应制》）
（7）臣闻先天不违，德合于上；事君尽力，功济于下。
（唐·王维《奉和圣制圣札赐宰臣连珠词五首应制》）

此两首为四四扇对，皆出现在"臣闻"以后，其句法的节律形式皆为
（22，22）。

2.四五扇对

（8）盖闻忠可制权，则诚能洞感；谋推体正，则坐济奇功。
（唐·司空图《连珠》）
（9）夫情有理会，不可以理遣；行有义得，不可以义惩。
（唐·苏颋《为人作连珠二首》）

此两首为四五扇对，同样出现在连珠体的句首部分，其中例（3）句
法的节律形式为（1,1,2；1,2,2），例（4）的句法节律为（1,1,2；3,2），
都具有些散句对的特点。

3.四六扇对

（10）因知夜逼更长，斜汉回时脉脉；寒侵梦断，行云去以
迟迟。（唐·段成式《连珠》）
（11）盖闻角力争雄，必中干而自殆；乘权逞怨，或道丧而
无归。（唐·司空图《连珠》）
（12）臣闻宣至理者，文愚之于日月；表圣言者，字动之以
烟云。（唐·王维《奉和圣制圣札赐宰臣连珠词五首应制》）

以上四例中，例（10）多出现在连珠体句末，表原因，其句法四六扇
对中还融入了叠字对；例（11）皆出现在连珠体句首，其句法形式皆为
复句形式，多构成隔句对；例（12）起首含语气词"者"，表停顿，以单句

构成隔句对。

起首四字句式中,还存有一首为四七扇对,如"是以阴德常施,忘报而或能济患;危机潜伏,希时而无救祸滔。(唐·司空图《连珠》)"其句法形式同样为复句形式,句法节律为(2,2;2,1,2,2),"而"在句中具有停顿作用。

二、设喻部分

设喻主要以扇对为主,还有一例为当句对。如"将射鸎而发弩,是忿风而焚衣。(唐·司空图《连珠》)"句法形式为紧缩关系复句,其中"射鸎"与"发弩"相对,"忿风"与"焚衣"相对。

第一,四四扇对。

(1)臣闻形之端者,影必随焉;声之善者,响必应焉。(唐·王维《奉和圣制圣札赐宰臣连珠词五首应制》)

(2)盖闻霁日才于拂曙,则蚁穴自开;澄川或激于惊波,则龙舟莫进。(唐·司空图《连珠》)

(3)因知三鸟孤鸾,从来要匹;金鸡玉鹄,不厌成群。(唐·段成式《连珠》)

(4)是以钓川钓国,入兆则享;从虎从龙,乘时自振。(唐·司空图《连珠》)

以上前两例皆出现在连珠体句首,其句法形式都为复句,例(3)(4)皆出现在连珠体句尾,其中例(3)出句为流水对,对句也为流水对,出对句前后又构成扇对,例(4)的出对句中皆含有重字对,如"钓川钓国"中的"钓","从虎从龙"中的"从"。

第二,四六扇对。

(5)翔必以时,肯争鸣而作怪;动惟中矩,宁受嗾以噬人。(唐·司空图《连珠》)

(6)是以川上不归,皆顾美鱼之网;林间已碎,难追弹雀之珠。(唐·司空图《连珠》)

(7)是以辅星连耀于将星,则妖星自殒;天阵克和于人阵,

则厚阵皆空。（唐·司空图《连珠》）

以上三例为四六扇对，其句法形式皆为复句，此外还存在四五扇对、六四扇对。如"故乐播大风，乃能调四气；身骑列宿，于是运三光。（唐·王维《奉和圣制圣札赐宰臣连珠词五首应制》）"。

三、举例部分

整体句式可分为：平行对、扇对，其中平行对句式多紧缩复句形式，扇对以四六扇对为主。

（一）平行对

（1）故韩冯之妻，死哀吟于松上；石崇之妓，生效命于楼前。（唐·苏颋《为人作连珠二首》）

（2）孰为之而曰凤，孰为之而曰麟。（唐·司空图《连珠》）

（3）是以至诚未著，见非感而不通；横俗无猜，知有孚而必顺。（唐·司空图《连珠》）

（二）扇对

第一，四四扇对。

（4）故千年圣主，唐帝抚其宝图；七德诸侯，周公为之元老。（唐·王维《奉和圣制圣札赐宰臣连珠词五首应制》）

（5）故虞舜作歌，徒施于典策；伏羲画卦，未类于昭回。（唐·王维《奉和圣制圣札赐宰臣连珠词五首应制》）

第二，四六扇对。

（6）窃以铜街丽人，恨尘泥之将隔；石室素子，怨仙侣之易分。（唐·段成式《连珠》）

（7）名比大乔，怨佳期之未卜；居连小市，恨的信之难移。（唐·段成式《连珠》）

（8）故操刀而割，岂为他人所污；书扇而殒，竟还夫氏之

尸。(唐·苏颋《为人作连珠二首》)

（9）故偃武修文，皇天降之善气；薄赋省役，后土报以丰年。(唐·王维《奉和圣制圣札赐宰臣连珠词五首应制》)

（10）是以炫饰求容，不悦端居之操；优游待聘，乃宏交让之风。(唐·司空图《连珠》)

以上为四六扇对，其中前两例出现在连珠体句首，其句法形式皆为单句形式多构成扇句对；后四例出现在连珠体句尾，其中例（7）（8）皆为复句形式的扇句对，例（9）为单句形式扇句对。

起首句除可为四言句式外，还可为五言句式，如"盖闻绅河砺岳之盟，虽酬勠力；翼子贻孙之祚，本自推心。(唐·司空图《连珠》)"，即句式同样为复句构成扇句对。

四、断案部分

断案部分，其句法形式整体上以平行对为主，次有扇对。其中平行对的句法形式以紧缩复句为主，扇对可分为四四扇对、四六扇对、八四扇对。

（一）平行对

（1）或推之而犹拒，或仰之而必进。(唐·司空图《连珠》)

（2）苟惭白首而待聘，不若沧洲而寄傲。(唐·司空图《连珠》)

（二）扇对

第一，四四扇对

（3）定其情者，则理无滞；宝其行者，则义有全。(唐·苏颋《为人作连珠二首》)

（4）系于我者，深不可夺；牵于彼者，信不可欺。(唐·苏颋《为人作连珠二首》)

第二,四六、八四扇对

（5）是以连兵百万,虽称盖代之雄;闻道三千,谁悟入神之契。(唐·司空图《连珠》)

（6）所以傲吏格言,先忘情于物我;能仁妙旨,当遣滞于是非。(唐·司空图《连珠》)

（7）故君臣同体于大道,庶人以康;亿兆宅心于至仁,万邦乃固。(唐·王维《奉和圣制圣札赐宰臣连珠词五首应制》)

以上可见此阶段连珠体的句法形式整体上继承了南北朝时期,但又有所不同。在言理、举例部分,此阶段继承南北朝时期特点主要用平行对、扇对,其中平行对以紧缩结构为主,扇对以四四扇、四六扇为主;在设喻、断案部分,此阶段不同于南北朝时期,以四四扇对、四六扇对为主,缺少平行对;断案部分用平行对、扇对,其中平行对以紧缩结构为主,扇对以四四扇对、四六扇对为主。

第四节 唐代连珠体的语义推论研究

此时期的连珠体发展虽有所衰落,创作量较少,但此时期的连珠体重说理性,因此在逻辑性上总体继承前代并未减弱,而且此阶段连珠体的语义逻辑中还发展出现新的特点,即融入了因果关系。通过分析语料,具体可划分为以下几种。

一、因果关系

（1）名比大乔,怨佳期之未卜;居连小市,恨的信之可移。因知夜逼更长,斜汉回时脉脉;寒侵梦断,行云去以迟迟。(唐·段成式《连珠》第二首)

此首连珠,先描述一个女子,名气和美貌堪比大乔,然而却怨出嫁的日子没有着落;居住在小的闹市,却恨曾经的承诺不可靠。所以夜渐渐变长,天快亮时依旧含情脉脉;晚上孤枕而眠,感慨离开的日子遥遥无期。

二、因果关系 + 类比

（2）窃以铜街丽人,恨尘泥之将隔;石室素子,怨仙侣之易分。因知三鸟孤鸾,从来要匹;金鸡玉鹄,不厌成群。（唐·段成式《连珠》第一首）

此首连珠体起头描述"繁华街市的美人,怨恨丈夫的离去;隐在山里修炼的素子,怨恨成神仙后凡人情侣的别离。""因知"以后通过设喻"三鸟孤鸾,从来要匹""金鸡玉鹄,不厌成群",来进一步解释"恨"和"怨"的原因。

三、演绎式

（3）臣闻先天不违,德合于上;事君尽力,功济于下。故君臣同体于大道,庶人以康。亿兆宅心于至仁,万邦乃固。（唐·王维《奉和圣制圣札赐宰臣连珠词五首应制》第三首）

此首连珠体通过描述"先天不违,德合于上;事君尽力,功济于下",进一步演绎出"君臣同体于大道""亿兆宅心于至仁"的美好政治愿景。

四、论证式

（4）臣闻宣至理者,文悬之于日月;表圣言者,字动之以烟云。故虞舜作歌,徒施于典策;伏羲画卦,未类于昭回。（唐·王维《奉和圣制圣札赐宰臣连珠词五首应制》第五首）

此首连珠"故"以后通过列举"虞舜作歌""伏羲画卦"进一步论证"臣闻"后所言"圣制圣札"的意义和重要性。

五、论证类比式

（5）臣闻有其才者效其职，重其任者竭其能。故乐播大风乃能调四气，身骑列宿于是运三光。（唐·王维《奉和圣制札赐宰臣连珠词》）

从王维的创作背景可见，在唐玄宗时期，连珠仍然受到帝王将相的欣赏，并未衰落消失。只是扩大了谏说对象，用于勉励群臣，类似一种箴言。整首连珠通过据"乐播大风""身骑列宿"来论证"有才者当效其职""重任者当竭其能"，在论证中，融入类比推理。

六、演绎论证式

（6）夫恩至深而必报，言至信而罔遗。系于我者深不可夺，牵于彼者信不可欺。故操刀而割，岂为他人所污？书扇而殒，竟还夫氏之尸？（唐·苏颋《为人作连珠体》第二首）

此首先言理，明恩深必报，言信必守；其后通过演绎说明不至因物诱而污恩，甚至以死亡而践诺；终以举"操刀而割，岂为他人所污？书扇而殒，竟还夫氏之尸？"以论证其旨。

七、演绎类比论证式

（7）盖闻变可揣机，明难辨势。金石之悬已扣，孰谓识微；风云之候未形，罕知能制。是以连兵百万，虽称盖代之雄；闻道三千，谁悟入神之契。（司空图《连珠》第一首）

此首同样先明理，说明变化中可以揣机，明难辨势；次以设喻"金石之悬已扣""风云之候未形"进一步类比说明"辨势"必揣机应变，方可明功效；终以列举"连兵百万，虽称盖代之雄""闻道三千，谁悟入神之契"进一步论证其理。

第五节　唐代连珠体的艺术特色及其功用

连珠体的发展在魏晋南北朝时达到一个顶峰,唐代连珠体的创作虽然有所衰落,但并不代表连珠体走向衰落,相反此阶段的连珠体在此时期开始全面渗透于其他文体中,如在赋、诗、词、制、启、箴言等中起到总领观点的作用。

一、唐代连珠体的艺术特色

此阶段连珠体的艺术特色延续魏晋南北朝时期,整体上可分为:对偶、用典。

（一）对偶方面

此阶段仍以工对为主,缺少宽对。

（1）臣闻形之端者,影必随焉;声之善者,响必应焉。故偃武修文,皇天降之善气;薄赋省役,后土报以丰年。(唐·王维《奉和圣制札赐宰臣连珠词》)

（2）盖闻愧于心者,或毁人而掩谤;足于已者,必奖善而推公。是以炫饰求容,不悦端居之操;优游待聘,乃宏交让之风。(唐·司空图《连珠》)

此阶段连珠体中的对偶,延续南北朝的特点,整首连珠皆为对偶。例（1）中"形"与"声"相对,其句法形式皆为"……者,……焉";"故"以后"偃武修文"与"薄赋省役"相对,"皇天降之善气"与"后土报以丰年"相对。例（2）中其前提的句法形式皆为"……者,……而……","愧于心者"与"足于已者"相对;"是以"后"炫饰求容"与"优游待聘"相对,"不悦端居之操"与"乃弘交让之风"相对。

（二）用典方面

（3）夫情有理会，不可以理遣；行有义得，不可以义怨。定
其情者则理无滞，宝其行者则义有全。故韩冯之妻，死哀吟于
松上；石崇之妓，生效命于楼前。（唐·苏颋《为人作连珠二首》）

此首连珠中"韩冯之妻""石崇之妓"皆为人物事典，前者属于明引，
后者属于暗引。"韩冯之妻"源自《列异志》："宋大夫韩冯妻美好，康王
夺之，冯怨王，囚之，冯遂自杀。妻乃阴腐其衣，王与之登台，自投台下。
遗书于带曰：'愿以尸还韩氏而合葬。'王怒，别埋之以相望。经宿，忽见
文梓生二冢之上，根交于下，枝连于上。有鸳鸯雌雄各二，恒栖其树，朝
夕交颈悲鸣，音声感人，恨深多别之人。""石崇之妓"源自《晋书》："孙
秀使人求绿珠，石崇不许，秀怒，乃劝赵王伦诛崇，矫诏收崇等。崇正宴
于楼上，介士到门，崇谓绿珠曰：我今为尔得罪。绿珠泣曰：当效死于官
前，因自投于楼下。"

（4）臣闻有其才者效其职，重其任者竭其能。故乐播大风，
乃能调四气；身骑列宿，于是运三光。（唐·王维《奉和圣制札
赐宰臣连珠词》）

此首连珠中用典"乐播大风"属于引经，其源自《左传》襄公二十九
年："吴公子札来聘。……请观于周乐……为之歌《齐》，曰：'美哉，泱
泱乎！大风也哉(有宏伟的风度与气派)！表东海(为东海诸国之表率)
者，其大公(姜太公)乎？国未可量也。'"四气：四时阴阳变化、温热冷
寒之气。《礼记·乐记》："然后发以声音，而文以琴瑟，……动四气之和，
以着万物之理。"疏："动四气之和者，谓感动四时之气序之和平，使阴阳
顺序也。"此二句谓，音乐有宏伟的气派，才能调和四时之气。比喻人有
大才，方能变理阴阳、佐治天下。

二、唐代连珠体的内容及其功用

唐代连珠体继承南北朝以前连珠体的特点及功用，大体可分为三
类，即帝王召见所作、艳体连珠类、抒情之作。

王维《奉和圣制圣札赐宰臣连珠词五首应制》①，是王维受唐玄宗的命令而创作。从内容上看，王维以五首连珠词简练精辟地描绘了清明政治的理想场景，通过五首连珠表达了要"君臣协德""选贤与能，得才尽用""君臣同体、宅心至仁""偃武修文，薄赋省役"，才能实现美政，最后还强调了"圣制圣札"的重要性，可谓是清晰分明，显示出了作者对处理好君臣关系重要性的认识和对理想政治境界的向往。

唐代继承南北朝吴均、刘孝仪艳体连珠特色而传世的苏颋《为人作连珠二首》、段成式《连珠》，从其形式上看，两者皆以第一人称创作，皆含有语义逻辑性，不同的是苏颋之作描述的是人之恩情而非艳体，段成式之作则侧重女子之艳体。从内容上看，苏颋《为人作连珠》中第一首说明情之坚定与合理而无凝滞，情非理可遣除。行之宝贵者，义亦备于其中，而行非可超越义之适度。第二首言恩深必报，不至恩物诱而污恩；言信必守，甚至死亡而践诺。段成式《连珠》本有五首，据《类说校注》②所存序可知，段成式之创作背景为"东莞公夜列数花，或作《连珠》五首以代剧语"。从其内容上看，第一首描述女子深夜思念丈夫，第二首描述红尘女子期待佳期。

此阶段还有一类作品属于抒情之作，即司空图《连珠》，其内容以朝政为背景，言理抒发个人感情。

第一首："盖闻变可揣机，明难辨势。金石之悬已扣，孰谓识微；风云之候未形，罕知能制。是以连兵百万，虽称盖代之雄；闻道三千，谁悟入神之契。"即描述战场上风云变幻，难以预料形势的变化，因此要重视"揣机""辨势"。

第二首："盖闻太和所赋，植性自驯。孰为之而曰凤，孰为之而曰麟。翔必以时，肯争鸣而作怪，动惟中矩，宁受嗾以噬人。"主要表述万物固有禀赋，其性不可移。

第三首："盖闻济世者材，存神者道。各系遭逢之运，并着抑扬之效。是以英豪未出，虚倾市骏之金；文雅已衰，徒有游仙之棹。苟惭白首而待聘，不若沧洲而寄傲。"通过描述"济世者材，存神者道"，演绎出若人

---

① 毕宝魁. 人间最美是清秋——王维传 [M]. 北京：现代出版社，2017：286. 该书所附《王维生平大事年表》记载，"连珠词"创作于天宝九年，当时王维五十二岁，任库部员外。

② （宋）曾慥编纂，王汝涛点校. 类说校注 [M]. 福州：福建人民出版社，1986：1457.

怀才不遇,还不如隐退,进而感慨"苟惭白首而待聘,不若沧洲而寄傲",展现出作者高傲的情怀。

第四首:"盖闻达识难窥,神明有朕。或推之而犹拒,或仰之而必进。是以钓川钓国,入兆则亨;从虎从龙,乘时自振。"言事物变化一定存在预兆,要建立丰功伟业一定要择时。

第五首:"盖闻忠可制权,则诚能洞感;谋推体正,则生济奇功。是以辅星连耀于将星,则妖星自殒;天阵克和于人阵,则厚阵皆空。"表述只有忠诚才能以正避邪。

第六首:"盖闻识资匡欲,智必宠愚。苟贪荣而入险,虽结党而自孤。是以川上不归,皆顾羡鱼之网;林间已碎,难追弹雀之珠。"表述因贪荣而入险,虽结党而自孤。

第七首:"盖闻愧于心者,或毁人而掩谤。足于己者,必奖善而推公。是以炫饰求容,不悦端居之操;优游待聘,乃宏交让之风。"言只有行为端正,才能优游于人世。

第八首:"盖闻霁日才升于拂曙,则蚁穴自开;澄川或激于惊波,则龙舟莫进。何则?明于诚而物皆竞劝,制于彼而我难示信。是以至诚未着,见非感而不通;横俗无猜,知有孚而必顺。"言至诚而有经久之行者,方可取信于人。

第九首:"盖闻绅河砺岳之盟,虽酬勠力;翼子贻孙之祚,本自推心。是以阴德常施,忘报而或能济患;危机潜伏,希时而无救祸淫。"描述积德而不求回报,而冥冥之中自有报应。

第十首:"盖闻角力争雄,必中干而自殆;乘权逞怨,或遁丧而无归。将射鼷而发弩,是怂风而焚衣。所以傲吏格言,先忘情于物我;能仁妙旨,当遣滞于是非。"宣扬老子忘情物我的思想,并将此作为人生境界。

以上十首连珠,结合司空图的生平看,展现出他的志向与追求。

小 结

从唐代开始,连珠体的发展开始全面渗透于其他文体中,如在赋、诗、词、制、启、箴言等中起到总领观点的作用。

此阶段的连珠体,在结构形态,不仅表现为二段式、三段式,还有形体二段实际三段式的;连珠体的形式标记方面,出现了"夫""窃以"等新的起头标记,"因知"等结尾连接词,还有以"臣闻……故……"为统一形式标记的；在连珠体的结构功用方面，主要继承两汉时期连珠体"言理＋举例"的结构特点。

此阶段连珠体的句法形式，皆以对偶句为主，进一步分析，无论是言理、设喻部分，还是举例、断案部分，皆以扇句对为主，次以平行对为主。

虽然南北朝时期连珠体发展为抒情与言理相统一，推理性有所削弱，但唐代连珠体的推理性偏向继承前代言理的特点，因此在这方面并未显示减弱。总体上，在继承南北朝时期演绎式、论证式、演绎论证式、类比论证式、演绎类比论证式的基础上，还发展出因果式、因果类比式。

唐代连珠体的修辞手法继承魏晋南北朝时期特点，主要以对偶和用典为主，此阶段连珠体的功用主要分为三个方面：第一，言理之作，其代表是王维受唐玄宗之命创作《连珠词》；第二，游戏之作，其代表是段成式《连珠》，第一首描述女子深夜思念丈夫，第二首描述红尘女子期待佳期；第三，抒情之作，其代表是司空图《连珠》，以朝政为背景，言理抒发个人感情和追求。

第四章

宋代连珠体创作及其特色

宋代连珠体在延续唐代的基础上仍有所发展，但至南宋以后，连珠体逐渐走向衰亡，以致使整个元代文献中不见一篇连珠之作。北宋时期连珠体在延续唐代之余，还出现了新的特点，即将镶嵌于他文的连珠式以定格联章的形式转化为连珠文，同时连珠式也变成了连珠体。从创作方式上看，这种创作方式看似丰富了连珠体写法，实则与北宋文人不关注连珠密不可分。

第一节　宋代连珠体的文献著录情况

序号	时间	作者	作品名称	现存状况	收录情况	备注
1	北宋	徐铉	连珠词五首	5则		
文献著录	宋·徐铉《徐公文集》卷第二十四，存五则（四部丛刊影黄丕烈校宋本） 宋·吕祖谦《宋文鉴》卷第一百二十八《连珠》二首（四部丛刊影宋刊本） 明·吴讷《文章辨体》外集卷一《连珠判律赋存》一则（明天顺刻本） 清·张英《渊鉴类函》卷二百《文学部·九连珠二》存两则（清文渊阁四库全书本）					
2	北宋	晏殊	连珠	1则		
文献著录	宋·吕祖谦《宋文鉴》卷第一百二十八《连珠》一首（四部丛刊影宋刊本） 明·吴讷《文章辨体》外集卷一《连珠判律赋》存一则（明天顺刻本） 清·张英《渊鉴类函》卷二百《文学部·九连珠二》存两则（清文渊阁四库全书本） 宋·晏殊《元献遗文》补编卷二《诗（上）连珠》一首（民国宋人集本）					
3	北宋	宋庠	连珠	1则		
文献著录	宋·吕祖谦《宋文鉴》之《皇朝文鉴》卷第一百二十八《连珠》一首（四部丛刊影宋刊本） 宋·宋庠《元宪集》卷三十六（清武英殿聚珍版丛书本） 明·吴讷《文章辨体》外集卷一《连珠判律赋》存一则（明天顺刻本） 清·张英《渊鉴类函》卷二百《文学部·九连珠二》存一则（清文渊阁四库全书本） 清·张玉书《佩文韵府》卷三十七之三《赢股》（下）存一则残（清文渊阁四库全书本）					
4	北宋	张君房	七部语要	65则		
文献著录	《云笈七签》卷九十"七部语要"					
备注	疑似张君房根据南北朝《刘子》提取。					

序号	时间	作者	作品名称	现存状况	收录情况	备注
5	北宋	刘攽	连珠	1 则		
文献著录	宋·刘攽《彭城集》卷四十《杂著连珠》一首(清武英殿聚珍版丛书本) 宋·吕祖谦《宋文鉴》之《皇朝文鉴》卷第一百二十八《连珠》一首(四部丛刊影宋刊本) 明·吴讷《文章辨体》外集卷一《连珠判律赋》存一则(明天顺刻本) 清·张英《渊鉴类函》卷二百《文学部九连珠二》存一则(清文渊阁四库全书本)					
6	北宋	黄庭坚	引连珠	7 则		
文献著录	宋·黄庭坚《山谷别集》卷六存七则(清文渊阁四库全书本)					
7	南宋	周弼	连珠	1 则		
文献著录	宋·周弼《汶阳端平诗隽》卷三七《言律》存一则(汲古阁影宋钞本) 宋·陈思《两宋名贤小集》卷二百七十九《端平诗隽连·珠存》一则(清文渊阁四库全书本) 清·曹庭栋《宋百家诗存》卷三十存一则(清文渊阁四库全书本)					

从图表上的著录,可见如下几点:

第一,此阶段传世文献中,有连珠体创作者共计7人,其中北宋徐铉、黄庭坚、张君房之作保存相对完整,传世连珠篇目较多,而晏殊、宋庠、刘攽、周弼之作传世相对较少,每人仅有一首。相比唐代连珠之作,此阶段连珠体在创作篇幅和创作者数量上都有所发展,可见唐以后到北宋,连珠体仍在不断发展。

第二,从唐代开始连珠体与其他文体间存在相互竞争、相互渗透的发展趋势,而此阶段连珠体的发展仍继承此特点,如徐铉《连珠词》。相比之前连珠体的发展,此阶段连珠体发展还呈现出新的特点,如张君房《云笈七签》中"七部语要",即将其他文体中镶嵌的连珠式摘录出,次以定格联章的形式铺开而形成的连珠体。不仅转变了连珠式的文体地位,而且丰富了连珠体的创作形式,进一步推动了连珠体更加全面的发展。张君房所创的"七部语要",侧面也说明了此时期连珠体的发展渐渐融入宗教文学中,丰富了宗教文学的体式。

第三,在两宋时期,北宋连珠体的发展无论是在创作者数量,还是作品的丰富性上都比南宋发展得好。而南宋以后一直到元末,传世的连珠体作品基本为零,此阶段连珠体的发展仅仅停留在连珠式上,镶嵌于其他文体中,缺乏独立性,因此我们认为,从南宋以后到元末才是连珠体发展的衰落时期。

第二节　宋代连珠体的结构特点

宋代连珠体逐渐渗透于其他文体中,因此此阶段连珠结构的形式标记开始呈现出缺少起头衔接词的特点,同时也标志着连珠体的接受对象彻底不再局限于单一的谏说对象,而呈现多元化对象。连珠体的结构形态以二段式为主,内容上仍以说理为主,兼具语要和唱词的性质。结构方面不仅有二段式,还有三段式,涉及论证、类比较多。具体分析如下:

一、连珠体的结构形态及其标记

通过分析语料,此阶段连珠体的结构形态可分为:显性二段式、显性三段式、隐性三段式、复杂式。

1. 显性二段式

（1）道不可以权行,终则道丧;情不可以苟合,久则情疏。是以兵谏爱君,君安而忠敬已失;同舟济险,险夷而取授自殊。（北宋·徐铉《连珠词五首》）

（2）臣闻舜禹不世,忠邪共朝;良乐未逢,驽骥同枥。是以匠石之手易挥,郢工之质难得。（北宋·黄庭坚《引连珠》）

此两首连珠的形态为二段式,例（1）的形式标记为"……是以……",例（2）的形式标记为"臣闻……是以……"。

2. 显性三段式

（3）天之道利而不害,圣人之道为而不争。故与时争者昌,与人争者亡。是以虽有甲兵,无所陈之者,以其不争也。（北

宋·张君房《云笈七签》《连珠》中第二十八首）

（4）禾穐邪外，非种同茂，青苗共逸，无可分别。银鍮镴锡，同室而藏，遣不识任意之流，无可分别，唯有审顾之士，乃可了耳。是以真人审匠投身而无有惧，顾比学士而师事之。何以故？非其审者，冰汤同爨，莫有全之。审已择交，而无漏败。（北宋·张君房《云笈七签》《连珠》中第五十三首）

以上三首属于显性三段式，例（3）的形式标记为"……故……是以……"，例（4）形式标记为"……是以……何则？……"。此类形式标记改变陆机《演连珠》所创"臣闻……何则？……是以……"形式的顺序进一步强化中心思想。

3. 隐性三段式

（5）臣闻五种不美，未尝易田以耕；百度凌迟，何必变化而治。盖不役于物者不绝物，不制于俗者不离俗。是以手足以得轻重而任权衡，目可以察曲直而付绳墨。（北宋·黄庭坚《引连珠》）

（6）臣闻宫商唱和，乃知钟律之前；圣贤凤期，不拘聘币之末。故至精难以言说，妙契参于自然。《易》曰："鸣鹤在阴，其子和之。"（北宋·黄庭坚《引连珠》）

以上两首属于隐性三段式，即其形式为二段式，实际为三段式连珠体。例（5）中虽其形式标记为"臣闻……是以……"，但从内容上看，"臣闻"以后为第一层连珠，表举例部分，"盖不役于物者不绝物，不制于俗者不离俗"为第二层连珠，表言理部分，"是以"以后为第三层连珠，表断案部分。例（6）的形式标记为"臣闻……故……"，从其内容上看，"臣闻"后第一层连珠，表举例部分，"故"以后为第二层连珠，表言理部分，"《易》曰"其实为第三层连珠，属于引经举例部分，进一步论证言理部分。

4. 复杂式

（7）山有楩梓之材，居山者芟草而舍。田有禾稷之实，力田者半菽而饱；厩有骐骥之乘，掌厩者羸股而步。此所谓役于物者，智不逮乎物也。无木者，有华榱之荫；无田者，有嘉榖之

享；无厩者，有上驷之御。此所谓役物者，智包乎物也。故君逸于用德，小人劳于用力。（北宋·宋庠《连珠》）

此类连珠无论是在形态层次上，还是在句法形式上，都不像一般的二段式、三段式连珠那样结构相对简单，而是采用多种形态层次，句法以铺排的形式进行串联。例（7）"山有榳梓之材，居山者芟草而舍。田有禾稷之实，力田者半菽而饱；厩有骥骤之乘，掌厩者羸股而步。"运用排比说明其前提"有而不能用"，为第一层连珠；"此所谓役物者，智不逮乎物也"为第二层连珠，归纳言理，点明役物之理；"无木者，有华榱之荫；无田者，有嘉穀之享；无厩者，有上驷之御"，同样运用排比手法说明"无而得其用"，为第三层连珠；"此所谓役物者，智包乎物也"为第四层连珠，归纳言理，阐明"役物之理"；"故君逸于用德，小人劳于用力"为第五层连珠，为断案部分，点明中心思想，说明智与力的不同，即君子在安逸中善用德，小人在劳苦中多用力气。

二、宋代连珠体的结构功用

通过分析语料，此阶段连珠体的结构功用整体上可划分为："先言理，次以举例""先言理，次设喻""先言理，次断案""先举例，次言理""先设喻，次断案""先举例，次言理，终仍以举例""先举例，次言理，终以断案""先言理，次举例，终以断案"等，分析如下：

（一）"先言理，次以举例"

（1）盖闻诡道取胜得以暂用，怀恶致讨未有能克。是故以桀诈桀可容于徼幸，用燕伐燕不足以相服。（北宋·刘敞《连珠》）

此首连珠在"盖闻"以后先言理，即说明以诡道诈诡道，还有侥幸取胜之机；以罪恶之心去攻击别国，是不会攻克对方。"是故"以后通过列举夏桀用那些诡道去诈欺如夏桀一样的人，可能有侥幸取胜的机会；其次列举战国燕王用罪恶之心攻打像燕王一样的人，是不会使被攻打的人投降。

（二）"先言理，次设喻"

（2）人之禀气，必有情性。性之所感者，情也。情之所安者，欲也。情出于性，而情违性。欲由于情，而欲害情。情之伤性，性①之妨情。犹烟冰之与水火也。烟生于火，而烟郁火，冰生于水，而冰遏水。故烟微而火盛，冰泮而水通。性贞则情销，情炽则性灭。（《连珠》中第三首）

此首为张君房摘录自刘昼《刘子》中"防欲篇"中的连珠式，起头先言理，说明人的禀气含有情性，并解释说明情性间的关系；次以设喻，将人之情形比喻为烟与火、冰与水的关系。

（三）"先言理，次断案"

（3）灵气谓之神，休气谓之鬼，烦气谓之虫豸，杂气谓之禽兽，奸气谓之精邪。气之浊者，愚痴凶虐；气之刚者，高严壮健；气之柔者，仁慈敦笃。所以君子行正气，小人行邪气。（北宋·张君房《云笈七签》卷九十"连珠"第24首）

此首连珠的前提部分侧重言理，即说明各种气的五句，其后进一步说明"气之浊""气之刚""气之柔"的结果，"所以"后为整首连珠体的中心，即强调君子行的是正气，小人行的是邪气。

（四）"先举例，次言理"

（4）臣闻千里运粮，非一牛之力；梓庆成鐻，非一削之功。是以贱能则智者困，欲速则巧者穷。（北宋·黄庭坚《引连珠》）

此首连珠先通过列举"千里运粮""梓庆成鐻"两种情形，共同说明"非一日之功"，"是以"以后为言理部分，为整首连珠的中心，即"贱能则智者困，欲速则巧者穷"。

（五）"先设喻，次断案"

（5）瞽无目而耳不可以察，专于听也；聋无耳而目不可以

---

① 案据上文语义，疑此处当作欲。

闻,专于视也。瞽聋之微,而听察聪视明审者,用心一也。(北宋·张君房《云笈七签》卷九十"连珠"第七首)

此首连珠为张军房摘录自刘昼《刘子》中"专学篇"而得,分析其结构,先设喻,通过以"瞽无目而耳不可以察""聋无耳而目不可以闻"的情况,进一步说明一个专于听,一个专于看;次以断案,借助瞽聋者虽然卑贱,但听觉视觉很聪明,进一步点明中心,即劝谏"审者用心一也"。

(六)"先举例,次言理,终仍以举例"

(6)臣闻宫商唱和,乃知钟律之前;圣贤凤期,不拘聘币之末。故至精难以言说,妙契参于自然。《易》曰:"鸣鹤在阴,其子和之。"(北宋·黄庭坚《引连珠》)

此首连珠的形式标记虽为二段式,即"臣闻……故……",但实际为三段式。"臣闻"以后通过列举"宫商唱和""圣贤凤期"为"故"之后的言理部分做铺垫,即"至精难以言说,妙契参于自然"点明中心,之后又引《易经》进一步佐证言理部分。引《易经》进一步论证的手法类似于模仿班固《拟连珠》第四首:"臣闻鸾凤养六翮以凌云,帝王乘英雄以济民。《易》曰:鸿渐于陆,其羽可用为仪。"

(七)"先举例,次设喻,终以断案"

(7)海蚌未剖,则明珠不显;昆竹未断,则凤音不彰;情性未炼,则神明不发。譬诸金木,金性包水,木性藏火。故炼金则水出,钻木而火生。人能务学,钻炼其性,则才慧发矣。(北宋·张君房《云笈七签》卷九十《连珠》第四首)

此首连珠为张君房摘抄《刘子·崇学》篇而得。从形式上看,先有释例,次设喻,终以断案,属于典型的连珠二段式。先通过列举"海蚌未剖""昆竹未断""情性未炼"为下文设喻说理做铺垫,次以"金木"形象进行类比,点明事理,终以断案,启发人们明白"人皆有才慧,但须磨炼和学习,才能开发出来"的道理,易读而可解,易观而可悦。

（八）"先举例，次言理，终以断案"

（8）禾穑邪外，非种同茂，青苗共逸，无可分别。银鍮镴锡，同室而藏，遣不识任意之流，无可分别，唯有审顾之士，乃可了耳。是以真人审匠投身而无有惧，顾比学士而师事之。何以故？非其审者，冰汤同爨，莫有全之。审已择交，而无漏败。（北宋·张君房《云笈七签》卷九十《连珠》第五十三首）

此首连珠先列举"禾穑邪外""银鍮镴锡"皆无可分别，次以言理，即说明真人审匠投身而无有惧，顾比学士而师事之，"何以故？"其后为断案，表作者观点，即"非其审者，冰汤同爨，莫有全之。审已择交，而无漏败"。

（9）万笪之途，因路而达；珠罗之服，因针而成。故学道君子，非路而同趣，异居而同心。是以道不同，不相为谋。非其同行之路殊，而心见异，故以非同之同也。（北宋·张君房《云笈七签》卷九十《连珠》第六十三首）

此首连珠先通过列举"万笪之途"说明是"因路而达"，"珠罗之服"是"因针而成"，"故"以后为言理部分，通过归纳前文得出学道君子，非路而同趣，异居而同心的道理，"是以"后为断案部分，即进一步说明"道不同，不相为谋。非其同行之路殊，而心见异，故以非同之同也"的中心思想。

通过分析此阶段连珠体的结构形式，我们发现此阶段连珠体同魏晋以前连珠体的结构形式较为相似。在连珠体的形态上，明显继承了魏晋以前连珠体的特点，呈现出多样性。此阶段连珠体的形态不仅有显性二段式、显性三段式、隐形三段式，还有复杂式形态的特点；在连珠形式标记上，"……是以……何以故？……"属于模仿并改造陆机《演连珠》中"臣闻……何则？……是以……"的形式。在结构功用上，黄庭坚的《引连珠》在举例部分引《易经》去证明观点，像是模仿班固《拟连珠》之作。

第三节　宋代连珠体的句法研究

　　通过上文的分析,可见此阶段的连珠作品主要以二段式为主,内容上仍以说理为主,兼有语要性质。此阶段连珠体的接受对象也转向群臣或一般读者。连珠体自唐代开始全面渗透于其他文体中,如在赋、诗、制、启等中起到总领观点的作用。鉴于此,宋人就从其他文体中,将摘抄要点,定格联章,串成连珠,如《云笈七签》中卷九十"七部语要"的六十五首连珠,便是摘自魏晋南北朝时期道家文献的要点。综上可见,此时期连珠体的句法也具有新的特点,同样,依据连珠体的结构功用,可划分为:言理部分、设喻部分、举例部分、断案部分,具体分析如下:

一、言理部分

　　此阶段言理部分多出现在连珠体句首,有的有"臣闻""盖闻"等形式标记,有的没有形式标记。分析其句法形式,可分为"单句""排比句""对偶句",其中对偶句又可进一步分为"单句对""扇对""散式扇对""包孕对"等。具体如下:

　　(一)单句形式

　　(1)此所谓役于物者,智不建乎物也。(北宋·宋庠《连珠》)
　　(2)此所谓役物者,智包乎物也。(北宋·宋庠《连珠》)

　　以上两例皆出自宋庠《连珠》,其句式皆为判断句,句法形式为"此所谓……,……"。

　　(二)排比句

　　(3)气之浊者,愚痴凶虐;气之刚者,高严壮健;气之柔者,仁慈敦笃。(北宋·张君房《连珠》)

（4）言以绎理，理为言本；名以订实，实为名源。有理无言，则理不可明；有实无名，则实不可辨。理由言明，而言非理也；实由名辨，而名非实也。（北宋·张君房《连珠》）

（5）万善之要者，道德孝慈功能也。万恶之要者，反道背德，凶逆贼杀也。若乃强然之善者，天亦福之。自然之善者，即可知也。若乃强然之恶者，天亦祸之，自然之恶者，即可知也。但有为小善者，勿为无福；为小恶者，勿为无祸。（北宋·张君房《连珠》）

以上四例皆为排比句言理，例（3）为三个判断句排比，皆以"……者，……"并列铺陈，在阐明前提的基础上，富有节律性。例（4）为偶排句，"言以绎理，理为言本"与"名以订实，实为名源"为隔句相对，其中起首句最后一字为下一句的起头字，首尾相连，富有顶真特色。"有理无言，则理不可明"与"有实无名，则实不可辨"隔句相对，"理由言明，而言非理也"与"实由名辨，而名非实也"隔句相对，三个隔句对，分别各自成对，同时又构成排比。例（5）中"万善"与"万恶"构成反义隔句对，"若乃强然之善者……即可知也"与"若乃强然之恶者……即可知也"构成散式反义隔句对，"为小善者，勿为无福"与"为小恶者，勿为无祸"同样构成反义隔句对，三个反义隔句对并列，同时又构成排比形式。

(三)对偶句

第一，单句对与包孕对。

（6）臣闻析薪者求其理，法古者师其意。（北宋·黄庭坚《引连珠》）

（7）是以贱能则智者困，欲速则巧者穷。（北宋·黄庭坚《引连珠》）

（8）上可以接神明，下可以固人伦。（北宋·张君房《连珠》）

（9）若身常居善，则内无忧虑，外无畏惧。（北宋·张君房《连珠》）

以上五例皆属于对偶句，其中前四例为单句对，其中例（6）出现在"臣闻"以后，其出对句皆为主谓结构；例（7）出现在"是以"后，其出对句的句法结构为假设关系紧缩复句；例（8）同样出现在句尾部分，其出对句之间的构成反义对，即"上"对"下"；例（9）属于包孕对，其复句部分"内无忧虑"与"外无畏惧"构成反义对。

第二，扇句对。

（10）先王之道，或拙于合变之谋；万乘之权，或轻于众人之力。（北宋·徐铉《连珠词》）

（11）有用于物，虽远弗遗；无功于时，虽近犹弃。（北宋·徐铉《连珠词》）

（12）背时则弃，不必论贵贱之殊；适用则珍，不必论精粗之异。（北宋·徐铉《连珠词》）

（13）神静而心和，心和而形全。神躁则心荡，心荡则形伤。（北宋·张君房《连珠》）

以上扇句对多出现在连珠体句首，其中例（10）（11）（12）为起首四言句式的扇对，其中例（11）其出对句皆为四四格形式扇对，同时其出对句间语义关系为反义对，即"远"与"近"相对，例（12）中出句"背时则弃"与对句"适用则珍"同样语义上构成反义对关系；例（13）中出句"神静"与对句"神躁"之间在构成反义关系的同时，出句内部起首句最后两字"心和"，为下句起首两字"心和"，又自成连珠。

第三，散式扇对。

（14）臣闻人主治国，在制法，在择相；法不法在易相，相非人，下陵上。（北宋·黄庭坚《引连珠》）

此例出对句之间相间隔超过两句，属于散式隔句对。

第四，混合对偶。

（15）智者作法，愚者制焉；贤者更礼，不肖者拘焉。拘礼之人，不足以言事。制法之士，不足以论理。（北宋·张君房《连珠》）

（16）人之禀气，必有情性。性之所感者，情也。情之所安者，欲也。情出于性，而情违性。欲由于情，而欲害情。情之伤性，

欲之妨情。（北宋·张君房《连珠》）

以上两例皆含有两种不同类型的对偶所构成的混合对偶,其中例（15）中含有两个隔句对,即"智者作法,愚者制焉"与"贤者更礼,不肖者拘焉"相对,"拘礼之人,不足以言事"与"制法之士,不足以论理"相对;例（16）中含有一个单句对、一个当句对和两个隔句对,即"人之禀气"与"必有情性"相对,"性之所感者,情也"与"情之所安者,欲也"相对,"情出于性,而情违性"与"欲由于情,而欲害情"相对,"情之伤性"与"欲之妨情"相对。

二、设喻部分

通过语料分析,此阶段设喻部分多出现在句首。根据其句法形式,主要以对偶句为主,间涉排比句,其中对偶句又分为扇句对、散式扇对、包孕对、单句对等。具体如下:

（一）排比句

（1）海蚌未剖,则明珠不显;昆竹未断,则凤音不彰;情性未炼,则神明不发。（北宋·张君房《连珠》）

（2）犹烟冰之与水火也。烟生于火,而烟郁火,冰生于水,而冰遏水。故烟微而火盛,冰泮而水通。性贞则情销,情炽则性灭。（北宋·张君房《连珠》）

以上两例为排比句,例（1）为复句排比,其排比的形式标记为"……未……,则……不……",例（2）是由三个对偶句排比所构成的偶排句,即扇对"……于……,而……",紧缩结构对"……而……",紧缩结构对"……则……"所构成。

（二）对偶句

第一,扇对。

（1）臣闻一雨所濡,大小之生异类;一气所杀,刚脆之质不同。（北宋·黄庭坚《引连珠》）

（2）臣闻舜禹不世，忠邪共朝；良乐未逢，驽骥同枥。（北宋·黄庭坚《引连珠》）

（3）七窍者，精神之户牖也；志气者，五藏之使候也。（北宋·张君房《连珠》）

（4）是以霜露既降，徂来不易其贞；弓矢载橐，董泽不逾其利。（北宋·徐铉《连珠词》）

（5）瞽无目而耳不可以察，专于听也；聋无耳而目不可以闻，专于视也。（北宋·张君房《连珠》）

以上四例扇对皆出现在连珠体的起首部分，例（1）中出对句中皆含有相反对，即"大小""刚脆"，其出对句的句法形式也相同；例（2）中出对句皆为四四格形式；例（3）其起首句为三言形式，且出对句的语法结构相同。例（4）出现在连珠体的句尾部分，其句式属于起首四言式，其出对句的语言结构也相同。例（5）起首为紧缩复句形式，为九言式，其出对句的句法形式皆为"……无……而……不可以……，……也"。

第二，散式扇对。

（6）水性宜冷，而有华阳温泉，犹曰水冷，冷者多也。火性宜热，而有萧丘寒焰，犹曰火热，热者多也。（北宋·张君房《连珠》）

此例中扇句包含四小句，出对句之间语义为相反对。其中"水性宜冷"与"火性宜热"相对，"华阳温泉"与"萧丘寒焰"相对，"水冷"与"火热"相对，"冷者"与"热者"相对。

第三，包孕对与单句对。

（7）犹以一衣拟寒暑，一药治瘿瘕也。（北宋·张君房《连珠》）

（8）人不涉学，犹心之聋盲，不知远近。（北宋·张君房《连珠》）

（9）譬诸金木，金性包水，木性藏火，故炼金则水出，钻木而火生。（北宋·张君房《连珠》）

以上三例中,例(7)为单句对,其出对句为主谓结构,其中"一衣"与"一药"相对;例(8)(9)为包孕对,在例(8)中"心之聋盲"与"不知远近"为四四四格相对,在例(9)中含有两对反义对,即"金性包水"与"木性藏火"反义相对,"炼金则水出"与"钻木而火生"反义相对。

三、举例部分

宋代连珠举例部分的句法形式,主要分为排比句、对偶句两种,其中对偶句又进一步可划分为扇句对和散式扇句对。具体分析如下:

(一)排比句

(1)无木者,有华榱之荫;无田者,有嘉榖之享;无厩者,有上驷之御。(北宋·宋庠《连珠》)

(2)吴竿质劲,非筈羽而不美;越剑性利,非淬砺而不铦;人性怀慧,非积学而不成。(北宋·张君房《连珠》)

(3)灵气谓之神,休气谓之鬼,烦气谓之虫豸,杂气谓之禽兽,奸气谓之精邪。(北宋·张君房《连珠》)

(4)山有楩梓之材,居山者芟草而舍;田有禾稷之实,力田者半菽而饱;厩有骐骥之乘,掌厩者羸股而步。(北宋·宋庠《连珠》)

宋代连珠排比句多出现在连珠体的前提部分,全方位、多角度描述前提,为下文归纳推理做铺垫。例(1)中排比的形式标记为"……者,有……之……",例(2)中排比的形式标记为"……,非……而……",例(3)单句形式的排比,其排比形式标记为"……谓之……",例(4)为复句形式的排比,其形式标记为"……,……而……"。

(二)对句对

通过语料分析,此类排比句对可进一步分为扇对、宽式散对。第一,扇对。

(5)是以时逢革命,夷齐饿而吕望封;运偶爱才,绛灌强而贾生绌。(北宋·徐铉《连珠词》)

（6）是以仲尼用鲁，不使饮羊以诬民；赵高事秦，至于指鹿而欺君。（北宋·黄庭坚《引连珠》）

（7）是以房杜之恩勤莫二，无迹可寻；郭裴之退黜居多，其名益大。（北宋·晏殊《连珠》）

（8）是故以桀诈桀，可容于徼幸；用燕伐燕，不足以相服。（北宋·刘敞《连珠》）

以上四例为扇句对，多出现在连珠体的末尾，具有论证作用。例（5）（6）起首为四言扇句对，例（7）起首为七言扇句对，例（8）起首为四言扇对，并且在起首句中还融入重字的形式。

（9）臣闻宫商唱和，乃知钟律之前；圣贤凤期，不拘聘币之末。（北宋·黄庭坚《引连珠》）

（10）臣闻千里运粮，非一牛之力；梓庆成鐻，非一削之功。（北宋·黄庭坚《引连珠》）

（11）臣闻五种不美，未尝易田以耕；百度凌迟，何必变化而治。（北宋·黄庭坚《引连珠》）

以上三例，举例部分的扇对出现在"臣闻"以后，为下文言理做铺垫。同时三例起首皆为四言扇对。

（12）坚白则一物不察，损益则百代可知。（北宋·黄庭坚《引连珠》）

（13）是以匠石之手易挥，郢工之质难得。（北宋·黄庭坚《引连珠》）

（14）《易》曰："鸣鹤在阴，其子和之。"（北宋·黄庭坚《引连珠》）

以上三首中，前两例为单句对，其中例（12）为紧缩结构所构成的对偶，其出对句的语义关系为假设；例（13）为单句形式构成的单句对；例（14）为当句对，即一句中皆为四四言而成对。

第二，混合扇句对。

（15）夫明者刳情以遣累，约欲以守贞。食足以充虚接气，衣足以盖形御寒。（北宋·张君房《连珠》）

（16）蘧瑷不以昏行变节，颜回不以夜浴改容。勾践拘于石室，君臣之礼不替；冀缺耕于垌野，夫妇之敬不亏。（北宋·张君房《连珠》）

以上两例为两个对偶句叠加所构成的举例，例（15）中"夫明者刳情以遣累，约欲以守贞"为包孕对，其中"刳情以遣累"与"约欲以守贞"相对，"食足以充虚接气"与"衣足以盖形御寒"为紧缩结构相对；例（16）中"蘧瑷不以昏行变节"与"颜回不以夜浴改容"为单句对，"勾践拘于石室，君臣之礼不替"与"冀缺耕于垌野，夫妇之敬不亏"为扇句相对。

四、断案部分

通过语料分析，宋代连珠的断案部分多出现在连珠体，句尾，其句法形式可分为：散句、整句。其中整句主要指偶排句、对偶句，依据材料对偶句又进一步划分为单句对、包孕对、扇句对。

（一）单句对

（1）故君子逸于用德，小人劳于用力。（北宋·宋庠《连珠》）

（2）所以君子行正气，小人行邪气。（北宋·张君房《连珠》）

（3）居室如见宾，入虚如有人。（北宋·张君房《连珠》）

（4）德被幽明，庆祥臻集（北宋·张君房《连珠》）

以上四例属于单句对，其在连珠体中的位置居于末尾，起到点明中心主旨的作用。例（1）（2）的出句与对句之间为相反义关系，即"君子"与"小人"相反成对，"正气"与"邪气"同样相反成对。例（3）为五言单句相对，例（4）为四言单句相对。

（5）是以手足以得轻重而任权衡，目可以察曲直而付绳墨。（北宋·黄庭坚《引连珠》）

（6）所以圣人因物以尽性，神道设教而无功。（北宋·黄庭坚《引连珠》）

以上两例虽以单句形式呈现,但却是紧缩结构复句,且皆为因果关系紧缩复句。

(二)镶嵌对

(7)处于止足之泉,立于无害之岸,此全性之道也。(北宋·张君房《连珠》)

(8)人能务学,钻炼其性,则才慧发矣。(北宋·张君房《连珠》)

以上两首属于包孕对,例(7)中"处于止足之泉"与"立于无害之岸"相对,例(8)中"人能务学"与"钻炼其性"相对。

(三)扇对

(9)是故物有倦而思通,圣人必改作;事有简而易致,道家贵因仍。(北宋·黄庭坚《引连珠》)

(10)故明者论言以寻理,不遗理而著言;执名以责实,不弃实而存名。是乃言理兼通,名实俱正。(北宋·张君房《连珠》)

以上两例皆为扇对,其中例(9)起首为六言扇对,例(10)起首为五言扇对。

(四)偶排句

(11)故制法者为理之所由,而非所以为治也。拘礼者成化之所宗,而非所以成化也。成化之宗,在于随时。为治之本,在于因世。未有不因世而欲治,不随时而成化也。(北宋·张君房《连珠》)

此例的断案部分,句法形式为三个对偶句所构成的排比。"制法者为理之所由,而非所以为治也。拘礼者成化之所宗,而非所以成化也",为八言扇对;"成化之宗,在于随时。为治之本,在于因世",为四言扇对;"未有不因世而欲治,不随时而成化也",为转折关系紧缩复句。

（五）散句

（12）既万恶业满，乃为薜荔狱囚众，永无原放之期也。（北宋·张君房《连珠》）

（13）然而心在笙鸿，而奕败算挠者，是心不专一，游情外务也。（北宋·张君房《连珠》）

以上两首为散句形式，这些散句用于断言部分，主要集中在张君房《连珠》中，盖因张君房所作连珠乃摘抄自魏晋时期经典而成（第五章有细讲），而魏晋时期语言还未出现骈化，这些连珠又摘录自魏晋时期的道经，难免语言相对较散。

第四节　宋代连珠体的语义推论研究

与南北朝时期相比，宋代连珠发展虽有所衰弱，创作量较少，但在连珠体的语义逻辑方面，在继承前代的基础上，重点突出魏晋时期连珠体的语义逻辑特点，在这一点上并未显示减弱。通过分析语料，宋代连珠体的语义逻辑关系可分为：论证式、论证类比式、论证演绎式、正反对比式、归纳式、归纳演绎式、演绎式、演绎类比式。具体分析如下：

一、论证式

论证式逻辑语义关系，常出现在"先言理，后举例"的结构中。

（1）先王之道，或拙于合变之谋；万乘之权，或轻于众人之力。是以时逢革命，夷齐饿而吕望封；运偶爱才，绛灌强而贾生绌。（北宋·徐铉《连珠词五首》）

（2）道不可以权行，终则道丧；情不可以苟合，久则情疏。是以兵谏爱君，君安而忠敬已失；同舟济险，险夷而取授自殊。（北宋·徐铉《连珠词五首》）

（3）时平德合秉均者，绩隐于几先；运极道消享位者，誉隆于事外。是以房杜之恩勤莫二，无迹可寻；郭裴之退黜居多，其名益大。（北宋·晏殊《连珠》）

（4）盖闻诡道取胜得以暂用，怀恶致讨未有能克。是故以桀诈桀可容于徼幸，用燕伐燕不足以相服。（北宋·刘敞《连珠》）

以上四例皆为先言理，"是以"后为通过举例进一步论证，而"是以"后所举具体事例都是在类同的基础上共同指向言理。

二、论证类比式

论证类比式逻辑语义关系，常出现在"先言理，后举例／设喻""先设喻，次举例"的结构中。

（5）背时则弃，不必论贵贱之殊；适用则珍，不必论精粗之异。是以淳风既及，抵金璧于山林；考室已成，间妮涂于采萃。（北宋·徐铉《连珠词五首》）

（6）有用于物，虽远弗遗；无功于时，虽近犹弃。是以楩柟在野，见采于良工，蒿艾在庭，不容于薙氏。（北宋·徐铉《连珠词五首》）

（7）臣闻舜禹不世，忠邪共朝；良乐未逢，驽骥同枥。是以匠石之手易挥，郢工之质难得。（北宋·黄庭坚《引连珠》）

以上三例皆为论证类比式，例（5）（6）为"先言理，后举例／设喻"，其前后之间语义关系为论证式，又"是以"后兼有设喻色彩，含有类比推理，故为论证类比式；例（7）为"先设喻，次举例"，"是以"后通过列举"匠石之手""郢工之质"进一步论证其理，前后间语义关系同样为论证类比式。

三、论证演绎式

论证演绎式逻辑语义关系，常出现在"先言理，次举例，终以断案"

的结构中。

（8）臣闻析薪者求其理，法古者师其意。坚白则一物不察，损益则百代可知。是故物有倦而思通，圣人必改作；事有简而易致，道家贵因仍。（北宋·黄庭坚《引连珠》）

"析薪者求其理，法古者师其意"为第一层，表说理部分；"坚白则一物不察，损益则百代可知"为第二层，表举例部分；"物有倦而思通，圣人必改作；事有简而易致，道家贵因仍"为第三层，表断案部分，同时点明中心主旨。分析三层间的语义关系，第一层到第二层为论证推理，第二层到第三层为演绎推理。

（9）山有楩梓之材，居山者菱草而舍。田有禾稷之实，力田者半菽而饱；厩有骐骥之乘，掌厩者羸股而步。此所谓役于物者，智不建乎物也。无木者，有华榱之荫；无田者，有嘉穀之享；无厩者，有上驷之御。此所谓役物者，智包乎物也。故君逸于用德，小人劳于用力。（北宋·宋庠《连珠》）

此首连珠虽属于复杂式，但从其结构上看，仍属于"先言理，次举例，终以断案"类。先通过列举"山有楩梓之材，居山者菱草而舍""田有禾稷之实，力田者半菽而饱""厩有骐骥之乘，掌厩者羸股而步"三种情况，进一步归纳出"役于物者，智不建乎物也"之理；通过列举"无木者，有华榱之荫""无田者，有嘉穀之享""无厩者，有上驷之御"三种情况，进一步归纳出"役物者，智包乎物也。"之理；"故"以后为断案部分，演绎出"君逸于用德，小人劳于用力"之理。

四、正反对比式

（10）罪莫大于淫，祸莫大于贪，咎莫大于谮，此三者，祸之车，小则危身，大则残家。（北宋·张君房《连珠》中第三十六首）
天下有富贵者三：贵莫大于无罪，乐莫大于无忧，富莫大于知足，知足之为足，天道之禄。不知足之为止，害乃及己。（北宋·张君房《连珠》中第三十七首）

此首连珠先叙述天下有"三祸",此后叙述天下有"三富",一反一正,形成正反对比。同扬雄之作"臣闻天下有三乐、有三忧焉:阴阳和调,四时不忒;年丰穀遂,无有夭折;灾害不生,兵戎不作,天下之乐也。圣明在上,禄不遗贤,罚不偏罪,君子小人,各处其位,众人之乐也。吏不苟暴,役赋不重,财力不伤,安土乐业,民之乐也。乱则反焉,故有三忧"颇为相似。此首连珠在《云笈七签》中被误分为两首,然而据唐代朱法满《要修科仪戒律钞》卷十二《过咎缘》(第六)中所引《妙真经》云:"罪莫大于淫,祸莫大于贪,咎莫大于谗,此三者祸之车,小则危身,大则残家。天下有富贵者三:贵莫大于无罪,乐莫大于无忧,富莫大于知足,知足之为足,天道之禄。不知足之为止,害乃及己。"此引文不仅存有"三祸",同时还存有"三富",准确地还原了《妙真经》原文,因知此两首连珠当合并为一首,侧面也说明《妙真经》在唐时还并未亡佚。

五、归纳式

(11)臣闻千里运粮,非一牛之力;梓庆成鐻,非一削之功。是以贱能则智者困,欲速则巧者穷。(北宋·黄庭坚《引连珠》)

(12)金处矿砾,性同内殊。两人同名,形性心别。狼豦贪侣,所求趣异。故安危心殊,所类各别。(北宋·张君房《连珠》)

例(11)先举例说明"千里运粮,非一牛之力""梓庆成鐻,非一削之功",再用"是以"进一步归纳说理,即"贱能则智者困,欲速则巧者穷";例(12)先列举"金处矿砾,性同内殊""两人同名,形性心别""狼豦贪侣,所求趣异"三类不同的实物,次以"故……"言理,即"安危心殊,所类各别",前后关系为归纳式推理。

六、归纳演绎式

(13)臣闻五种不美,未尝易田以耕;百度凌迟,何必变化而治。盖不役于物者不绝物,不制于俗者不离俗。是以手足以得轻重而任权衡,目可以察曲直而付绳墨。(北宋·黄庭坚《引连珠》)

此首连珠先举例"五种不美""百度凌迟",再进一步解释说理,即"不役于物者不绝物,不制于俗者不离俗",终以断案形式说明"手足以得轻重而任权衡,目可以察曲直而付绳墨",整首连珠分为三层,前后间语义关系为归纳演绎式。

（14）水之无味,万用崇之。土之无气,广载生物。故无味为味,无气为气,故成气味。处下居德,能为不失。(北宋·张君房《连珠》)

此首连珠先列举"水之无味""土之无气",次以归纳出"无味为味,无气为气,故成气味"的道理,最后"处下居德,能为不失"为断案部分,在言理的基础上进一步演绎而得出,即告诫君子即使"处下"仍要秉持德行。

七、演绎式

（15）口舌者,祸患之宫,危亡之府。语言者,大命之所属,刑祸之所部也。言出患入,言失身亡。故圣人当言而惧,发言而忧,常如临危履冰。(北宋·张君房《连珠》)

此首连珠先言理,即描述口舌乃祸患危亡的根源,语言乃大名刑祸的来源,正所谓言出患入,言失身亡。"故"以后为断案部分,演绎出圣人在发表言论时当谨慎,如临危履冰。

（16）灵气谓之神,休气谓之鬼,烦气谓之虫豸,杂气谓之禽兽,奸气谓之精邪。气之浊者愚痴凶虐,气之刚者高严壮健,气之柔者仁慈敦笃。所以君子行正气,小人行邪气。(北宋·张君房《连珠》)

此首连珠较为特殊,第一层为排比式言理,即"灵气谓之神,休气谓之鬼,烦气谓之虫豸,杂气谓之禽兽,奸气谓之精邪";第二层在第一层的基础上演绎出"气之浊者愚痴凶虐,气之刚者高严壮健,气之柔者仁慈敦笃",此为进一步言理;第三层在第二层基础上进一步演绎,为断案部分,即说明君主行的是正气,小人行的是邪气。

八、演绎类比式

(17)运不常偶,体道者无忧;时不常来,抱器者无滞。是以霜露既降,徂来不易其贞;弓矢载櫜,董泽不逾其利。(北宋·徐铉《连珠词》)

此首连珠先言理,即说明"运不常偶,体道者无忧""时不常来,抱器者无滞",次以"霜露既降""弓矢载櫜"进一步设喻以明其理,前后之间的语义关系属于演绎类比式。

(18)海蚌未剖,则明珠不显;昆竹未断,则凤音不彰;情性未炼,则神明不发。譬诸金木,金性包水,木性藏火。故炼金则水出,钻木而火生。人能务学,钻炼其性,则才慧发矣。(北宋·张君房《连珠》)

此首连珠为张君房摘抄《刘子·崇学》而成。从形式上看,先有释例,后及论断,属于典型的连珠二段式。其前提与结论之间互相佐证,运用类比与归纳推理,启发人们明白"人皆有才慧,但需磨炼和学习,才能开发出来"的道理。通过"海蚌""昆竹""情性""金木"等形象进行类比,点明事理,易读而可解,易观而可悦。整体上符合连珠辞丽而言约,不指说事情,必假喻以达其旨,而令贤者微悟,合于古诗劝兴之义的文体特征。

(19)吴竿质劲,非筈羽而不美;越剑性利,非淬砺而不铦;人性怀慧,非积学而不成。人不涉学,犹心之聋盲,不知远近。祈明师,以攻心术,性之蔽也。(北宋·张君房《连珠》)

此首也为张君房摘自《刘子·崇学》而成,但在《刘子》原文中,此首连珠的前提与结论相隔252个字。从内容上看,"吴竿质劲,非筈羽而不美;越剑性利,非淬砺而不铦;人性怀慧,非积学而不成",实际上省略了大前提，即"远而光华者，饰也；近而愈明者，学也"，强调学习的重要性。其结论"人不涉学，犹心之聋盲，不知远近。祈明师，以攻心术，性之蔽也"，从反面说明学习的重要性，同其前提的语义关系为演绎类比式。因结论同前提相距甚远，盖张君房基于对《刘子》熟悉的基础上，进行二次创作，将原文不相连且相距甚远的材料拼接在一起，使之上下连贯，正反对比，突出主题，既符合语录体特点，也符合连珠体的特征。

第五节　宋代连珠体的艺术特色及其功用

连珠体在经历唐代发展后，至北宋时期又有新的发展。第一，宋代连珠作品主要是二段式，内容上仍以说理为主，但已转向语要性质，指称的对象也转向群臣或一般读者。第二，连珠体在宋代开始全面渗透于其他文体中，如在赋、诗、词、制、启等中起到总领观点的作用；第三，鉴于其他文体中融有连珠，因此宋人就从其他文体中摘抄要点，定格联章，串成连珠。如《云笈七签》中卷九十"七部语要"由 65 首连珠撰成，此 65 首乃摘自魏晋南北朝时期的道家文献。

一、宋代连珠体的艺术特色

通过语料分析，此阶段连珠体的修辞手法主要表现为：对偶、用典、比喻、顶真、叠字。

（一）对偶方面

第一，工句对。

（1）大德者受天下之大恶，大仁者受天下之大辱。能受天下之大恶，故能食天下之尊禄；能受天下之大辱，故能为天下之独贵。（北宋·张君房《连珠》）

（2）先王之道，或拙于合变之谋；万乘之权，或轻于众人之

力。是以时逢革命,夷齐饿而吕望封;运偶爱才,绛灌强而贾生绌。(北宋·徐铉《连珠词》)

以上两首皆为整首工句对,例(1)的前提皆为单句对,断案部分皆为假设关系复句所构成的隔句对;例(2)的前提为隔句对,"先王之道"与"万乘之权"相对;"是以"后同样为隔句对,"时逢革命"与"运偶爱才"相对。

第二,宽句对。

(3)口舌者,祸患之宫,危亡之府。语言者,大命之所属,刑祸之所部也。言出患入,言失身亡。故圣人当言而惧,发言而忧,常如临危履冰。(北宋·张君房《连珠》)

(4)任重唯重,其重必累。居藏不藏,其藏必涌。好淫与淫,其淫唯昏。好帛与帛,终亡乃止。凌谋不生,摄亦俱然。故摄心者若仰中着,止意者若以盗凌,昼夜怵怵,忧道不行。是以道人忧道不忧贫,忧行不忧身。(北宋·张君房《连珠》)

(5)众生假明而见其物。假声以听其音。非谓听见之所能,因前而有之。故道人修于假明之明,习于假声之声,故能听见而不可彰。体于未言之言,知于未声之声,故辩言而可极。是故真人所为处异,所造者返。何以故?盖知天道无亲,唯与善人。(北宋·张君房《连珠》)

以上三首连珠体中有部分句法形式属于宽对,例(3)中"口舌者,祸患之宫,危亡之府"与"语言者,大命之所属,刑祸之所部也"相对,本身属于散式宽对,然而出对句的句法字数也不相对,属于宽泛的对称;例(4)中"是以"以后出句"道人忧道不忧贫"而对句"忧行不忧身"省略了主语成分,符合宽对条件;例(5)同例(4)相似,即出句为"真人所为处异",而对句为"所造者返"省略了主语成分。

(二)用典方面

(6)石利伤腰,铁利伤身,宝利伤命,心利伤性。夫惟伤者善或竞兹,异厉必申。故割利去伤,道必附将。举下取中,气必充养。无阶之期,大愿果常。积在元气,而布和大康。无英公

子,善举朱场。由除烦结,累心道梁,会我无边,是乃无伤。(北宋·张君房《连珠》)

此例中用典"无英公子"属于明引,清人张玉书《佩文韵府》卷四十四《摄四》(清文渊阁四库全书本)记载:"无英公子者,结精固神之主,三元上气之神。结精由于天精,精生归于三气矣。故无英公子常摄精神之符命也。"

(7)时平德合秉均者,绩隐于几先;运极道消享位者,誉隆于事外。是以房杜之恩勤莫二,无迹可寻;郭裴之退黜居多,其名益大。(北宋·晏殊《连珠》)

此首连珠较为特殊,其用典部分,既包括引经,又包括代名。"道消"乃源自《易经·否卦》:"君子道消,小人道长。""恩勤"出自《诗经·幽风·鸱鸮》:"恩斯勤动,鬻子之闵斯。"所引"房杜"代指"房玄龄、杜如晦",称房谋杜断;"郭裴"代指"郭子仪、裴杜"。

(8)若乃养其身,爱其神,自合于至真。除其好,去其躁,自合于大道。则有神有余而形不足者,亦有形有余而神不足者。神有余者贵也,形有余者贱也。假如石韫玉而山辉,水有珠而川媚。乃知形有神而遂灵,神有灵而乃圣。是以庖牺、女娲、神农、夏后,蛇身人面,牛头虎足。虽非有人之状,而有大圣之德也。(北宋·张君房《连珠》)

此例既含有引经用典,也含有代名式。"石韫玉而山辉,水有珠而川媚"乃源自陆机《文赋》;"庖牺、女娲、神农、夏后"皆是上古之神,即蛇身人面,牛头虎足。

(9)夫清净恬和,人之性也。恩宠爱恶,人之情也。凡人不能爱其性,不能恶其情,不知浊乱躁竞多伤其性,悲哀离别多伤其情。故圣人云:顺物者物亦顺之,逆物者物亦逆之。不失物之性情,乃自然性情之道者也。(北宋·张君房《连珠》)

该首连珠"故"以后引"圣人云"属于代言式,即引用前人言论来证明自己的观点或理由。

（三）比喻方面

（10）故圣人当言而惧,发言而忧,常如临危履冰。（北宋·张君房《连珠》）

（11）虎兔措爪,而无所虑;鬼神同群,而无所惧;玃鸟鹦鸽,不相畏恐;狸犬兔鼠,不相避忏。故君子自处,不群不党,不曜不动,不利不害,常守静不移,故成君子也。（北宋·张君房《连珠》）

（12）人不涉学,犹心之聋盲,不知远近。祈明师以放心术,性之蔽也。（北宋·张君房《连珠》）

（13）夫人只知养形,不知养神;不知爱神,只知爱身。殊不知形者,载神之车也。神去即人死,车败则马奔,自然之至理也。（北宋·张君房《连珠》）

以上三例均涉及比喻,例（10）中将圣人发言比作临危履冰,生动形象地突出了圣人发言当谨慎;例（11）"故"以前通过设喻,用"虎兔""鬼神""玃鸟鹦鸽""狸犬兔鼠"说明君子自处中当"不群不党,不曜不动,不利不害,常守静不移"的观点;例（12）中将人不学习比作心之聋盲,从反面形象地说明人学习的重要性;例（13）通过将养形比作载神之车,进一步说明神去则人死,车败则马奔,生动形象地诠释了养形与养神的关系,告诫人们既要重视养形也要重视养神,不可分割。

（四）顶真方面

（14）道不可以权行,终则道丧;情不可以苟合,久则情疏。是以兵谏爱君,君安而忠敬已失;同舟济险,险夷而取授自殊。（北宋·徐铉《连珠词五首》）

（15）神静而心和,心和而形全。神躁则心荡,心荡则形伤。将全其形,先在理神。故恬和养神,则自安于内;清虚栖心,则不诱于外也。（北宋·张君房《连珠》）

以上两例为说理中融入顶真格,"顶真"又叫"蝉联"或"联珠",即上下临近的句子头尾相连。如例（14）"是以"后"兵谏爱君,君安而忠敬已失","同舟济险,险夷而取授自殊";例（15）中"神静而心和,心和而形全。神躁则心荡,心荡则形伤"。顶真的手法运用到连珠体中,使连珠在叙述说理上语句连贯,气势畅达,读起来富有节奏感。

（五）叠字方面

（16）盖闻诡道取胜得以暂用,怀恶致讨未有能克。是故以桀诈桀,可容于徽幸;用燕伐燕,不足以相服。（北宋·刘攽《连珠》）

（17）原道德之意,揆天地之情。祸莫大于死,福莫大于生。是以有名之名,丧我之橐;无名之名,养我之宅。有货之货,丧我之贼;无货之货,养我之福。（北宋·张君房《连珠》）

（18）任重唯重,其重必累。居藏不藏,其藏必涌。好淫与淫,其淫唯昏。好帛与帛,终亡乃止。凌谋不生,摄亦俱然。故摄心者若仰中着,止意者若以盗凌,昼夜怵怵,忧道不行。是以道人忧道不忧贫,忧行不忧身。（北宋·张君房《连珠》）

以上三例在修辞上融入"叠字",例（16）中"以桀诈桀""用燕伐燕",例（17）中"有名之名""无名之名""有货之货""无货之货",例（18）中"任重唯重""好淫与淫""好帛与帛""忧道不忧贫,忧行不忧身"等,皆间隔重复某字,节奏明朗,韵律协调,语音和谐,同时又增强了连珠体说理的艺术性。

二、宋代连珠体的内容及其功用

北宋时期连珠体在张君房的创作下又出现新的变化,即将镶嵌于其他文体中具有说理性的连珠式抄录出来,依照定格联章的形式将其组成连珠体,与此同时,连珠体的功用也发生了变化,发展出一种兼顾语要性质的说理文。

张君房所编《云笈七签》乃在北宋真宗年间《大宋天宫宝藏》的基础上,撮其精华而成。《云笈七签》中"连珠"是汉唐连珠体在后世的继承与发展,是研究连珠发展史所不可忽视的重要文本。《云笈七签》中的"七部语要"由65首"连珠"所撰成,通过考证,此65首连珠实乃张

君房摘自魏晋南北朝时期道教诸经的碎文锁语,定格联章而成。如前16首连珠又见于《刘子》,具体如下表:

六十五首连珠依次排序首数	《刘子》卷数与篇名	六十五首连珠依次排序首数	《刘子》卷数与篇名
第一、第二首	卷一《清神》	第十三首	卷三《爱民》
第三、第四首	卷一《防欲》	第十四首	卷三《从化》
第五、第六首	卷一《崇学》	第十五首	卷三《法术》
第七、第八首	卷一《专学》	第十六首	卷三《审名》
第九、第十、第十一、第十二首	卷二《慎独》		

再如"七部语要"中"第二十八到第三十八首"均见于《妙真经》,且有前书引文佐证;还有七首连珠,即"第四十八首至第五十四首",又见于法藏敦煌西域文献中的《道经》,此七首有的整段抄录,有的则部分抄录。具体考证将在第五章讨论,这里仅做部分概述。

张君房摘录文本并非原文直接摘录,还进行了二次创作。盖因原文冗长,或原文语义表达欠佳,或原文形式不符合连珠体文体特征,所以张君房摘录原文时加以改动,使之表达更为简洁准确,文体更符合连珠体。

（19）吴竿质劲,非筈羽而不美;越剑性利,非淬砺而不铦;人性怀慧,非积学而不成。人不涉学,犹心之聋盲,不知远近。祈明师,以放①心术,性之蔽也。(北宋·张君房《云笈七签》卷九十《连珠》第五首)

（20）吴竿质劲,非筈羽而不美;越剑性利,非淬砺而不铦;人性怀慧,非积学而不成。

……间隔252字……

人不涉学,犹心之聋盲,不知远近。祈明师,以攻心术,性之蔽也。(《刘子》卷一《崇学》)

在《刘子》原文里其前提与结论是相分离的,其间相隔有252个字。从内容上看,"吴竿质劲,非筈羽而不美;越剑性利,非淬砺而不铦;人

---

① "放"当改为"攻"字,盖形讹。

性怀慧,非积学而不成"实际上省略了大前提即"远而光华者,饰也;近而愈明者,学也"强调学习的重要性。其结论"人不涉学,犹心之聋盲,不知远近。祈明师,以攻心术,性之蔽也",从反面说明学习的重要性,同其前提有异曲同工之妙。在《刘子》原文中,结论同前提相距甚远,盖张君房基于对《刘子》熟悉的基础上,进行二次创作,将原本关联不大且相距甚远的材料拼接在一起,使之上下连贯,正反对比,突出主题,同时融归纳、演绎、类比推理于一体,既符合语录体特点,还符合连珠体的逻辑特性。

（21）奔想飞驰,迅于游鸟。荒动滞固,给（疑"给"作"急"）若两绞。胶附素疏,坏之若流。欲风速发,色火亦然。婴发猛虎,恶光莫当。欲之气移,不滑其族。放散无常。触目染着。累色至玄,亦不有足。钓鱼不饵,纲而不缯,弋而不缴,钺而不然。虽为柯锋,而心不施。有道者处之,有德者居之。（北宋·张君房《云笈七签》卷九十《连珠》第四十六首部分）

依据其结论"有道者处之,有德者居之",可知此首当为阐发老子《道德经》第三十八章的"上德不德,是以有德;下德不失德,是以无德",皆为阐发道乃万物之本,德乃成物之功,道为体而德为用的思想。此首连珠通过归纳和类比推理,进一步引出其结论。通过溯源,此首又见于《太素经》佚文,窥见其经文之旨主要由老子的理论推演而来,故可见此首摘自《太素经》文本。

张君房将魏晋南北朝时期道教经书中有价值的教义,通过摘录或改编的形式使其符合连珠式,后以定格联章的形式将其转换为连珠文。单独看每首连珠体,不仅有较强的说理性,而且具有很好的普世价值,是很好的劝解后世修道人的语要之书。张君房将连珠体融入道教教义,不仅丰富了道教的文学性,同时还进一步拓宽了连珠体的功用。

北宋时期的连珠之作还有两类延续前代之风:一类为徐铉《连珠词》延续唐代连珠体渗透于其他文体的特点而又进一步发展;一类为黄庭坚《引连珠》、晏殊《演连珠》、刘攽《连珠》,延续魏晋时期陆机《演连珠》的特点。

徐铉《连珠词》共计五首,不同于唐代王维《连珠词》,徐氏之作侧重于抒情言理,每首起头没有"臣闻"标记,说明其作的接受对象并不特指人君；每首中间皆以"是以"承接，"是以"以前为言理部分，"是以"以后为举例或设喻以申其理。从内容上看，其所言内容多为治国之理，如"背时则弃，不必论贵贱之殊；适用则珍，不必论精粗之异。"其中不乏个人抒情成分。

黄庭坚《引连珠》共计七首，每首皆以"臣闻"起头，明其劝谏对象主要为人主。从内容上看第一首主要告诫君主"圣人因物以尽性"，第二首说明"贱能则智者困，欲速则巧者穷"，第三首劝解君主明白"不役于物者不绝物，不制于俗者不离俗"的道理，第四首阐明人主治国要依法，第五首劝说君主要明白"物有倦而思通，圣人必改作；事有简而易致，道家贵因仍"，第六首通过"宫商唱和""圣贤凤期"归纳出"至精难以言说，妙契参于自然"的道理，第七首阐明贤才难得之理，当珍惜人才。

晏殊、宋庠、刘敞之作起首为"盖闻"或"无标记"，表明其作的接受者并不局限于君主。晏殊《演连珠》虽仅存一首，从其内容上看主要围绕治国而发，说明"时平德合秉均者，续隐于几先；运极道消享位者，誉隆于事外"，阐明君臣合德，那么执政者立功，反而无形可见；国家运势将穷，大道将消亡，则居高位者反而自身的声誉高出以往。刘敞《连珠》一首，阐明"以诡诈诡道，还存有徼幸取胜的机会；抱有罪恶之心去攻打，必然不会成功"。从内容上看同属于治国之道。宋庠《拟连珠》所拟之作当为韩非扬雄早期连珠之作，以正反对比喻其理，说明君子智包乎物，故能役物而安逸；小人智不逮物，故役于物而劳苦。

小　结

北宋时期延续唐代连珠体发展余绪并又进一步发展，如连珠体在张君房的笔下再次产生变体，即将镶嵌于他文的连珠式以定格联章的形式转化为连珠文，同时连珠式也变成了连珠体。从创作方式上看，看似这种创作方式丰富了连珠体写法，实则与北宋文人不关注连珠密不可分，这也暗示了连珠体衰落的命运。至南宋以后，连珠体发展逐渐走向衰落，乃至整个元代文人文集不见一篇连珠之作，可见，从南宋以后到元末才是连珠体发展真正的衰落时期。

宋代连珠结构，其形式标记呈现出缺少起头衔接词的特点，也标志着连珠体的接受对象彻底不再局限于单一的谏说对象，而呈现出多元化。连珠体的结构形态以二段式为主,内容上仍以说理为主,兼具语要和唱词的性质。这些变化与唐代开始的连珠体逐渐渗透于其他文体有关。此阶段连珠体的结构大体划分为八类,即"先言理,次以举例""先言理,次设喻""先言理,次断案""先举例,次言理""先设喻,次断案""先举例,次言理,终仍以举例""先举例,次言理,终以断案""先言理,次举例,终以断案"。

因受唐代以来文体之间相互渗透的影响,北宋连珠体的句法形式同以往句法形式也有很大不同,总体呈现一种散化的特点。在言理部分,不再仅仅局限于对偶句,出现单句、排比句的特点;即使是对偶句的分类中,也不再仅仅是扇对,而又出现单句对、包孕对、散式扇对、混合对偶句等;在设喻部分,表现为排比句、对偶句,其中对偶句中也出现散式扇对、单句对、包孕对;在举例部分中,呈现排比句、对偶句,其中对偶句又进一步分为散式扇对、混合扇句对;在断案部分,以往以对偶为主,而此阶段不仅仅用对偶,还用了偶排句、散句等。

此阶段连珠体的推理性有魏晋时期的特点,仍重视说理性。依据语义的逻辑性可划分为:论证式、论证类比式、论证演绎式、正反对比式、归纳式、归纳演绎式、演绎式、演绎类比式。

北宋时期的连珠之作,整体上具有"一创两延续"的特点,"一创"即张君房改编了连珠体的创作形式,将镶嵌于他书之文中有推理性的观点,通过摘录或改编使其符合连珠式,后以定格联章的形式将其转换为连珠文;单独来看每首,有较强的说理性,具有语要性质。"两延续"即延续前代之风:一类为徐铉《连珠词》,延续唐代连珠体渗透于其他文体的特点而又进一步发展;一类为黄庭坚《引连珠》、晏殊《演连珠》、刘攽《连珠》,延续魏晋时期陆机《演连珠》特点。总体上,此阶段连珠体在语用方面仍延续以说理性为主的特点,不同于以往的是,此阶段还发展出兼有语要性质的连珠体。分析此阶段连珠体的修辞手法,发现不仅含有对偶、用典、比喻手法,还出现了顶真、叠字手法。

第五章

明代连珠体创作及其特色

　　自南宋以后至元末，连珠体的发展彻底走向衰落，一方面，此时期并无传世作品流传，另一方面，此时期连珠体的发展仅仅停留在连珠式上，镶嵌于其他文体中，缺乏独立性。至元末明初，由于人们崇尚《文选》风气，连珠体渐渐又开始复兴，这也是明代很多创作者往往在其序中提到陆机《演连珠》的原因之一。明代连珠体创作的特点大体有二：第一，模仿魏晋南北朝时期的创作，明代连珠的创作不仅在篇幅上较大，而且在功用也较为相似。第二，此阶段连珠体的语义逻辑关系同样继承了魏晋南北朝时期的特点，但不同于以往，此阶段连珠体开始彻底走向抒情化线路，出现无语义逻辑性的特点。

第一节　明代连珠体的文献著录情况

序号	时间	作者	作品名称	现存状况
1	明代	刘基	拟连珠	68 则
文献著录			明·刘基《诚意伯文集》卷之八《拟连珠》六十八首（四部丛刊景明本） 清·张英《渊鉴类函》卷二百《文学部九连珠》（二）存八首（清文渊阁四库全书本） 清·黄虞稷《千顷堂书目》卷三十一（清文渊阁四库全书本） 清·徐旭旦《世经堂初集》卷二十四《拟连珠》四十首中存一则（清康熙刻本） 清·张玉书《佩文韵府》卷十三之一"春原"卷十三之一"训猿"卷十六之二"增养贤"卷十六之十一"九键"（下）各一则（清文渊阁四库全书本）		
备注			明·张时彻《芝园集》外集卷七（明嘉靖刻本）存有刘基部分连珠，案此书多为前人之书材料汇集，故在其他篇目中亦存有连珠制形式 明·高儒《百川书志》卷十九集（清光绪至民国间观古堂书目丛刊本）"连珠集一卷集汉班固至我朝刘伯温宋景濂十人连珠" 类似记载存在于： 清·黄虞稷《千顷堂书目》卷三十一（清文渊阁四库全书本）		
2	元末明初	宋濂	演连珠	50 则
文献著录			《宋文宪公文集》（50 则） 明·陈天定《古今小品》卷八（清道光九年刻本）"盖闻大钧司播何" 明·贺复征编《文章辨体汇选》卷二百四《演连珠》八首（清文渊阁四库全书本补配清文津阁四库全书本） 明·吴讷《文章辨体》外集卷一《连珠判律赋》洪武宋景濂存十四则（明天顺刻本） 清·薛熙《明文在》卷二十《演连珠》五十首（清康熙三十二年古渌水园刻本） 清·张玉书《御定佩文韵府》卷二十之三"晋阳戈"下存一则残（清文渊阁四库全书本）		
3	明代	王祎	演连珠	17 则
文献著录			明·王祎《王忠文公集》卷十九《演连珠》（清文渊阁四库全书补配清文津阁四库全书本） 明·吴讷《文章辨体》外集卷一《连珠判律赋》王子充存十七则（明天顺刻本） 明·贺复征编《文章辨体汇选》卷二百四《演连珠》八首（清文渊阁四库全书本补配清文津阁四库全书本）		

序号	时间	作者	作品名称	现存状况
4	明代	定襄侯郭登	连珠集	22 卷亡佚
文献著录	明·陈第《世善堂藏书目录》卷下（清知不足斋丛书本） 明·过庭训《本朝分省人物考》卷十七郭登（明天启刻本）"明登工诗所著有连珠集" 明·王兆云《皇明词林人物考》卷三（明万历刻本）			
备注	李东阳称其诗为明代武将之冠，与其父郭玘、兄郭武合著《联珠集》22 卷。《皇明经世文编》有《郭定襄忠武侯奏疏》 明·陈第《世善堂藏书目录》卷下（清知不足斋丛书本）"连珠集二十二卷（定襄侯郭登）" 明·过庭训《本朝分省人物考》卷十七郭登（明天启刻本）"明登工诗所著有连珠集"			
5	明代	唐寅	花月吟效连珠体十一首	11
文献著录	《唐伯虎全集》			
6	明代	顾璘	连珠	4 则
文献著录	《顾华玉集》			
7	明代	李濂	演连珠五十五首	55
文献著录	明·李濂《嵩渚文集》卷四十六（明嘉靖刻本）			
8	明代	黄省曾	连珠	50
文献著录	明·黄省曾《五岳山人集》卷十九（明嘉靖刻本）			
9	明代	郑晓	连珠	30
文献著录	明·郑晓《端简郑公文集》卷八（明万历二十八年郑心材刻本）			
11	明代	张时彻	连珠	53
文献著录	《芝园集》卷四十七杂著（可能合集）			
12	明代	沈炼	连珠	7 则
文献著录	明·沈炼《青霞集》卷十一《连珠》（清文渊阁四库全书补配清文津阁四库全书本）止（只）存七首			

序号	时间	作者	作品名称	现存状况
13	明代	亢思谦	拟连珠	4
文献著录	明·亢思谦《慎修堂集》卷十五杂著（明万历刻本）			
14	明	朱厚烷	演连珠	10
文献著录	注意参考王令樾			
15	明代	王世贞	演连珠	12 则
文献著录	《弇州四部稿》卷一百十三文部（明万历刻本）			
16	明代	孟思	戏效连珠	1 则
文献著录	明·孟思《孟龙川文集》卷二十（明万历十七年金继震刻本）			
17	明代	沈一贯	仿连珠	32
文献著录	明·沈一贯《喙鸣诗文集》卷十二（明刻本）			
18	明代	冯时可	拟连珠	1 则
文献著录	明·陈天定《古今小品》卷八（清道光九年刻本）			
19	明代	张凤翼	演连珠	24
文献著录	明·张凤翼《处实堂集》卷七（明万历刻本）			
20	明代	叶绍袁	拟艳体连珠	亡佚
21	明代	沈宜修	拟艳体连珠	7 则
22	明代	叶小鸾	艳体连珠	9 则
文献著录	《香艳丛书》			
23	明代	李雯	演连珠箴五十一首	51 则
文献著录	明·杜骐辉辑《几社壬申合稿》卷十九（明末小樊堂刻本） 清·李雯撰《蓼齐集》（清顺治十四年石维昆刻本） 明·郑元勋辑《媚幽阁文娱二集》卷七《演连珠》存十二首（明崇祯刻本）			
24	明代	陈孝逸	拟连珠	25
文献著录	明·陈孝逸《痴山集》卷五杂文诗诗余二十五则（清初刻本）			

序号	时间	作者	作品名称	现存状况
25	明代	董说	梦连珠	4 则
文献著录	明·董说撰《董说集》前集卷三(明国刘氏嘉业堂刻吴兴丛书本)梦中作连珠四首异而录之甲申			
26	明代	陈济生	广连珠	100 则
文献著录	清·丁仁《八千卷楼书目》卷十三子部(民国本) 清·冯桂芬《(同治)苏州府志》卷一百三十七(清光绪九年刊本)			
备注	《八千卷楼书目》卷十三子部:"广连珠一卷国朝陈济生撰昭代丛书本" 清·冯桂芬《(同治)苏州府志》卷一百三十七:"陈济生再生记略广连珠启祯两朝遗诗(姜采序)诗南十二卷徐崧同撰"			

以上为明代连珠体文献著录情况,具体可总结如下:

第一,整体上,明代连珠体创作者共计 25 人,作品共计 626 首,其中还不包括亡佚作品,如定襄侯郭登《连珠集》22 卷、叶绍袁《拟艳体连珠》。明代连珠体创作单篇数量超以往时期,最长篇幅为陈济生《广连珠》100 首,可见,从元末明初开始,连珠体再次受到文人大臣的注意,其发展再次进入复兴阶段。

第二,从此阶段连珠作品的命名上看,不仅具有继承模仿之作,还有创新之作。如陈孝逸《拟连珠》、陈济生《广连珠》、张凤翼《演连珠》、冯时可《拟连珠》、沈一贯《仿连珠》、王子充《演连珠》、刘基《拟连珠》、宋濂《演连珠》、王祎《演连珠》、王世贞《演连珠》、亢思谦《拟连珠》、顾璘《连珠》、张时彻《连珠》、郑晓《连珠》、黄省曾《连珠》、李濂《演连珠》多为承袭模仿两汉魏晋时期扬雄、班固、陆机之作的命名形式;叶绍袁《拟艳体连珠》、沈宜修《拟艳体连珠》、叶小鸾《艳体连珠》为承袭模仿魏晋时期刘孝标《艳体连珠》的命名形式;孟思《戏效连珠》、董说《梦连珠》虽继承南北朝时期连珠体抒情特点,但又进一步拓展了连珠体中游戏文的形式;李雯《演连珠箴》、唐寅《花月吟效连珠体》体现出继承了唐以后连珠体渗透其他文体的创作特点,开始出现"连珠箴""诗体连珠"。

第三,从连珠体的功用上看,大体仍延续北宋以前的功用特点,盖因连珠体的复兴阶段,更多偏向继承古人的创作特点,主要分君臣劝谏言理之作,抒发个人情感之作、描写人物景物之作,怡情娱乐之作。

第二节　明代连珠体的结构特点

　　随着明代连珠体的兴盛,此阶段连珠体的形式可谓集合宋以前之大成。通过语料分析,大体可将此阶段连珠体的形式标记划分十三种,此阶段连珠体起头的形式标记在继承以往"臣闻""盖闻"基础上又出现了"愚闻""余闻"的标记;启承部分的形式标记有新的形式,如"臣闻……盖(原因)……是以……""盖闻……然则……是以……""盖闻……苟……是以……""盖闻……若(如)……是以……"等;连珠体的形态方面整体上以二段式为主,次以三段式,同时还涉及一些特殊的四段式;在连珠体的结构功用方面,此阶段在继承魏晋南北朝的基础上,艳体连珠进一步发展成一种抒情化连珠体而无实际结构功用。

一、明代连珠体的结构标记及其形态

　　根据语料特点,作品传世的二十三位创作者中连珠体起头形式标记以"盖闻"占有十一位,以"臣闻"起头有八位,以愚闻、余闻起头分别各一位,还有两位起头无标记。可见此阶段连珠体的创作多以抒发己见为主,次以君主劝谏之作。整体上看,此阶段连珠体的形式标记大体可分为如下十三类,具体如下:

　　(一)"臣闻 / 盖闻 / 愚闻……是以……"

此阶段连珠体主要以此类格式为主,共计362首。

　　(1)盖闻远山有黛,卓文君擅此风流。彩笔生花,张京兆引为乐事。是以纤如新月,不能描其影。曲似弯弓,可以折其弦。(明·沈宜修《续艳体连珠》)

　　(2)臣闻二行相轧,水必灭火;两色交揉,缁果夺素。是以入朝之妬,莫胜小人;在公之争,终陵吉士。(明·黄省曾《连珠》)

（3）愚闻事有系一丝而扶九鼎，死或重太山而轻鸿毛。是以鹿门躬耕不作出山之草，羝海长牧宁慕荡阴之桃。（明·王世贞《演连珠》）

以上三例中除去起头部分"臣闻／盖闻／愚闻"有所不同外，"是以"在文中的含有也有所不同。例（1）中整首连珠侧重描写与抒情，因此"是以"在文中其实并无实际含义，而是一种形式标记；例（2）中"臣闻"以后先通过设喻举例，"是以"以后而言理，因此"是以"在文中含有推演阐发的含义，且语气较轻；例（3）"愚闻"后侧重说理，"是以"以后为举例以申其旨，根据"是以"前后文关系，可见其在文中同样含有推演阐发的含义，且语气较轻。

（二）"盖闻／愚闻／余闻……故……"

通过语料分析，在二段式连珠体中，此类格式的连珠体共计71首。

（4）余闻易栋需材，大小异区。瘵疾需药，甘苦殊性。故弃大取小，难扶六宇之巅；厌甘即苦，何补七年之病。（明·郑晓《连珠》）

（5）盖闻甘雨祈祈，不起断根之木；长风烈烈，难行折舵之舟。故渭滨星殒，孔明力殚于兴汉；洛都鼎震，芚弘志屈于扶周。（明·刘基《拟连珠》）

（6）愚闻达幽冥之缘，则了悟终始；平人我之观，则兼通内外。故以此身得度者，现以此身而度人；持严法害众者，乃用严法而自害。（明·王世贞《演连珠》）

以上三例虽作品的创作者不同，但皆采用"故"作为连珠体结尾的衔接词。

这说明此类格式中"故"具有特殊含义。进一步分析，例（4）中"余闻"以后先通过举例，"故"以后言理部分，前后之间为推演关系，然而"故"在此表强调，突出"弃大取小""厌甘即苦"是错误的，当一视同仁，不可区别而待，不然难以扶六宇之巅、难以治好多年的病；例（5）中"盖闻"后为设喻部分，"故"以后为断案部分，前后间同样为推演关系，"故"本身语气较重起强调，具有重申主旨的作用，即借助"诸葛孔明振兴汉室""苌弘毕生扶持周室"典故进一步重申"缓缓的小雨不能使断了根的树木复活,烈风劲吹也难以使无舵的船航行"之理;例(6)中"故"同样表示强调,突出其中心的作用。

(三)"盖闻/愚闻……是故……"

此类连珠共计52首,其中"盖闻……是故……"类就占有51首。

(7)盖闻蠖屈求伸,非终于屈;龙潜或跃,匪固于潜。是故勾践事吴,乃成姑苏之举;夷吾佐霸,曷问槛车之嫌。(明·刘基《拟连珠》)

(8)愚闻圣君不必登哲,道合则从;暴主不必求奸,德条则售。是故廉虎舜庭,难免神羊之角;夔龙纣世,奚脱穷奇之口。(明·王世贞《演连珠》)

相比较"故"的语气,"是故"为双音节,具有一个音步的特点,因此语气相对较轻。相比较两者在连珠体中作用,则具有相似性,仍表强调重申主旨之用。例(7)"盖闻"以后为设喻,"是故"以后通过列举"勾践事吴""夷吾佐霸"进一步重申其旨;例(8)"是故"以后通过列举"廉虎舜庭""夔龙纣世"进一步强调其理。

(四)"臣闻/盖闻……故……是以……"

(9)盖闻神女行云,皆由于诞;嫦娥奔月,亦岂为真?故世咸谓曾得支机之石,私窃以为未至饮牛之津。是以乞巧空传,误捉蜘蛛之织网;填河何据,漫言灵鹊之渡人。(明·叶小鸾《艳体连珠》)七夕

(10)盖闻石不可以混玉,而珷玞可以混玉;枭不可以乱凤,而昭明可以乱凤。故是是非非固凡物之定品,而似是而非乃有道之深病。是以尼父谈乡愿而痛疾,大禹畏孔壬而力屏。(明·张时彻《连珠》)

(11)臣闻天下万殊而一本,圣人异世而同神。故阴惨阳舒,机缄莫测;春生秋杀,功用惟均。是以汤武之征诛,何戾唐虞之揖逊;孔孟之著述,允符周召之经纶。(明·李濂《演连珠》)

以上三首连珠中其形式标记都含有"……故……是以……",但却又有所不同。例(9)为艳体连珠体,围绕"七夕"而作。"盖闻"以后先描述"神女行云之事,都是源自荒诞的神话传说;嫦娥奔月,怎么可能是真事?""故"以后描述"世人都说有人曾得到织女的支机石,私下却认为谁也没有去过牛郎让牛饮水的渡口",从"盖闻"到"故"前后之间并无明确的语义关系,可见"故"在此并无实际含义;"是以"以后列举"投铁针、摆水果的乞巧也只是空洞的传说,只是误捉的蜘蛛网;用什么去填浩翰无际的银河?若说喜鹊机灵,善解人意拔毛架桥,成全牛郎织女的美事,则更是信口胡说。"相对于"故"后内容,"是以"在文章含有推演的含义。例(10)中"故"相对于"盖闻"以后多所举例,"故"具有表强调突出"是是非非固凡物之定品,而似是而非乃有道之深病"之理,"是以"后为进一步举例论证其主旨,具有重申作用。例(11)中"故"具有重申主旨的作用,其后举例重在论证"天下万殊而一本,圣人异世而同神"道理,"是以"在此具有进一步引申的含义,进一步论证其理。

(五)"臣闻/盖闻……是以……故……"

(12)盖闻千斤之象,不惴虎而惴鼠;三寸之蝎,不蠹棘而蠹松。是以制必取其所畏,防必究其所容。故能不震而威于斧钺,不劳而固于垣墉。(明·刘基《拟连珠》)

(13)臣闻日不常午,月不常望。年不常丰,人不常壮。是以亏盈益谦者,天道之常。烛兆明微者,哲夫之亮。故微世无虞,圣王切覆隍之忧;防疾未萌,君子免采薪之恙。(明·李濂《演连珠》)

以上两首"是以""故"在句中所表示作用相同,无论是"臣闻"还是"盖闻"其后皆为设喻,"是以"表引申,其后为归纳言理部分,"故"表强调,点明中心,其后为断案部分。

(六)"臣闻/盖闻……何则?……是以……"

(14)盖闻旭日缲升于上玄,则沈霾斯屏;疾霆或振于后土,则魑魅潜惊。何则?大明足以,着宣天德;大威足以,遹昭天声。是以两观之诛,尼父与政;三叔之乱,姬旦东征。(明·宋濂《演连珠》)

（15）臣闻以寡就众，察有不偏；以广就约，知无不真。何则？一人以二目视一国，一国以万目视一人。是以居人上者，虽独必慎；御群下者，无微不亲。（明·王祎《演连珠》）

以上两首的形式标记均为"臣闻／盖闻……何则？……是以……"，从内容上看，"盖闻"或"臣闻"以后皆为描述一种情况或现象，"何则？"表反问，其后通常为解释原因，有时为所解释的原因就是整首连珠的中心主旨。例（14）"何则？"以后"大明足以，着宣天德；大威足以，通昭天声"即为主旨，"是以"后为举例部分，即重申其主旨；例（15）"何则？"以后为解释原因，但此原因并不是整首连珠体的中心，"是以"表引申，其后"居人上者，虽独必慎；御群下者，无微不亲"为断案部分，即中心主旨。

（七）"臣闻／盖闻……是以……何则？……"

（16）臣闻竹律九寸，可以推七十二候之气运；玉衡八尺，可以验九千万里之天行。是以人君致治之具甚约，天下归化之效孔宏。何则？十世百世之理，万世之理；万人千人之情，一人之情。（明·王祎《演连珠》）

此首连珠体的形式标记不同于"臣闻……何则？……是以……"而为"臣闻……是以……何则？……"，"盖闻"以后通过列举"竹律推气运""玉衡验天行"，"是以"为直接断案部分，点明"人君致治之具甚约，天下归化之效孔宏"，不免让人产生突兀，其后"何则？"进一步解释断案部分的原因，即"十世百世之理，万世之理；万人千人之情，一人之情。""是以"在此表示引申过渡的作用。

（八）"臣闻／盖闻……盖（原因）……是以……"

（17）臣闻臣有尽言，必因君之善听；君将致理，必赖臣之忠告。盖下之于上所要，则微上之于下，所求宜笃。是以尧问衢室，侧陋之谋是咨；舜访总章，刍荛之语俱录。大禹一馈而十起，周公一沐而三握。（明·王祎《演连珠》）

（18）臣闻中衰之业，贤嗣克振其宗；积善之家，后昆必绍其美。盖一气妙感召之机，天运有循环之理。是以仁杰有余庆

而兼谟为之孙,安石有余殃而元泽为之子。(明·李濂《演连珠》)

此类连珠体的形式标记不同于以往,以往在连珠体中表原因往往以"何则?"作衔接,而此类则改为"盖","盖"本身在古代就具有表推测表原因的作用。例(17)中"臣闻"以后为言理部分,点明中心,"盖"以后为解释其理的原因,"是以"进一步举例论证之,表重申的作用;例(18)"臣闻"之后为言理部分,"盖"以后同样为揭示其原因,说明其旨,"是以"以后同样为举例以重申其旨。

(九)"臣闻/盖闻……然则(然而)……是以……"

(19)臣闻文公简礼,春秋加贬;邹衍系狱,夏月飞霜。然则不诚获戾,罔察罹殃。是以畏威者克谨天戒,敬祖者率由旧章。(明·朱厚烷《连珠》)

(20)臣闻被衣寒体,充食馁腹,民日惟忧;耕田南亩,凿井西邻,人日惟怿。然则与以惠者欲其知,乐以利者忘其力。是以熙皞而王者之为,骍虞而霸者之策。(明·朱厚烷《连珠》)

此两首连珠的形式标记中皆含有"然则",这里的"然则"并不表示转折含义,相反表原因。例(19)"然则"相当于"因此","臣闻"以后通过举例,即"臣听说晋文公简单了礼仪,《春秋》经上加以斥责;邹衍因受谗言而入狱,上天警示不公,夏天竟然飘雪""然则"以后为解释其现象的原因,即"那是因为不诚而得到的罪过,不仔细考察事理而受到灾祸",这里我们同样可以将"然则"后的原因放置"臣闻"以后,"臣闻"以后放置"然则"以后,同样成立。"是以"后断案部分,承接上意,点明主旨,即提出"应尊天敬祖,切守天戒及祖规也";例(20)同例(19)相似,"臣闻"以后通过描述民之忧和民之乐,"然则"以后说明其原因,"是以"以为断案说明"圣王之制""霸者之制"的不同,点明其旨。

(十)"臣闻/盖闻……若(如)……是以……"

(21)盖闻至道玄妙,非气象可局;灵化潜融,非轨辙可制。若鱼兔之已得,则筌蹄之可离。是以恊三才而贯十端,宰一心而统万汇。(明·宋濂《演连珠》)

(22)盖闻鱼或怀珠,鳞不期紫而自紫;鹿如戴玉,角不期斑而自斑。如愚之颜回陋矣,乃与禹稷同道;美誉之安石达矣,终与章蔡朋奸。是以为己者必先于务实,而观人者当察其所安。(明·张时彻《连珠》)

此类连珠的结构形式颇像魏晋时期葛洪所创作的"抱扑子曰……犹……是以……",其"若"或"如"皆表示比喻,其后所述内容也为设喻,便于更生动形象地说明"臣闻"或"盖闻"所述之理。

(十一)"臣闻/盖闻……苟……是以……"

(23)臣闻量力而进,进则有成;审已而谋,谋则必中。苟志广而虑踈,斯挈轻而失重。是以精卫填海,而海岂可平;蚕蚋负山,而山何能动。(明·李濂《演连珠》)

(24)盖闻世可避也,岂必嘉焉而避;名焉用之,或乃逃而愈章。苟犹记乎甲子,殆未忘乎沧桑。是以绝代桃源,不知汉魏;清风栗里,自谓义皇。(明·陈孝逸《拟连珠》)

此类连珠的结构形式中含有"苟",具有表"假设"含义。"臣闻"以后皆为言理部分,"苟"表假设的条件,在"臣闻""苟"的前提下,"是以"后为例证部分。

(十二)"无标记形式"

(25)月临花镜(径)影交加,花自芳菲月自华;爱月眠迟花尚吐,看花起早月方斜。长空影落花迎月,深院人归月伴花;美却人闲花月意(会),捻花酟月醉流霞。(明·唐寅《花月吟效连珠》)

(26)夫骄子不孝,憸臣不忠;力士殀末,顽夫凶终。小智不过苴荁,竿牍而贤豪反诎;大器则如规矩,准绳而圣贤所宗。(明·沈一贯《仿连珠》)

此类连珠作品属于无标记形式,即无论在起头部分,还是中间的承接或结尾部分皆无明确的形式标记。此类作品往往在题目上仿效连珠体之作,明代仅有两位作者的作品属于此类,即唐寅《花月吟效连珠》、沈一贯《仿连珠》,若将作者题目中连珠字样去掉,一般不容易判断其连珠体的特质,盖因此类是连珠体彻底走向抒情化发展的又一类变体。

二、明代连珠体的结构形态

此阶段连珠体的形态主要以显性二段式为主,次以显性三段式,同时还涉及一些特殊情况。具体分析如下:

(一)显性二段式

(27)盖闻道有穷通,非智可胜;名有得丧,非力可成。故无愿乎外,不必其身之绝谤;无求于物,不必其言之果行。(明·刘基《拟连珠》)

(28)盖闻良马不调,千里之途莫骋璞;玉不琢珪,璋之用斯亡。是以罔念作狂乃日流污下,有教无类则圣贤同归。(明·亢思谦《拟连珠》)

以上两首连珠皆以"盖闻"起头,皆以"故"或"是以"相衔接,句式上各自成对而成两层含义。例(27)中"盖闻"后为言理部分,"故"以后为断案部分,前后间同样为推演关系,"故"本身语气较重,在此同样起强调作用,即强调"人若不想去的外物,不一定要消除别人对自己的谤言;对利益一无所求,不求自己的言论一定要完全实现。"例(28)"盖闻"以后为举例部分,通过列举"良马不调""玉不琢珪"的后果,为"是以"后言"有教无类则圣贤同归"的主旨作铺垫。

(二)隐性二段式

(29)盖闻志或不持,乱靡有定。甘于遂欲,如染饧饴之鼎;涩于从善,如蹈刀锯之穽。是以善妒者,弗服秦宝之木;善淫者,不厌太仓之令。(明·宋濂《演连珠》)

(30)盖闻人非大圣,鲜有全材。君欲任贤,当如用器。惟能避短而庸长,乃克奏功而济事。是故骅骝騄骥以之运磨,不若寒驴之能。干将莫邪以之刈草,不若钩镰之利。(明·刘基《拟连珠》)

此类连珠属于隐性二段式，即"形体为二段，实际为三段式的连珠体"。例（29）"盖闻"以后"志或不持，乱靡有定"为一层，即说明"意志若不坚定，那所作的错乱就会不断"；其次"甘于遂欲，如染饧饴之鼎；涩于从善，如蹈刀锯之穽。"为第二层设喻部分，说明"行乱则欲而苦善之状"，"是以"后为第三层举例部分，进一步论证其旨。例（30）"盖闻"以后"人非大圣，鲜有全材"为一层言理部分，交代其前提，此后"君欲任贤，当如用器。惟能避短而庸长，乃克奏功而济事。"为一层，为断案部分，点明整首连珠的中心，"是故"为第三层，即举例进一步论证其旨。

（三）显性三段式

（31）臣闻流泉峻岭，起自知音；按剑投珠，生于背意。何则？ 利到而相倍，爱遇则同心。是以齐庭有拉背之君，汉令吟白首之句。（明·孟思《戏效连珠一首》）

（32）盖闻干将利于切玉，其于以刈草也，不若钩镰；桂树馥于檐楹，其于以司爨也，不如赤棘。故黄霸优于治郡，而为相则损；陆机工于摛文，而行师则北。是以用人者贵于因材，而用于人者必先度德。（明·张时彻《连珠》）

以上两首皆为显性三段式，例（31）中"臣闻"以后为一层，"何则？"以后为第二层，"是以"以后为第三层；例（32）中"盖闻"以后为第一层，"故"以后举例为第二层，"是以"以后为言理部分为第三层。

（四）特殊形式

（33）臣闻上天至公，四以成序。秋霜肃杀，而木不怨落；春风长养，而草不谢荣。是以圣王御世，使民不矜。涵之以德，义不知其为惠；道之以法，律不知其为刑。（明·王祎《演连珠》）

（34）盖闻一鼠残箪，饭捐不食；一虫堕器，酒弃不饮。盖蠲洁非以媚世，而悦之则同垢；秽未必伤生，而疾之已甚。然洁其食也，罔知洁其身；洁其身也，罔知洁其心。是以孟氏有哀茨之叹，宣尼有已矣之箴。（明·张时彻《连珠》）

此两首连珠体的形式较为特殊，其连珠体的形态皆超过三段式形式。例（33）中"臣闻"以后"上天至公，四以成序"为言理部分，"秋霜肃杀,而木不怨落;春风长养,而草不谢荣。"为举例部分,"是以"后"圣王御世,使民不矜。"为言理部分,"涵之以德,义不知其为惠;遒之以法,律不知其为刑。"为断案言理。例(34)"盖闻"以后列举"一鼠残箪,饭捐不食""一虫堕器,酒弃不饮"两种情况,"盖"以后解释其原因,"然"以后表转折,为断案部分,点明其中心主旨,即"洁其食也,罔知洁其身;洁其身也,罔知洁其心","是以"后为举例部分进一步论证其主旨。

三、明代连珠体的结构功用

随着连珠体在南北朝后期渐渐走上抒情化线路,发展至明代中后期,连珠体的抒情化愈发明显,甚至盖过了其文体本身的逻辑性,出现纯抒情的作品,如叶氏家族的《艳体连珠》、唐寅《花月吟》等。我们结合明代连珠体的语料特点,依据连珠体的结构功用特点,可分为抒情与逻辑性并重之作、侧重抒情同时削弱逻辑性之作。

(一)抒情与逻辑性并重之作

鉴于连珠体的结构功用是由"言理""设喻""举例""断案"四部基本功能组成,结合此阶段的语料特点,我们将其细化分为如下28种类型模式。

1."先言理,次举例"

(35)臣闻如砥之途,人以为邪径;弥天之语,人以为上乘。是以孔孟之门无人,而异端杂起;尧舜之世既远,而治道难兴。(明·朱厚烷《演连珠》)

(36)盖闻忠臣徇国,不惜于躯命;烈士爱君,竟忘其首领。是以左毂之鸣,车右伏剑;越甲之至,雍门刎颈。(明·宋濂《演连珠》)

以上两例皆先言理,次以举例论证其理。例(35)"臣闻"以后众人不辨正邪虚实之理,"是以"后为举例说明"异端杂起""治道难兴"之理,前后之前为因果关系。例(36)"臣闻"以后先明忠臣英烈之士都不惜捐躯尽忠,"是以"为举例部分以论证其旨。

2. "先言理,次设喻"

（37）愚闻杀机既发,虽变莫回;业障一深,穷劫难透。是以刑天捐脰,尚衔干戚之舞;窦窳断尸,犹化食人之兽。(明·王世贞《演连珠》)

（38）盖闻哲士穷机,必售其所嗜;纯臣强识,必拔其所当。是以文绣虽华,犬冒之而弃去;毛嫱虽美,鱼见之而深藏。(明·宋濂《演连珠》)

此两例中,例(37)"愚闻"以后为言理部分,阐述只要动有邪念和有了业障,它就难以消除;"是以"后为设喻部分,进一步说明邪念和业障的危害。例(38)"盖闻"以后言处世必从其所好,用之得当,"是以"后为设喻部分,从反面说明虽然美好,但不从其所好便不能行。"盖闻"与"是以"前后为正反对比关系。

3. "先言理,次断案"

（39）臣闻衣食足而民富,礼文衰而训靡。是以农桑必盛于风俗之始,彝伦必明于教学之时。(明·朱厚熜《演连珠》)

（40）愚闻达幽冥之缘,则了悟终始;平人我之观,则兼通内外。故以此身得度者,现以此身而度人,持严法害众者,乃用严法而自害。(明·王世贞《演连珠》)

以上两例中,例(39)中"臣闻"以后言民富教民相辅相之理,"是以"后为点明中心,说明"美好的风俗预示着农业的繁荣""教育的兴盛彝伦必会彰显",强调教民与彝伦的重要性;例(40)中"愚闻"以后为明"达幽冥之缘""平人我之观"中的道理,"故"以后为断案部分,即劝告世人"此身得度者,现以此身而度人,持严法害众者,乃用严法而自害"的道理。

4. "先言理,次举例,终仍以举例申其旨"

（41）盖闻物无全材,适用为可;材无弃用,择可惟长。故一目之人可使视准,五毒之石可使溃疡。是以穰苴治师,智勇贪愚,咸宜其任。公输构厦,栋梁枅桷,各得其良。(明·刘基《拟

连珠》）

（42）臣闻圣不自圣，学焉是资。说命肇逊敏之告，周颂载缉熙之辞。是以广厦细毡，引文儒而共讲；左图右史，舍古训其奚师。（明·王祎《演连珠》）

以上两例中，例（41）"盖闻"以后先言理，说明"世界上没有什么都可以用得着的东西，适合某种用途就可以；世界上没有废弃无用的东西，选择可以用的就有了长处"，"故"以下通过举例"一目之人""五毒之石"进一步说明，"是以"以后再次列举"穰苴治师""公输构厦"进一步论证其主旨。

5. "先言理，次举例，终以设喻"

（43）愚闻天厌人国，必诱其主；主厌社稷，必贤其臣。是以宋人之疾难疗，曹社之鬼不闻。深目折腰，鹇鹄愈爱其妇；临鼻长肘，雠靡见庸于君。（明·王世贞《演连珠》）

（44）盖闻沉湎之夫，莫能刚制于曲糵，而终死于曲糵；昏庸之主，罔知屏斥乎佞诞，而卒亡于佞诞。故夏以恶旨酒而兴，以筑糟丘而亡；唐用张九龄则治，用李林甫则乱。执柯以伐柯则岂在他；后车于前车鉴亦不远。（明·张时彻《连珠》）

以上两例皆属于形式为二段式实际为三段式连珠，例（43）"愚闻"以后通过顶真手法说明"主厌社稷，必贤其臣"的道理，"是以"后"宋人之疾""曹社之鬼"进行论证，"深目折腰，鹇鹄愈爱其妇；临鼻长肘，雠靡见庸于君。"为第三层设喻部分，进一步说明其旨；例（44）中"盖闻"以后通"沉湎之夫""昏庸之主"说明道理，"故"以后为通过列举"夏以恶旨酒而兴，以筑糟丘而亡""唐用张九龄则治，用李林甫则乱"的历史时事论证其主旨，"是以"通过比如"后车于前车鉴亦不远"来进一步比喻其理。

6. "先言理，次言理，最后举例"

（45）盖闻有感斯应，无阒弗章；或声音之相召，或物我之两忘。是以瓠巴援琴而鼓，则游鱼出听；曾子倚山而啸，则飞鸟下翔。（明·宋濂《演连珠》）

（46）臣闻权分轻重，鉴别妍媸。故短绠不可以汲深，小梯不可以陟巍。是以夷齐返于首阳，或有加富二等之讽；许由逃诸逆旅，或有窃取一冠之疑。（明·李濂《演连珠》）

以上两例中，例（45）先说理，阐明"感召就会有所反应，没有暗处事物而不彰显的"，次仍以言理，即以声音相召，解释感应，以物我两忘再说明闇彰，"是有"后为举例部分，即通过列举"瓠巴拿起来弹奏，就会使水中游动的鱼儿冒出水面来听""曾子依在山旁吟啸就会使飞鸟下来"的例子进一步申证其旨。例（46）同样先言理，"盖闻"以后通过说明"权分轻重，鉴别妍媸"之理，"故"以后进一步说明"短绠不可以汲深""小梯不可以陟巍"，"是以"下为通过列举"夷齐返于首阳""许由逃诸逆旅"论证其主旨。

7. "先言理，次断案，最后设喻"

（47）盖闻体微而劲者，或足以交戕；形庞而武者，或失于见制。小大每失于相形，刚弱乃拘于所畏。是以豺舌虽狭，而有杀虎之能；鼠牙虽尖，而有害象之技。（明·宋濂《演连珠》）

（48）盖闻人非大圣，鲜有全材。君欲任贤，当如用器。惟能避短而庸长，乃克奏功而济事。是故骅骝騄駬以之运磨，不若蹇驴之能。干将莫邪以之刈草，不若钩镰之利。（明·刘基《拟连珠》）

此两例皆属于形式为二段式实际为三段式连珠体，例（47）中先言理，即说明体小力强的足以相胜，形大状武者或受制于敌，次以断案部分，点明中心，即胜败不取决于大小，强弱乃定于能力的道理，"是以"后为举例部分进一步申明其旨；例（48）先通过阐述"人非大圣，鲜有全材"的道理，次以阐明君主任贤才如同用器具，只有扬长避短才能发挥其功效，点明整首连珠的主旨，"是故"以后为举例部分，进一步论证其主旨。

8. "先言理，次断案，终以举例"

（49）盖闻争雄角胜者，常贵于权谋；伐罪吊民者，必资于仁义。由王霸之或殊，遂正偏之顿异。是以汤武之师，若日照而月临；桓文之兵，如风飞而雷励。（明·宋濂《演连珠》）

（50）愚闻抱磊砢之材,遇识乃显;郁沈冥之怨,非伸莫通。志士舍身以明用,贞臣显节而遗功。是以双足就殊,尚抱荆山之泣;连城既剖,长辞陵阳之封。(明·王世贞《演连珠》)

以上两例中,例(49)中"盖闻"以后为言理部分,即说明"争雄竞胜的人,常是重在用权术谋略;怜悯平民而讨伐有罪的,一定是藉资于仁义","由王霸之或殊,遂正偏之顿异"为断案部分,说明"由王道霸道的差别,才能区分出正与偏的差异","是以"后为举例部分,列举"商汤周武王军队顺应天意发动革命""齐桓公晋文公的士兵英勇善战"进一步申明其旨;例(50)"愚闻"以后借助"抱磊砢之材""郁沈冥之怨"说明贤才遇到对的人才受赏识,"志士舍身以明用,贞臣显节而遗功"为断案部分,点明整首连珠体的中心,"是以"后举例部分,通过列举"荆山之泣""陵阳之封"论证其旨。

9."先言理,次设喻,终以断案"

（51）盖闻至道玄妙,非气象可局;灵化潜融,非轨辙可制。若鱼兔之已得,则筌蹄之可离。是以恊三才而贯十端,宰一心而统万汇。(明·宋濂《演连珠》)

（52）盖闻制万变者在乎专,察万微者在乎定。故众辐寄身于一毂,而众物纳形于一镜。是以人心无贰而鬼神不违,王言如纶而兆民悉听。(明·刘基《拟连珠》)

以上两例中,例(51)"盖闻"以后先言理,即说明宇宙最高的大道很奥妙,并非气化现象所能局限;神灵的变化是慢慢融合的,并不是一定的轨迹可限制的。"若"以后为设喻部分,即将道比作鱼兔,有形的物象犹如扑捉的工具,求道就好比扑捉鱼兔,扑捉到之后扑具就可以拿开不用。"是以"后为断案部分,即大道能协调天地人三方面,而贯通更多方面的事理;人以疑心为主宰,也能够统领万类了。整首连珠其实是说明"神为主,器为辅;神为本,器为表"的道理。例(52)"盖闻"以后为言理部分,即"说明对付各种变化的方法在于专一,观察各种细微事物的方法在于心神安定","故"以后为设喻部分,即描述"所有的辐条都穿在车毂上,万事万物都可在镜子里照出自己的影响","是以"后为断案部分,即点明中心,即"人的心中没有杂念,鬼神就不会侵犯;君主的话当是圣旨,人民必须遵从。"

10. "先言理,次设喻,终以举例"

（53）盖闻志或不持,乱靡有定。甘于遂欲,如染饧饴之鼎;涩于从善,如蹈刀锯之窍。是以善妒者,弗服秦宝之木;善淫者,不厌太仓之令。（明·宋濂《演连珠》）

（54）臣闻事以顺为便,物以适为安。为狷赐者,非负之而升木;为鱼德者,非挈之而入渊。是以夏躅冬緑,民不以为怨;春贷秋赋,民常以为恩。（明·王祎《演连珠》）

以上两例中,例（53）中先言理,即明不持志则行错乱,"甘于遂欲,如染饧饴之鼎;涩于从善,如蹈刀锯之窍"为设喻部分,其行错乱则遂欲而苦善,"是以"后为举例,即"善妒者""善淫者"的行为分层而论证其旨。例（54）中先言理,即说明事以顺为便,物以适为安的前提,次以"为狷赐者""为鱼德者"为喻进一步说明,"是以"为举例进一步申明其旨。

11. "先言理,次言理,终以断案"

（55）臣闻竭民脂而作无益者,世不知惜;长国家而损下利者,士谓非忠。然则民饥而君无独富,农足而国不能凶。是以爱民则福锡于邦址,虐下则祸起于身中。（明·朱厚烷《演连珠》）

（56）臣闻以寡就众,察有不偏;以广就约,知无不真。何则?一人以二目视一国,一国以万目视一人。是以居人上者,虽独必慎;御群下者,无微不亲。（明·王祎《演连珠》）

例（55）先言理,即说明"竭尽人民的财产,而作无益人民的事情,世人都不知道这是可惜的;增加国家的利益而以损坏百姓利益为代价,士人认为这是不忠","然则"以后进一步言理,阐明"人民饥饿,国君也不会富有;农民富足,国家是不会有凶年的","是以"后为断案部分,即点明整首连珠的中心,即爱民力则国富民安,虐待人民则国贫而危。例（56）中"臣闻"以后为言理部分,阐明"少数人查看多数人,难免会有所偏;广泛听取意见比只听取少数人意见,获取的信息会更加真实","何则"以后为揭示原因,即"一人以二目视一国,一国以万目视一人","是以"后为断案部分,点明"居人上者,虽独必慎;御群下者,无微不亲"的中心论点。

12. "先举例,次以设喻"

（57）盖闻太阳未升,爝火与流萤并照;繁霜未降,薜花与小草同妍。是以蛟蜃之市不可以称有国,稊稗之秋不可以言有年。（明·刘基《拟连珠》）

（58）盖闻西山绿蕨,不易朝鲜之封;东海素涛,不壮咸阳之阙。是以命轻春云,故长生之嗜已缓;心高秋天,则远蹈之盟遂烈。（明·董说《梦连珠》）

以上两首连珠起头皆为"盖闻",其体皆宜"是以"衔接。通过分析其内容,可见"盖闻"以后皆为举例部分,即例（57）后列举"太阳未升""繁霜未降"的情景,例（58）后列举"西山绿蕨""东海素涛"的情况;本以为"是以"言理部分,相反创作者却是以比喻的方式去言理于其中。

13. "先举例,次以言理"

（59）臣闻商鞅尚法,秦旋踵以亡;仲尼行仁,鲁三月而治。是以万类取足,得众尚于用宽;百姓无匮,求仁先于近譬。（明·朱厚烷《演连珠》）

（60）盖闻百廛之市,不畜噬犬。八家之井,不畜觚牛。是故士有悍妇,则良友不至;国有妬臣,则贤士不留。（明·刘基《拟连珠》）

此两首连珠体中,例（59）"臣闻"以后通过列举明法亡,即"商鞅尚法,秦旋踵以亡",仁治的"仲尼行仁,鲁三月而治"的事例,正反相对,"是以"后为归纳言理,进一步说明"治国尚于仁政,治民尚于用宽。用宽可以使万物取得满足,仁爱会让百姓没有缺乏"的道理。例（60）同例（59）相似,通过举例"百家客栈的市集,不养疯狗;仅有八户人家的村落,不养抵人的壮牛","是故"以后为言理部分,即说明"国中若有嫉妒贤人的大臣,就不可能留住有才贤士"的道理。

14. "先举例,次言理,终以断案"

（61）盖闻人畜木难,轻如尺布;家藏敝帚,重若千金。何

权度之遽失,斯沉痼之已深。是以自珍而蔑人者,不行于匹妇;中虚而徇礼者,可化于百壬。(明·宋濂《演连珠》)

(62)盖闻千斤之象,不惧虎而惴鼠;三寸之蝎,不蠹棘而蠹松。是以制必取其所畏,防必究其所容。故能不震而威于斧钺,不劳而固于垣墉。(明·刘基《拟连珠》)

例(61)"盖闻"以后为举例说明"别人储藏的珍贵的木难珠,却被轻视的如一尺的布块;自己家里藏着的破扫帚,却被视为恰千金贵重","何权度之遽失,斯沉痼之已深"为宋濂感慨之言理,总结为这种现象是因为自珍而轻人的毛病,"是以"后为断案部分,点明整首连珠的主旨,即"珍视自己而轻视他人的做法,不能实行在百姓之间;虚心而遵守礼仪的行为,则是可以推广的"。例(62)通过列举"千斤重的大象,不害怕老虎而怕老鼠;三寸长的蝎子,不蛀蚀刺棘却驻蚀松树","是以"后为言理部分,即说明"制服人就要使用他们感到畏惧之法,防守就要考虑城中容纳限度","故"以下为断案部分,即点明人君当注意"能够不发怒而以刑罚使人感到威严,能够不劳累而能使城墙坚固。"

15."先举例,次言理,终以举例"

(63)臣闻文公简礼,春秋加贬;邹衍系狱,夏月飞霜。然则不诚获戾,罔察罹殃。是以畏威者克谨天戒,敬祖者率由旧章。(明·朱厚烷《演连珠》)

(64)盖闻富贵人所欲也,而踰垣凿坯者逃焉;贫贱人所恶也,而考盘饮泌者乐之。盖祸福相为倚伏,而明哲贵于知几。蝺蛆累重,自取颠仆之祸;蜗牛升高,莫救槁死之危。(明·张时彻《连珠》)

例(63)先通过举事例"晋文公慢了礼,则《春秋》经对其加以呵责""邹衍受谗言而入狱,上天为警示不公夏天下雪","然则"以后为言理部分,点明整首连珠的中心主旨,即阐明"不诚敬就会遭到罪过,不仔细观察事理就会受到灾害","是以"下为举例部分,即说明"害怕上天威严的人,能遵守上天的警戒;敬重祖先的人,到都是顺着旧有的规章,而不敢妄作"。例(64)"盖闻"以后列举"富贵人所欲也""贫贱人所恶也"的情况,"盖"以后为言理,即揭示原因,同时点明整首连珠体之旨,即说明"祸福相为倚伏,而明哲贵于知几",其后进一步举例"蝛蝛累重""蜗牛升高"以申其主旨。

16."先设喻,次举例"

（65）盖闻急雨之涨,可以决山及其息也,得坻则止;怒马之奔,可以超壑及其惫也,历坎而瘏。是以长平之威,报在巨鹿;会稽之胜,终于姑苏。（明·刘基《拟连珠》）

（66）盖闻桐绝知音,不辞先爨;兰埋丛草,惟愿同删。是以屈轶可别忠佞,臭味必谨差池。（明·陈济生《广连珠》）

以上两例皆属于先设喻,次举例。例（65）中"盖闻"以后通过列举"急雨之涨""怒马之奔"说明君主的用兵之道,"是以"为举例部分进一步论证其主理;例（66）"盖闻"以后同样为设喻,"是以"后为举例论证。

17."先设喻,次言理"

（67）臣闻连城之璧,不付于拙工;千里之骥,必托之善御。是以修身者以损德为忧,保国者以失贤为虑。（明·朱厚熄《演连珠》）

（68）盖闻空谷来风,谷不与风期而风自至;深山围木,山不与木约而木自生。是故福不可徼德盛则集,功不可幸人归则成。（明·刘基《拟连珠》）

例（67）先设喻,即通过以宝玉、千里马为喻,说明人才之重要,"是以"为言理,点明主旨,即说明治国者需要珍惜贤才,同时以失去贤才为忧。例（68）先通过描述"空谷吹来微风,山谷没有与风相互约定,是风自己来的;深山汇集的树木,山没有与树木相约定,但树木却自己生长在山谷""是故"后进一步引申其理,即阐述"福不是求来的,德行高尚自然会降临到妳身边;功业不是靠意外获取的,人心所向便会成功"。

18."先设喻,次断案,再次以言理"

（68）臣闻竹律九寸,可以推七十二候之气运;玉衡八尺,可以验九千万里之天行。是以人君致治之具甚约,天下归化之效孔宏。何则?十世百世之理,万世之理;万人千人之情,一人之情。（明·王祎《演连珠》）

（69）盖闻飞蛾恋火，而卒灭于火；蛊虫甘酖，而卒死于酖。故货利者攻心之螟螣，而声色者伐命之斧斨。是以临流洗耳，不羡有国之奉；反裘负薪，不拾路金之遗。（明·张时彻《连珠》）

例（68）借助"竹律""玉衡"进行设喻，说明东西虽小，但却具有很大功用，"是以"为断案部分，即点明中心，说明"人君致治之具甚约，天下归化之效孔宏"之理，"何则？"以后进一步解释断案之旨，即"十世百世之理，万世之理；万人千人之情，一人之情。"例（69）中"盖闻"借助"飞蛾扑火""蛊虫甘酖"进行设喻，"故"以为点明整首连珠主旨，即"货利者攻心之螟螣，而声色者伐命之斧斨"，"是以"后进一步演绎，解释其旨。

19."先设喻，次举例，终以断案"

（70）盖闻瓶水之冻，可知川陆之寒；堂阶之阴，足占日月之运。然明博物非必尽在身经，子产多闻亦岂由聆耳训。是以君子以一世观万世载籍，咸罗以一身观万身神明内蕴。（明·张时彻《连珠》）

（71）盖闻干将利于切玉，其于以刈草也，不若钩镰；桂树馥于檐楹，其于以司爨也，不如赤棘。故黄霸优于治郡而为相则损，陆机工于撰文而行师则北。是以用人者贵于因材，而用于人者必先度德。（明·张时彻《连珠》）

以上两例均源自张时彻《连珠》，其"盖闻"以后极为设喻部分，例（70）"然"以后"子产多闻"为举例部分，例（71）"故"以后为"黄霸""陆机"为举例部分，两首皆以"是以"为结尾，引申出整首连珠的中心主旨。

20."先设喻，次言理，终以举例"

（72）盖闻春原之草，拔尽复生；夏厨之蝇，驱去还集。故时未至不可以强争，势方来不可以力戢。是以善扑火者，不迎其烟；善防水者，不当其急。（明·刘基《拟连珠》）

（73）盖闻柱任众而易折，轴众任而常劲。以天下之智为智，则明无不照；以天下之勇为勇，则力罔不胜。是以吐哺握发，周公之求贤如渴，而卒以多士兴；周集思广，益孔明之吁俊虽勤，而终以自用殒命。（明·张时彻《连珠》）

以上两首为中,例(72)通过以春天的野草拔而复生,夏天厨房苍蝇,驱而还集为比喻,"故"以后进行言理,即说明"时机未到不能够勉强争取,力量强大不可用力去熄灭它","是以"后进一步列举"善扑火的人不迎向火势的烟雾,善于防暑的人不去抵挡急浪的势头"说明其理;例(73)中同样"盖闻"以后以"柱任众而易折""轴众任而常劲"为比喻,"以天下之智为智,则明无不照,以天下之勇为勇,则力罔不胜"为言理部分,道明其旨,"是以"后为举例部分,即通过列举"周公吐哺""孔明周集"论证其旨。

21."先设喻,次以举例,再次以举例"

(74)盖闻乌号之弓,不能无弦而射;万石之钟,不能无梃而鸣。故朝歌之屠,遇后车始成大业;商岩之筑,梦帝赉乃佐中兴。是以玄晏甘心于闭户,康伯毕志于逃名。(明·张时彻《连珠》)

(75)盖闻服豕而耕,徒费挽引之力;饰猴而尸,莫禁跳掷之烦。故工兜之恶,虽大舜不能革其心;管蔡之畔,虽周公不能化其顽。是以诗人有北之投,大易谨包鱼之闲。(明·张时彻《连珠》)

以上两首皆为先设喻,点明其主旨,次以举例论证,最后仍以举例引申其旨。例(74)中通过"乌号之弓,不能无弦而射""万石之钟,不能无梃而鸣"设喻,说明贤才对于建功立业之重要,次以列举"朝歌之屠,遇后车始成大业;商岩之筑,梦帝赉乃佐中兴"论证之,"是以"后仍未举例进一步引申其主旨;例(75)中"盖闻"以后同样为设喻,"故"以后为举例部分,"是以"后为引圣人经典为例进一步论证其旨。

22."先举例,再次以举例"(正反)

(76)臣闻临春于阁,陈祸以盈;步虚于城,宋室将毁。是以成汤宽仁,不声色是亲;放勋恭让,不茅茨为耻。(明·朱厚烷《演连珠》)

此类型较为特殊,"臣闻"以后为举例,"是以"以后同样为举例,前后之前构成正反对比。即"臣听说临春阁建起来后,陈后主与妃子们嬉笑而耽误国事,陈国就遭受亡国之祸;宋真宗以后,建祠观于名城,推崇导士诵经,宋朝就有了倾城的危害。因此商汤宽仁,不亲近女色;唐尧恭敬谦让,不觉得住在草屋而感到羞耻,这才是人主明王的效法。"

23."先言理,次言理,再次言理"

(77)盖闻善行与邦,嘉言作则。法缘之以董奸,人依之而建德。是以闻一言之当,如浮万又之兵;获一士之贤,如浮千乘之国。(明·宋濂《演连珠》)

此例也较为特殊,"盖闻"以后为言理部分,说明善行嘉言的功效,具有总括之理;"法缘之以董奸,人依之而建德。"进一步言理,说明善行和嘉言具有革奸建德的功效,"是以"下再次言理,即阐发其功效之大,即"听一句正言,如同得到一万个士兵的力量;获得一位贤能的人,如同得到千乘之国"。

24."先设喻,次举例,再次设喻,终以举例"

(78)盖闻龙升云随,虎吼飙兴。丰泽剑飞,徕山东之冠履;晋阳戈指,集冀北之簪缨。是以气志胶契,精神合并,桑险不从,而大功立;戎衣一御,而四海平。(明·宋濂《演连珠》)

此例的特殊之处在于含有四段式,即"盖闻"以后"先设喻,次举例",即"龙升云随,虎吼飙兴"为设喻,"丰泽剑飞""晋阳戈指"为例证;"是以"后同样为"先设喻,次举例","气志胶契,精神合并"为设喻部分,"桑险不从"与"戎衣一御"为进一步举例。

25."先言理,次举例,又次断案,终以设喻"

(79)盖闻事贵审机,行当寡尤。《大易》慎辨早之戒,《春秋》严谨始之谋。微必驯于显极,鸿每事于纤求。是以蚩蝇一出,潜鱼尽怖;霜钟初动,巢鸟咸忧。(明·宋濂《演连珠》)

此首连珠体为四段式,先通过言理,说明"事情贵在审察先机,行动自然会较少错误。"次以列举《大易》中"辨早",《春秋》中"谨始"为例证,"微必驯于显极,鸿每事于纤求"为断案部分,点明中心主旨,即"始微必至终显,知大必先求小"的道理,"是以"为设喻进一步申明其主旨。

26."先言理,次断案,又以举例,进一步举例"

（80）臣闻臣有尽言,必因君之善听;君将治理,必赖臣之忠告。盖下之于上所要,则微上之于下,所求宜笃。是以尧问衢室,侧陋之谋是咨;舜访总章,刍荛之语俱录。大禹一馈而十起,周公一沐而三握。(明·王祎《演连珠》)

此首连珠体同样为四段式,先以"臣闻"言理,说明"忠臣尽言是建立在人君善于纳言""君主治国是建立在忠臣的忠告之上","盖"以为解释前面言理的原因,即"下之于上所要,则微上之于下,所求宜笃","是以"后为举例部分论证其旨,"大禹一馈而十起,周公一沐而三握"为进一步引申说起其主旨。

（二）侧重抒情同时削弱逻辑性之作

明代时期还有一类连珠体发展为抒情类,因此其逻辑性相对减弱或无逻辑性。

（81）盖闻魏妃双翼,艳陆离而可鉴;汉后四起,曜鲦鲦以齐光。故盛鬋不同,岂资膏泽?如云飞髢,自有芬芳。是以鬟晓秦宫,竞萦妆之缭绕;怜生晋主,垂委地之修长。(明·叶小鸾《艳体连珠》)

（82）花香月色两相宜,惜月怜花卧转迟;月落漫凭花送酒,花残还有月催诗。隔花窥月无多影,带月看花别样姿;多少花前月下客,年年和月醉花枝。(明·唐寅《花月吟》)

例（81）为叶氏模仿前人刘孝仪而作艳体连珠,以"盖闻……故……是以……"为形式标记,句句言发而不说发,类似一种谜语。即"听说魏妃的两个发翼,鲜艳陆离,光彩照人。汉后四起照耀着白条鱼可与日光媲美。所以,美丽的乌发垂落下来,姿态万千,怎能依靠油脂的光泽呢?然而,如乱云飞渡的假发,自然也能因此而散发芳香。秀丽的鬟发能告诉人们秦宫的神秘,宫里缭绕的乌云正是宫女竞相在梳妆秀发。晋主油然而生的怜爱之情,就是由于美女垂落到地上的修长美发。"从其内容上,此首连珠体前后之前更多侧重抒情描写,逻辑性相对较弱。例（82）

为唐伯虎效仿连珠体所作连珠诗,从其内容上看,句句带有花和月,抒情中带有寄托,此类连珠的逻辑性也相对较弱。

第三节　明代连珠体的句法形式特点

依据连珠体的结构功用分为言理、设喻、举例、断案四个基本部分,因此我们分析句法形式以其结构部分为基本单位,细化其结构部分的句法形式,以期能更有效分析出句法特点。

一、言理部分

通过分析可知,言理部分的句法形式主要以对偶句为主,进一步划分,又可分为单句对、当句对和扇句对。其中扇句对中主要以四四扇对和四六扇对为主,同时涉及四七、四八扇对等,具体分析如下:

(一)单句对

(1)臣闻衣食足而民富,礼文衰而训靡。(明·朱厚烷《演连珠》)

(2)臣闻天下万殊而一本,圣人异世而同神。(明·李濂《演连珠》)

(3)臣闻见礼而知政,闻乐而知德。(明·王祎《演连珠》)

(4)臣闻事以顺为便,物以适为安。(明·王祎《演连珠》)

(5)盖闻俗有厚薄,运有废兴。(明·刘基《拟连珠》)

(6)是以忽细事者祸必盈,轻小敌者亡必骤。(明·刘基《拟连珠》)

(7)是以君子以一世观万世载籍,咸罗以一身观万身神明内蕴。(明·张时彻《连珠》)

(8)是以圣者有无声之听,聪士垂绝弦之涕。(明·董说《梦连珠》)

可见单句对不仅出现在这一时期连珠体的句首,还常出现在连珠体的句尾部分。前四例中,单句对皆出现在连珠体的句首"臣闻"以后,其出对句的句法结构皆为紧缩结构,例(1)为两个因果关系的紧缩句相对,例(2)出对句为转折关系的紧缩句相对,例(3)为承接关系的紧缩句相对,例(4)为条件关系的紧缩句相对。除去紧缩结构外,还有单句形式构成的单句对,如例(5)皆为主谓结构相对;后三例皆出现在"是以"后表言理,例(6)为假设关系单句对,例(7)为条件关系紧缩结构对,例(8)同样为两个主谓结构相对。

明代连珠体言理部分虽为单句对,但其句法字数多呈现四四相对的格式,举例以说明:

　　(9)臣闻上天至公,四以成序。(明·王祎《演连珠》)
　　(10)盖闻道由悟入,理绝言筌。(明·沈炼《连珠》)
　　(11)盖闻主各者志,道不相谋。(明·陈孝逸《拟连珠》)
　　(12)是以呼吸玉和,导摩金骨。(明·沈炼《连珠》)

(二)当句对

当句对在言理部分中虽所占数量较少,但其出对句的字数具有相对性。如:

　　(13)臣闻圣不自圣,学焉是资。(明·王祎《演连珠》)
　　(14)是以天下大器,不易于图。(明·王祎《演连珠》)
　　(15)故才必期于济用,而行不贵乎名浮。(明·张时彻《连珠》)
　　(16)是以用人者贵于因材,而用于人者必先度德。(明·张时彻《连珠》)

以上四例中,例(13)中出对句皆为四字相对,例(14)中出句为四字偏正结构,其对句虽为动宾结构,但同样以四字相对;例(15)中出对句前后构成转折复句,但"才必期于济用"与"行不贵乎名浮"却具有相对性;例(16)同例(15)相似,其出对句皆为主谓部分具有相对性,即"用人者"与"用于人者"相对,"贵于因材"与"必先度德"相对。

（三）扇句对

明代连珠体中言理部分的扇句对可划分为四四扇对、四五扇对、四六扇对、四七和四八扇对、五五扇对、五六扇对、六四扇对等。

第一,四四扇对。

（17）盖闻人非大圣,鲜有全材;君欲任贤,当如用器。（明·刘基《拟连珠》）

（18）愚闻物无专美,配祸为福;情有轧机,缘恩出怨。（明·王世贞《演连珠》）

（19）臣闻君子无幸,而有不幸;小人有幸,而无不幸。（明·王祎《演连珠》）

（20）臣闻以寡就众,察有不偏;以广就约,知无不真。（明·王祎《演连珠》）

（21）臣闻百口言善,所以尊侈;一心询过,所以希天。（明·朱厚烷《演连珠》）

（22）故姁姁之言,终非实惠;仆仆之拜,徒尔多仪。（明·刘基《拟连珠》）

以上六例皆为四四扇对,其中例（17）出句先言"人非大圣,鲜有全材",对句紧接以"君欲任贤,当如用器",前后为承接关系。例（18）（19）（20）中皆含有正反对比,例（18）中出对句各自含有一个正反对,即"祸"与"福"相对,"恩"与"怨"相对;例（20）中"寡"与"众"相反,"广"与"约"相反;例（19）中出句与对句之间构成相反对,即"君子"与"小人"相对,句内又各含有"幸"与"不幸"相反对。例（21）中出对句之间具有数字对,即"百口"对"一心"。例（22）中出对句除四四相对外,还含有叠字对。

第二,四五扇对。

（23）臣闻一穷一达,生民之定分;一寒一暑,造化之鸿钧。（明·李濂《演连珠》）

（24）臣闻如砥之途,人以为邪径;弥天之语,人以为上乘。（明·朱厚烷《演连珠》）

（25）是以人君居正,所以建皇极;王者宅中,所以恢帝图。

（明·刘基《拟连珠》）

（26）是以以德求士，致士之实效；以才取士，得士之虚名。
（明·王祎《演连珠》）

（27）故刚柔万变，随物而能虑；夷险一节，安土而无迁。
（明·郑晓《连珠》）

以上五例皆有四五扇对，其中前两例四五扇时出现于连珠体句首部分，后三例出现在连珠体的句尾部分，且四五扇对中的五言，多含有介词"之"，如例（23）（26）中为"之"用在主谓结构之间，取消它的独立性，使变成偏正结构。

第三，四六扇对。

（28）臣闻一心清静，百病自尔靡干；五官和平，四体因之不殆。（明·李濂《演连珠》）

（29）盖闻物有准则，心为权衡非定；静之有素，必纷孥而起争。（明·刘基《拟连珠》）

（30）盖闻仙都缥缈，不开戎马之科；梦国悠长，孰睹干戈之迹。（明·董说《梦连珠》）

（31）臣闻臣有尽言，必因君之善听；君将致理，必赖臣之忠告。（明·王祎《演连珠》）

（32）余闻道有升降，匪是古而非今；教有浅深，岂先传而后倦。（明·郑晓《连珠》）

（33）是以万类取足，得众尚于用宽；百姓无匮，求仁先于近譬。（明·朱厚烷《演连珠》）

（34）是以方朔偷桃，终离汉王之席；安期啖枣，偶经项籍之宫。（明·沈炼《连珠》）

以上例句中皆有四六扇对，源自明代七位不同创作者之作中的四六扇对。

第四，四七和四八扇对。

（35）造化神机，显示金丹之奥旨；乾坤妙用，黙流玉液之玄符。（明·沈炼《连珠》）

（36）余闻天地位焉，毁乾坤则无以见易；阴阳和矣，交上下斯所以为泰。（明·郑晓《连珠》）

（37）故心迹交孚，胡越可为左右手；利害相激，兄弟或如道路人。（明·郑晓《连珠》）

（38）盖闻万物并育，不齐其用而各有用；五气迭运，不同其功而皆成功。（明·刘基《拟连珠》）

（39）盖闻仁暴殊途，非暴无以为仁之启；怨恩异路，非怨无以为恩之资。（明·刘基《拟连珠》）

（40）盖闻势有所梏，则小柔可以服大力；形有所格，则大猛不能破小坚。（明·刘基《拟连珠》）

（41）盖闻空谷来风，谷不与风期而风自至；深山围木，山不与木约而木自生。（明·刘基《拟连珠》）

以上举例中，前三例属于四七扇对，例（38）（39）（40）属于四八扇对，例（41）属于四九扇对。因明代骈文兴起，故连珠体受骈文影响而多呈现骈化。

第五，起首为五言扇对。

除起首四言扇句对外，言理部分还存在起首为五言的扇对，但此类所占比例不大，且多集中在两位先贤的作品中，故将其单列一类。

（42）愚闻抱磊砢之材，遇识乃显；郁沈冥之怨，非伸莫通。（明·王世贞《演连珠》）

（43）余闻属性于内者，用晦而明；标命于外者，先善与利。（明·郑晓《连珠》）

（44）愚闻达幽冥之缘，则了悟终始；平人我之观，则兼通内外。（明·王世贞《演连珠》）

（45）愚闻俗士滞方圆，则千机无碍；拘儒执有无，则万类俱齐。（明·王世贞《演连珠》）

（46）愚闻测苍苍之机，虽兆亿而或近。通悠悠之情，若咫尺而竟踈。（明·王世贞《演连珠》）

以上五例起头皆为五言扇句对，其中例（42）（43）属于五四扇对，例（44）（45）属于五五扇对，例（46）属于五六扇对。

第六,起首为六言扇对。

（47）愚闻圣君不必登哲,道合则从;暴主不必求奸,德枭则售。(明·王世贞《演连珠》)

（48）余闻道莫大于纲常,有主则立;政莫先于礼乐,非人不行。(明·郑晓《连珠》)

（49）十世百世之理,万世之理;万人千人之情,一人之情。(明·王祎《演连珠》)

（50）余闻就重华而陈词,独抱乌号之痛;指九天以为证,或嚣相累之嘲。(明·郑晓《连珠》)

（51）故力有所不可强,孰能簪笔而荷戈;才有所不可弃,岂无尺瑕而寸玉。(明·郑晓《连珠》)

（52）臣闻竭民脂而作无益者,世不知惜;长国家而损下利者,士谓非忠。(明·朱厚烷《演连珠》)

以上举例中,前四例属于六言起首扇对,其中例(47)(48)(49)属于六四扇对,例(50)属于六六扇对,例(51)属于六七扇对。除去六言扇对外,还有个别涉及八言扇对,例(51)属于八四扇对。

（四）散句扇对

（53）盖闻沉湎之夫,莫能刚制于曲蘖,而终死于曲蘖;昏庸之主,罔知屏斥乎佞诞,而卒亡于佞诞。(明·张时彻《连珠》)

（54）盖闻富不如贫,贵不如贱,则五岳其志;得丧之理,死生之情,则南柯梦中。(明·陈孝逸《拟连珠》)

（55）是以贤圣希玄,神仙爱道,超魔拔难自开;云笈之书,扫恶祛邪,常吸日宫之药。(明·沈炼《连珠》)

以上属于散句扇对,其出句与对句之间相隔两个以上的句子,如例(53)中出句"沉湎之夫"与"昏庸之主"相对,其间相间隔两个句子;例(54)与例(53)相同,例(55)的散句扇对出现在"是以"以后。

（五）混合对:单句对与扇对的混合

（56）臣闻尺有所短,寸有所长。攻其短则天下无全才,录

其长则人才皆大方。(明·王祎《演连珠》)

（57）臣闻易重咸恒,诗首关雎。阴教者,天伦之模范;内治者,王化之权舆。(明·王祎《演连珠》)

（58）是以圣王御世,使民不矜。涵之以德,义不知其为惠;道之以法,律不知其为刑。(明·王祎《演连珠》)

（59）是以君子于学,惕焉靡宁。人不已知,守之以固;世不我用,履之以贞。(明·王祎《演连珠》)

此类言理较为特殊,未见于明以前其他连珠之作中。通过以上举例可见,其前两例出现于"臣闻"以后,例（56）先以单句对形式出现,之后紧接着以紧缩结构对的形式展开言理,例（57）先以单句对形式呈现,次以扇句对进一步言理;后三例皆出现在"是以"以后,例（58）先以单句对言理,次以四六扇对进一步展开;例（59）同样先以当句对四四相对,次以四四扇对进一步言理。

二、设喻部分

设喻部分的句法形式同样以对偶句为主,进一步分析同样可分为单句对、当句对、扇句对,其中扇句对又分为四四扇对、四六扇对等。具体如下:

（一）单句对

（1）臣闻鼠可害象,豺能杀虎。(明·李濂《演连珠》)

（2）臣闻水满易溢,月盈易亏。(明·朱厚烷《演连珠》)

（3）是以下绥定于黎庶,上燮和于阴阳。(明·宋濂《演连珠》)

（4）臣闻石韫玉而山润,川沉珠而渊媚。(明·王祎《演连珠》)

（5）月虚而鱼脑减,星实而豕肤粟。(明·王世贞《演连珠》)

以上五例为当句对,其中例（1）（2）（4）中皆出现在句首"臣闻"部分,例（3）（4）则分别出现在连珠体的句尾"是以"后或句中部分。

（二）扇句对

第一,四四扇对。

（6）是以鹤颈固长,截之则恐;凫颈虽短,续之则悲。（明·宋濂《演连珠》）

（7）故阴惨阳舒,机缄莫测;春生秋杀,功用惟均。（明·李濂《演连珠》）

（8）盖闻霞飞云走,响合波涛;斗击星鸣,音传律吕。（明·董说《梦连珠》）

（9）盖闻春原之草,拔尽复生;夏厨之蝇,驱去还集。（明·刘基《拟连珠》）

（10）臣闻流泉峻岭,起自知音;按剑投珠,生于背意。（明·孟思《戏效连珠一首》）

以上五例,起首皆为四言扇句对,前两例分别出现在连珠体的"是以""故"以后,后面三例分别在连珠体句首"盖闻"以后。

第二,四五扇对。

（11）是以狂澜既倒,而底柱犹存;风雨如晦,而鸡鸣不已。（明·李濂《演连珠》）

（12）秋霜肃杀,而木不怨落;春风长养,而草不谢荣。（明·王祎《演连珠》）

（13）臣闻连城之璧,不付于拙工;千里之骥,必托之善御。（明·朱厚烷《演连珠》）

（14）是以泗滨之梓,不能以为篷;云梦之竹,不足以为筝。（明·宋濂《演连珠》）

以上四例皆为四五扇对,其中例（11）和例（14）中,四五扇对出现在连珠体"是以"以后,例（12）中同样出现在句尾部分表示设喻,例（13）中出现在连珠体句首"臣闻"以后。

第三,四六扇对。

（15）钧天广乐，蜩螗之沸自如；夜明丽空，熠耀之辉恒照。（明·王世贞《演连珠》）

（16）甘于遂欲，如染饧饴之鼎；涩于从善，如蹈刀锯之窜。（明·宋濂《演连珠》）

（17）盖闻身上紫霄，自解尘寰之阨；骨凝玄水，定超凡界之迷。（明·沈炼《连珠》）

（18）臣闻凭水思冰，亦有苍凉之色；依烟念火，非无扬烈之光。（明·李雯《连珠箴》）

（19）盖闻瓶水之冻，可知川陆之寒；堂阶之阴，足占日月之运。（明·张时彻《连珠》）

（20）盖闻奔马之轮，拳石碍之而格；迅川之水，束草投之则凝。（明·刘基《拟连珠》）

（21）故鸣雁后烹，若竞渐盘之志；甘泉易洁，奚烦井甃之阤。（明·郑晓《连珠》）

四六扇对在明代连珠体中作为设喻部分所占比重较大，以上举例皆出自明代七个不同作者的作品，其中前两例的四六扇对皆出现在连珠体的句中，例（17）（18）（19）（20）中的四六扇对皆出现在连珠体的句首部分，例（21）的四六扇对出现在连珠体的结尾部分。

第四，四七扇对。

（22）余闻麦垂黍仰，异春秋花实之期；兔短鹤长，共云水飞鸣之局。（明·郑晓《连珠》）

（23）盖闻石不乱玉，惟珷玞为能乱玉；枭不混凤，惟鹎鵊为能混凤。（明·刘基《拟连珠》）

（24）盖闻神龙可豢，而不能使之去水；飞黄可驾，而不能使之捕狸。（明·刘基《拟连珠》）

（25）盖闻天上长春，花鸟彻四时而并丽；山中不夜，香灯连五纬以争光。（明·沈炼《连珠》）

（26）臣闻竹律九寸，可以推七十二候之气运；玉衡八尺，可以验九千万里之天行。（明·王祎《演连珠》）

与四六扇对相比，四七扇对中的承接部分往往含有两个表停顿的语气词,且以上五例中,四七扇对皆出现在连珠体的句首部分。

第五,六四和六五扇对。

（27）盖闻翔蝇饱偃涸之腴,如甘芳饵;艾犿处污蔑之窟,若寝文茵。（明·宋濂《演连珠》）

（28）余闻兼山着其背之占,介于石矣;习坎效维心之象,涣若冰焉。（明·郑晓《连珠》）

（29）是以龙蛇之伸于霄,汉者以其屈;杞柳之屈为栖,秦者以其伸。（明·李濂《演连珠》）

（30）是以君致尊而制命,则日月贞明;臣守卑而介道,则雨旸时若。（明·宋濂《演连珠》）

以上四例起首皆为六言扇对,其中例（27）（28）皆为六四扇对,出现在连珠体的句首"盖闻""余闻"以后;例（29）（30）皆为六五扇对,出现在连珠体句尾的"是以"以后。

第六,八六、十二四扇对。

（31）是故骅骝騄駬以之运磨,不若蹇驴之能。干将莫邪以之刈草,不若钩镰之利。（明·刘基《拟连珠》）

（32）盖闻急雨之涨可以决山及其息也,得坻则止;怒马之奔可以超壑及其惫也,历坎而瘏。（明·刘基《拟连珠》）

以上两例较为特殊,其中例（31）出现在连珠体结尾部分,属于八六扇对;例（21）出现在连珠体句首"盖闻"以后,其起首句为十二四扇对。

（三）散句扇对

（33）盖闻束蒿为柱,可以承茅茨,而不可以任藁栋;纫彩为舟,可以陈堂陛,而不可以泛江流。（明·张时彻《连珠》）

（34）臣闻云汉昭回,日星光辉者,天文之宣;草木荣华,山川峙流者,地文之着。（明·王祎《演连珠》）

以上两例属于散句扇对,且皆出现在连珠体的句首部分,例（33）中出句"束蒿为柱"与对句中"纫彩为舟"相对,其间相隔两个句子;例

（34）中出句"云汉昭回"与对句中"草木荣华"相对，其间相隔两个句子。

三、举例部分

据统计，明代连珠体中举例部分多出现在"是以"或"故"以后，具有论证或申明其旨的作用，其句法形式主要以对偶为主，可分为单句对、流水对、扇句对、散句扇句，具体分析如下：

（一）单句对

（1）达士悟而廉取，贪夫昧而无厌。（明·王世贞《演连珠》）

（2）臣闻良贾不为折阅而不市，良农不为失岁而不耕。（明·王祎《演连珠》）

（3）是以孙叔继封于肥壤之辞，晋公覆宗于嘉陵之合。（明·黄省曾《连珠》）

（4）是以齐庭有拉背之君，汉令吟白首之句。（明·孟思《戏效连珠一首》）

（5）《大易》慎辨早之戒，《春秋》严谨始之谋。（明·宋濂《演连珠》）

以上举例皆为单句对，前两例为因果关系紧缩对，后三例皆为主谓结构单句对。在以上举例中，例（2）中，单句对出现于连珠体句首部分；例（1）（5）中，单句对出现在连珠体句中，其余皆出现在连珠体的句尾部分。

（二）流水对

（6）故冠缨不可以服鹿，而鞿鞅不可以驭龙。（明·刘基《拟连珠》）

（7）是以尧畴咨而裕，受拒谏而骞。（明·朱厚烷《演连珠》）

（8）余闻帝出震春秙乃发，露为霜秋芳遂倾。（明·郑晓《连珠》）

以上三例为流水对，其中例（6）（7）中，流水对分别出现在连珠体的句尾部分"故""是以"以后，例（8）中则出现在连珠体的句首"盖闻"

以后。

（三）扇对

第一，起首为三言的扇对。

（9）臣闻制器者，兢兢业业用讫于有成；奉器者，洞洞属属乃保其无虞。（明·王祎《演连珠》）

（10）是以善妒者，弗服秦宝之木；善淫者，不厌太仓之令。（明·宋濂《演连珠》）

第二，起首为四言的扇对。
四四扇对：

（11）是以长平之威，报在巨鹿；会稽之胜，终于姑苏。（明·刘基《拟连珠》）

（12）是以居人上者，虽独必慎；御群下者，无微不亲。（明·王祎《演连珠》）

（13）是以卧游海岛，绝胜桃源；避世华胥，几更葽历。（明·董说《梦连珠》）

（14）是以两观之诛，尼父与政；三叔之乱，姬旦东征。（明·宋濂《演连珠》）

（15）故载骎骎骎，十驾何后；伐檀坎坎，一窍尚疎。（明·郑晓《连珠》）

（16）愚闻岱宗崔鬼，不废丘垤；渤澥浩瀁，毋骄行潦。（明·王世贞《演连珠》）

以上六例中，四四扇对皆出现在前五例句尾的"是以""故"以后，起论证作用；第六例中，四四扇对出现在"愚闻"以后。
四五扇对：

（17）盖闻殷商久旱，有备而无虞；郑国屡蓄，知警而弗复。（明·宋濂《演连珠》）

（18）臣闻商鞅尚法，秦旋踵以亡；仲尼行仁，鲁三月而

治。（明·朱厚烷《演连珠》）

（19）是以成汤宽仁，不声色是亲；放勋恭让，不茅茨为耻。（明·朱厚烷《演连珠》）

（20）是以夏蠲冬繇，民不以为怨；春贷秋赋，民常以为恩。（明·王祎《演连珠》）

以上皆为四五扇对，其中前两例皆出现在连珠体的句首部分，而后两例皆出现在连珠体的句尾部分。

四六扇对：

（21）臣闻齐女发号，赤电为之击台；鲁戈擂战，青骊以之反舍。（明·黄省曾《连珠》）

（22）盖闻花本无心，遇阳春而自发；仙须有道，能不老而长年。（明·沈炼《连珠》）

（23）故楚问九天，宁忍怀都之族；齐留三宿，尤存庶改之君。（明·郑晓《连珠》）

以上皆为四六扇对，在举例部分所占比重较多。从其分布上可见，此类扇对不见于连珠体的起首部分，但句中和结尾部分均有。

四七扇对：

（24）是故宵衣旰食，大舜所以致其忧；手胼足胝，神禹所以忘其贵。（明·刘基《拟连珠》）

（25）是以命轻春云，故长生之嗜已缓；心高秋天，则远蹈之盟遂烈。（明·董说《梦连珠》）

（26）黄庭内境，待琴心三迭之调，白昼中天，因鼎气八成之运。（明·沈炼《连珠》）

以上皆为四七扇对，从举例的部分可见，四七扇对多见于连珠体的结尾部分。

四八扇对：

（27）道有隆污，惟圣人易污而为隆；世有治乱，惟圣人反

乱而为治。(明·王袆《演连珠》)

（28）是以汤武之征,诛何庚唐虞之揖逊;孔孟之着,述允符周召之经纶。(明·李濂《演连珠》)

第三,起首为五言的扇对。

（29）余闻过虎豹谷者,恐发于声;当盘盂飧者,或征于色。(明·郑晓《连珠》)

（30）是以择林而遁者,甘西山之饿。知命不忧者,免穷途之哭。(明·宋濂《演连珠》)

（31）盖闻一馈七起者,文命之急士;一沐三握者,姬旦之下贤。(明·宋濂《演连珠》)

（32）是以梏于谶纬者,诬缔绣于轻缟;铢于术数者,量瀛海以玄蠡。(明·宋濂《演连珠》)

以上四例起首皆为五言扇句对,例（29）属于五四扇对,例（30）属于五五扇对,例（31）（32）属于五六扇对。

第四,起首为六言的扇对。

六四、六五扇对:

（33）是以解狐之引伯柳,上党则安;舅犯之举子羔,西河则治。(明·宋濂《演连珠》)

（34）是以孔孟之门无人,而异端杂起;尧舜之世既远,而治道难兴。(明·朱厚烷《演连珠》)

（35）是以马伏波之弟昆,惟车乘下泽;李丞相之父子,欲犬牵上东。(明·陈孝逸《拟连珠》)

例（33）皆为六四扇对,后两例皆为六五扇对。

六六、六七言扇对:

（36）故被华服于猨狙,竟速周公之诮;荐太牢于海鸟,能无颜子之谴。(明·郑晓《连珠》)

（37）盖闻孤竹二士之坟,有行人而下马;六陵一抔之土,

无洪水以栖乌。（陈孝逸《拟连珠》）

（38）是以夷齐返于首阳，或有加富二等之讽；许由逃诸逆旅，或有窃取一冠之疑。（明·李濂《演连珠》）

以上三例中，例（36）（37）属于六六扇对，例（38）属于六七扇对。第五，起首为七言扇对。

（39）故夏以恶旨酒而兴，以筑糟丘而亡；唐用张九龄则治，用李林甫则乱。（明·张时彻《连珠》）

（40）盖闻蓬莱隔弱水三千，非飞仙不可到；玄圃在东溟万里，必羽化始能登。（明·沈炼《连珠》）

（41）故抚三时而务农者，悬磬无忧；视九地而行师者，建瓴自易。（明·郑晓《连珠》）

以上三例起首皆为七言扇对，例（39）（40）属于七六扇对，例（41）属于七四扇对。

（四）散句扇对

（42）臣闻以色物毛泽，买马而不论其足，力则厩无绝地；以大小径广，售玉而不论其质，美则箧无连城。（明·王祎《演连珠》）

（43）臣闻被衣寒体，充食馁腹，民日惟忧；耕田南亩，凿井西邻，人日惟怿。（明·朱厚烷《演连珠》）

（44）是以穰苴治师，智勇贪愚，咸宜其任。公输构厦，栋梁枅桷，各得其良。（明·刘基《拟连珠》）

（45）是以吐哺握发，周公之求贤如渴，而卒以多士兴；周集思广益，孔明之吁俊虽勤，而终以自用殒命。（明·张时彻《连珠》）

散句扇对多出现在明代连珠体的结尾部分，其出句与对句之间往往间隔两个句子。

四、断案部分

据统计,断案部分多出现在连珠体的句中或句尾,起点明整首连珠体中心之用,因此断案部分的句法形式往往较为简短,以单句对为主,间涉部分扇对。具体分析如下:

（一）单句对

根据单句对的特点,又可分为主谓结构、紧缩结构;依据出对句间的关系,还可分为正反关系对、并列对、递进关系;依据紧缩结构的关系特点,又可分为假设、因果、条件、转折等。

第一,正反关系对。

（1）微必驯于显极,鸿每争于纤求。（明·宋濂《演连珠》）

（2）是以人君致治之具甚约,天下归化之效孔宏。（明·王祎《演连珠》）

（3）是以爱民则福锡于邦址,虐下则祸起于舟中。（明·朱厚烷《演连珠》）

（4）是以顺天之道则人归而王,逆人之性则天怒而亡。（明·刘基《拟连珠》）

（5）然则谀舌易巽,苦口难便。（明·朱厚烷《演连珠》）

以上五例其出对句之间的关系皆为正反关系对,例（1）中"微"与"鸿"相反,例（2）中"约"与"宏"相反,例（3）中"爱民则福锡"与"虐下则祸起"相反,例（4）中"顺天之道"与"逆人之性"相反,例（5）中"易"与"难"相反。

第二,并列对与递进对。

（6）是以守谦者不挟德而侮,去患者不竢祸而追。（明·朱厚烷《演连珠》）

（7）是以钦恤者用刑之本,仁爱者用兵之情。（明·李濂《演连珠》）

（8）是以畏威者克谨天戒,敬祖者率由旧章。（明·厚烷《演连珠》）

（9）哀弥文之丧质，致末俗之效尤。（明·宋濂《演连珠》）

（10）若限一己之陋，将失百物之情。（明·宋濂《演连珠》）

（11）一人以二目视一国，一国以万目视一人。（明·王祎《演连珠》）

以上举例中，前三例的出对句皆为主谓结构的单句对，其出对句之间为并列关系；例（9）的出对句皆属于动宾结构，出对句之间为并列关系；例（10）的出对句属于流水对，例（11）中其出对句之间为递进关系，且出句与对句中皆包含相反对的情况。

第三，因果关系紧缩对。

（12）是以道不济而戎夷寒死，志不行而东郭长贫。（明·宋濂《演连珠》）

（13）故作之君师治教所系，防以和敬阴阳乃平。（明·郑晓《连珠》）

（14）故时未至不可以强争，势方来不可以力战。（明·刘基《拟连珠》）

以上三例中，因果关系紧缩对皆出现在连珠体的句尾部分，其出对句之间皆为并列关系，但其出句与对句属于因果关系紧缩对。

第四，条件关系紧缩对。

（15）是以修身者以损德为忧，保国者以失贤为虑。（明·朱厚烷《演连珠》）

（16）志士舍身以明用，贞臣显节而遗功。（明·王世贞《演连珠》）

（17）故以道养贤则四方之民听声而来，以德养民则四方之贤望风而慕。（明·刘基《拟连珠》）

以上三例中，条件关系紧缩时皆出现在连珠体的句尾部分。

第五，假设关系紧缩对。

（18）故自长而短人者国必仆，自贤而愚人者身必颠。

（明·宋濂《演连珠》）

（19）是以协三才而贯十端,宰一心而统万汇。(明·宋濂《演连珠》)

（20）是以山泽不壅而雨旸时若,天地不壅而人物皆春。(明·刘基《拟连珠》)

以上三例中,假设关系紧缩对同样皆出现在连珠体的句尾部分。

第六,转折关系紧缩对。

（21）是以宴安日久诘戎兵,而听者忽忽;老成人丧语典形,而闻者嗤嗤。(明·刘基《拟连珠》)

（22）是以熙皞而王者之为,驩虞而霸者之策。(明·朱厚烷《演连珠》)

以上两例中出对句同样为紧缩结构对,其紧缩结构的语义关系皆为转折。

（二）流水对

断案部分中,还有一类虽然出句与对句在意义上和语法结构上有相对性,但重点是在语义上上下相接,前后不可分割,顺序不可颠倒。如:

（23）惟能避短而庸长,乃克奏功而济事。(明·刘基《拟连珠》)

（24）一举而黄鹄高翔,再游而桑田已变。(明·沈炼《连珠》)

（25）由王霸之或殊,遂正偏之顿异。(明·宋濂《演连珠》)

（26）以其量之隘弘,验其人之臧否。(明·宋濂《演连珠》)

（27）名实贯于古今,体用同于天地。(明·王祎《演连珠》)

（三）扇对

第一,四四扇对。

（28）是故福不可徼,德盛则集;功不可幸,人归则成。

（明·刘基《拟连珠》）

（29）是以白日扬光，雷车避藏；祥飙鼓籁，玄云掩饰。（明·宋濂《演连珠》）

（30）道虽明矣，非文不行；事虽实矣，非文不具。（明·王祎《演连珠》）

以上三例皆为四四扇对，其中前两例中，四四扇对出现在连珠体的句尾部分，例（33）中，四四扇对出现在连珠体的句中部分。

第二，四五、四六扇对。

（31）祖宗经营，百年而不足；子孙蛊坏；一日而有余。（明·王祎《演连珠》）

（32）故妖声冶色，君子远之必严；伪行辩言，圣人惩之必痛。（明·刘基《拟连珠》）

（33）是以明王慎德，独观万化之原；君子知微，克赞三才之矩。（明·李濂《演连珠》）

（34）是以圣人之宰，万民务在通其志；圣人之制，万物贵乎全其天。（明·王祎《演连珠》）

以上四例中，前两例属于四五扇对，后两例属于四六扇对，其中后三例皆出现在连珠体的句尾部分，而例（34）出现在连珠体的句中部分。

第三，起首为六言扇对。

（35）是以自珍而蔑人者，不行于匹妇；中虚而徇礼者，可化于百壬。（明·宋濂《演连珠》）

（36）故以此身得度者，现以此身而度人，持严法害众者，乃用严法而自害。（明·王世贞《演连珠》）

以上两首起首部分皆为六言扇对，其中例（38）属于六五扇对，例（39）属于六七扇对。

除以上对偶分类外，断案部分还涉及一些特色对，如数字对、镶嵌对等。

（40）超轶九埏，嘘呵八极。（明·沈炼《连珠》）

（41）盖下之于上所要，则微上于下，所求宜笃。（明·王祎《演连珠》）

例（40）为特色数字对，其出句中的"九埏"与对句中的"八极"相对；例（41）中则为包孕对，"微上于下"与"所求宜笃"四四相对。

第四节　明代连珠体的语义推论研究

元末明初，连珠体再次复兴，复兴的连珠之作多为仿魏晋南北朝经典作品。加入连珠体越来越受文人雅士的青睐，连珠体的各类功用也开始逐渐复兴，作品数量也越来越多。总体上，明代连珠体在继承宋以前融抒情与逻辑于一体的基础上，出现两个分化：一类为抒情与逻辑性并重之作，一类为侧重抒情、削弱逻辑性之作。

一、抒情与逻辑性并重之作

通过语料分析，可知明代连珠语义逻辑关系在继承宋以前的基础上又有所新发展，继承方面主要表现为："论证式""论证类比式""归纳式""归纳类比式""归纳演绎式""归纳论证式""演绎式""演绎类比式""演绎论证式""演绎类比论证式""因果式""正反对比式"；新发展方面主要表现为："因果演绎式""因果论证演绎式"，具体如下：

（一）因果演绎式

（1）臣闻以寡就众，察有不偏；以广就约，知无不真。何则？一人以二目视一国，一国以万目视一人。是以居人上者，虽独必慎；阙御群下者，无微不亲。（明·王祎《演连珠》）

此首连珠的形式标记为"臣闻……何则？……是以……"，"臣闻"

以后描述一个人治理一群人,考察会较准确;多听群臣劝谏,得到的信息会更为全面。

"何则"之后进一步揭示其原因,即"一人以二目视一国,一国以万目视一人"。"是以"断案部分点明整首连珠的主旨,即"居人上者必慎;阙御群下者不亲"。

整首连珠分为三层,第一层推第二层为因果推理,第二层推第三层为演绎推理,第一层推第三层同样为演绎推理。

(二)因果论证演绎式

（2）臣闻竭民脂而作无益者,世不知惜;长国家而损下利者,士谓非忠。然则民饥而君无独富,农足而国不能凶。是以爱民则福赐于邦址,虐下则祸起于舟中。(明·朱厚烷《演连珠》)

此首连珠先说明"竭民财却做无益百姓之事的臣子,世人都认为他不知道珍惜百姓;增加国家财产而损失下面百姓利益的臣子,士人都认为他对国家并不忠心。"次以"然则"衔接进一步说理,阐明其因,即"人民饥饿,国君也不会富有;农民富有,国家也不会有灾难。""是以"以后为断案部分,演绎出爱民则福国,虐民则祸国的主旨。第一层推第二层为因果关系,第二层推第三层为演绎推理,第一层推第三层同样为演绎推理。

(三)正反对比式

（3）臣闻临春于阁,陈祸以盈;步虚于城,宋室将毁。是以成汤宽仁,不声色是亲;放勋恭让,不茅茨为耻。(明·朱厚烷《演连珠》)

此首"臣闻"以后先举例宋之君主,说明沉迷声色及祠观神仙存有亡国之险,"是以"再次举例商汤唐尧,从反面说明君主不好声色,不卑简陋,国家会长治久安。整首连珠皆在举例,一正一反,说明其理。

(四)因果式

（4）臣闻如砥之途,人以为邪径;弥天之语,人以为上乘。

是以孔孟之门无人，而异端杂起；尧舜之世既远，而治道难兴。（明·朱厚烷《演连珠》）

此首连珠"臣闻"以后先叙述原因，即众人以正道为邪，以空虚之论为尚。"是以"之后虽为举例，但叙述的是上文所提原因造成的结果，即异端杂起而治道难之事。

（五）演绎式

（5）盖闻民情本质，文过则伪；人道本直，虑佚则倾。是故圣人制礼，因自然之序；哲士用智，利不息之贞。（明·刘基《拟连珠》）

此首连珠先言"人的性情本是质朴的，过多的修饰反而会显得虚伪；人的本性本来是正直的，考虑过多反而会倾斜不正。"次以"是故"结尾表断案，言"圣人制定礼乐制度，根据的是自然的顺序。明哲运用智慧，有利于不停息地坚守正道。"从第一层言理推到第二层断案，点明主旨，运用演绎式推理。

（六）演绎类比式

（6）臣闻清风惠夏，非栗烈所思。暖旭慈冬，非烦蒸所恋。是以义有判而相扶，功有申而不美。（明·李雯《演连珠箴》）

此首连珠"臣闻"后借助"清风惠夏""暖旭慈冬"的自然现象，进一步类比"义有判""功有申"；其次，整体上作品从第一层设喻部分推理第二层断案部分，其语义逻辑关系为演绎，因此整首连珠体其语义逻辑为演绎类比式。

（七）演绎论证式

（7）盖闻外味不加，则形气日削；内养有道，则神明自腴。苟譬诸物，若契以符。是以脾析一停，摩牛即付；中夷既涸，鳣刀成枯。（明·宋濂《演连珠》）

此首先言理，即饮食与养生对于形神调养的重要性；次以设喻"若契以符",将其比作契券相合之理;"是以"以后为举例,进一步论证饮食盈亏和养生得失决定人的强弱生死。整首连珠分三层,第一层推第二层为演绎推理,第三层的出现进一步论证第一层第二层,故此首连珠语义逻辑为演绎论证式。

（八）演绎类比论证式

（8）盖闻春原之草,拔尽复生;夏厨之蝇,驱去还集。故时未至不可以强争,势方来不可以力战。是以善扑火者,不迎其烟;善防水者,不当其急。(明·刘基《拟连珠》)

此首连珠"盖闻"以后为设喻部分,描述野草复生,夏蝇驱集;"故"以后为断案部分,即言"时未至不可以强争,势方来不可以力战";"是以"后为举例,通过列"善扑火者,不迎其烟;善防水者,不当其急"进一步论证其断案之理。整首连珠分为三层,第一层与第二层语义关系为演绎推理,第二层与第三层关系是论证推理,第一层与第三层关系同样为演绎推理。

（九）论证式

（9）盖闻忠臣殉国,不惜于躯命;烈士爱君,竟忘其首领。是以左毂之鸣,车右伏剑;越甲之至,雍门刎颈。(明·宋濂《演连珠》)

此首连珠"盖闻"之后为言理部分,点明主旨,即忠贞英烈之士,均不惜捐躯尽忠;"是以"以后为举例部分,通过列举"左毂之鸣,车右伏剑;越甲之至,雍门刎颈"以证其理。

（十）论证类比式

（10）盖闻天矩有定,人谋莫移。或顺之而从吉,或反之而致凶。是以鹤颈固长截之则恐,兔颈虽短续之则悲。(明·宋濂《演连珠》)

此首连珠先言理说明"上天是有规矩的,这是人的计谋所无法改变的。顺之则吉,反之则凶"。"是以"以后为设喻,进一步正面"天矩有定,人谋莫移",同时借助"鹤颈长""凫颈短"的形象,类比"天之矩"。

（十一）归纳式

（11）盖闻剪纸为墙,不可止暴;抟沙为饼,不可疗饥。故
姁姁之言,终非实惠;仆仆之拜,徒尔多仪。(明·刘基《拟连
珠》)

此首连珠"盖闻"以后为举例,即"裁纸做墙壁,不能防止残暴的人;
捏合沙子做饼,不能够充饥";"故"以后言理,即"说大话吹牛,终究没
有实际的效益;不停地叩拜,只是多添烦琐的礼仪"。"故"前后为归纳
式推理。

（十二）归纳类比式

（12）盖闻太阳未升,爝火与流萤并照;繁霜未降,荠花与
小草同妍。是以蛟蜃之市不可以称有国,稊稗之秋不可以言有
年。(明·刘基《拟连珠》)

此首连珠列举了"太阳未升,爝火与流萤并照","繁霜未降,荠花与
小草同妍"两种情况,"是以"后为归纳概括,通过设喻形式点明主旨,
即"海市蜃楼,不可称之为真正的国家;稗草结出果实,不能称之为丰
收年"。

（十三）归纳演绎式

（13）臣闻被衣寒体,充食馁腹,民日惟忧;耕田南畝,凿井
西邻,人日惟怿。然则予以惠者欲其知,乐以利者忘其力。是
以熙皞而王者之为,驩虞而霸者之策。(明·朱厚烷《演连珠》)

"臣闻"以后列举了"民日惟忧""人日惟怿"的情形;"然则"以后
为言理部分,说明"常人给他人施惠都想让人知道,圣王爱民都使其民
忘其力";"是以"后为断案部分,点明主旨,说明"王者之民,皆能广大
自得而浑忘帝力;霸者之民,皆能欢乐幸福而多蒙恩泽"。第一层推
第二层为归纳推理,第二层到第三层为演绎式推理。

（十四）归纳论证式

（14）盖闻赏物在精，取财有道。毫发异观，天渊殊造。是以峄阳之桐，惟伯牙能知其良；乌号之弓，必由羿方领其妙。苟徒妄鬻而暗投，曷若藏音而收耀。（明·宋濂《演连珠》）

此首连珠的结构形式为"先言理，次以举例，终以断案"，先言赏物取财有道，毫发天渊有别，"是以"下通过举"峄阳之桐""乌号之弓"进一步论证其理，最后"苟徒妄鬻而暗投，曷若藏音而收耀"为断案部分，点明主旨，即若贤才不遇明主，不如隐而不任也。

二、侧重抒情、削弱逻辑性类

此类连珠主要分布在明代的艳体类连珠、连珠诗类当中，具有怡情娱乐的功用。举例说明如下：

（15）盖闻荷叶田田，香能彻骨。罗衣薄薄，冷太欺人。是以龙脑成灰，休唤海棠睡起。鲛人有泪，空随铜狄同流。（明·沈宜修《明·续艳体连珠》）

此首为沈宜修的游戏连珠，具有怡情娱乐的功用，此类连珠犹如谜语。该首连珠赞的是"花露水"，句句暗含花露水功效，由浅及深，娓娓道来。先借荷叶的清香类比花露水之清香，又借轻薄的罗衣遇冷的凉来类比花露水之清凉，是以之后演绎出花露水的功效"唤醒头脑"。

（16）盖闻吴国佳人，簇黛由来自美；梁家妖艳，愁妆未是天然。故独写春山，入锦江而望远；双描斜月，对宝镜而增妍。是以楚女称其翠羽，陈王赋其联娟。（明·叶小鸾《艳体连珠》）

此首连珠为叶小鸾写女子的眉毛，句句写眉而不说眉，犹如谜语。先通过描述列举"吴国佳人""梁家妖艳"画眉的特点，次借助"春山""斜月"描述画眉，最后以楚女称其"翠羽"，陈王赋其"联娟"收尾。整首连珠侧重"假喻以达其旨"的特点，多描写与抒情，故减弱了其推理性，但在描写中运用典故某种程度上是以类比为基础的。

（17）有花无月恨茫茫，有月无花恨转长；花美似人临月镜，月明如水照花香。扶筇月下寻花步，携酒花前带月尝；如此好花如此月，莫将花月作寻常。（明·唐寅《花月吟效连珠体十一首》）

（18）花香月色两相宜，惜月怜花卧转迟；月落漫凭花送酒，花残还有月催诗。隔花窥月无多影，带月看花别样姿；多少花前月下客，年年和月醉花枝。（明·唐寅《花月吟效连珠体十一首》）

明代抱瓮老人《今古奇观》卷三十三记载："唐寅做秀才时，曾效连珠体做花月吟十余首，句句有花有月，如长空影动花迎月，深院人归月伴花。云破月窥花好处，夜深花睡月明中等句为人称颂。"这里唐寅效仿连珠体，其实是连珠文中单首连珠体定格联章铺排的形式。唐寅将每首从头到尾以"臣闻……是以……"的贯穿形式发展为每首以"花"与"月"贯穿的形式，同时，抛弃了连珠体的逻辑性，使连珠体彻底走向抒情化。

例（17）为先描述了"有花无月恨茫茫，有月无花恨转长"，出句与对句形成对比，突出花月共赏的重要性；次以"人临月镜"与"水照花香"映衬"花美""月明"的美；再次以"扶筇月下寻花步，携酒花前带月尝"，描绘出作者在花月共赏中饮酒作乐的潇洒；终以感叹"如此好花如此月，莫将花月作寻常"。

例（18）先描述花香月色的和谐美好，后转折"惜月怜花卧转迟"，突出唐寅对花月的痴迷之情；次以描述纵然"月落"但还有酒，即使"花残"还有诗的美好；再次作者带着美好心情，隔花去窥月，发现月无多影的美，以带月视角看花，发现花别有一番姿态；终以感叹"多少花前月下客，年年和月醉花枝"。

从以上两首举例，可见唐寅效连珠之作侧重抒情，以敏锐细腻的审美视角，多角度描绘花月的自然景象，通过反复描写渲染一种美的和谐，而这种和谐正反映了作者诗酒自娱、热爱自然和豁达的人生态度。唐寅所作十一首效连珠是连珠渗透于诗体中的变体，十一首各自又独立成体，每首皆以"花""月"从头贯穿至尾，重抒情而相对缺乏逻辑性。

同艳体连珠相似,明代时连珠诗彻底发展成一种游戏文,具有怡情娱乐性,多涉及描写与抒情,虽减弱了连珠体的推理性,但仍以类比的手法去烘托情感。

第五节　明代连珠体的艺术特色及其功用

明代的连珠体在继承宋以前特点的基础上又有进一步的发展,这从此阶段连珠体的艺术特色及其功用上便可窥见。连珠体在功用方面的发展,大体表现在如下五个方面:第一,在继承魏晋南北朝时期连珠体的劝谏言理的基础上,扩大其篇幅;第二,在继承南朝刘孝仪艳体连珠体的基础上,更加侧重抒情;第三,在继承宋以前连珠体结构形式的基础上,改变以往连珠体的形式,彰显个性的同时强化其功用;第四,继承唐以后连珠体同其他文体间的相互影响,发展出连珠箴、连珠诗等;第五,发展纯游戏文的特点。分析具体如下:

一、连珠体的艺术特色

明代连珠体的修辞手法,不仅包含对偶、重叠、顶真,还有排比、用典、比喻等。具体分析如下:

（一）对偶手法

明代连珠体中的对偶以工对为主,而且整首连珠体皆以工对为主,极少数涉及宽对。

（1）臣闻理表之议,拘儒所骇;域外之观,精识所朗。
（明·冯时可《拟连珠》）
（2）是以明堂梁栋必大木斯隆,清庙珪璋以美玉为宝。
（明·亢思谦《拟连珠》）
（3）臣闻孤忠之士,履艰险而不辞;独醒之夫,系纲常于既

斁。是以一围之木，支大厦之颠危，五寸之键，制重门之阖辟。（明·李濂《演连珠》）

（4）是故舍人之能而强之，以其所不能则叛。夺人之好而遗之，以其不好则离。（明·刘基《拟连珠》）

（5）是以圣王之法天也，不使一息之或违；其体物也，不使一介之弗足。（明·王世贞《演连珠》）

以上五例中，其中例（1）（2）为工对，无论是扇对，还是单句对，结构皆相同；例（3）为整首工对的连珠体，其"臣闻"以后为四六扇对，"是以"后为四六扇对；例（4）（5）为宽对，例（4）中出句为"七七言"，但对句为"七六言"，例（5）中出句为"六七言"，而对句为"四七言"。

（二）重叠与顶真手法

此类手法在连珠体中相对较少，但在连珠之作中有妙用，具有审美性，含有积极修辞的色彩。

（6）愚闻测苍苍之机，虽兆亿而或近。通悠悠之情，若咫尺而竟踈。（明·王世贞《演连珠》）

（7）臣闻制器者，兢兢业业用讫于有成；奉器者，洞洞属属乃保其无虞。（明·王祎《演连珠》）

（8）十世百世之理，万世之理；万人千人之情，一人之情。（明·王祎《演连珠》）

（9）一人以二目视一国，一国以万目视一人。（明·王祎《演连珠》）

以上四例中前两例属于重叠手法，增加连珠体说理中的节律性，使对偶句中富有节奏。例（6）中"苍苍"与"悠悠"相对，例（7）中"兢兢业业"与"洞洞属属"相对。后两例属于顶真修辞手法，具有串联性，例（8）中属于结构上的顶真，出句中"十世百世之理"属于偏正结构，其后紧接"万世之理"同样为偏正结构，对句中"万人千人之情""一人之情"同样属于偏正结构的顶真；例（9）其出句中结尾的两字为"一国"，其对句起头仍以"一国"相接。

（三）排比手法

明代连珠中有两类属于连珠文的形式,如叶小鸾《艳体连珠》和唐寅《花月吟效体连珠十一首》,皆为多首连珠体围绕一个主题,定格联章的形式排列开来。列举部分如下:

（1）眉

　盖闻吴国佳人,簇黛由来自美;梁家妖艳,愁妆未是天然。故独写春山,入锦江而望远;双描斜月,对宝镜而增妍。是以楚女称其翠羽,陈王赋其联娟。

（2）目

　盖闻含娇起艳,乍微略而遗光;流视扬清,若将澜而讵滴。故李称绝世,一顾倾城;杨著回波,六宫无色。是以咏曼睩于楚臣,赋美盻于卫国。

（3）唇

　盖闻菡萏生华,无烦的绛;樱桃比艳,岂待加殷。故袅袅余歌,动清声而红绽;盈盈欲语,露皓齿而丹分。是以兰气难同,妙传神女之赋;凝朱不异,独着捣素之文。

（4）手

　盖闻似春笋之初萌,映齐纨而无别;如秋兰之始苗,傍荆璧而生疑。故陌上采桑,金环时露;机中识素,罗袖恒持。是以秀若裁冰,抚瑶琴而上下;纤如削月,按玉管而参差。

（5）腰

　盖闻玉佩翩珊,恍若随风欲折;舞裙旖旎,乍疑飘雪余香。故江女来游,逞罗衣之宜窄;明妃去国,嗟绣带之偏长。是以楚殿争纤,最怜巫峡;汉宫竞细,独让昭阳。

（6）足

　　盖闻步步生莲,曳长裙而难见;纤纤玉趾,印芳尘而乍留。故素谷蹁跹,恒如新月;轻罗婉约,半瓅琼钩。是以遗袜马嵬,明皇增悼;凌波洛浦,子建生愁。

（7）全身

　　盖闻影落池中,波惊容之如画;步来帘下,春讶花之不芳。故秀色堪餐,非铅华之可饰;愁容益倩,岂粉泽之能妆?是以容晕双颐,笑生媚靥;梅飘五出,艳发含章。

以上七首连珠围绕一个女子从头到全身进行描写,虽然单首看仍属于连珠体,但多首以定格联章,按照从头到足再到全身的顺序排列,顺序不易打乱,具有连珠文的特点,因此多首定格联章具有排比的修辞手法。

（四）比喻手法

通过对明代连珠体设喻部分的语料,大体可将此阶段的连珠体的用喻分为动物类、景物类、自然规律类、动植物混合类等。

　　（1）是以鹤颈固长,截之则恐;兔颈虽短,续之则悲。（明·宋濂《演连珠》）
　　（2）余闻交扈啄粟,本非其性;飞鸮食黮,且革其音。（明·郑晓《连珠》）
　　（3）是以鱼升龙门,难于拾级;犬上太行,难于薄险。（明·宋濂《演连珠》）

以上三例属于连珠体中借动物形象进行设喻,言理也较为生动形象,此类用喻在连珠体设喻部分较多。

（4）盖闻霞飞云走，响合波涛；斗击星鸣，音传律吕。（明·董说《梦连珠》）

（5）臣闻流泉峻岭，起自知音；按剑投珠，生于背意。（明·孟思《戏效连珠一首》）

（6）故阴惨阳舒，机缄莫测；春生秋杀，功用惟均。（明·李濂《演连珠》）

（7）秋霜肃杀，而木不怨落；春风长养，而草不谢荣。（明·王祎《演连珠》）

（8）盖闻春原之草，拔尽复生；夏厨之蝇，驱去还集。（明·刘基《拟连珠》）

例（4）例（5）属于连珠体中引用自然景物进行说理；例（6）属借助自然界阴惨阳舒、春生秋杀等规律进行言理，例（7）中同样属于应用自然规律进行设喻以言理，例（8）中出句借助的是春草复生以设喻，描述的是自然景象，而对句借助的是夏蝇还集，描述的是动物类现象，属于动植物混合类。

（五）用典手法

依据明代连珠体用典有无引用标志，可将用典分为"明引"和"暗用"两类。

（1）盖闻知风莫过于老驼，识路莫逾于老马。是以家有老仆，则故物不委诸途；国有老臣，则旧章不求之野。（明·刘基《拟连珠》）

（2）盖闻善言物情者，否固有泰；能察人理者，讪或弗信。是以道不济而戎夷寒死，志不行而东郭长贫。（明·宋濂《演连珠》）

例（1）中"知风莫过于老驼"与"识路莫逾于老马"属于明引，"知风莫过于老驼"源自《北史》："流沙数百里，夏日有热风，为行旅之患。风之所至，唯老驼预知之。即嗔而聚立，埋其口鼻于沙中。人每以为候，亦即将毡拥蔽鼻口。其风迅驶，斯须过尽，若不防者，必至危毙。""识路莫逾于老马"源自《韩非子·说难》；例（2）中"戎夷寒死""东郭长贫"

皆属于暗引,"戎夷寒死"说的是伯夷叔齐耻食周粟、饥死于首阳山;"东郭长贫"暗引指代是孔子。

依据所引用典故中所含故事,也可将用典分为引言和引事两类。

（3）臣闻石韫玉而山润,川沉珠而渊媚。（明·王祎《演连珠》）

（4）《大易》慎辨早之戒,《春秋》严谨始之谋。（明·宋濂《演连珠》）

（5）盖闻一馈七起者,文命之急士;一沐三握者,姬旦之下贤。（明·宋濂《演连珠》）

以上三例中,例（3）属于引言,出自陆机《文赋》;例（4）同样属于引言《大易》,即《易经》,"辨早"即源自《易经》:"由辨之不早也";"谨始"源自《穀梁传·隐元年》:"元年春王正月,虽无事必举正月,谨始也。"

例（5）属于引事典,即"一馈七起"源自《鬻子》:"禹饭一馈而七起,曰:吾不恐四海之士留于道路也,恐其留吾门也。是以四海之士皆至。禹当朝廷,门可以罗雀";"一沐三握"源自《韩诗外传》云:"周公践天子之位七年,成王封伯禽于鲁。周公诫之曰:无以鲁国骄士。吾文王之子,武王之弟,成王之叔父也;又相天下;吾于天下亦不轻矣。然一沐三握发,一饭三吐哺,犹恐失天下之士也。"

依据典故在文中使用义跟典故原义彼此关照的不同情形,又可分为同义式、转义式。

（6）盖闻善事国者不以私废公,善为臣者不以怨弃义。是以解狐之引伯柳上党则安,舅犯之举子羔西河则治。（明·宋濂《演连珠》）

例（6）中属于同义式,即文中所表述典故部分展现的意义与典故原义相同。"解狐之引伯柳"源自《韩子》:"赵简子问解狐:孰可为上党守?曰:荆伯柳。主曰:非子之仇乎?曰:举贤不避仇也。";"舅犯之举子羔"源自《说苑》:"晋文公问于咎犯曰:谁可使为西河守?咎犯对曰:虞子羔可也。公曰:非汝之仇也。对曰:君问可为守者,非问臣之仇也。

羔见咎犯而谢之曰：幸赦臣之过，荐之于君，得为西河守。咎犯曰：荐子者，公也；怨子者，私也。吾不以私事害公义子其去矣，顾吾射子也。"

（7）盖闻惟皇建极，为世彝制；变鹿豕之俗，则竭力以行道；出鱼鳖之民，则忘身而徇世。是以通河汉者，首无发而股无毛；赞天地者，心有经而膂有纬。（明·宋濂《演连珠》）

例（7）中"鹿豕之俗""鱼鳖之民"皆属于明引。"鹿豕之俗"源自《孟子·尽心》："舜之居深山之中，与木石居，与鹿豕游，其所以异于深山之野人者几希"然而"鹿豕之俗"在此首连珠中发生转义，借以比喻山林夷民之鄙野也。"鱼鳖之民"源自《汉书》："贾捐之上书曰：骆越之民，譬犹鱼鳖，何足贪也。"在此以鱼鳖比喻海边夷民之贫贱也。

依据用典的功用划分为证言式、代名式。

（8）盖闻中心弗妄，大信孚如。验千里之违应，在片言之见非。是以史佚正辞以实桐叶之戏，晏子佯对而发海枣之疑。（明·宋濂《演连珠》）

（9）盖闻奔马之轮，拳石碍之而格；迅川之水，束草投之则凝。是以一星见变能使九服同灾，一脉爽和能使百体俱病。（明·刘基《拟连珠》）

例（8）中"是以"后所引"史佚正辞""晏子佯对"属于证言式。"史佚正辞"源自《史记·晋世家》："成王与叔虞戏，削桐叶为珪，以与叔虞，曰：以此封若。史佚因请择日立叔虞，成王曰：吾与之戏耳。史佚曰：'天子无戏言。言则史书之，礼成之，乐歌之。'于是遂封叔虞于唐。""晏子佯对"源自《晏子·春秋》："景公谓晏子曰：东海之中，有水而赤，其中有枣，华而不实，何也？晏子对曰：昔者秦穆公乘龙舟而理天下，以黄布裹蒸枣，至东海而捐其布，破黄布，故水赤；蒸枣，故华而不实。公曰：吾详问，子何为？对曰：'婴闻之，详问者，亦详对之也。'"例（9）中"九服"属于代名式，即指侯服、甸服、男服、采服、卫服、蛮服、镇服、藩服也。孙怡然《尚书正义》云："自采服以内，与书禹贡五服里数同，而服名则异。服各有界限，故大司马谓之九畿。"

依据一首连珠体所引用典数量的寡与多，而分为单引和叠引。

（10）盖闻天人协合，上下盘魄；参神运之廻旋，资气化于冲漠。是以君致尊而制命，则日月贞明；臣守卑而介道，则雨旸时若。（明·宋濂《演连珠》）

（11）盖闻天兆既朕，神符有尚；叶二仪之絪缊，含三辰之融盎；有开必先，揆理无妄。是以赤龙感河而尧生，白气贯月而汤降。（明·宋濂《演连珠》）

例（10）中所引典故属于单引，仅有"雨旸时若"出自《书洪范》"雨旸若时"；例（11）连珠体属于叠引，不仅引用"絪缊""融盎"的典故，还有"有开必先""赤龙感河""白气贯月"等典故。

二、连珠体的功用

元末明初时期，连珠体逐渐复兴，功用方面继承了前代，尤其是魏晋南北朝时期连珠体的特点，结合现存语料，我们大体可归纳出如下五个方面：

第一，在继承魏晋南北朝时期连珠体的劝谏言理的基础上，扩大其篇幅。

随着明代《文选学》的兴起，连珠体再次成为众多文人雅士的热爱文体。从此阶段连珠作品的命名及序文中便可窥知，如宋濂的《演连珠》，其序文中不仅说明连珠体的发展过程、文体特点，而且还说明此乃仿陆机之作而成，如"连珠者，兴于汉章之世，班固、贾逵、傅毅咸受诏作之。其后陆士衡演之，司空图、徐铉、晏殊、宋庠又从而效之。然其为体，不指说事情，必假喻以达其旨，而览者微悟，合于古诗讽兴之义，有足取者，作《演连珠》五十首。"

再如李濂《演连珠》，其序文"嵩渚子曰：连珠，古无是体也。其昉于汉安帝之世乎，维时班固、贾逵、傅毅三子受诏，同撰嗣是蔡邕、延笃、刘珍、潘勖、张华又从而广之。梁《昭明文选》只载陆士衡五十首，炳蔚典则非，它作可及曰演连珠者，言演旧义以成章也，大都体裁流转，辞丽言约，不指说事情，必假喻以达其旨。盖有合于古诗讽兴之义，且贯穿情理如珠。在联光彩烂，然照映心目。是以作者尚焉。国初文运，肇兴宗工辈出，如刘伯温、宋景濂、王子充诸名公皆尝拟作，而其经国之才，济时之略,博物之精,畜德之富,颇概见于翰墨之间矣。余游心艺苑,窃慕雅音,暇日摹仿为之,得五十有五首。第愧闻见隘狭,藻思雕落,曷敢望昔贤之万一,亦惟姑守其矩,蒦之粗迹。差贤于饱食终日,无所用心者耳。刘勰有言:连珠,文小易周,思闲可赡。足使义明而词净,事圆而音泽,磊磊自转,可称珠耳。嗟乎!如斯之妙!何有于我哉!聊叙始原兼宣,鄙抱好古君子,或有取于斯文。”

从创作篇幅上看,刘基《拟连珠》六十八首、陈济生《广连珠》一百首,皆扩大了篇幅。以刘基《拟连珠》六十八首为例,分析如下:

通过分析陆机《演连珠》,可知其作多为围绕用人之道与治国之道展开,用人之道多集中讨论君主选拔任用贤才的道理,治国之道不仅涉及认识事物、处理事情的原则,还谈到社会现象等问题,盖因这些皆为君主治国所要掌握和了解的治国之道。五十首连珠皆以“臣闻”起头,整体上看仍属于陆机向君主的劝谏之作。《晋书·陆机传》云:“机天才秀逸,辞藻宏丽……葛洪著书,称‘机文犹玄圃之积玉,无非夜光焉,五河之吐流,泉源如焉。其宏丽妍赡,英锐飘逸,亦一代之绝乎!’”[1]《文心雕龙》曰:“唯士衡运思,理新文敏”,萧统在编《文选》时单将陆机之作放入其中,可见对其评价之高。

相比陆机之作,刘基的《拟连珠》继承其特点,但又有所不同。刘基六十八首连珠以“盖闻”起头,同时也暗含了其主要是为抒情而作,其接受对象并不仅仅局限于人主一人,但他也继承了陆机的创作特点和内容,围绕用人之道、治国之道展开叙述,同时还涉及处世之道、用兵之道和为人之道。分析如下:

1. 为人之道

(1)盖闻空谷来风,谷不与风期而风自至;深山围木,山不与木约而木自生。是故福不可徼德盛则集,功不可幸人归则成。

此首连珠通过设喻,描述空旷的山谷吹来风,而山谷与风并没有约定,是风自己到来;深山长有许多树木,而山没有与树木相约,是树自己生长在山谷。“是故”以后言理,点明中心,即“福分不是求来的,德行高尚自然会降临到你身边;功业不是靠意外获得,人心所向便会成功”以

---

① (唐)房玄龄等撰.晋书[M].北京:中华书局,1974:1480-1481.

此劝解人君或朝臣为人要注意修自己的德行。

2. 处世之道

（2）盖闻民情本质，文过则伪；人道本直，虑佚则倾。是故圣人制礼，因自然之序；哲士用智，利不息之贞。

此首连珠体先言理，即表述"人的性情本来是质朴的，但过于刻意反而会显得虚伪；人的本性本来是正直的，但考虑过多就会倾斜不正。""是故"以后为断案部分，点明处世之道，即"圣人指定礼乐制度，往往依据自然的顺序；明哲运用的智慧，有利于勤奋不息的人的贞兆。"

3. 用兵之道

（3）盖闻千斤之象，不惴虎而惴鼠；三寸之蝎，不蠹棘而蠹松。是以制必取其所畏，防必究其所容。故能不震而威于斧钺，不劳而固于垣墉。

此首连珠体先设喻以言理，即说明几千斤重的大象，不怕老虎而怕老鼠；三寸长的蝎子，不蛀蚀刺棘而蛀蚀松树。"是以"后为言理部分，即"想制服人就要使用他们所畏惧的方法，防守就要考虑城中的容纳的限度"。"故"以后引申为用兵之道，即"能够不发怒以刑罚使人感到威严，不劳累而能使城墙坚固"。

4. 用人之道

（4）盖闻志大业者，必择所任。抱大器者，必择所投。是以梁江湖不取蟠残之木，钩鲸鲵不适雨盈之沟。

"盖闻"以后先阐述用人之道，即"有志成大业的人，一定要选择贤才任用；胸怀才能的人，一定要选择英明的君主"，"是以"后为举例进一步论证其观点。

5. 治国之道

（5）盖闻鱼无定止，渊深则归；鸟无定栖，林茂则赴。故以道养贤，则四方之民聴声而来；以德养民，则四方之贤望风而慕。

此首言治国之道，通过设喻以"鱼无定止，渊深则归；鸟无定栖，林茂则赴"形象地说明了统治者要为吸引人才创造良好的环境；"故"以后为言理，进一步说明国君要发扬正道以吸引更多人民的支持，弘扬道德以招纳更多贤士。

刘基《拟连珠》共计 68 首，限于篇幅以上举例为简单说明，具体内容请见表 5-1。

表 5-1　刘基《拟连珠》内容分布

刘基《拟连珠》内容	具体分布
为人之道	第 1、4、5、6、7、18、22、25、36、47、53、54、56、66 首
处世之道	第 10、11、12、17、21、24、29、31、32、37、39、40、44、46、48、49、55、57、63、64 首
用兵之道	第 3、14、16、23、27、30、35、58、59、60、61 首
用人之道	第 2、8、13、33、38、50、62 首
治国之道	第 15、19、20、26、28、34、38、41、42、43、45、51、52、65、67、68 首

第二，在继承南朝刘孝仪艳体连珠体的基础上，更加侧重抒情。

艳体连珠最早出自南朝刘孝仪《探物作艳体连珠》，随后吴均等人有作，其形式以"妾闻"起头，以女性视角描述，彻底改变以往连珠体君臣说理的特点，而且使连珠体走向上变体，即游戏文的发展道路。如"妾闻芳性深情，虽欲忘而不歇；薰芬动虑，事逾久而更思。是以津亭掩馥，祗结秦妇之恨；爵台余炉，追生魏妾之悲。（梁·刘孝仪《探物作艳体连珠》）"刘孝仪以女性口吻描述"芳香的特质，能增进夫妇的感情，虽然想要忘记，而却不能停止。芳香的气味能动人相思，事情间隔的时间越久越是让人想念。"同时借助"秦妇之恨""魏妾之悲"进一步论证。

虽然南北朝时期艳体连珠已作为连珠体的变体形式而存在，但从其体的内容与形式上看，仍兼有抒情与逻辑性的统一。但发展至明代，艳体连珠体已彻底走向抒情化，其逻辑性则相对较弱。此类作品集中在叶氏一家三口，吴江闺秀叶小鸾之作，其父叶绍袁之作，其母沈宜修之作，其父之作今已不传，但从叶小鸾《连体连珠》和其母沈氏《继艳体连珠》可见，叶小鸾之作当为最早，围绕一个女子从头到脚而作，如描写女子的眉毛、眼睛、嘴唇、手、腰、足、全身,还有用于描述七夕;结合叶小鸾身世,其为叶氏之季女,容貌秀美,工于诗律,曾许配昆山张氏,但未嫁先卒,年仅十七(虚岁)。盖因其夫母思念她,在其作艳体连珠的基础上,进一步拓展而成《续艳体连珠》,又见于其序"刘孝绰有《艳体连珠》,季女琼章仿之,作以呈予。予为喜甚,亦一拈管。然女实有仙才,予拙不及也。沈宜修宛君作。",其母之作从描写女子的眉毛、眼睛、腰、脚发展到描写女子所用的外物上,如粉黛、镜台、玉钗、金环、珍珠兜、金烟袋、雕毛扇、花露水等。举例以进一步说明:

> (6)盖闻修蛾曼睐,写含愁之黛叶;新月连娟,效寄情之翠羽。故远山堪入望于邛庐,晓妆无情画于张妩。是以承恩借问,枉自争长;淡扫朝天,方难比嫭。(眉毛)

此首连珠体"盖闻"以后先说明"修长的蛾眉、明亮的眼睛,有摹画成略带愁意的青黑色柳叶眉,宛如新出的月牙而微微弯曲的眉毛,则是仿效眉目传情的翠色鸟羽眉。""故"以后阐述"遥远的山脉能在土丘上望见,不能显示美人倩影的晓霞妆却用来夸张女人的妩媚。""是以"以下进一步言"借问那些承受皇帝隆恩的宫娥,为什么要枉费心机去争执座次的先后,即使描的蛾眉朝天高耸,也难以和美女相媲美。"整首连珠,从头到尾皆为抒情,其逻辑性言理相对较少。

> (7)盖闻浅印苍苔,只为沉吟独立;遥闻环佩,却因微动双缠。故窄窄生莲,东昏于斯娱矣;纤纤移袜,陈思赋其可怜。是以看上苑之春,落红宜衬;步广储之月,芳绿生妍。

此首连珠体句句写足,而不言足。"盖闻"以后描述"在苍苔上留下的浅浅印痕,只是因为它在默默沉吟、独自站立;远远就听到金环玉佩的脆响,只是由于双脚微动。""故"以后进一步感叹"把女人的脚捆绑成窄窄的三寸金莲,这是荒淫无道的东昏侯用来寻欢作乐的方式;让纤纤小脚穿着袜子行走,陈思王曹植作赋夸它可爱。""是以"后进一步抒情"观看皇家园林的春色,纷纷飘落的红花正好为双脚衬托;漫步在明月上面的广寒宫里,芬芳的绿色便会产生美丽的意境。"此首连珠体为三段式,然而每段之前除了侧重抒情外,几乎毫无逻辑可言。

第三,在继承宋以前连珠体结构形式的基础上,彰显个性同时强化其功用。

明代连珠体在继承宋以前连珠体的结构形式的基础上,又出现新的结构形式,如"臣闻……是以……何则?……""臣闻……盖(原因)……是以……"。单从形式上我们仍可窥见,"臣闻……是以……何则?……"是改变了陆机所创"臣闻……何则?……是以……"的结构,将"何则?"放于句尾部分,在说理上具有进一步强化谏说言理的功效。"臣闻……盖(原因)……是以……"的结构,将"何则?"表反问进一步转变为直叙"盖",更直接表述创作者的认识。

此阶段还出现"愚闻""余温"等新的连珠体起头标记,以往连珠体的起头的形式标记所谓"臣闻""盖闻"等形式,而直接以第一人称的形式出现在连珠体中,让人眼前一亮,具有一种个性化的展现。

第四,继承唐以后连珠体同其他文体间的相互影响,发展出连珠箴、连珠诗等。

从隋唐时期开始,连珠体的发展出现与其他文体间存在相互竞争、相互渗透的发展趋势,这种趋势一直延续至明清,此阶段连珠体的发展仍继承此特点,如李雯《连珠箴》、唐寅《花月吟效连珠体十一首》等。

《后汉书·蔡邕传》:"所著诗、赋、碑、诔、铭、赞、连珠、箴……凡百四篇传于世。"可见"连珠""箴"在两汉时期已是一种独立的文体,因此在《昭明文选》中萧统将"连珠"和"箴"各自单独成体而列出。然而至明代李雯作《连珠箴》五十一首,可见明代连珠体逐渐渗透到箴中,带有箴言的特点。举例如下:

(8)臣闻清风惠夏,非栗烈所思。暖旭慈冬,非烦蒸所恋。是以义有判而相扶,功有申而不羡。

(9)臣闻弯弓射云,莫断飞扬之状;利剑割水,不分淄渑之流。是以质柔者莫胜,凭虎者优游

以上两首出自李雯的《连珠箴》,从形式上看,皆以"臣闻"起头,可见其内容主要是服务君主,同时含有一种劝告劝诫功用。从其内容上看,例(8)"臣闻"以后设喻,通过借助"清风惠夏""暖旭慈冬"为"是以"后的言理做铺垫,劝诫君主"义有判而相扶,功有申而不羡"的道理;例(9)"臣闻"以后同样为设喻部分,"是以"后劝谏之箴,即"质柔者莫胜,

憑虎者优游。"关于连珠体与箴之间的具体关系,这里进行简要说明。

明代还有大文豪唐伯虎效仿连珠体而作诗,即《花月吟》。《花月吟》共计十一首,句句言"花"与"月",共计出现88次,如此频繁重复,却没有让读者感到冗长,相反让读者领悟到"花""月""酒"相互映衬的美妙,可见唐伯虎所效仿连珠诗的艺术成就之高。

（10）花香月色两相宜,惜月怜花卧转迟;月落漫凭花送酒,花残还有月催诗。隔花窥月无多影,带月看花别样姿;多少花前月下客,年年和月醉花枝。

月临花镜(径)影交加,花自芳菲月自华;爱月眠迟花尚吐,看花起早月方斜。长空影落花迎月,深院人归月伴花;美却人闲花月意(会),捻花玩月醉流霞。

…………

春花馥秋月本两相宜,月竞炎华花竞姿;花发月中香满树,月笼花外影交枝。梅花月落江南梦,桂月花传郢北词;花却何情月何意?我随花月泛金卮。

月转东墙花影重,花迎月魄若为容;多情月照花间露,解语花摇月下风。云破月窥花好处,夜深花睡月明中。人生几度花和月,月色花香处处同。

花正开时月正圆,花如罗绮月如银;溶溶月里花千朵,灿灿花前月一轮月。下几般花意思?花间多少月精神?待看落缺花残夜,愁杀寻花问月人!

根据唐伯虎《花月吟》的内容可见,十一首连珠体,每首连珠句句以"花""月"相穿连。又据明人抱瓮老人《今古奇观》卷三十三记载"唐寅做秀才时,曾效连珠体做花月吟十余首,句句中有花有月,如长空影动花迎月,深院人归月伴花。云破月窥花好处,夜深花睡月明中等句为人称颂。"可见,唐寅所效仿连珠体,其实是连珠文中单首连珠体定格联章铺排的形式。唐寅将每首从头到尾以"臣闻……是以……"贯穿形式发展为每首以"花"与"月"贯穿的形式,同时,抛弃了连珠体的逻辑性,使连珠体彻底走向抒情化。这种连珠诗的出现不得不说是受到诗歌影响而造成的,此类连珠诗形式的问世对后世也产生了一定影响,如清人梁云构模仿而作三十首。

第五,在继承连珠体以往类别的基础上,又发展出纯游戏文。

在宋以前,连珠体在类别上大体可分为:言理谏说类、语要类、叙事抒情类、艳体描写类。这些类别中仅有艳体连珠在某种程度上构成游戏之文。连珠体发展至明代,除了叶小鸾及其父母所作的艳体连珠外,还有董说《梦连珠》,根据其序所云:"梦中作连珠四首,异而录之甲申",董说言自己梦中而作,颇具游戏意味。此外还有孟思专门作的戏效连珠一首,即"臣闻流泉峻岭,起自知音;按剑投珠,生于背意。何则?利到而相倍,爱遇则同心。是以齐庭有拉背之君,汉令吟白首之句"。从内容上看,"臣闻"起头当是为君主而作,先以"流泉峻岭,起自知音;按剑投珠,生于背意"设喻,"何则?"以后为言理部分,即说明"利到而相倍,爱遇则同心",终以"是以"进一步举例论证其旨。

小 结

元末明初,由于崇尚《文选》风气,连珠体渐渐又走向复兴,这也是明代很多创作者在其序中往往会提到陆机《演连珠》的原因之一。明人模仿魏晋南北朝时期的创作,不仅在篇幅上较大,而且在功用上也较为相似,此阶段连珠体创作单篇数量超过以往任何时期,如在篇幅上最长为陈济生《广连珠》,有一百首。

明代连珠体的形式可谓集宋以前之大成。通过语料分析,其形式标记大体可划分为十三种,此阶段连珠体起头的形式标记在继承以往"臣闻""盖闻"基础先又出现了"愚闻""余闻"的标记;启承部分的形式标记还新的形式,如"臣闻……盖(原因)……是以……""盖闻……然则……是以……""盖闻……苟……是以……""盖闻……若(如)……是以……"等;连珠体的形式整体上以二段式为主,次以三段式,同时还涉及一些特殊的四段式;在连珠体的结构功用方面,艳体连珠进一步发展成一种抒情化连珠体而无实际结构功用。

此阶段连珠体的句法形式不同于北宋时期,整体上趋向以对偶句为主,这与受魏晋南北朝时期连珠体句法形式影响有关。然而在对偶句的分类上,不同功能又有所不同。在言理部分,可分为单句对、当句对、扇句对;在设喻部分,可分为单句对、扇句对、散式扇句对;在举例部分,分为单句对、流水对、扇句对、散式扇句对;在断案部分,可分为单句对、流水对、扇句对,其中单句对又可进一步分为正反对、并列对、递进对、因果对、条件对、假设对、转折对等。

　　此阶段连珠体的语义逻辑关系同样具有继承魏晋南北朝时期的特点，但不同于以往，明代连珠体在继承宋以前融抒情与逻辑于一体的基础上，开始出现两个分化：一类为抒情与逻辑性并重之作，一类为侧重抒情、削弱逻辑性之作。抒情与逻辑性并重之作中，在继承宋以前连珠体推理性基础上，即"论证式""论证类比式""归纳式""归纳类比式""归纳演绎式""归纳论证式""演绎式""演绎类比式""演绎论证式""演绎类比论证式""因果式""正反对比式"，又有新的发展，即表现为："因果演绎式""因果论证演绎式"。侧重抒情而削弱逻辑性之作方面，主要表现在明代的艳体类连珠、连珠诗类当中，具有怡情娱乐的功用。

　　此阶段连珠体的修辞手法不仅包含对偶、重叠、顶真，还有排比、用典、比喻等手法。此阶段连珠体的艺术特色及其功用大体表现如下五个方面：第一，在继承魏晋南北朝时期连珠体劝谏言理的基础上，扩大其篇幅，如此阶段连珠体创作单篇数量超过以往任何时期，其篇幅上最长为陈济生《广连珠》，有一百首；第二，在继承南朝刘孝仪艳体连珠体的基础上，更加侧重抒情；第三，在继承宋以前连珠体结构形式的基础上，改变以往体的形式，彰显个性同时强化其功用；第四，继承唐以后连珠体同其他文体间的相互影响，发展出连珠箴、连珠诗等；第五，在继承连珠体以往功用的基础上，又发展出纯游戏文。

第六章

清代连珠体创作及其特色

如果明代是连珠体发展的再次复兴阶段，那么清代就是连珠体发展的又一巅峰。这个巅峰阶段不仅表现在此阶段连珠体的创作数量和创作人数上的剧增，此阶段连珠体的功用也转向多元化。

第一节　清代连珠体的文献著录情况

清代连珠体的文献著录情况见表 6-1。

表 6-1　清代连珠体的文献著录情况

序号	时间	作者	作品名称	现存状况	文献著录
1	清代	姚燮	连珠广演	12首	清·姚燮《复庄骈俪文榷》卷一（清咸丰四年刻六年增修本）
2	清代	王铎	连珠三十六首	36首	清·王铎《拟山园选集》卷十五连珠（清顺治十年王镛王鑨刻本）
3	清代	王夫之	连珠	8首	《王船山诗文集》清·王夫之《姜斋诗文集》卷一（四部丛刊景船山遗书本）
			连珠有赠	（12首）	
			连珠	（8首）	
4	清代	金堡	演连珠为空老和尚六旬初度颂	8首	《徧行堂集》文集卷十五
5	清代	尤侗	广连珠十首	10首	清·尤侗《西堂杂组》卷七（清康熙刻本）
			五色连珠	5首	
6	清代	王嗣槐	锦带连珠（十二个月）	36首	清·王嗣槐《桂山堂诗文选》卷八（清康熙青筠阁刻本）
			姜子垣先生七十寿	16首（有序）	清·王嗣槐《桂山堂诗文选》卷八（清康熙青筠阁刻本）
			黄太夫人七十寿	10首（有序）	清·王嗣槐《桂山堂诗文选》卷八（清康熙青筠阁刻本）
7	清代	彭会淇	演连珠	10首	清·张廷玉《皇清文颖》卷首四（清文渊阁四库全书本）

序号	时间	作者	作品名称	现存状况	文献著录
8	清代	钮琇	竹连珠	30首	清·钮琇《临野堂诗文集》卷九（清康熙刻本）
9	清代	卢锡晋	演连珠	82首	清·卢锡晋《尚志馆文述》卷四（清康熙刻雍正增修本）
备注			取古语韵之欲其易记		
10	清代	许承宣	演连珠十首	10首	清·许承宣《金台集》卷上（清康熙衣德堂刻本）
11	清代	徐旭旦	拟连珠四十韵	40首	清·徐旭旦《世经堂初集》卷二十四（清康熙刻本）
备注	（1）卷二十四备体文章 表、笺、奏疏、连珠、四六骈言 （2）徐整编刘基六十八首拟连珠为四十韵 （3）《文献》2015年第20153期 作者黄强、徐旭旦《世经堂词钞》中抄袭之作考				
12	清代	康熙	连珠（并序）	20首	《圣祖仁皇帝御制文集》
			圣祖仁皇帝御制文连珠	6首（含有序，注意与1区别）	清·张廷玉撰《皇清文颖》卷首四（清文渊阁四库全书本）
13	清代	净挺	圆觉连珠	36首	《卍新续藏》第37册No.0674阅经十二种
14	清代	张豫章	翰林院文人纪念《先师礼成恭演连珠三十首》	30首	《幸鲁盛典》卷三十一（文渊阁四库全书本）
15	清代	不详	姓氏连珠上姓氏连珠下	待定	清·胡吉豫《四六纂组》卷八（清康熙刻本）
16	清代	陈兆仑	圣驾南巡恭纪演连珠三十首	30首	清·陈兆仑《紫竹山房诗文集》卷四（清嘉庆刻本） 清 董诰《皇清文颖续编》卷十五（清嘉庆武英殿刻本）
17	清代	佚名	十三经连珠	13首	清·金兆燕《棕亭骈体文钞》卷八（清道光十六年赠云轩刻本）

序号	时间	作者	作品名称	现存状况	文献著录
备注	他的《棕亭词钞》存有不少的吴敬梓生平史料,为后人对《儒林外史》的研究,提供了方便。				
18	清代	储麟趾	皇上五旬万寿连珠	12首	清·董诰等辑《皇清文颖续编》卷五(清嘉庆刻本)
19	清代	赵一清	洪范五行连珠	5首	清·赵一清撰 罗仲辉校点《东潜文稿》(辽宁教育出版社,1998年版)
20	清代	曹文埴	万寿恭纪演连珠一百首	100首	《八旬万寿盛典》卷八十九(谨序)(四库全书本)皆君臣恭贺乾隆帝八旬寿辰之歌颂之词(且负有序)
21	清代	穆清额	万寿恭演连珠	16首	《八旬万寿盛典》卷九十七(四库全书本)
22	清代	玉宝	万寿恭拟连珠	32首	《八旬万寿盛典》卷一百(四库全书本)
23	清代	阮葵生	连珠六章	6首	清·阮葵生《七录斋文钞》卷二(清刻本)
备注	可能文钞源自明代张溥撰《七录斋集》				
24	清代	曹仁虎	圣驾四巡江浙恭纪	36首	清·董诰等辑《皇清文颖续编》卷五(清嘉庆刻本)
25	清代	彭元瑞	圣驾巡幸天津恭纪	30首	清·董诰等辑《皇清文颖续编》卷五(清嘉庆刻本)
26	清代	乾隆	恭祝圣母太后七旬万寿	63首	清·《清实录乾隆朝实录》卷六四九
27	清代	弘昼	连珠	15首	清·弘昼《稽古斋全集》卷五(清乾隆十一年内府刻本)
28	清代	洪亮吉	连珠	32首	清·洪亮吉《卷施阁集》卷一(清光绪三年洪氏授经堂刻洪北江全集增修本)
29	清代	戴均元	圣驾东巡盛京祗谒祖陵礼成恭	24首	清·董诰等辑《皇清文颖续编》卷五(清嘉庆刻本)
30	清代	赵怀玉	演连珠	30首	清·赵怀玉《亦有生斋集》文卷一(清道光元年刻本)
			圣驾六巡江浙恭纪	24首	清·赵怀玉《亦有生斋集》文卷一(清道光元年刻本)

序号	时间	作者	作品名称	现存状况	文献著录
31	清代	孔广森	转连珠九首	9首	清·孔广森《骈俪文》卷三（清㜢轩孔氏所著书本）
32	清代	马荣祖	演连珠	92首	清·马荣祖《力本书集》卷十三（清乾隆十七年石莲堂刻本）
33	清代	曹城	皇上八旬万寿恭纪	30首	清·董诰等辑《皇清文颖续编》卷五（清嘉庆刻本）
34	清代	凌廷堪	拟连珠四十六首	46首	清·凌廷堪《校礼堂文集》卷二十一（清嘉庆十八年刻本）清·凌廷堪撰 纪健生校点《凌廷堪全集》第三册（黄山书社）
35	清代	王引之	圣驾临幸翰林院礼成恭演连珠三十首	30首	清·王引之《王文简公文集》卷一（民国十四年罗氏高邮王氏遗书本）
36	清	潘世恩	皇上五旬万寿恭纪	64首	清·董诰等辑《皇清文颖续编》卷五（清嘉庆刻本）
37	清代	李兆洛	演连珠	15首	清·李兆洛《养一斋集》文集卷十九（清道光二十三年活字印四年增修本）
38	清代	童槐	万寿演连珠	9首	清·童槐《今白华堂文集》卷十九（清刻本）
38	清代	童槐	御制大阅诗分联恭连珠	16首	清·童槐《今白华堂文集》卷十九（清刻本）
备注		每首其后皆注明"御制"字样及该收所围绕的主题			
39	清代	戴心亨	圣驾六旬	30首	清·董诰等辑《皇清文颖续编》卷五（清嘉庆刻本）
40	清代	洪符孙	拟连珠	20首	《齐云山人文集》
41	清代	袁翼	拟广连珠	20首	清·袁翼《邃怀堂全集》卷十三（清光绪十四年袁镇嵩刻本）
42	清代	陆从星	效连珠	4首	清·王相《友声集》卷三（清咸丰八年信芳阁刻本）

序号	时间	作者	作品名称	现存状况	文献著录
备注	元夕消寒闰六会启				
43	清代	张之洞	连珠诗（存序）	32首	清·张之洞《张文襄公古文书札骈文诗集》诗集三（民国十七年刻张文襄公全集本）
44	清代	陈作霖	演连珠	10首	清·陈作霖《可园文存》卷十三（清宣统元年刻增修本）
45	清代	皮锡瑞	演连珠	50首	清·皮锡瑞《师伏堂骈文二种》卷二（清光绪二十一年师伏堂刻本）
			左氏连珠	38首	清·皮锡瑞《师伏堂骈文二种》卷二（清光绪二十一年师伏堂刻本）
46	清代	杨锐	拟庾子山拟连珠	49首	清·杨锐《杨叔峤先生诗文集》（民国刘杨合刊本）
47	清代	唐才常	论文连珠	10首	《唐才常集》中论文 书信 诗赋类
48	清代	吴鼒	嘉庆十四年元旦恩诏联珠十六首 圣驾东巡盛京祗谒祖陵恭纪	16首	清·吴鼒《吴学士诗文集》（文集卷二清光绪八年江宁藩署刻本）清·董诰等辑《皇清文颖续编》卷五（清嘉庆刻本）
			演连珠	20首	《明文在》

从以上文献著录，可见如下：

第一，此阶段连珠体创作者共计 48 人，其作品数量估计 2107 首。其创作数量超以往时期的总和，这不仅标志连珠体在清代受到文人重视和欢迎，同时也暗示着连珠体发展在此阶段再次达到巅峰。

第二，从此阶段连珠体的命名上看，此阶段连珠体又产生一些新的变化。继承先前之作主要有洪亮吉《连珠》、弘昼《连珠》、李兆洛《演连珠》、赵怀玉《演连珠》等等。此阶段连珠体功用产生的新变化主要表现在六个方面：

（1）是发展出祝寿功用，如金堡《演连珠为空老和尚六旬初度颂》、王嗣槐《姜子垣先生七十寿》《黄太夫人七十》、储麟趾《皇上五旬万寿连珠》、曹文植《万寿恭纪演连珠一百首》、穆清额《万寿恭演连珠十六首》、玉宝《万寿恭拟连珠三十二首》、乾隆皇帝《恭祝圣母太后七旬万寿》、曹城《皇上八旬万寿恭纪》、潘世恩《皇上五旬万寿恭纪》、童槐《万寿演连珠》、戴心亨《圣驾六旬》、吴鼐《嘉庆十四年元旦恩诏联珠十六首》。

（2）发展出赞颂功用，如张豫章代翰林院文人纪念所作《先师礼成恭演连珠三十首》、陈兆仑《圣驾南巡恭纪演连珠三十首》、曹仁虎《圣驾四巡江浙恭纪》、彭元瑞《圣驾巡幸天津恭纪》、戴均元《圣驾东巡盛京祗谒祖陵礼成恭》、赵怀玉《圣驾六巡江浙恭纪》、王引之《圣驾临幸翰林院礼成恭纪演连珠三十首》。

（3）评论文章功用，如净挺《圆觉连珠》、佚名《十三经连珠》、童槐《御制大阅诗分联恭连珠》、唐才常《论文连珠》。

（4）读书心得功用，如凌延堪的《拟连珠》，因其序云："唐以前连珠之盛如此，至姚宝之唐文粹竟无一篇，盖元和以还，魏晋之风藻渐微矣。己亥客于崏水，欲学为文，苦无途径。窃谓连珠之体，编金错绣，比物喻情，而对偶声韵，靡所弗备，于初学为近。时方读《三国志》，遂组织事之相类者，姑拟为之，羞沮未敢示人也。十余年来，不复省忆，辛亥发箧，得于蠹简中，以其覆瓿之始，不忍弃也。乃少加润色录而存焉，别云'仆闻'者，缘作于佣书之暇，匪表异也。"此外还有皮锡瑞的《左氏连珠》、赵一清《洪范五行连珠》。

（5）写景记事的功用，如尤侗《五色连珠》，五首连珠分别描述五种颜色，并列开来。其代表还有王嗣槐《锦带连珠（十二个月）》、钮琇《竹连珠》。

（6）好友相赠的功用，如王夫之《连珠有赠》。

第三，此阶段由连珠体发展来的连珠诗也进一步深化发展，从明代的写景抒情发展为写景言理。如张之洞《连珠诗》其序所云："陆士衡创为《演连珠》，后世多效之，庾子山并用韵，然骈终不能尽意，今以其体为诗，务在辞达而已。"

第四，此时期连珠作品中，还出现一类作品为前人之作汇集而成。如彭会淇《演连珠》，据黄强、申玲燕《徐旭旦〈世经堂初集〉中的别人之作述考》研究，可知"卷二四种《拟连珠四十韵》中，其中二五韵或全文，或部分抄自明刘基《诚意伯文集》（卷八）、董其昌《容太集》别集（卷一）、清汪琬《尧峰文抄》（卷八）等十余种书籍。"①

---

① 黄强，申玲燕.徐旭旦《世经堂初集》中的别人之作述考[J].文学遗产，2012（1）：93.

第六章　清代连珠体创作及其特色

一

245

第二节　清代连珠体的结构形态及其功能特点

　　鉴于清代连珠体的创作者上至帝王下至王侯将相等一般文人皆有
所作,因此清代连珠体的结构会因创作者身份、内容的接受对象的不同
而有不同的结构标记。如康熙皇帝作为清朝皇帝,其作《连珠》六首皆
以"盖闻"起头;而乾隆皇帝虽同为帝王之身,但因其作内容接受对象
为其母,故《圣母皇太后七旬万寿连珠》皆以"臣闻"身份而作。关于连
珠体的结构形态,整体上以二段式为主,较少涉及三段式。连珠体的结
构功用方面,在继承明代的基础上又有所创新。具体如下:

一、清代连珠体的结构标记

　　通过分析清代连珠体标记的多样性,大体上可分为如下几类:

(一)"臣闻……是以……"

　　根据现存语料,发现"臣闻……是以……"的结构多用于朝廷文臣
赞颂祝寿人君的连珠之作中,某种程度上属于官方的统一格式。如陈兆
仑《圣驾南巡恭纪演连珠三十首》、曹仁虎《圣驾四巡江浙恭纪》、彭元瑞
《圣驾巡幸天津恭纪》、戴均元《圣驾东巡盛京祇谒祖陵礼成恭》、赵怀玉
《圣驾六巡江浙恭纪》、曹城《皇上八旬万寿恭纪》、潘世恩《皇上五旬万
寿恭纪》、童槐《万寿演连珠》、戴心亨《圣驾六旬》、吴霬《嘉庆十四年元
旦恩诏联珠十六首》等作品,全篇皆以"臣闻……是以……"格式相统
一,定格排列而成。通过梳理此阶段语料,此类结构形式的连珠体共计
444首,其创作者身份不仅包含帝王,还包含群臣文士。举例如下:

　　　　(1)臣闻填星贯于中央,标建珠纬;崇门诀乎太室,简储
　　石函。是以胥庭僝瑞,启洞天之六;交路展卫,呼曼龄者三。
　　　　(清·乾隆皇帝《恭祝圣母皇太后七旬万寿连珠》)

（2）臣闻披绳握纽，道在体元；醶化懿纲，法归由旧。是以圣作明述证治法于面稽，文在揆同协传心于口授。（清·王引之《圣驾临幸翰林院礼成恭纪演连珠三十首》）

例（1）为乾隆皇帝之作，相对于其作的接受对象，即圣母皇太后，乾隆皇帝属于臣子身份，故以"臣闻"作连珠，恭祝圣母皇太后七旬万寿。例（2）为王引之以臣子作连珠，其接受对象是道光皇帝，故其作以"臣闻"起头，作《圣驾临幸翰林院礼成恭纪演连珠三十首》。通过以上两例，再次印证"臣闻"在连珠体中是具有身份象征的。

（二）"臣闻……何则？……是以……"

此类格式的作品主要承袭魏晋南北朝之作的特点，发展至清代仍主要用于群臣劝谏君主之作，以"臣闻"起头，暗示其接受对象为君主，"何则？"为承接部分，其后常言理，"是以"后常常为举例或设喻部分，进一步论证或引申阐释其理。

（3）臣闻日月流辉，光穷蔀屋之下；雷霆振响，声沉蛰伏之辰。何则？智以不遍物为照，威以不数见而神。是以黈纩悬旒，益养聪明之用；垂衣结缓，弥留冲穆之真。（清·彭会淇《演连珠》）

此首连珠"臣闻"以后为"日月流辉""雷霆振响"等自然现象进行设喻，"何则？"以后为归纳言理，即通过自然现象说明"智以不遍物为照，威以不数见而神"的道理，"是以"以后为举例进一步引申其旨。

（三）"臣闻……盖……是以……"

此类为继承明代连珠体的格式，同样主要用于群臣劝谏君主之作中。

（4）臣闻养嘉禾者，必剪莠稂；获幽兰者，必芟荆棘。盖薰莸并器，则芬郁潜移；泾渭合流，则澄清终塞。是以象恭既放，五臣遂绩奏虞廷；伪辨始除，三月已化行鲁国。（清·彭会淇《演连珠》）

此首连珠"臣闻"以后通过设喻说明"养嘉禾者,必剪荑稂;获幽兰者,必芟荆棘","盖"如同"何则?"其后直接表述原因,即"薰莸并器,则芬郁潜移;泾渭合流,则澄清终塞"。"是以"后为举例部分以论证其主旨。

(四)"臣闻……故……是以……"

　　(5)臣闻物违其性,罔克有济;器适于用,不必相通。故弃短录长,蒙瞍可以辨律;因小致大,洴澼可以习攻。是以六相宣猷,各定阴阳之位;九官效职,分司水火之功。(清·彭会淇《演连珠》)

此类格式在清代同样仅限于群臣劝谏君主之作中。先以"臣闻"起头而言理,"故"以后为断案部分,即点明整首连珠体的中心思想,"是以"后为举例部分,即以"六相宣猷""九官效职"进一步论证其旨。

(五)"盖闻……是以……"

在整个清代,此类连珠体的标记以"盖闻"起头,暗示其作的接受对象并不局限于某一个人,具有泛指性,因此此类作品也往往兼有抒情与言理并举的特点。据统计,此类作品在整个清代共计474首,其创作对象上至帝王,下至文武百官。举例如下:

　　(6)盖闻动静互宅,所以乘阴阳之机;张弛咸宜,所以体刚柔之撰。是以春温秋肃,四时之玉烛常调;山结川融,八柱之金枢永奠。(清·康熙皇帝《连珠》)

此首为康熙皇帝之作,据其序云:"朕尝观扬雄博综艺文,叙述短章,名曰连珠……效其体作数首,以示侍臣,虽亦假物陈义,至于托寄高远,殊让古人尔。"可见,其接受对象为群臣百官,因此"盖闻"含有两种含义,一来表示帝王身份,二来表帝王有感而发之作。从其内容上看,辞丽言约,合于古诗讽兴之义,良不虚也。

（六）"盖闻……故……"

（7）盖闻高士岂尽，无染最怜磨而不磷；丈夫但论，操持尤喜涅而能洁。故莲为君子，亦自出于淤泥；菊作正人，何妨犯以冰雪。（清·徐旭旦《拟连珠》）

此类模式仅见于徐旭旦《拟连珠》中，又据黄强、申玲燕《徐旭旦〈世经堂初集〉中的别人之作述考》可知，此首同样摘录自他人作品，但徐旭旦在摘录他人之作时，可谓默认此类标记的连珠形式。即以"盖闻"起头，其后言理说明君子的高洁；"故"以后为设喻部分引申其理，"故"为单音节词，本身有强调性，即强调其言理思想。

（七）"盖闻……是故……"

（8）盖闻民情本质，文过则伪；人道本直，虑佚则倾。是故圣人制礼，因自然之序；哲士用智，利不息之贞。（清·徐旭旦《拟连珠》）

此类模式同样仅见于徐旭旦《拟连珠》中，此首连珠乃摘自刘基《拟连珠》之作。"盖闻"以后为言理，即说明"民情本质，文过则伪；人道本直，虑佚则倾"的道理，"是故"以后为断案部分，即点明整首连珠体的中心主旨，即说明"圣人制定礼乐制度，根据自然的顺序。明哲的人运用智慧，有利于勤奋不息的人的贞兆。"

（八）"盖闻/仆闻……故……是以……"

（9）盖闻越国军前，望之如火；天台城上，起而为霞。故汉将军之立帜，飘姚朱羽；吴夫人之点额，仿佛丹砂。是以口血啼残，山山杜鹃之鸟；鬓蚁烧断，树树石榴之花。（赤）（清·尤侗《五色连珠五首》）

（10）仆闻昧其实而猎其名，鼠腊可以充璞；取其文而遗其质，鱼目可以混珠。故考德行则非类，纪简策则不殊。是以建安九锡之篇，辞同训诰；延康三让之令，迹媲唐虞。（清·凌廷堪《拟连珠》）

　　据统计,此类连珠在清代传世文献中,共计 16 首。此类形式起头标记,既有"盖闻",又有"仆闻","仆闻"同样是一种谦称,表创作者。以上两例虽形式标记同,但却代表两种不同类型的连珠体。例(9)中句句描述红色,而只字不提赤,且"盖闻""故""是以"前后并无语义上的必然联系,具有一种游戏文的意味;例(10)为凌廷堪读《三国志》之心得而作,以"仆闻"其后而设喻,"故"以后为言理,"是以"后为举例部分引申其旨。

　　(九)"盖闻……是以……故……"

　　(11)盖闻皋鼓远扬,空其中者厉其外;碔砆恶悦目,瑕其质者恶其真。是以时艺斯兴,螯于虺毒;群经要恉,尘以蟫函。故七子倡复古之论,终惭优孟衣冠;太仆殿有明之局,未获西京面目。(清·唐才常《论文连珠》)

　　此首连珠以"盖闻"起头,以"皋鼓""碔砆"设喻说明"空其中者厉其外""瑕其质者恶其真"的情况,"是以"后为言理部分,点明中心,即"时艺的兴趣,总是饱受人祸;群经要旨,却很少有人打开了解","故"以后为举例部分,即通过"七子倡复古之论""太仆殿有明之局"进一步论证其言理部分。

　　(十)"盖闻/仆闻……何则?……是以……"

　　(12)盖闻物有同出于一所为各异,亦有本不相类合而成效。何者?形异则左右别施,声和则金石并调。是以万端杂参,相忘乎道术;天倪所和,只因平众妙。(清·李兆洛《连珠》)

　　此类连珠体以"盖闻"起头而言理,即说明物有出于同源,但却不同的情况;也有本不同类,但却有相同的功效。"何则?"表反问,进一步追问其原因,即为"形异则左右别施,声和则金石并调","是以"下为断案部分,即说明"万端杂参,相忘乎道术;天倪所和,只因平众妙"的道理。

　　(十一)"盖闻……然而……是以……"

　　(13)盖闻死生一则神龙等视于蝘蜓,耳目淫则山鸡几惊

为威凤。然而拼蜂有戒必谨尊生抑,且鸣鹤在林无嫌好爵。是
以慎冰渊之手,足乃可雄入于九军;怀霜雪之婍,修非以好名
于千乘。(清·王夫之《连珠》)

此类型连珠仅存一首,见于王夫之《连珠》中。其以"盖闻"起头,
进行设喻,"然而"以后同样为设喻,但从反面说明"盖闻"之理,同时点
明主旨,"是以"后同样为"设喻"进一步引申其旨。

(十二)"仆闻……是以……"

（14）仆闻易象咸、恒,圣贤不禁;诗书癙痹,愚智所齐。是
以张车骑之桓桓,曾纳夏侯氏之女;关荡寇之岳岳,亦乞秦宜
禄之妻。(清·凌廷堪《拟连珠》)

此首连珠体同"盖闻……是以……"相似,不同的是其起头的形式
标记为"仆闻",同时此类形式标记之作仅见于凌廷堪《拟连珠》,故将
其单独列为一类。从内容上看,"仆闻"以后为言理,即引《周易》中象
"咸""恒",是圣贤所不禁止的;诗书中所讲癙痹,是愚智人应该学习的。
"是以"后为举例部分,即通过列举"张车骑之桓桓,曾纳夏侯氏之女;
关荡寇之岳岳,亦乞秦宜禄之妻"进一步论证其理。

(十三)"仆闻……然而……"

（15）仆闻哲后首出,同声相应;危邦不居,蚩遁所利。然
而巢箕洗耳,非无雍熙之时;比干剖剖心,不渝靖献之志。
(清·孔广森《转连珠》)

此类形式的连珠为清代孔广森所创,先以"仆闻"起头,其后为言理
部分,次以"然而"衔接,表转折以进行举例反面论证其理。

(十四)无标记形式

清代还有一类无标记形式连珠体,其作主要集中在姚燮《连珠广
演》、张之洞《连珠诗》中,举例如下:

（16）志苟可以愚而表,鬼将敛袄而啾啾;意苟可以凝而

视,神将变色而嚘嚘。大钧有彗孛之祆,非司天之不善,禳顺之以警其悔;广土有龙蛇之蠚,非富媪之不善,制纵之以适其机。(清·姚燮《连珠广演》)

（18）朝菌不知晦朔,蟪蛄不知春秋。知远心多危,知近心多偷。微生只须臾,苟乐且嬉游。所甘草头露,所便丛棘幽。霜寒即埽(扫)迹,跳濠至亦随流。宇宙固不问,谋身且不周。贤惜没世名,圣为百世谋。宣尼日栖皇,公旦思绸缪。天高可倚杵,海深或断流。阳乌畏仰射,六鳌防垂钓。吾闻尧与舜,日为天下忧。(清·张之洞《连珠诗》)

无论是姚燮《连珠广演》,还是张之洞《连珠诗》,从内容上看,具有连珠体言理的特点。然而从形式标记上看,从起头到结尾没有任何以连珠体的形式标记,若不是多首定格联章的形式平铺开来,以及主题上标注为"连珠"字样,单凭其形式很难判断其为连珠体。

二、清代连珠体的结构形态

通过以上对连珠体结构标记的分类,再结合语料的特点,我们可以将此阶段连珠体的形态分为显性二段式、隐形三段式、显性三段式。

（一）显性二段式

此类形态连珠体对应的形式标记有"臣闻／盖闻／仆闻……是以……""仆闻……然而……""盖闻……故／是故……"等模式。举例如下:

（1）盖闻成败庸人之见,不可以论英雄;胜负兵家之形,不可以概忠节。是以天亡项羽非赢弱而刘强,鼎去汉家岂懿工而亮拙。(清·尤侗《广连珠》)

（2）盖闻四营布算,数生有象之初;一画探微,道蕴无名之始。是以穷其要妙,大儒咨籧桶之人;昧厥精深,古圣罚守门之子。(易)(佚名《十三经连珠》)

（二）隐形三段式

此类形态其实际形式为二段式，其对应的形式标记同显性二段式标记相似，如"臣闻……是以……"。

（3）臣闻孝备礼赅，神歆福臻。地临永吉，灵山荣万岁之名；节近迎仙，葆吹导千秋之奏。是以回舆告庙，洁粢正及享烝；会弁趋朝，来贺欣逢曼寿。（清·戴均元《圣驾东巡盛京祗谒祖陵恭纪》）

（三）显性三段式

此类形态的连珠体对应的形式标记有"盖闻……然而……是以……""盖闻/仆闻/臣闻……何则？……是以……""盖闻/臣闻……是以……故……""臣闻……盖……是以……"等模式。

（4）盖闻铅锡之铤，百炼不如瓦刀；疲驽之骑，十驾则及飞兔。何则？善思者，鬼神可通；甘弃者，圣贤莫助。是以至钝之质不足语于上德，自力之人犹可策之末路。（清·赵怀玉《演连珠》）

（5）盖闻渥洼之驹历万里而汗血，豫章之木生七年而辨材。故脆质易折，速成必摧。是以介子策勋于绝域，仲蔚匿迹于蒿莱。（清·马荣祖《演连珠》）

三、清代连珠体的结构功用

相比较以往任何一个时期，此阶段连珠体的结构功用形式不仅具有多样性，而且具有统一固定性。连珠的结构形态整体上形成以二段式为主结构功用，辅以三段式结构，其统一固定性主要体现在官方用体中主要以二段式为主。鉴于此，此阶段连珠体的结构功用同样以二段式结构功用为主，以三段式结构功用为辅助。分析如下：

（一）"先言理，次举例"

（1）仆闻良工缋形，而不能摹其肝胆；明镜辨貌，而不能察其性情。是以曹牧寻仇，寄百口于张邈；刘君顾命，托六尺于李平。（清·凌廷堪《拟连珠》）

（2）盖闻依人而行，神自正直；非鬼而祭，谄为至愚。是以子产之明，弗禳龙斗；臧孙不智，乃祀爰居。（清·皮锡瑞《左氏连珠》）

在二段式连珠中，此类模式存在较多，盖因此类模式具有较强的言理性。例（1）中"仆闻"以后为言理部分，即说明优秀的画工根据人的样貌作画，却不能描摹出人的肝胆；明镜虽然能够辨别出人的样貌，却不能够照出人的性情。"是以"以后为人的举例部分，即"曹牧寻仇""刘君顾命"进一步论证其言理部分。例（2）中"盖闻"以后为言理部分，即说明根据人的品性而采取相应的礼对待，这可以称得上为正直；非自己家祖先而去祭拜，这称得上是愚蠢。"是以"后通过列举"子产之明""臧孙不智"的典故，进一步论证其理。

（二）"先言理，次断案"

（3）盖闻柔甚而媚人之所易挠，泰甚而骄天之所必概。是以其节劲故卒成凌云之材，其心虚故卒成耐寒之器。（清·钮琇《竹连珠》）

（4）盖闻方言急就，皆为铅椠之资；仓颉凡将，诅耻虫鱼之注。是以才能该悉，当筵剖鼫鼠之疑；学未精深，举箸中螃蛑之误。（尔雅）（佚名《十三经连珠》）

以上两例，其"盖闻"以后皆为言理部分，"是以"后为断案部分。例（3）中"盖闻"以后为叙述竹子的柔韧性，"是以"以后为断案部分，即点明竹子虚心而高洁的气节，人立身于天地间最重要的讲求的质量莫过于此。例（4）"盖闻"以后为言理，说明《方言》《急就篇》，都是古人校勘的资料；《仓颉篇》《凡将》，都是研究名物和典章的制度。"是以"后为断案部分，总括式点评《尔雅》之书，即若熟悉《尔雅》之精深，就能分辨床下的鼫和鼠的区别；若学未精深，会误食螃蛑为螃蟹。

（三）"先言理，次设喻"

（5）盖闻积健为雄，非关幸获；因难见巧，每待追寻。是以蜡炬有辉，安明未燃之火；筝琶凡响，转遏不鼓之琴。（清·陆从星《效连珠》）

（6）盖闻动静互宅，所以乘阴阳之机；张弛咸宜，所以体刚柔之撰。是以春温秋肃，四时之玉烛常调；山结川融，八柱之金枢永奠。（清·康熙皇帝《连珠》）

此两首连珠皆先言理，次以设喻申明其旨。例（5）中"盖闻"以后为言理，即说明"积健为雄，非关幸获；因难见巧，每待追寻"，"是以"以后借助"蜡炬有辉""筝琶凡响"进一步设喻以申明其理；例（6）中"盖闻"以后说明动静转换同阴阳转换相协调；张弛适宜同刚柔变化相呼应。"是以"为设喻部分，即通过春温秋素、山结川融进一步申明其主旨。

（四）"先设喻，次言理"

（7）盖闻海水纳其所出，故浩大而无涯；车轮复其所过，故广远而不滞。是以善由虚受，而万物归怀；德本健行，而上天合契。（清·乾隆皇帝《连珠》）

此首连珠"盖闻"以后为通过设喻，即以海水容纳所有出水，说明其浩大无涯；以车轮经过前车之前，说明其车能走得远且不会被阻碍。"是以"后为言理部分，点明整首连珠体的中心思想，即倡导文武百官要注意向善与修养德行。

（五）"先设喻，次举例"

（8）盖闻刻舟求剑，先后圣已陈迹之难寻；摛埴索涂，大小戴总寙言之靡据。是以坑中灰冷，拊心长恨于嬴秦；市上金悬，借面转资于吕氏。（《礼记》）（佚名《十三经连珠》）

（9）盖闻蜂虿有毒，小国固不可轻；豺虎为邻，强敌尤不宜玩。是以鲁公之胄，悬诸鱼门；楚子之师，败诸鹊岸。（清·皮锡瑞《左氏连珠》）

此两首连珠的结构形式为"先设喻,次以举例"。例(8)"盖闻"以后通过"刻舟求剑""摛埴索涂"的事理,生动形象地说明先王事迹难寻,大小戴总究言的无据;"是以"后为举例部分,即通过列举"坑中灰冷""市上金悬"进一步论证其理。例(9)中"盖闻"以后通过以"蜂虿有毒""豺虎为邻"进一步设喻,"是以"列举"鲁公之胄""楚子之师"进一步论证其主旨。

(六)"先举例,次言理"

(10)盖闻王会凫旌,乃以见圣人之制;叔孙绵蕞,然后知天子之尊。是以仪着三千,必备荐豆执筵之琐;篇存十七,不辞折巾结草之繁。(《仪礼》)(佚名《十三经连珠》)

(11)盖闻滥竽南国,而悦心之士有不叩之桐,推牛东邻,而味道之家有不黔之突。是以疏声入耳,足代鸣弦;秀色可餐,无须食肉。(清·钮琇《竹连珠》)

以上两例皆在"盖闻"后举例,例(10)中"王会凫旌""叔孙绵蕞",例(11)中"滥竽南国""推牛东邻";"是以"后言理部分,例(10)即说明礼仪制度多达三千条,必然会涉及祭献的容器手持的竹器的琐事细节;《仪礼》十七篇,不躲避折巾结草这样的繁节。例(11)中言明"疏声入耳,足代鸣弦;秀色可餐,无须食肉"的道理。

(七)"先举例,次设喻"

(12)盖闻片壤之安,羌螂逞其智;一叶之庇,蝼蚁仰其阴。是以吞巨舟者,必思江海为家;戴尺木者,乃以风云为荫。(清·洪亮吉《连珠》)

此首连珠先通过列举"片壤之安,羌蜋逞其智;一叶之庇,蝼蚁仰其阴","是以"后为设喻部分,即说明"吞巨舟者,必思江海为家;戴尺木者,乃以风云为荫。"

(八)"先设喻,次言理,终以举例"

(13)盖闻云性能闲,随风作态;山形本静,因雨增青。是以声应气求倾盖,订同心之侣;倡予和汝伐木,闻求友之声。

剑逢季子而解赠,马遇伯乐而长鸣。(清·陆从星《效连珠》)

此首连珠"盖闻"以后先通过设喻,即以云随着风呈现形状,山林因为雨水沐浴而愈发显青色。"是以"后为言理,即说明声应气求倾盖,订同心之侣;倡予和汝伐木,闻求友之声。"剑逢季子而解赠,马遇伯乐而长鸣。"为举例部分,进一步说明其理。

(九)"先设喻,次言理,终以断案"

(14)盖闻泰岱为五岳之宗,谓其居高而不亢;沧海为百川之长,谓其兼容而有余。何则?过刚则凌物,至察则无徒。是以道主敬民,若驭朽索之马;心存爱物,宁漏吞舟之鱼。(清·康熙皇帝《连珠》)

此首连珠"盖闻"以后以五岳泰山居高而不亢,海纳百川兼容而有余的形象设喻。"何则?"表反问,其后在揭示原因同时也在言理,即说明过刚则凌物,至察则无徒。"是以"后为断案部分,即劝谏文武群臣当道主敬民,同时要心存爱物的道理。

(十)"先言理,次断案,终以设喻"

(15)盖闻民生于勤,勤至则大劳自息;礼成于俭,俭行而至美宜章。翕终年于一日,可以千秋;析百物于微端,遂谐万事。是以闵鸿雁之悲歌,必覃思于究宅;奠竹松之燕寝,遂永奠于攸芋。(清·王夫之《连珠有赠》)

此首连珠,"盖闻"以后为言理,即说明百姓生于勤劳,勤劳可以使大劳自熄;礼仪成于节俭,节俭的行为可以美宜章。"翕终年于一日,可以千秋;析百物于微端,遂谐万事"为断案部分,即点明整首连珠的中心思想,"是以"后为设喻部分,即借助"鸿雁之悲歌""竹松之燕寝"设喻进一步申明其旨。

(十一)"先言理,次设喻,终以举例"

(16)盖闻地二施功,焕光华于炎上。离中虚画,出听治于南门。作苦味殊,音乃协而成微。见远惟视,德又合于能明。

是以议礼偶愆两观之诛,书于于史;任贤勿二,知人之哲,美于唐尧。(清·赵一清《洪范五行连珠》)

此例中"盖闻"以后先言理;"作苦味殊,音乃协而成微。见远惟视,德又合于能明"为设喻部分,点明其主旨;"是以"后为举例进一步论证其理。

(十二)"先举例,次言理,终以举例"

(17)仆闻伯有介而驰,非郑人之虚构;彭生豕而立,岂齐襄之妄焉。盖圣人知其情状,而俗士惑于拘牵。是以游功曹之魂,死报胡轸;王司空之鬼,生击晋宣。(清·凌廷堪《拟连珠》)

此首连珠"盖闻"以后通过列举"伯有介而驰""彭生豕而立"为"盖"以后言理作铺垫,即"人知其情状,而俗士惑于拘牵"。"是以"后为列举"游功曹之魂,死报胡轸;王司空之鬼,生击晋宣"为再次举例以论证其主旨。

(十三)"先举例,次言理,终以断案"

(18)盖闻陇登黄茂,商飙先刚铣之清;柯熟朱樱,梅雨益萧寒之涤。蒿艾盛则损芳荃,相凌以气;鸥皇至而宾鸒,相长以权。是以炎火在原,不伤慈于田祖;霜鈇普震,实敷惠于嘉师。(清·王夫之《连珠有赠》)

此首连珠体较为特殊,虽其结构功用为"先举例,次言理,终以断案"模式,但整首连珠均以设喻为基础进行举例、言理、断案的。即此例中"盖闻"以后列举"陇登黄茂""柯熟朱樱"为举例部分,"蒿艾盛则损芳荃,相凌以气;鸥皇至而宾鸒,相长以权"为言理部分,"是以"后"炎火在原,不伤慈于田祖;霜鈇普震,实敷惠于嘉师"其实为断案部分。

(十四)"先言理,次设喻,再次举例,终以断案"

(19)盖闻天五生土,先知稼穑之艰难;《洛书》六篇,数起黄钟之宫律。味甘而作和羹,盐梅是辅;思通而希睿圣,夫妇与能。是以寄王四时,实为万类之根本,统元、三正,肇开人事

之首先。有坎离既济之功,水火不相射。居震中央之位,雷雨当其时。(清·赵一清《洪范五行连珠》)

此例的模式不见于以往任何时期,属于清代所特有的功能结构。即"盖闻"以后先言理,说明"天五生土,先知稼穑之艰难;《洛书》六篇,数起黄钟之宫律","味甘而作和羹,盐梅是辅;思通而希睿圣,夫妇与能"为设喻部分,"是以"后为举例"寄王四时,实为万类之根本,统元、三正,肇开人事之首先","有坎离既济之功,水火不相射。居震中央之位,雷雨当其时。"为断案部分。

第三节　清代连珠体的句法形式特点

根据连珠体的机构功用,可将其分为言理、设喻、举例、断案四部分,因此在分析其句法形式上,同样将其划分为四部分,以便于进一步分析比较清代连珠体句法形式方面的变化。

一、言理部分

清代连珠体言理部分的句式以对偶为主,而对偶中以隔句对为主,次以单句对为主。具体分析如下:

(一)单句对

(1)盖闻温柔之旨不假雕镂,比兴之音只言情性。(佚名《十三经连珠》)

(2)盖闻英雄能识英雄,贤达能知贤达。(清·皮锡瑞《左氏连珠》)

(3)八表待一人之几,万古集斯须之念。(清·王夫之《连珠有赠》)

(4)过刚则凌物,至察则无徒。(清·乾隆皇帝《连珠》)

（5）违时故奏效难，顺序故成功速。（清·凌延堪《拟连珠》）

以上五例为单句对，其中例（1）（2）中，单句对出现在"盖闻"以后，其出对句皆为单句对；例（3）出对句同样为单句对，不过并未出现在"盖闻"以后；例（4）（5）的出对句皆为紧缩结构，其中例（4）为假设关系的紧缩结构，例（5）为因果关系的紧缩结构，与此同时出句"违时"与对句"顺序"还构成正反对比。

（二）扇对

依据此部分扇对的特点，可进一步将其划分如下八类：
第一，四四扇对。

（1）盖闻吉凶妖祥，智者先见；祸福倚伏，愚者难量。
（清·皮锡瑞《左氏连珠》）
（2）仆闻阳焰朝焚，玉石毁质；阴冰冬肃，江海凝澌。
（清·孔广森《转连珠》）
（3）盖闻良冶无坏，当炉致慨；良工无璞，袖手旁窥。
（清·陆从星《效连珠》）
（4）仆闻为国忘家，理原互足；作忠移孝，谊不相违。
（清·凌延堪《拟连珠》）
（5）盖闻帝皇虽远，步骤可寻；谟典具存，笙簧如奏。
（清·佚名《十三经连珠》）

以上皆属于四四扇对，根据其出对句之间的关系可进一步划分为正反对比，并列关系、承接关系。前两例属于正反对比，例（1）出句中的"吉凶""智者"与对句中"祸福""愚者"前后构成正反相对；例（2）中出句"阳焰朝焚"与"阴冰冬肃"构成正反对比。例（3）（4）出对句关系为并列关系，例（3）中出句讲述"良冶无坏"，对句描述"良工无璞"，例（4）出句描述"为国忘家"，对句为"作忠移孝"。例（5）中出句描述古代帝皇虽时隔久远，但据《尚书》的记载还是有迹可循，对句为"君臣谋略重要史实保存完备，如笙簧迭奏"，其前后句之间属于承接关系。

（6）仆闻寓目于远，虽察犹疏；近取诸身，虽微则炳。

（清·孔广森《转连珠》）

（7）盖闻忧生之士，尚寐无讹；殉主之忠，速死为福。
（清·皮锡瑞《左氏连珠》）

（8）盖闻积健为雄，非关幸获；因难见巧，每待追寻。
（清·陆从星《效连珠》）

（9）盖闻书成元圣，阳豫既占；功在素臣，膏肓何疾。（佚名《十三经连珠》）

以上四例同样属于四四扇对，根据其出对句的结构进一步又分为出对句结构相同、出对句结构不同的扇对。例（6）（7）属于出对句结构相同，例（6）中其出句的结构为条件复句形式，其对句形式同样为条件复句；例（7）中出句起首皆为偏正结构，其对句同样为偏正结构。例（8）（9）属于出对句结构不同类，例（8）出句起首部分为主谓单句，而对句起首部分为因果句；例（9）中出句为陈述句，而对句为疑问句。

第二，四五扇对。

（10）盖闻见虎而惊，则虎乘其惧；谈鬼而栗，则鬼制其虚。
（清·皮锡瑞《左氏连珠》）

（11）盖闻行虽至高，饥寒不可忍；识虽极旷，哀乐不能忘。
（清·尤侗《广连珠》）

（12）盖闻天一发源，泽流于润下。坎爻中满，履位于北方。
（清·赵一清《洪范五行连珠》）

（13）仆闻鱼盐之利，非贤隐所尚；衡门之下，非弓车所遗。
（清·孔广森《转连珠》）

（14）是以善由虚受，而万物归怀；德本健行，而上天合契。
（清·乾隆皇帝《连珠》）

前四例虽皆出现在连珠体句首部分言理，但其句法形式各不相同。例（10）其出对句的句法皆为假设复句，前后且为并列关系；例（11）其出对句句法同为转折复句，出对句之间为并列关系。例（12）（13）其出对句的句法形式相同，例（12）中出句起首为主谓结构，对句同样为主谓结构；例（13）其出句起首为偏正结构，其对句同样为偏正结构。例（14）其出对句皆为条件复句的形式。

第三，四六扇对。

（15）盖闻天数惟三，形乃像于曲直。帝出乎震，色取类于玄黄。（清·赵一清《洪范五行连珠》）

（16）仆闻志士践言，舍弃节于风雨；匹夫成仁，必蹈义于水火。（清·孔广森《转连珠》）

（17）盖闻仁义之性，不因地而迁移；贞白之姿，不随时为丰啬。（清·乾隆皇帝《连珠》）

（18）盖闻四营布算，数生有象之初；一画探微，道蕴无名之始。（佚名《十三经连珠》）

（19）仆闻县物于衡，不能臆为轻重；列货于廛，不能私为贵贱。【正反】（清·凌延堪《拟连珠》）

以上属于四六扇对，皆出现在"盖闻""仆闻"之后，奠定整首连珠体的节律性。分析其句法形式可知，例（15）中出句与对句之间属于承接关系，先言"天数惟三"，次以描述"帝出乎震"，例（16）中出对句之间属于并列关系，且其句法形式皆为复句，例（17）中出对句之间为因果关系复句，例（18）中的出对句不仅含有数字对，而且其前后之间为并列关系，例（19）其出对句之间前后为并列关系，但各自句法形式中含有正反相对，如"轻重""贵贱"相反相对。

第四，四七扇对。

（20）仆闻三古难回，小人恒缘以借口；六经易凿，大盗多假以饰躬。（清·凌延堪《拟连珠》）

（21）仆闻勇与勇角，勇出其下则莫支；智与智争，智在其先则无敌。（清·凌延堪《拟连珠》）

（22）盖闻动静互宅，所以乘阴阳之机；张弛咸宜，所以体刚柔之撰。（清·乾隆皇帝《连珠》）

（23）盖闻心量无垠，筵九埏而郭万国；仁威不试，伏五服而厘群黎。（清·王夫之《连珠有赠》）

此类型的扇对往往出现在连珠体的句首部分，通过以上几例即可窥见，其中例（20）中"三古难回"与"六经易凿"相对，构成数字对；例（21）

中出句与对句皆为"ABAB"式结构,前后之间属于并列关系,例(22)中出句与对句中皆含有各自的正反相对;例(23)中其出对句间关系同例(21)相同,同样为并列关系。

第五,四八扇对。

（24）盖闻有曾互纪,知大文之如揭于天;齐鲁分编,信斯道之未坠于地。(佚名《十三经连珠》)

（25）仆闻土无媺恶,区之以贵贱则鼓舞;民无秀顽,诱之以利害则歆动。(清·凌延堪《拟连珠》)

（26）是以仪着三千,必备荐豆执笾之琐;篇存十七,不辞折巾结草之繁。(《仪礼》)(佚名《十三经连珠》)

（27）是以清而婉也,自堪发淳意于高文;表而章之,庶以起遗编之废疾。(《春秋穀梁传》)(佚名《十三经连珠》)

以上几例中,四八扇对不仅出现于"盖闻"以后,同样见于"是以"以后。以上四例中,出句与对句之间为并列关系,其中例(25)中出对句皆含有正反相对,如"贵贱"与"利害"相对;例(26)出对句中还含有数字对,如"仪着三千"与"篇存十七"相对。

第六,五四、五五、五八扇对。

（27）盖闻斗而不休者,民苦其暴;穷而反噬者,人畏其横。(清·皮锡瑞《左氏连珠》)

（28）盖闻无知人之明,则轻侮招祸;乏御敌之略,则假仁为高。(清·皮锡瑞《左氏连珠》)

（29）仆闻栋楣镇栗者,非一蠹之穴所能伤;堤防完固者,非一蚁之封所能坏。(清·凌延堪《拟连珠》)

以上三例中,起首句为五言的扇对,皆出现在连珠体句首部分。其中例(27)属于条件复句相对,例(28)属于假设复句相对,例(29)属于否定复句相对。

第七,六六、六七扇对。

（30）盖闻成败庸人之见,不可以论英雄;胜负兵家之形,

不可以概忠节。(清·尤侗《广连珠》)

（31）盖闻仁义不可论交,当财利而始信;富贵安能结客,至患难而方真。(清·尤侗《广连珠》)

（32）盖闻小者大之具体,九州岛一亚旋之情;轻者重之本根,三代止晨夕之事。(清·王夫之《连珠有赠》)

（33）仆闻宇宙之理广大,不可测之以小慧;耳目所接微眇,不可断之以私智。(清·凌延堪《拟连珠》)

通过以上几例可见,无论是六六扇对,还是六七扇对,皆出现在连珠体的句首部分。其中前两例属于六六扇对,后两例属于六七扇对。例（30）属于条件复句相对,例（31）属于转折关系复句,例（32）中出对句皆含有正反相对的特点,如"小者大之具体""轻者重之本根",例（22）属于条件复句相对。

第八,六四、七四扇对。

（34）盖闻忌人而摧气焰,怪异乃生;弃礼而索杳冥,饰说何益。(清·皮锡瑞《左氏连珠》)

（35）是以传平地而衍敢寿,俱奉良弓;迈虞铎而轶夹邹,谁嗤卖饼。(《春秋公羊传》)(佚名《十三经连珠》)

（36）蒿艾盛则损芳荃,相凌以气;鸥皇至而宾鸳,相长以权。(清·王夫之《连珠有赠》)

以上三例中,例（34）属于六四扇对,其句法形式为假设关系复句,例（35）（36）属于七四扇对,其句法形式为转折复句,例（35）为因果关系复句。

（三）散扇对

（37）势极重者,反不得轻,天化无因循之待;情已函者,应无俟定,群心在俄顷之闲。(清·王夫之《连珠有赠》)

散扇对在言理部分较为少见,多用四四扇对、四六扇对。例（37）起首部分"势极重者"与"情已函者"相对,其间间隔两个断句。散式扇对虽然在言理部分赋予连珠体以节律性,但不便于直抒胸臆,这可能是言理部分少见散扇对的原因。

二、设喻部分

清代连珠体在设喻部分不同于其他部分句法形式,设喻部分的句法形式主要以对偶句为主,不涉及单句对或散式扇句对。其中对偶句可进一步划分为以下八类,举例如下:

第一,四四扇对。

（1）仆闻虓虎负嵎,猛士莫撄;蛟龙离渊,匹夫能制。
（清·凌延堪《拟连珠》）
（2）盖闻邓林伐木,不择薰莸;东海张罗,难分鳖鲤。
（清·尤侗《广连珠》）
（3）盖闻云性能闲,随风作态;山形本静,因雨增青。
（清·陆从星《效连珠》）
（4）盖闻宴安鸩毒,好色为尤;大泽龙蛇,祸机隐伏。
（清·皮锡瑞《左氏连珠》）

此类扇对在整个设喻比分中所占比重较大,通过以上举例,可见其此类形式多见于连珠体的句首部分,为后文叙述言理作铺垫。

第二,四五扇对。

（5）盖闻三径苔钱,无六铢之用;九秋桂粟,非五斗之藏。
（清·尤侗《广连珠》）
（6）仆闻鳞鬣非龙,龙得之则贵;爪牙非虎,虎藉之则威。
（清·凌延堪《拟连珠》）
（7）仆闻璆琳可碎,其坚不可夺;竹箭可剖,其节不可移。
（清·凌延堪《拟连珠》）
（8）仆闻方寸之地,日浚则日深;灵明之府,愈探而愈变。
（清·凌延堪《拟连珠》）

此部分句法形式较为特殊,因为此类扇对不见于言理、断案、举例部分,同言此类形式多出现在连珠体的句首部分。

第三,四六扇对。

(9)燕居清迥,云雷之动恒盈;朽驭飘摇,冰镜之涵自定。(清·王夫之《连珠有赠》)

(10)味别作咸,音更协而成羽。声入为听,德又合于能聪。(清·赵一清《洪范五行连珠》)

(11)盖闻四序无言,归天心之剥复;三时不害,阶春景之煦嘘。(清·陆从星《效连珠》)

(12)仆闻夏翟不材,而鸷鸟惭其色;黔驴无技,而猛兽畏其声。(清·凌延堪《拟连珠》)

(13)盖闻蜂虿有毒,小国固不可轻;豺虎为邻,强敌尤不宜玩。(清·皮锡瑞《左氏连珠》)

四六扇对不仅见于连珠体"盖闻""仆闻"以后,同样见于连珠体的句中部分,起到引申说理的作用,如例(9)(10),其体本身为三段式,皆处于连珠体中间过渡部分。

第四,四七扇对。

(14)盖闻郁资百筑,黄流非芳草之能;璧藉群文,虹气在组䌷之上。(清·王夫之《连珠有赠》)

(15)仆闻二气迭运,日在东井则阴生;五德递兴,律中林钟则庚伏。(清·凌延堪《拟连珠》)

(16)是以春温秋肃,四时之玉烛常调;山结川融,八柱之金枢永奠。(清·乾隆皇帝《连珠》)

以上三例皆为四七扇对,其中前两例中,四七扇对皆出现在"盖闻"以后,例(16)出现在"是以"以后。

第五,四八、四九扇对。

(17)是以幼节慷慨,饮羊公之药而不疑;子敬英雄,赴关侯之会而不惧。(清·凌延堪《拟连珠》)

(18)盖闻刻舟求剑,先后圣已陈迹之难寻;擿埴索涂,大小戴总寙言之靡据。(佚名《十三经连珠》)

以上两例中,例(18)为四八扇对,出现在"是以"后;例(19)为四九扇对,出现在"盖闻"以后。

第六,五五扇对。

(19)仆闻日月无停晷,西伏则东升;江海无驻波,前过则后续。(清·凌延堪《拟连珠》)

(20)仆闻振鬣于平原,善骑则逢蹶;搴藤于绝壁,缓步则获安。(清·凌延堪《拟连珠》)

(21)仆闻貌同姬之象,增损则失真;聚棠溪之金,散逸则难购。(清·凌延堪《拟连珠》)

(22)导千缕以持,经纬焉皆就;积群柯以荫,本枝乃弥昌。(清·王夫之《连珠有赠》)

以上为五五扇对,其中前三例皆出现在连珠体的句首"仆闻"以后,例(22)出现在连珠体的句中。

第七,六四、六六、六七、六八扇对。

(23)是以内蛇外蛇之斗,匪妖皆人;新鬼故鬼之言,似顺实逆。(清·皮锡瑞《左氏连珠》)

(24)味甘而作和羹,盐梅是辅;思通而希睿圣,夫妇与能。(清·赵一清《洪范五行连珠》)

(25)仆闻明堂琴瑟雅音,以和易为高;太室尊彝法物,以端严见宝。(清·凌延堪《拟连珠》)

(26)盖闻海水纳其所出,故浩大而无涯;车轮复其所过,故广远而不滞。(清·乾隆皇帝《连珠》)

(27)盖闻操万斛之舟者,独运恒安乎晏坐;伐千章之木者,挥斤不藉乎群呼。(清·王夫之《连珠有赠》)

(28)是以兰蕙生于幽谷,不以居僻而损其芳;松柏产于茂林,不以岁寒而凋其色。(清·乾隆皇帝《连珠》)

以上六例属于起首为六言扇句对,其中例(23)(24)属于六四扇对,皆出现在连珠体的句尾部分;例(25)(26)属于六六扇对,出现在连珠体的句首部分;例(27)属于六七扇对,出现在"盖闻"以后;例(28)属于六八扇对,出现在连珠体句尾部分。

第八,七四、七六、七七扇对。

（29）先声不爽于玉衡,虫鱼且应；大矩不迷于璇表,星日咸安。（清·王夫之《连珠有赠》）

（30）仆闻昧其实而猎其名,鼠腊可以充璞；取其文而遗其质,鱼目可以混珠。（清·凌延堪《拟连珠》）

（31）仆闻牛羊互竞于原野,嘉禾由之而损；鼍鼋自深其窟宅,高岸因之而坠。（清·凌延堪《拟连珠》）

（32）仆闻介胄无击刺之能,御兵则过于殳戟；钱镈有耕锄之绩,伐木则不如斧斤。（清·凌延堪《拟连珠》）

（33）盖闻泰岱为五岳之宗,谓其居高而不亢；沧海为百川之长,谓其兼容而有余。（清·乾隆皇帝《连珠》）

以上五例皆为七言字的扇句对,其中例（1）属于七四扇对,例（2）（3）属于七六扇对,例（4）（5）属于七七扇对。

三、举例部分

清代连珠体多言理,因此举例部分较多,且多出现在连珠体的句尾。通过分析清代连珠体的句法形式,大体可分为单句对、扇对、散式扇对。

（一）单句对

（1）剑逢季子而解赠,马遇伯乐而长鸣。（清·陆从星《效连珠》）

（2）然而奚戚饭牛而名显,歆邴潜龙而志睽。（清·孔广森《转连珠》）

（3）是以黄轩肇则道协阴阳,姬旦承谟制参忠质。（清·乾隆皇帝《连珠》）

（4）是以陈群设上中下九品而论人；张衡造天地水三官而惑众。（清·凌延堪《拟连珠》）

以上四例皆为单句对,其句法形式皆为紧缩结构,依据语义关系,又分为不同的句法形式：例（1）（4）其出对句为条件紧缩结构，例（2）属于因果紧缩结构，例（3）假设紧缩结构。

（二）扇对

第一，四四扇对。

　　（5）是以子产之明，弗禳龙斗；臧孙不智，乃祀爰居。（清·皮锡瑞《左氏连珠》）

　　（6）是以作楚宫者，不复适楚；效夷言者，其死于夷。（清·皮锡瑞《左氏连珠》）

　　（7）然而桥下之信，谬于尾生；井中之救，愚于子我。（清·孔广森《转连珠》）

　　（8）盖闻辨裁之体，千载不刊；墨守之功，众喙斯寝。（清·佚名《十三经连珠》）

　　以上四例属于四四扇句对，其中前三例见于二段式连珠体的结尾部分，具有论证作用；例（8）中举例部分见于"盖闻"以后，为下文言理作铺垫。

第二，四六扇对。

　　（9）是以鬼谋曹社，必待弋鸥之人；神赐土田，终灭鹑贲之月。（清·皮锡瑞《左氏连珠》）

　　（10）是以成都桑亩，龙以卧而成云；柱下春台，鲜不挠而荐鼎。（清·王夫之《连珠有赠》）

　　（11）是以明月夜珠，振英辞于元夕；骈拇枝指，占芳序于闰余。（清·陆从星《效连珠》）

　　（12）是以管仲分金，惟有鲍子知我；魏其失势，可无灌夫骂人。（清·尤侗《广连珠》）

　　（13）然而巢箕洗耳，非无雍熙之时；比干剖心，不渝靖献之志。（清·孔广森《转连珠》）

　　（14）是以掩军百尺，折简而致主凌；屯兵洛水，奉表而废曹爽。（清·凌延堪《拟连珠》）

　　（15）盖闻笔操南董，既登作者之堂；经受西河，定入圣人

之室。(佚名《十三经连珠》)

（16）盖闻楚王爱玉,卞和哭于荆山;鲁国好儒,仲尼叹于洙泗。(清·尤侗《广连珠》)

（17）仆闻九畴之书,刘向演之而为传;五行之志,班固录之而成史。(清·凌廷堪《拟连珠》)

以上用例皆属于四六扇对,其中前六例皆出现在"是以"后,后三例皆出现在"盖闻"以后。

第三,四七扇对。

（18）是以汉失其鹿,黄星已膺夫九五;蜀得其龙,赤符宁回于百六。(清·凌廷堪《拟连珠》)

（19）是以所右所左,士丐隐遵夫天子;上手下手,州犁乃请于郑囚。(清·皮锡瑞《左氏连珠》)

（20）是以陆子昌言,必矫先秦之灭裂;魏公辰告,力争五叶之迁流。(清·王夫之《连珠有赠》)

（21）是以补成三策,备航头壁里之奇;误以一言,踬淮雨别风之谬。(书)(佚名《十三经连珠》)

（22）然而高焰煽天,或生于临卬之井;阴火沸海,不灭于阳侯之波。(清·孔广森《转连珠》)

（23）盖闻王会虎旌,乃以见圣人之制;叔孙绵蕝,然后知天子之尊。(佚名《十三经连珠》)

以上六例是不同人作品中的四七扇对,此类句式在举例部分所占比重也较多,在连珠体中多出现在"是以""然而"以后,即连珠体的句尾部分,具有论证的作用。

第四,四八、四九扇对。

（24）是以郭冲五事,裴少期则以为多诬;陆凯廿条,陈承祚则以为难信。(清·凌廷堪《拟连珠》)

（25）是以鹰扬百战,陈书但义敬之微言;龙马多占,观变一贞明之静理。(清·王夫之《连珠有赠》)

（26）是以等威天险,积培塿而泰岱干霄;于喁人和,应宫

商而韶音合漠。（清·王夫之《连珠有赠》）

（27）是以传之不朽，亦只堪袭奇字于侯芭；补之良难，终未见成完编于俞氏。（《周礼》）（佚名《十三经连珠》）

以上四例中，四八、四九扇对同样皆出现在连珠体的句尾部分，其中前三例为四八扇对，例（27）为四九扇对。

第五，五四、五五扇对。

（28）是以戏志才既逝，乃生郭嘉；黄公衡已降，复来狐笃。（清·凌延堪《拟连珠》）

（29）游功曹之魂，死报胡轸；王司空之鬼，生击晋宣。（清·凌延堪《拟连珠》）

（30）是以郑惧东封急，而求乎烛武；齐侵北鄙命，必受于展禽。（清·皮锡瑞《左氏连珠》）

（31）是以煮曹氏之书，仓不堪糊口；割江郎之笔，彩未足缝裳。（清·尤侗《广连珠》）

以上四例中，前两例为四五扇对，后两例为五五扇对。

第六，五六扇对。

（32）是以丁敬礼尚主，以眇目而蒙弃；刘元德对客，以无须而见讥。（清·凌延堪《拟连珠》）

（33）是以张既刺凉土，而丁令、卢水降；梁习领并州，而乌九、鲜卑畏。（清·凌延堪《拟连珠》）

（34）仆闻伯有介而驰，非郑人之虚构；彭生豕而立，岂齐襄之妄焉。（清·凌延堪《拟连珠》）

以上三例皆属于五六扇对，其中前两例见于连珠体的句尾部分，例（34）见于连珠体的句首部分。

第七，六四扇对。

（35）是以昔年望夷之宫，已惊逐鹿；异日长洲之苑，尚醉栖乌。（清·尤侗《广连珠》）

（36）是以黄头郎之铜山，不给衣食；青囊生之卜筮，难逃网罗。（清·尤侗《广连珠》）

（37）是以建安九锡之篇，辞同训诰；延康三让之令，迹媲唐虞。（清·凌廷堪《拟连珠》）

以上三例为六四扇对，皆出现在连珠体结尾部分。

第八，六五、六六扇对。

（38）是以魏武臣节终身，而三祖并纪；刘宗帝制自为，而二牧同传。（清·凌廷堪《拟连珠》）

（39）有坎离既济之功，水火不相射。居震中央之位，雷雨当其时。（清·赵一清《洪范五行连珠》）

（41）是以闵鸿鹇之悲歌，必罩思于究宅；莫竹松之燕寝，遂永奠于攸芋。（清·王夫之《连珠有赠》）

（42）是以秦爇诗书再世，而致咸京之炬；周传官礼一戎，而垂镐室之裳。（清·乾隆皇帝《连珠》）

以上四例中，扇对皆出现在连珠体的句尾部分，其中前两例属于六五扇对，后两例属于六六扇对。

第九，六七、六八扇对。

（43）是以陈宫之叛兖州，毕谌以亲而东迈；刘琮之弃荆域，徐庶以母而北归。（清·凌廷堪《拟连珠》）

（44）是以张车骑之桓桓，曾纳夏侯氏之女；关荡寇之岳岳，亦乞秦宜禄之妻。（清·凌廷堪《拟连珠》）

（45）是以齐桓宋襄秦穆，三霸主皆结好于晋；重平仲子产叔肝，诸贤臣尽缔交于吴札。（清·皮锡瑞《左氏连珠》）

以上三例中，前两例属于六七扇对，例（45）属于六八扇对，以上三例同样皆出现在连珠体的结尾部分。

第十，七四、七五扇对。

（46）是以许攸割淳于之鼻，而仲家溃；牵招捉韩忠之头，

而峭王服。(清·凌延堪《拟连珠》)

（47）是以董昭上凿渠之策,而边塞平;枣祗建屯田之议,
而中夏定。(清·凌延堪《拟连珠》)

（48）是以许靖负月旦之名,作公于西蜀;刘表窃顾厨之
誉,假节于南荆。(清·凌延堪《拟连珠》)

（49）是以吕范事英爽之君,奉公而致位;鲍勋遭溪刻之
主,持法而殒身。(清·凌延堪《拟连珠》)

以上四例中,前两例为七四扇对,后两例为七五扇对,同样皆出现在
连珠体的句尾部分。

第十一,七六、七八扇对。

（50）是以田子泰不忘故君,冕绂弃之如土;臧子源不负郡
将,鼎镬就之若饴。(清·凌延堪《拟连珠》)

（51）是以王蕃整躬以匡世,碧血洒于殿前;潘璋杀人而取
财,白首终于牖下。(清·凌延堪《拟连珠》)

（52）是以马超有信、布之勇,阎行以折矛挝其项;张合有
韩、白之材,葛亮以飞矢中其郯。(清·凌延堪《拟连珠》)

以上三例中,前两例为七六扇对,例(52)属于七八扇对,同样三例
皆出现在连珠体的句尾部分。

第十二,八五、八六、八七扇对。

（53）是以杜预为仲达之女婿,注左而盛行;王肃乃子上之
妇翁,难郑而见用。(清·凌延堪《拟连珠》)

（54）是以陈思王定丁廙之文,及身而不敢;钟太傅编荀攸
之集,垂老而未就。(清·凌延堪《拟连珠》)

（55）是以施然易朱姓而建功,本为后于舅氏;王平托何宗
而效节,缘寄养于外家。(清·凌延堪《拟连珠》)

（56）是以三公灾异策免之制,当涂代汉而始除;郡国选举
限年之条,黄初改元而方革。(清·凌延堪《拟连珠》)

以上四例同样皆出现在连珠体的句尾部分,其中前两例为八五扇

对,例(55)为八六扇对,例(56)为八七扇对。

（三）散扇对

（57）是以寿春垒就,朱异不遑,拔全怿而遽还;西陵围成,杨肇不获,迎步阐而致败。(清·凌延堪《拟连珠》)

（58）是以畴衍为九天,以锡夫夏王;律中于冬神,实配夫元冥。黑口辨服,聿有光纪之名。河伯效灵,共推水德王之制。(清·赵一清《洪范五行连珠》)

（59）是以议礼偶愆,两观之诛,书于于史;任贤勿贰,知人之哲,美于唐尧。(清·赵一清《洪范五行连珠》)

（60）是以句芒主正,青帝司年,祝融代之而生物;正月娵訾,二月降娄,大梁合之而同躔。(清·赵一清《洪范五行连珠》)

以上四例为散式扇句对,皆出现在连珠体的句尾部分,起到论证之用。例(57)出句"寿春垒就"同对句"西陵围成"相对,其中间相隔两个句子;剩余三例同例(57)相同,皆为出对句中间相隔两个短句。

四、断案部分

清代连珠体中断案部分较少,一方面是因为此阶段连珠体多为二段式,三段式较少。在二段式中一般直接以言理方式点明中心,而较少使用断案部分;另一方面是说明此阶段文人创作更注重连珠的论证性,而较少使用类似一种演绎类推的方式。依据材料特点,分类如下:

（一）单句对

（1）故作伪者徒劳,蹈虚者常摈。(清·凌延堪《拟连珠》)

清代连珠体的单句对不同于以往任何时期,以往连珠体中断案部分的句法形式多以单句对为主,而清代单句对中此部分句法所占比重较少,这说明清代连珠体某种程度上受到骈文影响而形成以四六较多的特点。例(1)中出对句皆为单句相对。

（二）扇对

第一，四六扇对。

（2）是以先天无惕，气有动而必开；首物不惊，时当机而必协。（清·王夫之《连珠有赠》）

（3）是以炎火在原，不伤慈于田祖；霜鈇普震，实敷惠于嘉师。（清·王夫之《连珠有赠》）

以上两例属于四六扇对，其出对句之间无论是在句法形式，还是在语义关系上皆具有相同之处之处。

第二，四七、四八扇对。

（4）是以穷其要妙，大儒咨箍桶之人；昧厥精深，古圣罚守门之子。（《易》）（佚名《十三经连珠》）

（5）是以瞀儒目论，虽讥为相研之书；大雅心仪，独有其不移之癖。（《春秋左传》）（佚名《十三经连珠》）

（6）是以绛衣肃拜，紫微浮缥笔之光；黄玉呈祥，白雾郁赤虹之气。（《孝经》）（佚名《十三经连珠》）

（7）是以说研有获，千亿年即半部堪师；傅会为工，八十宗无一言足据。（《论语》）（佚名《十三经连珠》）

以上四例起首句皆为四言的扇对，其中前三例属于四七扇对，进一步分析这些四七扇对会发现其中多存在介词"之"表语气停顿；例（7）属于四八扇对，其出对句之间为并列关系。

第三，六四扇对。

（8）翕终年于一日，可以千秋；析百物于微端，遂谐万事。（清·王夫之《连珠有赠》）

此例属于六四扇对，其出对句为条件复句，同时还含有数字对的特点，如"终年"与"一日"构成相反对，"千秋"与"万事"相对。

第四节　清代连珠体的语义推论研究

继明代连珠体复兴以后,清代连珠体的发展再次达到巅峰。这一时期作品的特点丰厚而多样。其丰厚性展现在此时期作品创作数量之多,超以往时期作品数量的总和;其多样性表现在其功用范围的扩大,转变了以往明理谏说功用,渐渐发展出颂君、祝寿、评论文章、写景记事、读书心得、怡情娱乐等功用。随着连珠体功用的拓展,连珠体的语义逻辑发展延续了明代特点,一类为抒情与逻辑性并重之作,一类为侧重抒情、削弱逻辑性之作。

一、抒情与逻辑性并重之作

通过语料分析,清代连珠语义在继承明代的基础上又呈现出新的特点,即出现了转折类比式、演绎归纳类比论证式。

（一）转折类比式

（1）仆闻志士践言,不辍(舍弃)节于风雨;匹夫成仁,必蹈义于水火。然而桥下之信,谬于尾生;井中之救,愚于子我。（清·孔广森《转连珠》）

此首连珠体的结构为“先言理,次以举例”,前后之间语义关系为转折推理。即“仆闻”以后描述“有志之士实践自己的诺言,不会因为遇到困难而停止;凡夫想成为仁士,一定会在危急时刻彰显大义”。次以“然而”衔接,其后以举反例来否定其前提之理,从而达成转折推理,因此孔广森将其命名为《转连珠》。通过分析尾生抱柱,认为错误在于尾生,进一步否定了“志士践言,不辍节于风雨”;从井救人,认为愚蠢的是子我,进一步否定了“匹夫成仁,必蹈义于水火”。此类连珠不同于以往任何时期的作品,将转折融入言理中,不仅拓展了连珠体的推理形式,同时展现了孔氏在千篇一律创作中的个性。

（二）演绎归纳论证类比式

（2）水清者无鱼，人察者无徒。作圣容为本，用晦明之符。坐照有心镜，象罔得玄珠。隋文好聪察，肘腋忘独孤。卫君辨白马，无救国为墟。王道如春台，亡国如秋荼。法烦乱愈生，徒快巧吏胥。救过且不给，安问宏远谟。吾闻史公书，汉兴由破觚。（清·张之洞《连珠诗》）

据张之洞序云："陆士衡创为《演连珠》，后世多效之；庾子山并用韵，然骈终不能尽意，今以其体为诗，务在辞达而已。"可见张氏乃以连珠为诗体所进行创作。此首连珠含有四层，其结构功用为"先言理，次以设喻，再次以举例，终以断案"。先通过"水清者无鱼，人察者无徒"进行言理，说明中庸的重要，次以设喻，说明以皇帝龙颜喜怒来韬晦隐迹，虽事事明白，但还要像蒙蔽双眼得到玄珠一样，再次以反例"隋文好聪察""卫君辨白马"论证其理，终以断案说点明整首诗的主旨，即"吾闻史公书，汉兴由破觚"，再次强调"中庸"治官。

（三）论证式

（3）盖闻事势濒危，用人弗及；国家闲暇，弃才不任。是以郑惧东封急而求乎烛武，齐侵北鄙命必受于展禽。（清·皮锡瑞《左氏连珠》）

此首连珠为皮锡瑞读《左传》的心得，他以《左传》为论说对象，创作此类连珠。该首通过列举《左传》事实，来证明"事势濒危，用人弗及；国家闲暇，弃才不任"的道理。

（四）演绎式

（4）盖闻四营布算，数生有象之初；一画探微，道蕴无名之始。是以概其要妙，大儒咨箦桶之人；昧厥精深，古圣罚守门之子。（佚名《十三经连珠》）

此首连珠源自清人无名氏所作《十三经连珠》，以"十三经"中每部书为描述对象,进行点评。此首是以《易经》为对象,评论"听说易学的占卜,命运都存乎于象的初始;周易所探求的道,它蕴含在从无开始。所以学问渊博之人想穷尽周易的奥妙,也要询问精通周易之人;古圣贤愚昧不知其中精深之道,都会被惩罚为守门之人。"整首连珠推理以演绎法所呈现。

（五）归纳类比式

（5）臣闻元首赖乎股肱,贰公宣化;大学逮乎庠序,三适兴贤。是以洽屋喻治民,功不任乎一己;树人如树木,计每切于百年。(清·潘世恩《皇上五旬万寿恭纪》)

此首连珠源自潘世恩为乾隆皇帝五十大寿时所作,"元首""股肱"源自古文《尚书·益稷》分别对应"君主""臣子",通过描述"君主依靠臣子,辅佐的臣子会去传布君命,教化百姓"进而归纳出"君主在大殿中下达惠民的政策,其功劳当并非一人";"小学升入到大学,是选举有贤德的人"归纳出"培养人才如同栽树,需要有长远的眼光"。将"洽屋"喻"治民""树人"喻作"树木"在归纳中融类比逻辑。通过"臣闻"描述君臣关系,小学与大学关系,突出人才之重要性。"是以"后在劝君明理的同时,又歌颂了乾隆皇帝重视培养人才。

二、侧重抒情,削弱逻辑性之作

此类作品在延续明代的基础上,又有进一步发展,主要表现在赞颂、写景记事类连珠体,具体分析如下:

（6）盖闻越国军前,望之如火;天台城上,起而为霞。故汉将军之立帜,飘姚朱羽;吴夫人之点额,仿佛丹砂。是以口血啼残,山山杜鹃之鸟;蠹蚁烧断,树树石榴之花。(赤)(清·尤侗《五色连珠》)

此首连珠为尤侗的《五色连珠》,内容犹如谜语,句句言赤而不说,通过借助他物而言赤。"盖闻"以后为第一层,主要描述"越国军前,望之如火;天台城上,起而为霞",其中"火""霞"突出赤的颜色,次以"故"

承接,即"汉将军之立帜,飘姚朱羽;吴夫人之点额,仿佛丹砂。"其中
"朱羽""丹砂"同样为描写赤,"是以"后"口血啼残,山山杜鹃之鸟;鬓
蚁烧断,树树石榴之花。"其中"杜鹃鸟""石榴花"再次突出红的颜色。
此首连珠分为三层,虽句句言赤,但层层间并无逻辑性可言。

（7）臣闻车攻奏雅,王迹肇于土中。柴望陈书,帝业光于
海表。是以礼隆嵩岱,先四镇以山呼;化洽东南,进群神而云
绕。(清·陈兆仑《圣驾南巡恭纪演连珠》)

此首为陈兆仑跟随乾隆皇帝南巡游走各地时所作,多赞颂明主圣
朝,以连珠的形式表达出颂的功用。此时的连珠虽然已不再说理,推理
性也大大减弱,但在其描述中仍见类比于其中,用古人事迹与乾隆皇帝
南巡相比较,以见出古今道理的一致和乾隆皇帝对古人礼教的发扬光
大。如"化洽东南,进群神而云绕"来类比乾隆皇帝下江南的行动。

（8）盖闻北岭梅开,已落南枝之玉;大堤柳软,偏摇小渚之
金。迎三素之云,真台冉冉;承八风之露,仙掌淫淫。是以野
蝶翻空,不信裁纨香合;妖花满眼,那知碎锦芳林。(清·王嗣
槐《锦带连珠》)

此首连珠为王嗣槐《锦带连珠》,围绕正月的景象所展开的描述,侧
重写景。"盖闻"以后通过描写北岭的梅花开了又落,大堤柳条摇动,迎
在云间,真台显得飘动;迎着风承露金人的铜盘玉杯流露不止,"是以"
后仍为写景,即"野蝶翻空""妖花满眼"。整首连珠以记录写景为主,
前后层之间逻辑性大大削弱。

（9）盖闻德不患孤,当其聚则辅必众;道莫务近,致于远则
誉乃闻。是以产于东南,比人才之美;输于西北,称贡赋之良。
(清·钮锈《竹连珠》)

此首连珠源自清人钮锈所作《竹连珠》,以竹子为中心,通过描述它
的生长状态来歌颂其品德。整首连珠通过演绎类比手法,句句描述竹
子,但只字未提竹。如杨复吉《竹连珠跋》:"竹连珠,体物工细,枝分节

解,所谓言之不足由长言之也。"

通过清代语料分析,发现随着连珠体功用范围的扩大,其推理性在某种程度上有所削弱,主要表现怡情娱乐、歌颂君主等方面,而在评论文章、读书心得、祝寿方面、写景记事仍具有较强的推理性,因为抒情成分较少,侧重点在于说理缘故。分析怡情娱乐、写景记事两方面的连珠,多涉及描写与抒情,虽减弱其推理性,但更多是以类比的手法去烘托情感。

第五节　清代连珠体的艺术特点及其功用

清代是连珠体发展继南北朝以后的又一个顶峰,因此此阶段连珠体的发展可谓百花齐放。其修辞艺术特点不仅仅表现在用典、比喻、顶真、对偶方面,还涉及排比等艺术手法。此阶段连珠体在功用方面又有所突破,如又发展出祝寿、赞颂、评论、读书笔记、友人相赠等新的功用特点。

一、清代连珠体的修辞艺术

通过进一步分析,此阶段连珠体的修辞艺术涉及对偶、用典、重叠、比喻、排比的修辞手法。分析如下:

（一）对偶

如果说推理性是连珠体的灵魂,那么对偶就是连珠体的基因。自先秦萌芽时期对偶已占据连珠体结构的主流,随着其体的不断发展,连珠体中的对称性逐渐趋向工对和宽对的展现。发展至清代,对偶已彻底成为连珠体的基因,此阶段对偶以工对为主,不涉及宽对。

（1）故作伪者徒劳,蹈虚者常摈。（清·凌延堪《拟连珠》）
（2）是以子产之明,弗禳龙斗;臧孙不智,乃祀爰居。
（清·皮锡瑞《左氏连珠》）

（3）盖闻三径苔钱，无六铢之用；九秋桂粟，非五斗之藏。（清·尤侗《广连珠》）

（4）是以管仲分金，惟有鲍子知我；魏其失势，可无灌夫骂人。（清·尤侗《广连珠》）

（5）是以寿春垒就，朱异不遑，拔全怿而遽还；西陵围成，杨肇不获，迎步阐而致败。（清·凌延堪《拟连珠》）

（6）盖闻仁义之性，不因地而迁移；贞白之姿，不随时为丰啬。是以兰蕙生于幽谷，不以居僻而损其芳；松柏产于茂林，不以岁寒而凋其色。（清·乾隆皇帝《连珠》）

以上六例中，例（1）属于单句对，例（2）属于四四扇对，例（3）属于四五扇对，例（4）属于四六扇对，例（5）属于散式扇对，从其内容和形式上看皆为工对。由于结构部分句法的工对，因此整首连珠体同样具有工对性，如例（6）中无论是"盖闻"以后，还是"是以"以后皆呈现工对性。

（二）用典

依据用典的有无引用标志方面，可将用典分为"明引"和"暗用"两类。

（7）盖闻元宵欲授榑桑之耀景初收；甘雨将来鸣叶之孔威必振。势极重者反不得轻天化无因循之待，情已函者应无俟定群心在俄顷之闲。是以陆子昌言必矫先秦之灭裂，魏公辰告力争五叶之迁流。（清·王夫之《连珠有赠》）

此首连珠体中"陆子""魏公辰告"皆属明引。据《史记·郦生陆贾列传》载，刘邦即帝位后，重武力，轻诗书，以"居马上得天下"自矜，陆贾于是对刘邦说："居马上得之，宁可以马上治之乎？且汤、武逆取而以顺守之，文武并用，长久之术也。昔者，吴王夫差、智伯极武而亡，秦任刑法不变卒灭赵氏。乡使秦已并天下，行仁义，法先圣，陛下安得而有之？"并建议刘邦重视儒学。刘邦遂命陆贾"试为我着秦所以失天下，吾所以得之者何，及古今成败之国"，陆贾"乃粗述存亡之征，凡著十二篇。每奏一篇，高帝未尝不称善，左右呼万岁，号其书曰《新语》。"魏公辰告"：指北宋大韩琦力谏曹太后撤帘还政一事。史载宋英宗即位后，曹太后以皇太后身份处理军国事,身为宰相的韩琦力谏曹太后撤帘还政。对韩琦此举,王夫之在《宋论》卷五盛赞:"三代以还能此者,唯韩魏公而已。"魏公:韩琦于英宗朝封魏国公。辰告:谓以时告诫。语出《诗·大雅·抑》:"谟定命,远犹辰告。"郑玄笺:"为天下远图庶事,而以岁时告施之。"朱熹《集传》:"辰,时。告,戒也。辰告,谓以时播告也。"

　　(8)盖闻操万斛之舟者,独运恒安乎晏坐;伐千章之木者,挥斤不藉乎群呼。毂转无留机,凭轼之轴自止;羽飞有迅理,擎趺之指不行。是以成都桑亩,龙以卧而成云。柱下春台,鲜不挠而荐鼎。(清·王夫之《连珠》)

　　此例中"成都桑亩"属于暗引,源自诸葛亮《遗表》:"臣家成都,有桑八百株,薄田十五顷,子弟衣食,自有余饶。"
　　依据所引用典故中所含经典与典籍故事,也可将用典分为引言和引事两类。

　　(9)盖闻云有合离,无碍青旻之迥;辰分昏旦,难留□□之余。故□□□□□□□□□□□□□□□。是以达人贞观,唯修拨乱之书;君子固穷,自□□□之世。(清·王夫之《连珠》)

　　此首连珠体中"君子固穷"属于引语,是指君子能够安贫乐道不失节操。《论语·卫子》云:"君子固穷,小人穷斯滥矣。"君子:指有教养、有德行的人固穷安不得志的状态。

　　(10)盖闻岁差以渐,历虚斗而在南箕;河徙无恒,合济漯而夺淮水。害已成而不可挽,挽则横流;道已变而不可拘,拘斯失算。是以阡陌既裂,商鞅暴而法传;笞杖从轻,汉文仁而泽远。(清·王夫之《连珠》)

　　此首连珠体中"商鞅暴""汉文仁"皆属于引事。"商鞅暴"源自战国时期,商鞅为巩固秦国的统治向六国扩张,因而除改革制度外还实行严刑峻法增强秦势力,故后世儒家都说他"暴"。"汉文仁"是说汉文帝刘恒废除以往割鼻子、挖脚后跟等刑罚,为此后世普遍认为体现了文帝的德政。

依据典故在文中使用义跟典故原义彼此关照的不同情形,分析连珠体中所引原典义与用典义的语义关系看,又可分为同义式、转义式。

（11）盖闻刻舟求剑,先后圣已陈迹之难寻;摛埴索涂,大小戴总寠言之靡据。是以坑中灰冷,拊心长恨于嬴秦;市上金悬,借面转资于吕氏。（《礼记》）（佚名《十三经连珠》）

例（11）中"刻舟求剑"比喻不知变通,死守陈规;或喻时过境迁,不可复得。宋黄庭坚《追忆予泊舟西江事次韵》:"往事刻舟求坠剑,怀人挥泪着亡簪。"

（12）盖闻修竹产于悬岑,时忧冰折;幽兰藏于密菁,不受霜欺。犀惟沐月,乃辟游尘;蜮厌喧春,必焚牡蒴。是以欢谐啜菽,耻经胜母之乡;化被鸣琴,慎简父兄之事。

例（12）中"啜菽"属于转义式,其为"啜菽饮水"的省略。源自《礼记·檀弓下》:"子路曰:伤哉贫也!生无以为养,死无以为礼也。"子曰:"啜菽饮水,尽其欢,斯之谓孝。"本意表示吃豆类、喝清水的意思。其后发生转移,表贫家孝子事亲,如唐元稹《追封李逢吉母王氏等》:"孝子之于事亲也,贫则有菽之欢。"宋周必大《二老堂杂志·记闻人滋五说》:"以菽配饮水,谓贫者之孝也。"

依据用典的功用划分为证言式、代名式。

（13）盖闻温柔之旨不假雕镂,比兴之音只言情性。是以谢姬奁畔,雅评最爱夫清风;郑婢泥中,庄谑亦吐其秀韵。（《诗》）（佚名《十三经连珠》）

（14）盖闻小者大之具,体九州岛一亚旋之情;轻者重之本,根三代止晨夕之事。导千缕以持经纬焉皆就,积群柯以荫本枝乃弥昌。是以薪樗僃理幽吹叶妇子之欢,牡蒴分官周庙奏肃雍之颂。（清·王夫之《连珠》）

例（13）中"是以"后所引典故"谢姬奁畔""郑婢泥中",皆为论证"盖闻"之理,即说明"性情温柔的意义不是刻意的修饰,诗歌中比兴的声音只是描述性情的"。"谢姬奁畔"在《(嘉庆)大清一统志》卷四百五:"汉烈女:谢姬,南安人,适武阳仪成。成死,以已年壮,无子将葬,乃豫作殡。具蓄毒药,须夫棺入墓,捐棺吞药而死,遂同葬。州郡上言,赐帛四匹谷二石。""郑婢"在《邃怀堂全集》骈文笺注卷十六:"郑婢,郑康成家奴婢皆读书,尝使一婢,不称旨,将挞之。方自陈说,康域怒,使人曳着泥中。须臾,复一婢来问曰:胡为乎?泥中答曰:薄言往诉,逢彼之怒"。例(14)中"三代""九州岛"皆为代名式。其中"三代"指夏商周三代。"九州岛"则分别指冀州、兖州、青州、徐州、扬州、荆州、梁州、雍州、豫州。

依据一首连珠体用典数量的寡与多,而分为单引和叠引。

（15）盖闻晴彻微霄,密警应龙之云想;寒凝冱宇,已生青皠之春情。八表待一人之几,万古集斯须之念。是以先天无惕,气有动而必开;首物不惊,时当机而必协。(清·王夫之《连珠有赠》)

（16）盖闻三代以后,钱可通神;列国之时,略能败国。是以部鼎在庙,华氏作乱而无诛;鲁锦适师,昭公欲归而不得。(清·皮锡瑞《左氏连珠》)

例(15)中所引典故属于单引,所引"应龙"源自《述异记》:"龙五百年为角龙,千年为应龙。"例(16)中所引典故属于叠引,"钱可通神"出自唐·张固《幽闲鼓吹》:"钱至十万,可通神矣。无不可回之事,吾惧及祸,不得不止。""是有"以后引用典故皆又出自《左传》。

（三）重叠

清代连珠体在遣词用句中还及涉及重叠,大体可分为两类:一类为句中含有重叠词,一类为整句重叠。

（17）盖闻泰山岩岩,誉之不增其高;瀛海茫茫,毁之无损其广。是以丧家之狗,尼山闻而欣然;呼我为牛,柱下以之自养。(清·皮锡瑞《演连珠》)

（18）盖闻盈掬之诚,大钧为之铭其迹;难呼之隐,顽壤为之鉴其心。是以荒泽斑斑,纪湘君之恨;寒原累累,酬孟氏之

悲。(清·钮琇《竹连珠》)

（19）臣闻亩田宅宅,如解衣衣我,推食食我;乐乐利利,似
春风风人,夏雨雨人。是以恩随帝而皆罩,鼓枻乎广惠,弭节乎
定福;义因名而有取,斋题以协性,堂榜以播醇。(清·彭元瑞
《圣驾巡幸天津恭纪》)

以上三例中,例(17)中通过使用重叠词"岩岩""茫茫",较为形象
地突出了山的高大,描绘出海的宽广。例(18)中同例(17)用法相同,
在突出描写形象同时,增添其韵律性。例(19)中属于整句重叠,其出句
"亩田宅宅,如解衣衣我,推食食我",其出句"乐乐利利,似春风风人,夏
雨雨人",两两相对,节律相同,生动形象勾勒出一幅美好画面。

（四）比喻

清代连珠体创作中还涉及比喻修辞手法,其中喻体较多偏向动物、
植物,举两例以明之。

（20）盖闻操万斛之舟者,独运恒安乎晏坐;伐千章之木
者,挥斥不藉乎群呼。毂转无留机凭轼之轴自止,羽飞有迅理
孳蹠之指不行。是以成都桑亩,龙以卧而成云;柱下春台鲜不
挠而荐鼎。(清·王夫之《连珠有赠》)

（21）盖闻德不患孤,当其聚则辅必众;道莫务近,致于远
则誉乃闻。是以产于东南,比人才之美;输于西北,称贡赋之
良。(清·钮琇《竹连珠》)

例(20)首中"羽飞"比喻飞行的小鸟,"龙以卧而成云"作者借龙
的形象比喻赞美诸葛亮尽心辅佐汉室政权。例(21)中作者以竹子自喻
描述其质量、生长环境,进一步寄托钮琇自己的情感。

（五）排比

排比手法主要表现在清代连珠文中,尤其在游戏之文中,本身由多
首连珠体,以定格联章形式,排比而成。如尤侗《五色连珠》,举一例以
明之。

（22）盖闻越国军前望之如火，天台城上起而为霞。故汉将军之立帜飘姚朱羽，吴夫人之点额仿佛丹砂。是以口血啼残，山山杜鹃之鸟，鬓钗烧断，树树石榴之花。（赤）

此首连珠体句句描述赤而不言赤，颇有趣味。分析其体的推理形式，发现其体是在类比的前提下，侧重于抒情，而少言理。尤侗《五色连珠》共计五首，分别描述"青""赤""黄""白""黑"五色，五首连珠体皆句句言色，而不明说，如同飞白，五色相排比，构成五色连珠文。

由上可见，相比以往任何时期，清代连珠体的修辞手法都较为多样性，不仅涉及对偶、用典，还涉及重叠、比喻、排比等修辞手法。

二、清代连珠体的功用及其特点

结合前文对此阶段连珠体结构、句法、内容方面的分析，再结合连珠体在清代语用特点，我们大体可将其功用及其特点划分为如下几个方面：

第一，此阶段连珠体的形式在继承明代以前形式特点的基础上，二段式连珠体逐渐取得官方认可，而三段式主要见于文人自我抒发之作中。

明代连珠体发展虽已有二段式的特点，但鉴于其创作者身份多为文人臣子，二段式体的形式标记也不固定等等原因，导致其体的形式在创作中往往因人而异。清代则不同，随着连珠体在康熙、乾隆等帝王创作的推动下，二段式连珠体"臣闻……是以……"逐渐被确定为官方用体。如在帝王出巡某地时，某地文人官员皆作二段式连珠体以示恭纪，如陈兆仑《圣驾南巡恭纪演连珠三十首》、曹仁虎《圣驾四巡江浙恭纪》、彭元瑞《圣驾巡幸天津恭纪》等等，全篇皆以"臣闻……是以……"二段式连珠体的形式创作，分层次多角度铺陈开来赞颂。再如帝王万寿，臣子皆作二段式连珠以表祝寿，甚至皇太后万寿，皇帝作为臣子同样以作二段式连珠以表祝寿，此类代表作有乾隆《恭祝圣母太后七旬万寿》、曹城《皇上八旬万寿恭纪》、潘世恩《皇上五旬万寿恭纪》等等，以上可见二段式连珠体发展至清代已成为朝廷官方用体。

除去二段式连珠体外，结合此阶段语料特点，清代三段式连珠体的形式主要见于朝臣文人自我抒发之作中，其体起头多以"盖闻""仆闻"

为标记,其体式为"盖闻/仆闻……是以……故……""盖闻/仆闻……故……是以……""盖闻……何则?……是以……"如凌延堪《拟连珠》、彭会淇《演连珠》、唐才常《论文连珠》等等。

第二,此阶段连珠在篇章方面呈现有两种形态,一种是以定格联章,铺排言理的形式;一种是围绕相同主题,相互铺排,抒情兼言理。

从南北朝后期开始,文人对连珠的认识渐渐具有双关性,既指一首连珠体作品,如陆机《演连珠》,也指出多首连珠体以定格联章的形式,围绕一个主题,全方位多角度叙述,如庾信《拟连珠》,以珠叙史,抒情兼言理。鉴于此,通过对清代连珠体文本的分析,此阶段连珠在篇章方面呈现为两种形态:

一种形态模仿魏晋时期陆机《演连珠》特点,以定格联章的方式,推演形成一种排比文的篇章。如李兆洛《养一斋集》所收《连珠》十五首,分析如下:

(1)盖闻气磨则交,神磨则消。金以磨利,木以磨敝。石得磨乃芒,玉得磨乃光。水火磨而沦,日月磨而翳。是以君子审所与,磨守所受磨。定其交而后求故全也,不见知而不悔故专也。

(2)盖闻怀慧捷之辩者,必有微眇之致;抱殷勤之思者,必有密丽之色。是以上士精进心如芭蕉,仙人凝神肤若冰雪。

(3)盖闻月盈珠满,雾起玉津。沦精自浃,飞润相因。是以栖山筑岩,或被褐而不鬻;瞻牛察斗,必望气而知珍。

(4)盖闻金狄之身,此刚不坏;商客之舌,示柔以存。是以内直外宽,君子自适骡栝之内;一阴一阳,圣人正在刚柔之间。

(5)盖闻泉精之阙,琼华之室。通玑璇而布元气,宗仙灵而御品物。是以中阶七曜,演遁甲而开山;下都五龙,道沮仓而被迹。

(6)盖闻触石纤纤,顷刻而载抚六合;归墟浩浩,终古而不涸一川。是以禀授无形,神托秋毫之末;周环有谢,思愚转毂之间。

(7)盖闻道无垠垓,不元不白。行有坛宇,可水可悬。是以美哉璠玙一则字胜,允矣君子望之俨然。

(8)盖闻依神相扶,得一而保。撑拨挺拥于世族,摸苏牵连于微渺。是以知己之不系于物者,非有为于物也而物有为于己;知道之不离夫器者,惟自适于器也而器自适于道。

(9)盖闻微风过箫响不必厉,中衢设尊旨岂在多。是以托不得已者,遗心而合气于漠;接而生时者,不言而飲人以和。

(10)盖闻大鹏之运,特负垂天;神龙将兴,是资一勺。是以巨巨而细细,随其所凭;物物而化化。羌无可度。

(11)盖闻物有同出于一所为各异,亦有本不相类合而成效。何者?形异则左右别施,声和则金石并调。是以万端杂参相忘乎道术,天倪所和只因平众妙。

(12)盖闻由基中微,岂乞灵于利镞?夷光(西施)饰妍,非假宠于明镜。然地不能以徒手破,影不能为陋姿靓。是以珠玑在握,奚烦海客之求;玳瑁装书,乃擅才人之胜。

"盖闻"以后为举例,即箭由起点出发射中细小的目标,这难道是祈求灵敏锐利的箭头?西施打扮得美丽,并不是因为明镜。"然"以后为归纳言理,即说明目标不能用光凭借手去破除,身影不能以丑陋的姿态为美。"是以"后为断案部分,描述手握珠玉,怎还海商之求为所烦恼?用玳瑁的甲壳去装饰书,这是善于经营人才兴盛手段。

(13)盖闻畏伤而避伐,则抱质者无术矣;惩涅而守黑,则怀清者先隳矣。是以自本自根,先天地而不为老;独出独入,濯缁垢而未尝知。

"盖闻"以后言理,说明因为害怕伤痛而避免战争,那么除了扣押人质别无其他方法;因为想克制黑而守护黑,那么怀清者就会被毁坏的;"是以"后为断案部分,道是无须任何条件而独立存在的,先于天地而且长久;达到无人的境地,洗除黑色的污垢而无人知道。

(14)盖闻平者道之总,虚者道之孔。是以休乎泆滐,履大方而镜太清;得之参寥,子副墨而孙雒诵。

此首连珠体"盖闻"以后为言理,即说明和平稳定是大道,空白之处就是道的空隙。"是以"后为设喻部分进一步引申其理,即通过浩瀚的水面,广阔而如镜子一样清净;得到参寥,他的诗文也只是在后代子孙那里才得到吟诵。

（15）盖闻阴阳为炭,铸群生于造化之中;山泉可平,挫万
物于秋毫之末。是以摭实而运有气即融,养空而游于神不阋。

此首连珠体"盖闻"以后为设喻部分,以阴阳为炭火,言其掌管众生之造化;山泉可以像静止的水面,可以收入万物的一些细微之处。"是以"后为言理部分点明中心,即根据实际而运有气就会融解万物,涵养空灵的心性而游走于神是完好的。

一种形态为继承南北朝庾信《拟连珠》特点,抒情兼言理,多首连珠体排列围绕同一主题,分层次多角度论述。如清金兆燕《棕亭骈体文钞》卷八所录佚名《十三经连珠》,全篇分为十三首,每首代表一部经书进行评论,十三首连珠体共同围绕"十三经"而展开论述。具体分析如下:

（1）盖闻四营布算,数生有象之初;一画探微,道蕴无名之
始。是以概其要妙,大儒咨簁桶之人;昧厥精深,古圣罚守门
之子。(《易》)

翻译:听说易学的占卜,命运都存乎于象的初始;周易所探求的道,它蕴含在无中。所以学问渊博之人想穷尽周易的奥妙,也要询问精通周易之人;古圣贤愚昧不知其中精深之道,都会被惩罚为守门之人。

（2）盖闻帝皇虽远,步骤可寻;谟典具存,笙簧如奏。是
以补成三策,备航头壁里之奇;误以一言,踵淮雨别风之谬。
(《书》)

翻译:听说古代帝皇虽时隔久远,但据《尚书》的记载还是有迹可循;君臣谋略重要史实保存完备,如笙簧迭奏,万象更新。所以将尚书补成三策,以防备出人意料的尚书出现;讹传了一言,后继本都存有淮雨别风的谬误。

（3）盖闻温柔之旨不假雕镂,比兴之音只言情性。是以谢

姬奁畔,雅评最爱夫清风;郑婢泥中,庄谑亦吐其秀韵。(《诗》)

翻译:听说性情温柔的意义不是刻意的修饰,诗歌中比兴的声音只是描述性情的。所以谢姬在梳妆台边吟的诗,抒发性情,为人所爱;郑康成家的女婢,受虐也能说出优美押韵的诗句。

(4)盖闻书成元圣,阳豫既占;功在素臣,膏肓何疾。是以瞀儒目论,虽讥为相斫之书;大雅心仪,独有其不移之癖。(《春秋左传》)

翻译:相传周公编撰了《春秋》,孔子根据鲁史修了《春秋》;汉儒却认为春秋的功劳在于孔子,何必急于判断功与过?所以虽然《春秋》被讥讽为战事之书,但昏庸愚昧的儒者还在相互争论;唯独学识渊博喜欢它的人,才会显示出坚定不移的喜爱。

(5)盖闻辨裁之体,千载不刊;墨守之功,众喙斯寝。是以传平地而衍敢寿,俱奉良弓;迈虞铎而轶夹邹,谁嗤卖饼。(《春秋公羊传》)

翻译:相传公羊传的内容,西汉前都是口说相传,无文字记载;公羊传守旧不变的流传,却产生了各种的议论。所以传平地而衍敢寿,俱奉良弓;迈虞铎而轶夹邹,谁嗤卖饼。

(6)盖闻笔操南董,既登作者之堂;经受西河,定入圣人之室。是以清而婉也,自堪发淳意于高文;表而章之,庶以起遗编之废疾。(《春秋榖梁传》)

(7)盖闻王会凫旌,乃以见圣人之制;叔孙绵蕞,然后知天子之尊。是以仪着三千,必备荐豆执笾之琐;篇存十七,不辞折巾结草之繁。(《仪礼》)

翻译:相传王会和各方凫旌,可见圣人的仪礼制度;叔孙制定整顿朝仪典章,然后大众知天子之尊贵。所以礼仪制度着多三千条,必然会涉及祭献的容器手持的竹器的琐事细节;《仪礼》十七篇,不躲避折巾结草这样的繁节。

（8）盖闻周籍既去，留疑窦于千秋；新政初行，导祸源于万
世。是以传之不朽，亦只堪袭奇字于侯芭；补之良难，终未见
成完编于俞氏。(《周礼》)

翻译：相传周代的书籍早已失传，还有疑似《周礼》传于后世；新政
的初步实施，引起的灾祸可能来源于前代的根源。所以《周礼》成为经
典，大概和它继承古文有关；《周礼》增补得好坏，俞氏临终也未曾见其
完成。

（9）盖闻刻舟求剑，先后圣已陈迹之难寻；摛埴索涂，大小
戴总窔言之靡据。是以坑中灰冷，拊心长恨于嬴秦；市上金悬，
借面转资于吕氏。(《礼记》)

翻译：相传如同刻舟求剑，先后圣人的陈迹已很难追寻；如同盲人
摸索道路，大小戴分散言论是探索《礼记》根据。所以坑中灰冷，拊心长
恨于嬴秦；市上金悬，借面转资于吕氏。

（10）盖闻有曾互纪，知大文之如揭于天；齐鲁分编，信斯
道之未坠于地。是以说研有获，千亿年卽半部堪师；傅会为工，
八十宗无一言足据。(《论语》)

翻译：相传曾有种时代年表的记事法，各国年代一览可得；论语分
编有齐论和鲁论，文武之道并未失传。所以研究《论语》有所收获，几千
年来半部《论语》足以治天下；若穿凿附会《论语》，则无一言可据。

（11）盖闻用劳用力，陈编虽祗庸言；属商属参，分授具存
精意。是以绛衣肃拜，紫微浮缥笔之光；黄玉呈祥，白雾郁赤
虹之气。(《孝经》)

翻译：听说陈篇虽然敬重《庸言》，人都要尽心尽力于国家和父母；
不管是商人还是官员，《孝经》根据不同身份差别规定了孝的不同内容。

所以孔子制《孝敬》后,穿着深红色的衣服表情严肃向北辰礼拜,天上紫微宫出现神圣之光;上天降落的黄玉代表吉祥,白雾里积攒着赤红的仙气。

（12）盖闻方言急就,皆为铅椠之资;仓颉凡将,诅耻虫鱼之注。是以才能该悉,当筵剖鼫鼠之疑;学未精深,举箸中蟛蜞之误。(《尔雅》)

翻译:听说《方言》《急就篇》,都是古人校勘的资料;《仓颉篇》《凡将》,都是研究名物和典章的制度。所以若熟悉《尔雅》之精深,就能分辨床下的鼫和鼠的区别;若学未精深,会误食蟛蜞为螃蟹。

（13）盖闻当秦之世,竞尚纵横;由孔而来,独谈仁义。是以七篇炳炳,堪偕夏禹以论功;千载遥遥,未许王充之妄刺。(《孟子》)

翻译:相传在秦统治的时候,崇尚纵横家论;唯独由孔子发扬的儒家多讲仁义。所以《孟子》七篇,可以和夏禹相比论功;无论时隔多久,《孟子》也未受王充胡乱讽刺的影响。

以上可见,十三首连珠体分别代表十三部经书,每首连珠体都是对一部经书的总结评论。十三首连珠体皆以"臣闻……是以……"的形式,定格联章,进行铺排,共同围绕一个主题,即十三经而展开,不可分割,若去掉一首,则不成连珠文。

第三,此阶段连珠体的功用在继承前代的基础上,又发展出祝寿、赞颂、评论、读书笔记、友人相赠、咏物写景等新的功用特点。

明以前连珠体常常被用于劝谏明理、咏史抒情,至清代连珠体还兼具祝寿的功用,如帝王万寿,臣子皆以二段式连珠表祝寿;皇太后万寿,皇帝同样作二段式连珠以表祝寿,其代表作有乾隆皇帝《恭祝圣母皇太后七旬万寿》、童槐《万寿演连珠》、戴心亨《圣驾六旬》、曹城《皇上八旬万寿恭纪》、潘世恩《皇上五旬万寿恭纪》、储麟趾《皇上五旬万寿连珠》、曹文植《万寿恭纪演连珠一百首》、穆清额《万寿恭演连珠十六首》、玉宝《万寿恭拟连珠三十二首》等等。连珠体的祝寿功用,还普及于民间,如金堡《演连珠为空老和尚六旬初度颂》、王嗣槐《姜子垣先生七十寿》《黄太夫人七十》等等。举两例以明之：

（1）臣闻云和孤竹，裡天神以告虔；繡币黄琮，致地祇而展敬。是以昊緯申命，德合位禄名寿之符；坤灵贶嘉，数衍亿兆京垓之庆。（清·曹城《皇上八旬万寿恭纪》）

（2）盖闻巨海飞涛，驾慈云于沛泽；恒星匿彩，让慧日以舒光。羌握鉴其为祖，薄转轮而不王。是以梦叶六牙，挟白马青衣之助；命铃七印，发金函银字之藏。[金堡（层出家）《演连珠为空老和上六旬初度颂》]

清代连珠体还发展出赞颂之功用，如在帝王出巡于某地时，某地文人官员皆作二段式连珠体以示恭纪，如陈兆仑《圣驾南巡恭纪演连珠三十首》、曹仁虎《圣驾四巡江浙纪》、彭元瑞《圣驾巡幸天津纪》、戴均元《圣驾东巡盛京祇谒祖陵礼成恭》、赵怀玉《圣驾六巡江浙恭纪》、王引之《圣驾临幸翰林院礼成恭纪演连珠三十首》等等。除去赞颂帝王外，还用于节日的赞颂，如吴蕲《嘉庆十四年元旦恩诏联珠十六首》、张豫章代翰林院文人纪念所作《先师礼成恭演连珠三十首》、陆从星《元夕消寒闰六会启：效连珠》等等。举两例以明之：

（1）臣闻天心静运，道蕴冬中；帝志动徯，泽随春布。是以文谟丕显，迓来复于黄钟；成式善承，普大观于青辂。（清·王引之《圣驾临幸翰林院礼成恭纪演连珠三十首》）

（2）盖闻四序无言，归天心之剥复；三时不害，阶春景之煦嘘。是以明月夜珠，振英辞于元夕；骈拇枝指，占芳序于闰余。（清·陆从星《元夕消寒闰六会启效连珠》）

清代连珠体在言理性特点基础上进一步发展出评论的特点，此时期的代表作如上文举例的《十三经连珠》，唐才常《论文连珠》。此类连珠的功用对后世，尤其是民国报刊评论产生了重要影响，民国时期文人借助连珠体讽刺的功用，结合时政进行评论，如赤松侍者《时事连珠》、慎思《戏拟时事新连珠》、高洁《时事新连珠》等等。举两例以说明：

（1）盖闻木槿敷荣，虽华不久；浮萍逐浪，虽美无根。何则？

文扶质而垂条,理探本而立干。是以桓谭论文,陋虚谈于华叶;南丰搁管,必根柢乎六经。(清·唐才常《论文连珠》)

(2)盖闻玉生于山,雕之则华缛;冰出于水,凿之则纷纶。惟不雕者完其太璞,惟不凿者顺其天真。是以西汉雄深,卓然典谟之制;东京藻俪,渐伤风骨之庳。(清·唐才常《论文连珠》)

此阶段连珠体还具有读书心得的笔记功用,如凌延堪《拟连珠》,据其序言"傅鹑觚连珠序以为兴于汉章之世,班固、贾逵、傅毅受诏作,而刘舍人、任中丞皆云:扬雄肇为连珠,疑不能明也。厥后魏文帝、王仲宣、谢惠连、梁武帝、沈休文、吴叔庠皆有此体,而陆士衡之《演连珠》五十首,庚子山之《连珠》四十四首,最为富而工也。又潘元茂有演连珠,颜延年有范连珠,王仲宝有畅连珠。他如梁武帝有《赐到溉连珠》,简文帝有《被幽连珠》,刘孝仪有《探物作艳体连珠》,率因其体而推广之者。孟坚受诏作,故首云:"臣闻",士衡诸人,或效之或演之,故亦云"臣闻"。子山非受诏作,则云"盖闻",孝仪作艳体则云"妾闻"也。"唐以前连珠之盛如此,至姚宝之唐文粹竟无一篇,盖元和以还,魏晋之风藻渐微矣。己亥客于銮水,欲学为文,苦无途径。窃谓连珠之体,编金错绣,比物喻情,而对偶声韵,靡所弗备,于初学为近。时方读《三国志》,遂组织事之相类者,姑拟为之,羞沮未敢示人也。十余年来,不复省忆,辛亥发箧,得于蠹简中,以其覆篑之始,不忍弃也。乃少加润色录而存焉,别云仆闻者,缘作于佣书之暇,匪表异也。"

从其序文可见有三:一来概括了连珠体的发展史脉络,同时提出"臣闻""盖闻""妾闻"起头标记不同含义也不同;二来依据《唐文粹》中无收连珠篇而提出连珠体在唐元和以后走向衰落,并分析其原因;三来说明自己作《拟连珠》来源是读《三国志》后,组织事相类而拟之。

从其序文内容可见,其作《拟连珠》源自读《三国志》后,组织事相类而拟之,其次,还梳理了连珠体的发展脉络,区分连珠"臣闻""盖闻""妾闻"起头标记不同含义,但其序文中所依据《唐文粹》中未收连珠篇而提出连珠体在唐元和以后走向衰亡,并分析其原因,其实不然,据考证元和约在公元806—820年,而在阶段还存有段成式(803—863)、司空图(837—908)的连珠体作品传世,其中段成式之作还收录在《全唐文》中;又在此阶段之前在王维在天宝九年时期还受皇帝之命,作《奉和圣制圣札赐宰臣连珠词五首应制》,可见连珠体在唐代的发展并未走向衰亡,只是创作者人数减少,传世作品减少,但这只能说能唐代以后连珠体创作走向衰微,不足以说明连珠体的发展走向衰亡。

　　（1）仆闻夏翟不材而鸷鸟惭其色,黔驴无技而猛兽畏其声。是以许靖负月旦之名,作公于西蜀;刘表窃顾厨之誉,假节于南荆。

　　（2）仆闻鳞鬣非龙,龙得之则贵;爪牙非虎,虎藉之则威。是以丁敬礼尚主,以眇目而蒙弃;刘元德对客,以无须而见讥。

　　（3）仆闻勇与勇角,勇出其下则莫支;智与智争,智在其先则无敌。是以易京之鼓,伯珪怖若鬼神;官渡之车,本初惊为霹。

　　清代读书心得方面的连珠体之作,还有皮锡瑞的《左传连珠》,同凌延堪《拟连珠》相似,皆以围绕《左传》内容而创作一系列连珠体之作,兹举两例明之。如"盖闻依人而行,神自正直;非鬼而祭,谄为至愚。是以子产之明,弗禳龙斗;臧孙不智,乃祀爰居。""盖闻见虎而惊,则虎乘其惧;谈鬼而栗,则鬼制其虚。是以梁伯沟宫,鱼烂之亡自取;子常城郢,饿豺之守终疏。"此两首连珠体"是以"后皆为举例部分,其用例皆取材源自《左传》。

　　此阶段连珠体还具有赠送友人的特点,如王夫之《连珠有赠》共计十二首,从其内容上看,皆为言理之作,盖为王夫之将自己的思想总结赠送于友人而作。

　　盖闻晴彻微霄,密警应龙之云想;寒凝冱宇,已生青鼬之春情。八表待一人之几,万古集斯须之念。是以先天无惕,气有动而必开;首物不惊,时当机而必协。

　　此首连珠先设喻,说天空一片晴朗,已暗示龙兴作云;冰冻万物,已暗示春天的到来;次以言理,即总结事物发展到极点时就酝酿着新的变化,但众人并不觉察;终以断案,即说明人们即使在自然进程显露之前没有警觉,变化之气已动还会显露出来的;人们只要敢于面对事物的变化而不惊慌失措,就能及时地抓住机会。

　　写景咏物在以往连珠体中常常出现,但在清代此类连珠体又发展出现新的特点，一方面为写景咏物以言志，含有推理性；另一方面为纯写景咏物，不含推理性。

此阶段写景咏物以言志，含有推理性之作主要为钮琇《竹连珠》，其收录在《临野堂诗文集》据其序言："余舍后有竹盈，亩果刂之疏之，壅之扶之。琴书其中，冷然之色移人矣。假于物，取于身，仰古俯今，而詹詹之言集，歌以咏之情，不张赋以体之思，不博爱为连珠，以矢弗谖，知我者其此君乎？"可见钮琇的竹连珠乃描写园中竹子，假于物，取于身，歌以咏之情。

从其内容上看，钮琇在描竹子抒情的同时有言理，富有逻辑性。如"盖闻神与为亲，有忘言之对；志所独诣，有师俗之求。是以王子猷过访邻家，何须问主；苏子瞻留题别业，不可无君。"此首连珠体"盖闻"以后为咏竹及言志，"是以"后为举例竹子的典故进一步论证其言理部分。

> 盖闻柔甚而媚人之所易挠，泰甚而骄天之所必概。是以其节劲，故卒成凌云之材；其心虚，故卒成耐寒之器。

此首连珠"盖闻"以后描写竹子的柔韧性，"是以"为断案部分，即说明竹子的虚心和高节，暗语此乃人立足天地间要讲的两种品质。

另一方面写景咏物为纯写景，其体不含有推理性。如王嗣槐《锦带连珠》全文共计三十六首连珠，以十二个月为单位，每月由三首连珠分别描写其景色。

据其序云："情有悲欢，缘物斯寓。声无哀乐，因感则迁。故丛兰满谷，三闾采而增欷；广乐充堂，中山闻而陨涕。良由凭心未化，故尔触事多违。若乃情游区外，乐亦在中。蓬生曲径，非有阻于遨游。蛙噪闲庭，亦无殊于鼓吹。斯又膺六凿而无伤，历九愁而独适者已，仆少负不羁长而寡偶。当仲华既遇之岁，寂寂笑人；计安石方出之年，冉冉将至。本为穷士，应是恨人。寒蝉嘶露写幽怨于孟阳，孤雁鸣霜溯离愁于宋玉。未免有情，固其所也。徒以性耽闲散，体便纡疏愁肠。忽转常对弈而若忘生虑；频来每抚琴而自解。以故坐茅倚柳，终日流连，枕石漱泉，自安寂寞。虽复寒江散雪，多兴入剡之怀；暮陇吹云，适合栖嵩之愿。玄冥夜寒，披裘独坐，偶阅昭明集，有锦带诸启，至温炭祛冷之谈，酌酒拒寒之解，便尔吹垆，频浮厄酒，乘逸兴而濡毫，踵往序而成韵，春堤细柳若摇曳于行间，秋壑长松亦阴森于字里，率尔裁篇，各成三首，书之四壁，欲同宗测卧游,叶以三弹,敢引伯牙心赏。嗟乎! 人生忽忽,为欢几何?
只觉平子思玄之赋,不免多愁,孟坚幽通之篇,徒然结恨。至若广搜逸
义,自有月令书篇,博采芳华,不乏良时赋咏,不惭垩鼻,窃望郢斤。"

如以下三首为描写"正月"的连珠:

> （1）盖闻北岭梅开,已落南枝之玉;大堤柳软,偏摇小渚之
> 金。迎三素之云,真台冉冉;承八风之露,仙掌泾泾。是以野
> 蝶翻空,不信裁纨香合;妖花满眼,那知碎锦芳林。
>
> （2）盖闻风催堤草,才吐黄蕤;日薄皋兰,半含紫蕙。飞嵊
> 山之红,雪装成千叶桃花;漱瑶浦之寒,浆捣入连枹柏子。是
> 以殿中吹霰,六花点谢客之衣;井上鸣鸠,双羽隐汉皇之彩。
>
> （3）盖闻五叶浮盘,香散青条之气。百花同树,光浮红蚖
> 之脂。坐上合采莲妖舞,帘前唱吐杏新词。是以云母窗前,燕
> 舞离疏之锦;蓬莱阙下,凤衔青玉之枝。

第四,此阶段连珠体的创作者身份与南北朝时期类似,上至帝王,下
至群臣皆有所创作,某种程度上不仅推动了连珠体的发展,而且拓展了
连珠体的功用。

从传世文献上看,此阶段连珠体的创作者不仅有康熙皇帝的《演连
珠》、乾隆皇帝的《恭祝圣母皇太后七旬万寿》等,还有洪亮吉的《连珠》、
孔广森的《转连珠》等等。

康熙皇帝《连珠》共有六首,据其序文云:"朕尝观扬雄博综艺文,
叙述短章,名曰连珠。班固、贾逵、傅毅诸人相继有作。昔人所谓辞丽言
约,合于古诗讽兴之义,良不虚也,效其体作数首,以示侍臣,虽亦假物
陈义,至于托寄高远,殊让古人尔。"可见乃效仿前人之作,为群臣而作,
侧重言理。具体分析如下:

> （1）盖闻动静互宅,所以乘阴阳之机;张弛咸宜,所以体刚
> 柔之撰。是以春温秋肃,四时之玉烛常调;山结川融,八柱之
> 金枢永奠。
>
> （2）盖闻海水纳其所出,故浩大而无涯;车轮复其所过,故
> 广远而不滞。是以善由虚受,而万物归怀;德本健行,而上天
> 合契。

（3）盖闻仁义之性，不因地而迁移；贞白之姿，不随时为丰啬。是以兰蕙生于幽谷，不以居僻而损其芳；松柏产于茂林，不以岁寒而凋其色。

（4）盖闻知礼乐之情者能作，识礼乐之文者能述；畴非圣而克开，畴非明而弗失。是以黄轩肇则道协阴阳，姬旦承谟制参忠质。

（5）盖闻文治深则武功大，恩施溥则德威扬。是以秦爇诗书再世，而致咸京之炬；周传官礼一戎，而垂镐室之裳。

（6）盖闻泰岱为五岳之宗，谓其居高而不亢；沧海为百川之长，谓其兼容而有余。何则？过刚则凌物，至察则无徒。是以道主敬民，若驭朽索之马；心存爱物，宁漏吞舟之鱼。

此六首连珠中，皆以"盖闻"起头，标志其接受者并非固定为某一人。例（1）"盖闻"以后为言理部分，即劝解群臣要明白中庸之道，"是以"后为设喻部分，即通过春温秋肃，山结川融之理引申其义。例（2）"盖闻"以后为设喻，通过描述海纳百川的胸怀，前车之鉴的经历，"是以"后言理部分，即劝谏群臣们要向善要修德性。例（3）与第一首同，"盖闻"以后为言理部分，即劝谏群臣要保持仁义之性，贞白之姿，"是以"后为设喻部分，即借助"兰蕙生于幽谷""松柏产于茂林"进一步说明其理。例（4）"盖闻"以后同样为言理部分，"畴非圣而克开，畴非明而弗失"为断案部分，即阐述人皆有得失，"是以"后为举例部分进一步论证其理。例（5）"盖闻"以后即点明整首连珠体的中心，即强调文治深则武功大，恩施广则德威扬的治国之理，"是以"后举例部分以期进一步说明其理。例（6）"盖闻"以后为举例部分，"何则"以后为言理部分，"是以"后为断案部分，即告诫臣子们要秉持道主敬民、心存爱物的思想。

连珠体的祝寿功用是自清代才出现的新特点，依据传世文献看，最早用连珠体表祝寿的是金堡《演连珠为空老和尚六旬初度颂》，此后王嗣槐作有《姜子垣先生七十寿》《黄太夫人七十寿》，发展至乾隆时期，乾隆皇帝作为臣子为其母亲生日而作《恭祝圣母皇太后七旬万寿》，此后文臣争相模仿，如曹城《皇上八旬万寿恭纪》、潘世恩《皇上五旬万寿恭纪》、储麟趾《皇上五旬万寿连珠》、曹文植《万寿恭纪演连珠一百首》、穆清额《万寿恭演连珠十六首》、玉宝《万寿恭拟连珠三十二首》等，随着文人创作的增多，连珠体祝寿的功用得到了进一步巩固和发展。

（1）臣闻万年赓麻，拜嘉于召虎；三寿颂眉，延喜于子鱼。是以昌禄引康，翙羽集蔼吉；吉炉昌式燕，黄发宜兹乐胥。

（2）臣闻以天下养者，膺禔孔厚；惟庶民者，欱愉大同。是以台莱统尊，耆称阗夫苍赤；川阜增嘏，胪欢讫于瀛蒙。

（3）臣闻大圌彪列萝图，辑于尧纪；泰鸿环均藻华，昌乎姬篆。是以三光同衡，行肇祚觊祥帙增；七政比躔，以摛耀俪纬词属。

（4）臣闻象载炘炘，九垓均禧；伟兆郁郁，亿龄展盛。是以涛申无疆，慈善膺洪算之茂；诞畀多益，保佑锡纯嘏之庆。

此四首连珠体皆出自乾隆皇帝《恭祝圣母皇太后七旬万寿连珠》，从其形式上看，四首连珠体皆以"臣闻……是以……"为形式标记，乾隆以帝王身份作连珠却以"臣闻"起头，表示对圣母皇太后的尊敬；从内容上看，例（1）连珠体侧重说国有优秀将相，皇太后您老人家可以安心过生日；例（2）言天下贤人尽为您所用，大好河山就像蓬莱仙境，老百姓乐享大同，太后您老人家可以安心过生日；例（3）言皇太后您老人家的德行合于天地，洽于神灵，您将与日月同寿；例（4）言太后您有吉祥彩头，普天下都一次沾上喜气；好兆头接二连三，意味着您的寿岁将被无限展延，再次祝贺圣母皇太后生日吉祥。从语义逻辑上看，"臣闻"以后多为设喻，"是以"以后多言理或举例，其前后间推理多演绎与类比或论证相结合。

第五，清代仍继承唐以后连珠体同其他文体间的相互影响，又发展出一种不同于明代的连珠诗。

唐以后连珠体同其他文体之间存在相互渗透、相互竞争的关系，这种关系发展至清代又出现新的特点，如连珠诗。

明代唐伯虎的连珠诗其本质是一种模仿连珠定格联章的形式而创作，逻辑推理性相对较弱。相比于明代连珠诗，清代张之洞的连珠诗则大为不同。张之洞《连珠诗》共计 32 首，则相对重视言理及逻辑性。据其序云："陆士衡创为《演连珠》，后世多效之，庾子山并用韵，然骈终不能尽意，今以其体为诗，务在辞达而已。"可知张之洞连珠诗同样为乃效仿陆机《演连珠》而作，具体分析如下：

（一）

朝菌不知晦朔，蟪蛄不知春秋。【设喻】
知远心多危，知近心多偷。【断案】

微生只须臾，苟乐且嬉游。【言理】
所甘草头露，所便丛棘幽。【设喻】
霜寒即扫迹，潦至亦随流。【设喻】
宇宙固不问，谋身且不周。【言理】

贤惜没世名，圣为百世谋。【言理】
宣尼日栖皇，公旦思绸缪。【举例】
天高可倚杵，海深或断流。【设喻】
阳乌畏仰射，六鳌防垂钓。【设喻】
吾闻尧与舜，日为天下忧。【举例】

分析此首连珠诗，会发现其实是五首连珠体而组成的连珠诗。换句话讲，五首连珠体相互佐证而成一首连珠诗。进一步分析：

第一、二句为一首连珠体，第一句为设喻部分，第二句为断案部分；即点明整首诗的中心主旨"知远心多危，知近心多偷"。

第三、四句为一首连珠体，第三句为言理部分，第四句为设喻部分；即论证中心思想之一"知近心多偷"。

第五、六句为一首连珠体，第五句为设喻部分，第六句为言理部分；即论证中心思想之一"知近心多偷"。

第七、八句为一首连珠体，第七句为言理部分，第八句为举例部分；即论证中心思想之一"知远心多危"。

第九、十、十一句为一首连珠体，第九、十句皆为设喻部分，第十一句为举例部分；即论证中心思想之一"知远心多危"。

（二）

弓调而后求劲，马服而后求良。【设喻】
士苟不诚笃，虽才终不祥。【言理】
窦参终负泌，蔡京亦叛光。【举例】

相士贵取节,非谓根本伤。【言理】

菀集枯则背,饥萦饱且扬。【设喻】

其始受操纵,其终不可量。【言理】

无事犹依违,缓急终相戕。【言理】

吾闻诸葛公,鳞甲屏正方。【举例】

此首连珠诗其实是由三首连珠体所组成,分析如下:

第一、二、三句为一首连珠体,第一句为设喻部分,第二句为言理部分,第三句为举例部分;即从反面说出士苟不诚笃,虽才终不祥之理。

第四、五句为一首连珠体,第四句为言理部分,第五句为设喻部分;即从正面说明"相士贵取节"之理。

第六、七、八句为一首连珠体,第六句为言理部分,第七句为断案部分,第八句为举例部分。

（三）

騰蛇无足而飞,梧鼠五技而穷。【设喻】

士贵知道要,不在夸多通。【言理】

赵武言语讷,曹参清静宗。【举例】

周勃少文采,汲黯号愚忠。【举例】

诸葛尚淡泊,魏徵称田翁。【举例】

晁桓两智囊,均不保其躬。【举例】

曼倩最多能,屈身滑稽中。【举例】

刘郡饶百计,夹河终无功。【举例】

惟静识乃远,惟朴力乃充。【断案】

吾闻柱下史,无名道犹龙。【举例】

此首连珠诗其实是由两首连珠体组成的,分析如下:

前八句为一首连珠体,第一句为设喻部分,第二句为言理部分,第三句至第八句为举例部分,即论证"士贵知道要,不在夸多通"之理。

第九、十句为一首连珠体,第九句为言理部分,第十句为举例部分,即点明整首连珠体的中心思想,即"惟静识乃远,惟朴力乃充"的选贤之理。

对比陆机《演连珠》,张之洞《连珠诗》虽仿连珠体而作诗,但有很大不同。从单首形式标记上看,陆机作连珠体往往将"臣闻"等形式标记放置在连珠体句首部分,表听闻具有引导作用,而将中心思想放置在体中或体尾部分,即"是以"或"故"之后。然张之洞《连珠诗》则恰恰相反,而是将连珠诗的中心思想放句首或句中部分,而将原本表引导的标记"吾闻"放置诗体的最后一句表举例。

从篇章角度看,陆机的"演连珠"是数首连珠以推演形式铺排开来而成连珠文;连珠诗具有模仿陆机"演连珠"形式方面的特点,将32首连珠体,以定格联章的形式并列排比,如同一串珠子相串联,故称之为"连珠诗"。

第六,在游戏文方面,此阶段连珠体发展出艳体连珠以外的游戏连珠,如《五色连珠》《五行连珠》等。

从清代传世文献看,此阶段连珠体在游戏文方面,并没有延续明代艳体连珠的特点,而是在此阶段发展出类似于谜语的《五色连珠》《五行连珠》等。分析如下:

尤侗《西堂杂俎》中所作《五色连珠》。

（1）盖闻苏小乘车,松枝荫日;章台走马,柳叶随风。故我所思兮,愁美人千玉案;啜其泣矣,泪司马于衫中。是以一道裙腰,踏遍王孙之草;八分眉黛,画成帝子之峰。（青）

（2）盖闻越国军前,望之如火;天台城上,起而为霞。故汉将军之立帜,飘姚朱羽;吴夫人之点额,仿佛丹砂。是以口血啼残,山山杜鹃之鸟,爨钗烧断,树树石榴之花。（赤）

（3）盖闻汉苑三千,鹅抹宫人之额;坤爻六五,龙绕圣人之衣。故屈子江边,秋风叶落;李陵台畔,夜雨沙飞。是以五柳先生,醉东篱而采采;金衣公子,坐南陌以辉辉。（黄）

（4）盖闻一座何郎,粉照书生之面;三秋陶令,花明太守之衣。故擎玳瑁之杯,悠然自举;入珊瑚之笔,翩矣将飞。是以水晶宫中,琼树与珠帘一色;广寒殿里,霓裳共玉兔争辉。（白）

（5）盖闻禹治九州岛,有水冥若;文王四国,其容黯然。故师旷座中,甚哉墨墨;子云亭上,久矣玄玄。是以列周官之蚁裳,如入乌衣之国;扫汉宫之蝉鬓,不同鹤发之年。（黑）

从形式上看,此五首连珠体皆为三段式,以"盖闻……故……是以……"为统一的形式标记;从内容上看,"盖闻"以后出对句虽描述内容不同,但内容所指有所同,皆为描述同一种颜色,"故"以后出对句同样承接描述该颜色,"是以"后继续描述此颜色。从语义关系上看,"盖闻"以后所述与"故""是以"之间没有必然的语义逻辑关系,相反每首连珠体,皆句句描述相同颜色,如同谜面,指向谜底。

小 结

从清代连珠体的文献著录情况,可见此阶段连珠体其创作者上至帝王,下至君臣,创作数量之多,超以往各时期的总和,这不仅反映出连珠体在清代受到文人的重视和欢迎,同时也暗示着连珠体发展在清代再次达到巅峰。

清代连珠体的形式标记方面,大体可分为十四类,其中"臣闻……是以……"的结构多用于朝廷文臣赞颂祝寿人君的连珠之作中,某种程度上属于官方的统一格式。在连珠体的结构形态方面,大体分为显性二段式、显性三段式、隐性三段式;此阶段整体上形成以二段式为主,较少涉及三段式情况。在连珠体的结构功用方面,相比较以往任何一个时期,此阶段连珠体的结构功用形式不仅具有多样性,且以三段式结构功用为辅助的特点。

清代连珠体的句法形式方面,在继承明代的基础上又进一步发展。无论是言理、设喻部分,还是举例、断案部分,此阶段连珠体的句法形式均以对偶句为主,其中对偶部分以扇句对为主,次以单句对为主特点。

清代连珠体的语义逻辑性延续明代的特点,大体可仍分为两类:一类为抒情与逻辑性并重之作,一类为侧重抒情,削弱逻辑性之作。其前者在继承明代的基础上又呈现新的特点,出现了转折类比式、演绎归纳类比论证式。

清代连珠体的修辞艺术特点不仅仅表现在用典、比喻、顶真、对偶方面,还涉及排比等艺术手法。清代连珠体在功用方面又有所突破,随着其功用范围的扩大,转变了以往的明理谏说功用,渐渐发展出颂君、祝寿、评论文章、写景记事、读书心得、怡情娱乐等功用。

第七章

民国时期连珠体创作及其特色

随着连珠体在清代发展达到顶峰，民国时期延续这一顶峰的特点继续发展。从目前所收语料来看，民国时期创作者人数同清代相当，而且集中发表在民国报刊中，可见连珠体的发展在民国时期仍较有活力，此后，连珠体的发展开始走向衰亡，即使在历史的今天也少有人问津，甚至在文学史著作中也较少提及。

第一节　民国时期连珠体的文献著录情况

民国时期连珠体文献著录情况见下表。

民国时期连珠体文献著录情况

序号	时间	作者	作品名称	现存状况	收录情况
1	民国	谢抗白	清史连珠	70 首	民国白纸排印本
2	民国	此中过来人	连珠：烟室连珠	6 首	《游戏世界（杭州）》1900 年第 3 期,第 62-64 页
3	民国	辛丑二月长洲沙馥	连珠十二首题桃桂仙史碎锦集	12 首	《同文消闲报》1901 年 4 月 16 日 0001 版
4	民国	佚名	禅连珠	4 首	《新闻报》1912 年 8 月 31 日 0013 版
5	民国	蒋箸超	拟连珠（含评论）	6 首	《民权素》1914 年第 3 期 14 页
6	民国	东园	题词随录：连珠十二章	12 首	《女子世界（上海 1914）》1915 年第 2 期,第 6 页
7	民国	赤松侍者	时事连珠（续）	24 首	《时报》1915 年 4 月 21 日,0016 版
			时事连珠	24 首	《时报》1915 年 4 月 20 日,0016 版 《余兴》1916 年第 18 期,第 48-49 页
8	民国	烟桥	新文选：时事连珠	4 首	《余兴》1916 年第 18 期,第 49-50 页
			时事连珠	7 首	《时报》1916 年 1 月 1 日,0013 版
			时事连珠	7 首	《余兴》1916 年第 23 期,第 40-41 页
			时事连珠	4 首	《时报》1915 年 8 月 12 日,0015 版

序号	时间	作者	作品名称	现存状况	收录情况
9	民国	孙仲容	连珠	8首	《民权素》1915年第12期,第11–12页
10	民国	篮笙	艳体连珠	5首	《小说丛报》1915年第15期,第1–2页
11	民国	江州司马	时事连珠	4首	《时报》1915年9月12日,0012版
12	民国	宣颖	拟连珠	11首	《万航周报》1916年第1卷第3期,第12页
13	民国	独涕	强为欢笑连珠新	3首	《民国日报》1916年3月4日0012版
14	民国	怡庵	莲花舌:游戏文:时事连珠	4首	《小说丛报》1916年第3卷第3期,第5页
15	民国	六如	莲花舌:游戏文:美人连珠	4首	《小说丛报》1916年第3卷第4期,第1页
16	民国	习鹏	演连珠	10首	《余兴》1916年第21期,第48–49页
17	民国	慎思	戏拟时事新连珠	8首	《新闻报》1917年5月23日,0013版
18	民国	辰伸	时事新连珠	8首	《时报》1917年6月16日0011版
19	民国	朱大可	时事新连珠	8首	《新闻报》1917年8月12日,0013版
20	民国	烟桥	人物连珠	8首	《时报》1917年9月8日0012版
21	民国	瀚香	时事新连珠	4首	《新闻报》1918年3月6日,0007版
22	民国	高洁	时事新连珠	6首	《新闻报》1918年5月8日,0013版
23	民国	小逸	戏拟连珠	5首	《文友社第二支部月刊》1918年第13期,第3页
24	民国	朱大可	时事新连珠	6首	《新闻报》1918年5月21日,0013版
			时事新连珠	4首	《大世界》1919年4月9日,0002版

序号	时间	作者	作品名称	现存状况	收录情况
备注	朱大可,广西省立第二中学学生				
25	民国	柳万	歇浦新连珠	3 首	《劝业场》1918 年 8 月 26 日 0003 版
26	民国	屠守拙	中秋古事连珠	8 首	《小说新报》1919 年第 5 卷第 8 期,第 10 页
			新连珠	7 首	《新闻报》1920 年 6 月 16 日 0013 版
			谐数游戏文章年景新连珠	4 首	《小说新报》1920 年第 6 卷第 12 期,第 1 页
			谐数:游戏文章:新连珠	8 首	《小说新报》1920 年第 6 卷第 10 期,第 1 页
27	民国	牖云	新连珠	4 首	《小说新报》1920 年第 6 卷第 1 期,第 4–5 页
			新连珠	5 首	《小说新报》1920 年第 6 卷第 1 期,第 4–5 页
备注	嵌本报第五年各期长短篇小说篇名				
29	民国	忍庵	时事新连珠	8 首	《新闻报》1921 年 3 月 31 日,0013 版
30	民国	啸梅	时事新连珠	4 首	《新世界》1921 年 4 月 23 日
31	民国	S	时事新演连珠	2 首	《新世界》1921 年 8 月 6 日
			花事演连珠	2 首	《时报》1920 年 1 月 27 日 0011 版
32	民国	西湖散人	时事新连珠	5 首	《新闻报》1922 年 8 月 12 日,0013 版
33	民国	黄汉民	筹款赎路新连珠	7 首	《时报》1922 年 3 月 4 日 0013 版
34	民国	个厂	时事新连珠	6 首	《无锡新报》1922 年 9 月 28 日,0004 版

序号	时间	作者	作品名称	现存状况	收录情况
35	民国	但焘	诗录二十二首：连珠体（七首：戊甲）	22首	《华报》1923年第1卷第4期，第97–99页
36	民国	顽石	土连珠	6首白战法欧阳修	《新闻报》1925年6月1日0017版
37	民国	罗伯夔	连珠	11首	《中社杂志》1926年第2期，第14–15页
38	民国	何恭第	艳体连珠	6首	《珠江星期画报》1927年第8期18页
39	民国	程潜刚	觉迷（仿连珠体）	6首	《上海报》1930年11月18日，0001版
40	民国	饮光	新演连珠（一）	2首	《晶报》1933年2月14日0003版
			（二）	亡佚	亡佚
			（三）	2首	《晶报》1933年2月17日0002版
			（四）	2首	《晶报》1933年2月20日0002版
			（五）	2首	《晶报》1933年2月25日0002版
			（六）	2首	《晶报》1933年2月26日0003版
			（七）	2首	《晶报》1933年3月1日0002版
			（八）	2首	《晶报》1933年3月7日0003版
			（九）	2首	《晶报》1933年3月11日0003版
			（十）	1首	《晶报》1933年3月15日0002版

序号	时间	作者	作品名称	现存状况	收录情况
41	民国	伯特利	救国连珠（上）	5首	《出路》1933年第3期，第29-30页
			救国连珠（中）	5首	《出路》1933年第4期，第14-15页
			救国连珠（下）	4首	《出路》1933年第5期，第24-25页
42	民国	倪天	国庆演连珠	2首	《晶报》1935年10月10日0002版
43	民国	俞平伯	连珠	34首	《俞伯平散文杂论编》《行素》1935年第1卷第5-6期，第99-103页
44	民国	黄梁	连珠	6首	《台州教区月刊》1936年第5卷第1期第30-31页
45	民国	君叔	新连珠	8首	《新闻报》1937年7月28日0015版
46	民国	莲痴	采菲小品：仿连珠	4首	《新天津画报》1940年第10卷第03期第1页
47	民国	翁偶虹	荀门六曲·演连珠	6首	《荀慧生专集》1941年第3期第1页
48	民国	长宁	股市新连珠	5首	《海报》1944年3月4日0002版
49	民国	杨了公（遗作）	连珠	14首	《永安月刊》1946年第86期，第30-31页

以上为民国时期连珠体创作者的著录情况，可知：

第一，民国时期连珠体创作者共计48人，作品共计520首。同清代相比，此阶段连珠体的发展延续了清代，创作者人数同清代相当，然而此阶段连珠之作篇幅却较短，因连珠体的发表多见于报纸期刊中，篇幅较长不利于读者接受。

第二，从连珠体的命名上看，民国时期连珠体的功用大多是在继承前代的特点，主要表现在：

（1）在命名上承袭前代之作，如杨了公《连珠》、莲痴《仿连珠》、黄梁《连珠》、罗伯夔《连珠》、习鹏《演连珠》、宣颖《拟连珠》、孙仲容《连珠》。

（2）描写人物之作，如艳体连珠类，何恭第《艳体连珠》、六如《美人连珠》、篁笙《艳体连珠》。

（3）怡情娱乐之作，如翁偶虹《荀门六曲·演连珠》、小逸《戏拟连珠》、顽石《土连珠》。

（4）歌颂类之作，如屠守拙《中秋古事连珠》《年景新连珠》、倪天《国庆演连珠》。

（5）读书心得之作，如谢抗白《清史连珠》、佚名《禅连珠》。

第三，虽然此阶段连珠体的功用多继承前代特点，但也有进一步发展。如民国时期连珠的评点功用虽继承清代，但提到了深化，大体可细化为四个方面：行业类评点、时政、人物、忧国忧民。

行业评点类多结合行业特点进行点评，如长宁《股市新连珠》、黄汉民《筹款赎路新连珠》、柳万《歇浦新连珠》、此中过来人《烟室连珠》；时政点评类同样多结合具体时事进行点评，如个厂《时事新连珠》、西湖散人《时事新连珠》、S《时事新演连珠》、啸梅《时事新连珠》、守拙《新连珠》、牖云《新连珠》、忍庵《时事新连珠》、朱大可《时事新连珠》、高洁《时事新连珠》、瀚香《时事新连珠》、辰伸《时事新连珠》、慎思《时事新连珠》、怡庵《时事连珠》、独涕《连珠新》、江州司马《时事连珠》、烟桥《时事连珠》、赤松侍者《时事连珠》《时事连珠》（续）、蒋箐超《拟连珠》。

人物点评类，不同于人物描写，而是针对人物的历史事实进行点评。如烟桥《人物连珠》。此阶段还有一些爱国人士结合当时的社会历史背景发出忧国忧民之叹，如伯特利《救国连珠》（上、中、下）、俞平伯《连珠》、程潜刚《觉迷（仿连珠体）》。

除评点类在民国时期得到进一步发展外，还发展出题词的功用，如东圆《题词随录：连珠十二章》、辛丑二月长洲沙馥《连珠十二首题桃桂仙史碎锦集》。

第四，盖因连珠作品多发表于报纸期刊之上，此阶段连珠的创作者具有多使用笔名的特点。

第二节　民国时期连珠体的结构特点

通过语料分析,盖因清代朝廷将二段式作为官方用体的影响,除去有意模仿陆机《演连珠》的创作会涉及三段式,民国时期连珠体的结构形式主要以二段式为主,其结构形式为"盖闻……是以……",具体分析如下:

一、民国时期连珠体的结构形态及其标记

此阶段连珠体的结构形态虽以二段式为主,但仍然涉及有部分形式为二段式实际为三段式的连珠体,即隐性三段式。整体上此阶段的连珠体的形态可划分为二段式、隐性三段式、三段式。

（一）二段式

（1）盖闻众志成城,则日货可卖,炸弹横飞,而志士倒霉,是以不抵制岂无同盟,恽蕙芳大可不必。（民国·伯特利《救国连珠》）

（2）盖闻青眼识人,别之于既识之后;红颜薄命,寄之于已薄之时。是以朱紫草芥,能拾得者寸阴焉;风雪莲花,欲知音者一人耳。（民国·翁偶虹《荀门六曲》）

此类连珠体形式在民国时期占主要部分,此两首连珠体,一首是伯特利为救国而作的连珠体,一首是翁偶虹为戏曲《绣襦记》而作的连珠体,该曲目为荀门六曲之一。此两首连珠体的形式,皆以"盖闻"起头,表其接受对象具有泛指,例（1）例（2）皆为"是以"为言理部分,

（二）隐性三段式

（3）盖闻羹之热也,呈之者必吹斋;车之覆也,鉴之者必戒

轸。是以成败之机，古今一辙；吉凶之故，彼此相符。智者谋国，当去败而就成；明哲知几，必避凶而驱吉。（民国·程潜刚《仿连珠体》）

此首连珠体的形式如同二段式以"盖闻"其后，以"是以"结尾，然而实际上是三段式。"羹之热也，呈之者必吹虀；车之覆也，鉴之者必戒轸"为一段，"成败之机，古今一辙；吉凶之故，彼此相符"为一段，"智者谋国，当去败而就成；明哲知几，必避凶而驱吉"为一段。

（三）三段式

（4）盖闻绛桃子熟，春晚成蹊。素柰花明，夜深秉烛。何则？有诸内必形诸外，为其事必睹其功。是以相斯韩子，始兼六国以开秦。先主武侯终定三巴以绍汉。（民国·俞平伯《演连珠》）

（5）盖闻悲愉啼笑，物性率真。容貌威仪，人文起伪。是以蔽于一曲，固理短而情长。观其会通，非理深而情浅。故情之侵分，若水去坊。分之定情，如金就范。（民国·俞平伯《演连珠》）

（6）盖闻知周万物，理不胜私。思通神明，泽不济众。岂物近而身远，抑天易而人难。此犹千里之明，蔽生遐睫。秋毫之察，莫睹舆薪。是以学止修身，尚不愧于屋漏。惠知为政，乃勿剪其甘棠。（民国·俞平伯《演连珠》）

以上三例皆为三段式连珠体，其中例（4）的形式为"盖闻……何则？……是以……"，例（5）的形式为"盖闻……是以……故……"，例（6）的形式为"盖闻……故……是以……"。

二、民国时期连珠体的结构功能

民国时期的连珠体多用于报纸评论而注重时政，较为注重列举事实，因此民国时期连珠体的结构功用以"先言理，次举例""先言理，次断案""先言理，次设喻"为主，同时还涉及其他结构类型。具体分析如下：

（一）"先言理，次举例"

（1）盖闻西洋博士，惯登演说之高台；清室大臣，宜入凌烟之画阁。是以审判厅里，陈锦涛仰首伸眉；军法司前，冯麟阁吞云吐雾。（民国·朱大可《时事新连珠》）

此首连珠体在"盖闻"后为先言理部分，描述西洋博士，惯登演说之高台；清室大臣，宜入凌烟之画阁。"是以"后为举例，通过列举"陈锦涛""冯麟阁"进一步论证言理部分。

（二）"先言理，次断案"

（2）盖闻恃薪水以为生，虽生犹死；考冰山以为活，虽活不长。是以穷而至于教员，犹思入股；小而至于店伙，尚欲投机。（民国·长宁《股市新连珠》）

此首连珠体"盖闻"以后为言理部分，浮夸描述靠薪水为生，虽生犹死；考冰山以为活，虽活不长。"是以"后断案部分，即叙述解决以上问题，当选择股票，选择投机。

（三）"先言理，次设喻"

（3）盖闻树欲静而风不息，自古已然；人欲富而股不涨，于今尤甚。是以媚眼成空，一蟹不如一蟹；归心何急，阿刘还是阿刘。（民国·长宁《股市新连珠》）

此首连珠体先通过描述"树欲静而风不息，自古已然；人欲富而股不涨，于今尤甚"之理，"是以"后为设喻部分，即通过"一蟹不如一蟹"突出"媚眼成空"，"阿刘还是阿刘"突出"归心何急"，进一步引申其旨。

（四）"先设喻，次言理"

（4）盖闻兰植通途，必无经时之翠；桂生幽壑，终保弥年之丹。是以耦耕植杖，大贤每以之兴怀；被发缨冠，远志或闻而却步。（民国·俞平伯《演连珠》）

此首连珠体先设喻,通过描述"兰植通途""桂生幽壑"进行设喻,"是以"后为归纳言理,即说明"耦耕植杖,大贤每以之兴怀;被发缨冠,远志或闻而却步"之理。

(五)"先举例,次举例"

(5)盖闻仲尼设教,门曾列以四科;成汤好生,纲本开夫三面。是以安福组部,文宣王恐有冒牌;张倪联名,武圣人请颁赦令。(民国·朱大可《时事新连珠》)

此首"盖闻"以后通过以列举"仲尼设教,门曾列以四科;成汤好生,纲本开夫三面"的历史时事,"是以"后同样为列举,即"安福组部,文宣王恐有冒牌;张倪联名,武圣人请颁赦令"的事实,前后形成正反对比。

(六)"先举例,次言理"

(6)盖闻蕙质兰心,咽苦雨凄风之泪;曹衣吴带,继红情绿意之思。是以粉墨成吟,各中人呼之欲出;丹青作引,弦外音应诸而生。(民国·翁偶虹《荀门六曲》)

此首连珠体出自《荀门六曲》中概括评论"丹青引","盖闻"以后为列举"蕙质兰心,咽苦雨凄风之泪""曹衣吴带,继红情绿意之思","是以"后为言理,即说明"粉墨成吟,各中人呼之欲出;丹青作引,弦外音应诸而生"的评论。

(七)"先举例,次言理,终以断案"

(7)盖闻至赜而动者,物象殊焉,易简而远者,道心一焉。是以不识不知,万类冥合于天行。无臭无声,群圣祗承夫帝则。故拟之而后言,议之而后动。得者存而失者亡,顺者吉而逆者凶。(民国·俞平伯《演连珠》)

此首连珠体"盖闻"以后先举例,即列举"至赜而动者""易简而远者","是以"后为归纳言理,即说明"不识不知,万类冥合于天行。无臭无声,群圣祗承夫帝则","故"以后为断案部分,即点明整首连珠体的中心主旨。

（八）"先言理，次设喻，终以断案"

（8）盖闻知周万物，理不胜私；思通神明，泽不济众。岂物近而身远，抑天易而人难。此犹千里之明，蔽生遐睫。秋毫之察，莫睹舆薪。是以学止修身，尚不愧于屋漏；惠知为政，乃勿剪其甘棠。（民国·俞平伯《演连珠》）

此首连珠体"盖闻"以后为言理，说明"知周万物，理不胜私；思通神明，泽不济众"；"此犹"以后为设喻部分，即"千里之明，蔽生遐睫。秋毫之察，莫睹舆薪"；"是以"后为断案部分，说明中心为"学止修身""惠知为政"。

（九）"先言理，次断案，终以举例"

（9）盖闻自炫自媒，士女丑行；取义成仁，圣贤高致。是以知人论世，心迹须参；见着因微，毫厘是察。故上书慨慷，非无阿世之嫌；说难卑微，弥感忧时之重。（民国·俞平伯《演连珠》）

此首连珠体"盖闻"以后为言理部分，即说明"自炫自媒，士女丑行；取义成仁，圣贤高致"，"是以"后为断案部分，即说明"知人论世，心迹须参；见着因微，毫厘是察"。"故"以后为举例部分，进一步论证其旨。

（十）"先言理，次设喻，终以举例"

（10）盖闻目遇之而成色，心领之而会神。非烟非云，观光华之发越；一草一木，有纹理之灿然。是以俯察仰观，通三才而合撰；左图右史，罗万象以在旁。（《民国·连珠十二首题桃桂仙史碎锦集》）

此首连珠体"盖闻"以后言理说明"目遇之而成色，心领之而会神"，"非烟非云，观光华之发越；一草一木，有纹理之灿然"为第二层，即设喻部分，"是以"后为第三层举例部分，即"俯察仰观，通三才而合撰；左图右史，罗万象以在旁"。

（十一）"先设喻，次言理，终以断案"

（11）盖闻羹之热也，呈之者必吹齑；车之覆也，鉴之者必戒辙。是以成败之机，古今一辙；吉凶之故，彼此相符。智者谋国，当去败而就成；明哲知几，必避凶而驱吉。（民国·程潜刚《仿连珠体》）

此首连珠体先通过"羹之热""车之覆"进行设喻，说明"呈之者必吹齑""鉴之者必戒辙"；"是以"后为言理部分，即说明"成败之机，古今一辙；吉凶之故，彼此相符"；"智者谋国，当去败而就成；明哲知几，必避凶而驱吉"为第三层，即断案部分，说明整首连珠体的中心思想。

（十二）"先设喻，次言理，终以举例"

（12）盖闻欹器之盛水也，满必溢；鼎俎之折足也。是以谦受益而令终高朗，同心德而其利断金。晏子之不受邑。岂徒然哉；虞公之亡下阳。良可叹也。（民国·程潜刚《仿连珠体》）

此首连珠体"盖闻"以后为设喻部分，"是以"为言理部分，即"谦受益而令终高朗，同心德而其利断金"，"晏子之不受邑。岂徒然哉；虞公之亡下阳。良可叹也"为第三层，为举例部分进一步论证其理。

第三节　民国时期连珠体的句法研究

连珠体的基本结构分为言理、设喻、举例、断案四部分，我们仍以此为结构框架，进一步分析每一部分的句法形式特点。

一、言理部分

言理部分句法形式大体可分为单句对和扇句对，举例说明如下：

（一）单句对

（1）盖闻富则治易，贫则治难。（民国·俞平伯《演连珠》）

（2）盖闻八道殷顽格之须德，三台瓯脱备必须兵。（民国·谢抗白《清史连珠》）

（3）盖闻唯兵不祥，为仁不富。（民国·俞平伯《演连珠》）

（4）盖闻目遇之而成色，心领之而会神。（《连珠十二首题桃桂仙史碎锦集》）

（5）何则？有诸内必形诸外，为其事必睹其功。（民国·俞平伯《演连珠》）

（6）是以谦受益而令终高朗。同心德而其利断金。（民国·程潜刚《仿连珠体》）

以上六例为单句对言理，其中前四例皆出现在连珠体的句首"盖闻"以后，其中例（1）（2）（4）皆为紧缩对，例（2）中还含有特殊数字对，例（3）为动宾结构相对；例（5）出现在三段式连珠体"何则"以后的部分，其出对句相对中又各自成对，例（6）出现在连珠体的皆为部分，同样为假设关系紧缩对。

（二）扇句对

1. 四四扇对

（7）盖闻冯唐老去，犹有雄心；孟德生还，宁甘独处。（民国·朱大可《时事新连珠》）

（8）盖闻达摩西去，一苇云迷；王浚东来，千船浪涌。（民国·朱大可《时事新连珠》）

（9）盖闻明威信赏，以道黔黎；小惩大戒，如保赤子。（民国·俞平伯《演连珠》）

（10）盖闻积善余庆，影响何征；业报受生，升沉谁见。（民国·俞平伯《演连珠》）

（11）盖闻啼笑皆非，难为佳妇；死生不二，共许忠臣。（民国·谢抗白《清史连珠》）

（12）是以成败之机，古今一辙；吉凶之故，彼此相符。（民

国·程潜刚《仿连珠体》)

以上六例为四四扇对,且多出现在连珠体的句首部分,其中仅程潜刚《仿连珠体》的言理出现在连珠体的结尾部分。

2. 四五扇对

（13）盖闻天网恢恢,虽疏而不漏;人心攘攘,无事而自扰。(民国·慎思《戏拟时事新连珠》)

（14）盖闻众擎易举,任重则勿支;兼程可几,道远则勿及。(民国·俞平伯《演连珠》)

（15）盖闻因心感物,不外乎人情;出口成章,则谓之天籁。(民国·俞平伯《演连珠》)

以上三首皆为四五扇对,多出现在连珠体的句首"盖闻"以后。

3. 四六扇对

（16）盖闻软红十丈,风牵杨柳之丝;惨绿十年,烟锁芙蓉之影。(民国·翁偶虹《演连珠》)

（17）盖闻二十五条,旧约竟翻新约;四百兆众,吾人宁伏他人。(民国·朱大可《时事新连珠》)

（18）盖闻游子忘归,觉九天之尚隘。劳人反本,知寸心之已宽。(民国·俞平伯《演连珠》)

（19）盖闻仗义入关,不战而驱流寇;称尊正位,一诏而有中原。(民国·谢抗白《清史连珠》)

（20）盖闻剑仙女侠,风尘双征之离;闺阁尸香,贞血孤魂之石。(小说新报新连珠)

以上五例为四六扇对,同样皆出现在连珠体起首"盖闻"以后,其中前两例含有数字对,以上五例的句法形式皆为复句相对。

4. 四七扇对

（21）是以粉墨成吟,各中人呼之欲出;丹青作引,弦外音应诸而生。(民国·翁偶虹《演连珠》)

（22）是以善谈名理，苍生叹陈义之高；宏济艰难，天下感归人之切。（民国·程潜刚《仿连珠体》）

（23）盖闻青眼识人，剔之于既识之后；红颜薄命，寄之于已薄之时。（民国·翁偶虹《演连珠》）

（24）盖闻国际公法，为人道必须争持；世界强权，非武力不能解决。（民国·慎思《戏拟时事新连珠》）

（25）盖闻聚众滋事，小民之智识堪怜；同盟罢工，社会之风气丕变。（民国·朱大可《时事新连珠》）

以上五例皆为四七扇对，其中前两例皆出现在连珠体的结尾"是以"后，后三例皆出现在连珠体起首"盖闻"以后。

5. 四八、五六扇对

（26）是以早晚开盘，叫嚣等朝凰之百鸟；多空对垒，胜负如逐浪之孤舟。（民国·长宁《股市新连珠》）

（27）盖闻讦人阴私者，事无补而身危；寄人篱下者，心有余而力诎。（民国·谢抗白《清史连珠》）

以上两例中，例（26）出现在连珠体的结尾，为四八扇对；例（27）出现在连珠体的句首部分，为五六扇对。

6. 六四扇对

（28）盖闻恃薪水以为生，虽生犹死；考冰山以为活，虽活不长。（民国·长宁《股市新连珠》）

（29）盖闻树欲静而风不息，自古已然；人欲富而股不涨，于今尤甚。（民国·长宁《股市新连珠》）

（30）盖闻潮水有涨时即有落时，乃循环之理；股价有去年即有今年，亦事理之常。（民国·长宁《股市新连珠》）

（31）是以同门坎之鱼翻，惟祝青云直上；倘石头而击卵，只余红泪双抛。（民国·长宁《股市新连珠》）

以上四例皆为六四扇对，其中前三例皆出现在连珠体的句首"盖闻"以后，例（31）出现在连珠体的句尾部分。

7. 七六、七七扇对

（32）盖闻合则留不合则去，其势不容中立；同而进不同而退，所争只在一言。（民国·慎思《戏拟时事新连珠》）

（33）盖闻公敌怯者私斗勇，何妨省见之忿争；军机重则民命轻，不顾地方之糜烂。（民国·慎思《戏拟时事新连珠》）

（34）盖闻蔬食菜羹非至味，饥者得之而可生；锦绣珠玉皆珍奇，寒者得之而不暖。（民国·程潜刚《仿连珠体》）

以上三例皆出现在连珠体的句首"盖闻"以后，其中例（32）为七六扇对，例（33）（34）为七七扇对。

二、设喻部分

民国时期连珠体的设喻部分，整体上以对偶句为主，兼涉及散句。具体分析如下：

（一）四四扇对

（1）盖闻绛桃子熟，春晚成蹊。素柰花明，夜深秉烛。（民国·俞平伯《演连珠》）

（2）盖闻云飞水逝，物候暄寒。春鸟秋虫，心声哀乐。（民国·俞平伯《演连珠》）

（3）盖闻乘风破浪，莫问楼船；撒豆成兵，无非妖孽。（民国·谢抗白《清史连珠》）

（4）故天堂地狱，只为庸愚；残蕙锄兰，翻钟贤哲。（民国·俞平伯《演连珠》）

（5）是以塞雁城乌，画屏自暖。单衾小簟，一舸分寒。（民国·俞平伯《演连珠》）

以上五例为四四扇对，其中前三例出现在连珠体"盖闻"以后，例（4）例（5）皆出现在连珠体中结尾部分。

（二）四五、三七扇对

（6）是则金生水，镆耶待炉冶之功；木在山，梁栋藉斧斤之用。（民国·俞平伯《演连珠》）

（7）是以苹末风飘，而苇苕暝宿。梨花雨勒，则鸥鹭晨归。（民国·俞平伯《演连珠》）

以上两例皆为扇句对，其中例（6）为四五扇句对，例（7）为三七扇句对。

（三）四六扇对

（8）盖闻仲尼设教，门曾列以四科；成汤好生，纲本开夫三面。（民国·翁偶虹《演连珠》）

（9）盖闻大好姻缘，佳偶恐成怨偶；相逢患难，泥人转劝土人。（民国·慎思《戏拟时事新连珠》）

（10）盖闻兰植通途，必无经时之翠；桂生幽壑，终保弥年之丹。（民国·俞平伯《演连珠》）

（11）盖闻卧薪尝胆，原难与废除及，毁家纾难，何妨画饼充饥。（民国·伯利特《救国连珠》）

（12）盖闻大汉鸿名，建江山于鳌极；布声教于，麟洲国和肇域。（民国·倪天《国庆演连珠》）

（13）盖闻羹之热也，呈之者必吹斋；车之覆也，鉴之者必戒轸。（民国·程潜刚《仿连珠体》）

（14）是以媚眼成空，一蟹不如一蟹；归心何急，阿刘还是阿刘。（民国·长宁《股市新连珠》）

（15）乙朱辰日，星之菁华毕现，丹邱紫逻，泽林之葱郁弥佳。（《连珠十二首题桃桂仙史碎锦集》）

以上各例的设喻部分中，四六扇对所占比重较多。以上各例，源自不同作者作品中的四六扇对，其中前六例皆出现在连珠体的句首"盖闻"以后，例（14）出现在连珠体的句尾部分，例（15）出现在连珠体的句中部分。

（四）四七扇对

（16）是以揩干眼泪,譬如做一梦黄粱;排遣胸襟,静候吃二升白米。(民国·长宁《股市新连珠》)

（17）是以安福组部,文宣王恐有冒牌;张倪联名,武圣人请颁赦令。(民国·朱大可《时事新连珠》)

（18）是以海天寥廓,幽人含缥渺之思;灯火冥迷,倦客理零星之梦。(民国·俞平伯《演连珠》)

以上三例为四七扇对,分别出现在连珠体的结尾部分。

（五）四八、四十扇对

（19）是以诗中孔雀,听丈二绿柱而徘徊;钗头凤凰,谱尺八红箫而凄冷。(民国·翁偶虹《演连珠》)

（20）盖闻花绽同心,历碧海青天而不冷;情飞一缕,纵镂尘刻影以奚为。(民国·翁偶虹《演连珠》)

（21）盖闻悉索敝赋,雄心挟一家一当以俱来;难画尊容,笑口诵三藐三菩而莅止。(民国·长宁《股市新连珠》)

以上三例中,例（19）中,扇对出现在连珠体的结尾部分;例（20）（21）中,扇对出现在连珠体的句首“盖闻”以后。其中例（19）（20）为四八扇对,而例（20）为四十扇对。

（六）五六、六四扇对

（22）盖闻棋之得胜也,一子系于全秤;纲之有条也,一纲统乎众目。(民国·程潜刚《仿连珠体》)

（23）盖闻伸手无愧乎将军,齐开五指;低眉类夫善萨,竟出一言。(民国·长宁《股市新连珠》)

以上两例中,扇对皆出现在连珠体的句首部分,其中例（22）属于五六扇对,例（23）属于六四扇对。

（七）六六扇对

　　（24）盖闻三百六十行，其中皆有状元，一部二十七史，不知从何说起。（民国·伯利特《救国连珠》）

　　（25）盖闻雀之捕螳螂也，不顾弹之在后；鱼之吞饼饵也，不虑钩之刺喉。（民国·程潜刚《仿连珠体》）

　　（26）是以可怜杨柳，翻来雅俗之平。一夜北风，同许三春之艳。（民国·俞平伯《演连珠》）

以上三例属于六六扇对，其中例（24）（25）中，扇对皆出现在连珠体的句首"盖闻"以后；例（26）中，扇对出现在连珠体的结尾部分。

（八）七七扇对

　　（27）盖闻我能往寇亦能往，古人之愚见可笑，或以封或以得税，庄子之寓言岂妄。（民国·伯利特《救国连珠》）

　　（28）盖闻火之烈也不可亲，维水可以息其焰；水之决也不可止，维土可以遏其冲。（民国·程潜刚《仿连珠体》）

以上两首皆出现在连珠体的句首"盖闻"以后，皆为七七扇对。

此部分连珠体中除去扇对外，还涉及散句，但这种情况仅为个别。如俞平伯《演连珠》："盖闻十步之内，必有芳草。千里之行，起于足下。是以临渊羡鱼，不如归而结网。"此首连珠体中"是以"后为设喻，即用散句的形式表述。

三、举例部分

由于民国时期的连珠体多用于时事评论，因此举例部分语料较多。通过对其句法进一步分析，可将其划分为单句对、扇句对，其中扇句对可进一步分为九类扇对。

（一）单句对

　　（1）是以母仪天下而有下嫁之皇言；变起宫中而有相煎之惨史。（民国·谢抗白《清史连珠》）

（2）是以八万两千户乃七宝修合而成，一千七百渠汇九河昆仑之色。（《连珠十二首题桃桂仙史碎锦集》）

（3）是以最后宣战美利坚方卷入旋涡，单独媾和俄罗斯传脱离协议。（民国·慎思《戏拟时事新连珠》）

以上三例为单句对，前两例为紧缩扇句对，例（3）属于主谓结构相对。

（二）扇句对

1.四四扇对

（4）是以曲有三疑，周郎乃顾；香留罗带，荀令遂名。（民国·翁偶虹《演连珠》）

（5）盖闻好逸恶劳，中材之故态；宴安鸩毒，前哲之危言。（民国·俞平伯《演连珠》）

（6）盖闻至啧而动者，物象殊焉，易简而远者，道心一焉。（民国·俞平伯《演连珠》）

（7）是以庄生迷蝶，栩栩为真。郑人覆鹿，匆匆如梦。（民国·俞平伯《演连珠》）

以上四首连珠体皆为四四扇对，皆为由复句构成。

2.四六扇对

（8）盖闻恤纬忧周，宁止青灯之氅。覆巢完卵，难欺黄口之孺。（民国·俞平伯《演连珠》）

（9）是以曲消杯酒，郁愁气于车前；词诉箜篌，搅泪痕于河上。（民国·翁偶虹《演连珠》）

（10）是以哀哀诸公，虽或甘心卖国；莘莘学子，莫不泣血归来。（民国·朱大可《时事新连珠》）

（11）是以俯察仰观，通三才而合撰；左图右史，罗万象以在旁。（《连珠十二首题桃桂仙史碎锦集》）

（12）是以贞专窈窕，不言女子之卑。扑朔迷离，却以男儿而贵。（民国·俞平伯《演连珠》）

（13）是以外交方针，无商榷之余地；军事会议，有召集之特权。（民国·慎思《戏拟时事新连珠》）

以上六例皆为四六扇对，可见此类句法式在举例部分用例较多。

3. 四七扇对

（14）是以白发徐娘，长安居屡与浩叹；红鬃烈马，升平国代打武场。（民国·朱大可《时事新连珠》）

（15）是以骂尽鬼头，恬然按蛛丝之迹；急抱佛脚，攸哉取鸳梦之温。（民国·翁偶虹《演连珠》）

（16）是以飞檐走壁，山东来了詹天有，百疮千孔，民国尽是倒霉年。（民国·伯利特《救国连珠》）

（17）故上书慨慷，非无阿世之嫌。说难卑微，弥感忧时之重。（民国·俞平伯《演连珠》）

（18）是以国张四维，九合小夷吾之政；礼因百世，双昌傲明远之诗。（民国·倪天《国庆演连珠》）

（19）是以痛深奴隶，铁窗话爱国之情；语忆天伦，孝子堕伤心之泪。（小说新报新连珠）

（20）是以反对声中，内阁有推翻之说；赞成派内，国会穿解散之谣。（民国·慎思《戏拟时事新连珠》）

（21）盖闻蕙质兰心，咽苦雨凄风之泪；曹衣吴带，继红情绿意之思。（民国·翁偶虹《演连珠》）

此类句法形式在举例部分所占比重最多，以上八例源自不同作者作品中举例部分句式，皆为四七扇对，进一步分析其"七字"部分，其中皆含有停顿语气词。

4. 四八扇对

（22）是以屈己下人。勾践卒洗事吴之辱。陈机观变。孙膑终雪剜足之羞。（民国·程潜刚《仿连珠体》）

（23）是以东南半壁，光旧物而尽扫机枪；朝野无人，酿巨案而累偿金帛。（民国·谢抗白《清史连珠》）

（24）是以飞龙得鹿，王侯出市井之酋豪。漏尽钟鸣，家国

付清流之裙屐。(民国·俞平伯《演连珠》)

以上三例皆为四八扇对,其在连珠体中出现的位置同样为结尾"是以"之后。

5. 五七扇对

除去起首为四字言扇对起头外,起首还有五字言扇对。

（25）是以逢人劝节约,丝袜一双二十五两,有客称财神,纸上慷慨三千万。(民国·伯利特《救国连珠》)

此例为起首为五字言,承接以七字言,进一步分析其起首部分,皆为动宾结构,其承接部分同样为动宾结构,与此同时,还含有数字语义对,即"二十五两"与"三千万"相对。

6. 六四扇对

（26）是以疾赴当年之乐,过眼空花;徐图没世之名,扶头梦想。(民国·俞平伯《演连珠》)

（27）是以晏子之不受邑,岂徒然哉;虞公之亡下阳,良可叹也。(民国·程潜刚《仿连珠体》)

（28）是以阎冯注意江南,卒归败衄;袁曹称雄蓟北,不免流亡。(民国·程潜刚《仿连珠体》)

以上三例为六四扇对,皆出现在连珠体的结尾"是以"后,表进一步论证其旨。

7. 六六、六七扇对

（29）是以灌销内之石油,信乎州官放火;开城中之巨炮,自然百姓遭殃。(民国·慎思《戏拟时事新连珠》)

（30）是以先主蜀都分鼎,吞吴之恨长遗;苻坚淝水断流,亡秦之祸自速。(民国·程潜刚《仿连珠体》)

（31）是以国府一迁洛阳,下关之炮声不闻,飞机也可陈列,中国之面子无忧。(民国·伯利特《救国连珠》)

（32）是以尽依样之葫芦，财部仆而交部织；刻印板之文字，总长拘而次长逃。（民国·慎思《戏拟时事新连珠》）

以上四例极为起首为六言的扇对，皆出现在连珠体的句尾部分，其中例（29）（30）属于六六扇对，例（31）（32）属于六七扇对。

8. 七七扇对

（33）是以人力车因撬照会，卡德路四覆三翻；水木作为加工钱，鲁班殿七张八嘴。（民国·朱大可《时事新连珠》）

（34）是以管仲夺伯氏之邑，既叹息许其如仁；子产告太叔之言，又流涕称为遗爱。（民国·俞平伯《演连珠》）

以上两例为七七扇对，皆出现在连珠体的句尾部分。

9. 九四扇对

（35）是以起风潮于纳妾彼法官，极乐生悲；尝味道于参官某总长，破涕为笑。（民国·慎思《戏拟时事新连珠》）

此首为九四扇对，同样出现在连珠体结尾部分，其句法结构为因果关系复句。

四、断案部分

通过对断案部分语料的分析，其句法形式同样为单句对、扇句对。

（一）单句对

（1）故君子虚心以假物，尊贤而定法。（民国·俞平伯《演连珠》）

（2）是以信及豚鱼而不足以孚王公，恩及牛羊而不足以保百姓。（民国·俞平伯《演连珠》）

以上两例为紧缩结构对，其中例（1）为条件关系紧缩结构对，例（2）为转折关系紧缩结构对。

（二）扇句对

1. 四四扇对

（3）是以知人论世，心迹须参；见着因微，毫厘是察。（民国·俞平伯《演连珠》）

（4）是以霹雳一声，舍身救国；风尘四海，结党保皇。（民国·谢抗白《清史连珠》）

（5）是以单枕闲凭，有如此夜。千秋长想，不似当年。（民国·俞平伯《演连珠》）

以上三例为四四扇句对，其皆出现在连珠体的结尾部分。

2. 四六扇对

（6）智者谋国，当去败而就成；明哲知几，必避凶而驱吉。（民国·程潜刚《仿连珠体》）

（7）是以身殉大行，遵后命而完节；情陈遗疏，冀尸谏以回天。（民国·谢抗白《清史连珠》）

（8）是以学止修身，尚不愧于屋漏；惠知为政，乃勿剪其甘棠。（民国·俞平伯《演连珠》）

（9）是以蔽于一曲，固理短而情长；观其会通，非理深而情浅。（民国·俞平伯《演连珠》）

以上皆为四六扇对，进一步分析其句法形式皆为复句所构成的扇句对，皆出现在连珠体的皆为部分。

3. 四七、六四扇对

（10）是以朱紫草芥，能拾得者寸阴焉；风雪莲花，欲知音者一人耳。（民国·翁偶虹《演连珠》）

（11）是以诲人设教，常欣一室之春温；出野为邦，共讨今年之秋早。（民国·俞平伯《演连珠》）

（12）是以穷而至于教员，犹思入股；小而至于店伙，尚欲投机。（民国·长宁《股市新连珠》）

以上三例皆出现在连珠体的句尾部分,其中例(10)(11)皆为四七扇对,例(12)为六四扇对。

第四节　民国时期连珠体的语义推论研究

民国时期抒情类连珠体仍有延续,分为两类:一类为抒情与逻辑性并重之作,一类为侧重抒情,削弱逻辑性之作。其中,前者又可分演绎式、演绎类比式、演绎类比论证式、论证式、论证类比式、归纳式、归纳演绎式、归纳类比式、归纳类比论证式、归纳演绎类比式;而后者以艳体连珠类为代表。

一、演绎式

（1）盖闻啼笑皆非,难为佳妇;死生不二,共许忠臣。是以身殉大行,遵后命而完节;情陈遗疏,冀尸谏以回天。(民国·谢抗白《清史连珠》)

此首连珠体描述啼笑皆非的妇人形象难以让人觉得是最佳的妇人,在忠臣心中生和死说一不二;"是以"后为断案部分,进一步说明"身殉大行",遵后命而完节;情陈遗疏,冀尸谏以回天之理,点明中心思想。

二、演绎类比式

（2）盖闻潮水有涨时即有落时,乃循环之理;股价有去年即有今年,亦事理之常。是以揩干眼泪,譬如做一梦黄粱;排遣胸襟,静候吃二升白米。(民国·长宁《股市新连珠》)

此首连珠体"盖闻"以后为言理部分,说明"股价有去年即有今年,亦事理之常","是以"后为设喻部分,进一步通过"揩干眼泪,譬如做一梦黄粱;排遣胸襟,静候吃二升白米"来类比引申其理。

（3）盖闻绳墨诚陈,不可欺以曲直;规矩诚设,不可欺以方圆。是则金生水,镆耶待炉冶之功;木在山,梁栋藉斧斤之用。故君子虚心以假物,尊贤而定法。（民国·俞平伯《演连珠》）

此首连珠体"盖闻"以后为言理部分,说明"绳墨诚陈""规矩诚设"之理,"是则"后以"金生水""木在山"为设喻部分,"故"以后为断案部分。从言理部分到设喻部分为演绎推理,从设喻部分到断案部分为演绎推理,从言理到断案部分同样为演绎推理。

三、演绎类比论证式

（4）盖闻目遇之而成色,心领之而会神。非烟非云,观光华之发越;一草一木,有纹理之灿然。是以俯察仰观,通三才而合撰;左图右史,罗万象以在旁。（民国·俞平伯《演连珠》）

此首连珠体"盖闻"以后为言理,即说明"目遇之而成色,心领之而会神"的前提,其后"非烟非云,观光华之发越;一草一木,有纹理之灿然"为进一步设喻部分,"是以"后为通过列举"俯察仰观""左图右史"进一步论证其理。从言理到设喻部分为演绎,从设喻到举例部分,从言理到举例皆为论证关系,又设喻本身具有类比关系,故此首连珠体属于演绎类比论证式。

四、论证式

（5）盖闻水月杨枝,泥菩萨徒供作耍;刀枪棍棒,小喽啰也要登台。是以白发徐娘,长安居屡与浩叹;红鬃烈马,升平国代打武场。（民国·朱大可《时事新连珠》）

此首连珠体"盖闻"以后为言理部分,"是以"后为举例部分,前后之间为论证关系。

五、论证类比式

（6）盖闻一室生春，月无关乎近水；九州岛铸错，兰何忌乎当门。是以曲有三疑，周郎乃顾；香留罗带，荀令遂名。（民国·翁偶虹《演连珠》）

此首连珠体"盖闻"以后通过"一室生春""九州岛铸错"进行设喻，"是以"后为举例部分，进一步引申论证其理。

六、归纳式

（7）盖闻蔬食菜羹非至味，饥者得之而可生；锦绣珠玉皆珍奇，寒者得之而不暖。是以善谈名理，苍生叹陈义之高；宏济艰难，天下感归人之切。（民国·程潜刚《仿连珠体》）

此首连珠体"盖闻"以后为列举，即说明蔬食菜羹非至味，饥者得之而可生；锦绣珠玉皆珍奇，寒者得之而不暖。"是以"后为言理部分，即说明"善谈名理，苍生叹陈义之高；宏济艰难，天下感归人之切。"

七、归纳演绎式

（8）盖闻至赜而动者，物象殊焉，易简而远者，道心一焉。是以不识不知，万类冥合于天行。无臭无声，群圣祗承夫帝则。故拟之而后言，议之而后动。得者存而失者亡，顺者吉而逆者凶。（民国·俞平伯《演连珠》）

此首连珠体"盖闻"以后为举例，"是以"后为言理，"故"以后为断案。从举例部分到言理部分为归纳推理，从言理部分到断案部分，点明整首的连珠体的中心思想，为演绎推理，从举例部分到断案部分，同样为归纳推理。

八、归纳类比式

（9）盖闻雏莺学语,绿暗千林;乳燕归梁,红飘一霎。是以称心为好,此日全非;即事多欣,当年可惜。(民国·俞平伯《演连珠》)

此首连珠体"盖闻"以后通过以"雏莺学语""乳燕归梁"进行设喻,"是以"后为感慨而言理,即描述"称心为好,此日全非;即事多欣,当年可惜。"

九、归纳类比论证式

（10）盖闻目遇之而成色,心领之而会神。非烟非云,观光华之发越;一草一木,有纹理之灿然。是以俯察仰观,通三才而合撰;左图右史,罗万象以在旁。(《连珠十二首题桃桂仙史碎锦集》)

此首连珠体先言理,次设喻,最后以举例。从言理到设喻部分为演绎推理,从设喻到举例部分,从言理到举例部分皆为论证,又设喻本身又含有类比性,因此此首连珠体为归纳类比论证式。

十、归纳演绎类比式

（11）盖闻羹之热也。呈之者必吹齑。车之覆也。鉴之者必戒辙。是以成败之机,古今一辙;吉凶之故,彼此相符。智者谋国,当去败而就成;明哲知几,必避凶而驱吉。(民国·程潜刚《仿连珠体》)

此首连珠体"盖闻"以后为设喻部分,"是以"后为言理部分,"智者谋国,当去败而就成;明哲知几,必避凶而驱吉"为断案部分。从设喻部分到言理部分为归纳推理,从言理部分到断案部分为演绎推理,又设喻本身又含有类比性,因此此首连珠体属于归纳演绎类比式。

十一、正反对比式

（12）盖闻仲尼设教，门曾列以四科；成汤好生，纲本开夫三面。是以安福组部，文宣王恐有冒牌；张倪联名，武圣人请颁赦令。（民国·朱大可《时事新连珠》）

此首连珠体先通过举例，即"仲尼设教，门曾列以四科；成汤好生，纲本开夫三面"，"是以"后为进一步举例，即"安福组部，文宣王恐有冒牌；张倪联名，武圣人请颁赦令"，前后之间形成一种正反对比。

第五节　民国时期连珠体的艺术特色及其功用

民国时期是连珠体发展延续清代的觞滥，此阶段连珠体发展又呈现新的特点，其在功用方面更加注重实用性，此阶段连珠体多应用于报纸学刊，评论时政，甚至成为革命性文体。此阶段连珠体艺术手法继承以往特点，其修辞手法涉及用典、比喻、对偶等方面，具体分析如下：

一、民国时期连珠体的修辞艺术

民国时期连珠体延续明清时期连珠体的艺术特点，其修辞手法更多集中在用典、比喻、对偶等方面。

（一）对偶

此阶段的对偶手法，延续以往时期的特点，仍分为工对和宽对，其中工对占据主流，而宽对仅仅是少数。举例说明：

（1）智者谋国，当去败而就成；明哲知几，必避凶而驱吉。（民国·程潜刚《仿连珠体》）

（2）盖闻唯兵不祥，为仁不富。（民国·俞平伯《演连珠》）

（3）盖闻八道殷顽格之须德，三台瓯脱备必须兵。(民国·谢抗白《清史连珠》)

（4）是以八月会师，黄海人共涛翻酒；城变照红，灯国如鼎沸。(民国·谢抗白《清史连珠》)

以上四例皆属于对偶手法，其中例（1）属于工对，其句法属于复句所构成的隔句对，出句中"智者谋国"与对句"明哲知几"相对，"当去败而就成"与"必避凶而驱吉"结构相对，同时本身各自相反成对。例（2）的无论是句法，还是结构皆属于工对。例（3）属于宽对，其句法结构中出句中"顽格之须德"属于定中结构，而"脱备必须兵"属于动宾结构。例（4）中"黄海人共涛翻酒"与"灯国如鼎沸"相对，属于宽对。

（二）比喻

此阶段比喻同样延续明清时期的特点，多出现其设喻中。其喻体不仅涉及动植物，还有人物。

（1）盖闻青眼识人，剔之于既识之后；红颜薄命，寄之于已薄之时。是以朱紫草芥，能拾得者寸阴焉；风雪莲花，欲知音者一人耳。(民国·翁偶虹《演连珠》)

（2）盖闻乌龙扫地，无坚不摧，白蛇钻天，所向皆靡，是以招贤馆开，英雄好汉露身手，八段锦行，孙唐泰尔无颜色。[民国·伯特利《救国连珠》(上)]

（3）盖闻人而不如鸟，孔夫子盖曰可以；迁地乃为良，全中国岂无乐土。是以皇皇禁令，不许学生逃难；滚滚火车，送将古物南来。[民国·伯特利《救国连珠》(下)]

例（1）首为翁偶虹以连珠体总结描述"绣襦记"，其中所引用的"草芥"即"草和芥"，在此用以比喻轻贱。例（2）中通过以动物进行设喻，借助乌龙扫地，无坚不摧，白蛇钻天，所向皆靡。形象描述其前提。例（3）中将"人而不如鸟"其实是将人比喻成鸟类。

（三）用典

此阶段的用典较以往任何时期，没有显著变化。依据用典的有无引用标志方面,可将用典分为"明引"和"暗用"两类;依据所引用典故中所含经典与典籍故事,也可将用典分为引言和引事两类;依据典故在文中使用义跟典故原义彼此关照的不同情形,分析连珠体中所引原典义与用典义的语义关系看,又可分为同义式、转义式。依据用典的功用划分为四类:即证言式、衬言式、代名式、代言式;依据一首连珠体所引用典数量的寡与多,而分为单引和叠引。这里仅举两例以明之。

(1)盖闻好逸恶劳,中材之故态;宴安鸩毒,前哲之危言。是以运甓高斋,以无益为有益。力田下渼,以靡暇为长闲。

此首连珠体所引"运甓"用典属于转义式,"运甓"源自《晋书·陶侃传》:"侃在州无事,辄朝运百甓于斋外,暮运于斋内。人问其故,答曰:'吾方致力中原,过尔优逸,恐不堪事。'其励志勤力,皆此类也。"后以"运甓"比喻刻苦自励。

(2)盖闻仲尼设教,门曾列以四科;成汤好生,纲本开夫三面。是以安福组部,文宣王恐有冒牌;张倪联名,武圣人请颁赦令。(民国·朱大可《时事新连珠》)

此首连珠体所引典故属于叠引,"盖闻"以后的出句"仲尼设教"出自《史记·仲尼弟子列传》,对句"成汤好生"典出《史记·殷本纪》:"汤出,见野张网四面,祝曰:'自天下四方皆入吾网。'汤曰:'嘻,尽之矣!'乃去其三面,祝曰:'欲左,左。欲右,右。不用命,乃入吾网。'""是以"所引"文宣王""武圣人"皆为引事典,同属于代名式用典。

二、民国时期连珠体的功用及其特点

(一)民国时期的连珠体多见于民国期刊报纸中,其发表的作者多使用笔名

如西湖散人《时事新连珠》,此中过来人《连珠:烟室连珠》,《花事演连珠》,烟桥《人物连珠》《时事连珠》,瀚香《时事新连珠》,赤松侍者《时事连珠》,小逸《戏拟连珠》,莲痴《仿连珠》,顽石《土连珠》,啸梅《时

事新连珠》、忍庵《时事新连珠》、饮光《新编连珠》、篆笙《艳体连珠》、六如《美人连珠》等等，这些笔名如今也很难查找到其原作者。除此之外含有一些使用原名的，如程潜刚《仿连珠体》、俞平伯《连珠》、翁偶虹《荀门六曲·演连珠》、杨了公《连珠》、何恭第《艳体连珠》、罗伯夔《连珠》、黄汉民《筹款赎路新连珠》、朱大可《时事新连珠》、屠守拙《中秋古事连珠》、蒋箸超《拟连珠(含评论)》、谢抗白《清史连珠》、孙仲容《连珠》。

（二）与明清时期相比，民国时期连珠体的篇幅大大缩减，一方面是受报纸期刊版面的影响，另一方面也说明连珠体此阶段更加注重实用性

通过语料分析，可见此阶段连珠体最短的篇幅出现两首，最长的篇幅出现三十四首。连珠体的发展形式也呈现连续性，一方面受报刊版面空间小的限制，另一方面说明若多首定格联章，容易让人失去阅读的兴趣，进而采用短小篇幅。如伯特利《救过连珠》(上中下)、饮光《新编连珠》一共分为十次见刊，每次两首，即使是篇幅最长的俞平伯《演连珠》也并不一次刊登完毕。

（三）民国时期连珠体的结构形式继承明清时期的特点并有进一步的发展

通过对民国连珠体形式上的分析，发现无论是言理作品，还是抒情作品，受清代影响较大，尤其是二段式连珠在清代被用作官方用体。民国时期继承了此特点，该时期除有意模仿陆机《演连珠》形式的文学作品外，连珠体的形式皆以二段式为主，发表于报刊上。此阶段连珠体的形式标记多以"盖闻……是以……"为主，其中"盖闻"起头，表明其接受者皆为一般性的群体。

（四）民国时期连珠体的功用在继承清代的基础上，又有进一步细化发展

清代是连珠体功用发展的成熟阶段，它在继承明代的言理、游戏、叙史等功用基础上，又发展出祝寿、赞颂、评论、读书笔记、友人相赠、咏物写景等新的功用。而民国时期进一步扩大了连珠体的功用，如评论类，此阶段进一步结合时事政治发展出行业类评点、时政、人物、忧国忧民类；赞颂类，此阶段进一步发展出倪天《国庆演连珠》、屠守拙《中秋古事连珠》；游戏类，此阶段有六如《美人连珠》、何恭第《艳体连珠》、顽石

《土连珠》；咏物写景，长洲沙馥《连珠十二首题桃桂仙史碎锦集》；叙史抒情类，如谢抗白《清史连珠》。

行业点评类中，最具代表性的当属于长宁1944年3月4日在《海报》上发表的《股市新连珠》，具体内容如下：

（1）盖闻恃薪水以为生，虽生犹死；考冰山以为活，虽活不长。是以穷而至于教员，犹思入股；小而至于店伙，尚欲投机。

（2）盖闻伸手无愧乎将军，齐开五指；低眉类夫善萨，竟出一言。是以早晚开盘，叫嚣等朝凤之百鸟；多空对垒，胜负如逐浪之孤舟。

（3）盖闻悉索敝赋，雄心挟一家一当以俱来；难画尊容，笑口诵三藐三菩而莅止。是以同门坎之鱼翻，惟祝青云直上；倘石头而击卵，只余红泪双抛。

（4）盖闻树欲静而风不息，自古已然；人欲富而股不涨，于今尤甚。是以媚眼成空，一蟹不如一蟹；归心何急，阿刘还是阿刘。

（5）盖闻潮水有涨时即有落时，乃循环之理；股价有去年即有今年，亦事理之常。是以揩干眼泪，譬如做一梦黄粱；排遣胸襟，静候吃二升白米。

第一首连珠体"盖闻"以后为言理部分，即说明现实当中人们工作的薪水少之又少，"是以"为举例部分，前后构成因果关系，即说明因为工资少，想赚更多的钱，于是"教员""店伙"都在想如何通过股票赚钱。第二首"盖闻"后为设喻，即说明买卖股票的输赢及人的表情，"是以"后为言理，进一步说明输赢人生的起伏。第三首"盖闻"以后为言理，描述带着全部家当进入股市，"是以"后设喻，有些人赚了，有些人赔了。第四首"盖闻"以后为言理，即说明买股票后，不涨令人担忧；"是以"后为设喻，进一步说明手持股票的心情和心态。第五首"盖闻"以后为言理部分，即说明股价有去年即有今年，亦事理之常；"是以"后为进一步设喻，说明股票被套牢后的后悔心情。

民国时期，连珠体结合时事进行评点，充分发挥其讽刺的功用，是此阶段连珠体发展的一大特色。如朱大可在1919年4月9日刊登《大世界》上的四首，在1918年5月21日《新闻报》上的《时事新连珠》六首，皆结合当时中国发生的屈辱新闻,进行点评,讽刺当时的统治者无能。

（1）盖闻仲尼设教,门曾列以四科;成汤好生,纲本开夫三面。是以安福组部,文宣王恐有冒牌;张倪联名,武圣人请颂赦令。

（2）盖闻冯唐老去,犹有雄心;孟德生还,宁甘独处。是以石订三生,杜鹃桥广收春色;珠量十斛,铜雀一开贮佳人。

（3）盖闻达摩西去,一苇云迷;王浚东来,千船浪涌。是以欧东归客,铜沙洋普济与嗟;楚北英才,铁甲舰横行无忌。

（4）盖闻二十五条,旧约竟翻新约;四百兆众,吾人宁伏他人。是以哀哀诸公,虽或甘心卖国;莘莘学子,莫不泣血归来。

（5）盖闻聚众滋事,小民之智识堪怜;同盟罢工,社会之风气丕变。是以人力车因撬照会,卡德路四覆三翻;水木作为加工钱,鲁班殿七舌八嘴。

（6）盖闻水月杨枝,泥菩萨徒供作耍;刀枪棍棒,小喽啰也耍登台。是以白发徐娘,长安居屡与浩叹;红鬃烈马,升平国代打武场。

以上六首连珠体皆以"盖闻"起头,"是以"为衔接。每首记录一个历史时事,同时也在讽刺当局者的腐败无能。第一首和第三首的结构功能相同,"盖闻"以后皆为言理部分,"是以"为举例部分;第二首连珠体,"盖闻"以后为言理部分,"是以"为设喻部分;第四、五、六首的结构功用相同,皆为先言理。

赞颂类,此阶段不同于清代时赞颂统治者,而是更偏向进一步发展节日类赞颂。如倪天《国庆演连珠》、屠守拙《中秋古事连珠》。

（1）盖闻大汉鸿名,建江山于鳌极;布声教于,麟洲国和肇域。是以太乙凝眸,嘉节纪十精之历;玉衡扬彩。体征集两戒之间。（民国·倪天《国庆演连珠》）

（2）盖闻革故鼎新,组良模于屦发;经文纬武,陋塞步于汉唐。是以国张四维,九合小夷吾之政;礼因百世,双昌傲明远之诗。（民国·倪天《国庆演连珠》）

游戏类,民国时期,游戏类连珠体承袭以往,一类写事物,顽石的《土连珠》,同以往《五色连珠》《五行连珠》有相似趣味;一类为写人,此阶段既有承袭以往写美人的各个部位之作,如何恭第《艳体连珠》,还有不写美人,而是刻画整个人的,如六如《美人连珠》。

(1)盖闻金谷楼中,绿珠洒泪;潇湘馆里,黛玉归魂。是以青冢留痕,昭君独愁塞上;深宫失意,梅妃惨赋楼东。

(2)盖闻秀骨兰躯,朱唇璨尔;明眸皓齿,翠口嫣然。是以龋齿啼妆,梁冀最懂孙寿;回头媚态,唐皇擅宠杨妃。

(3)盖闻飞燕轻盈,织腰可掬;容娘蹁跹,皓足堪夸。是以潘氏金莲,早擅昏侯之誉;小蛮杨柳,亦增居易之怜。

(4)盖闻杏靥飞红,娇姿无力;柳眉含翠,丽质堪怜。是以宿酒微醺,增杨妃之媚态;香醪为醒,助西子之浓情。

(5)盖闻海棠未足,愁煞鸳鸯;豆蔻初开,梦迷蛱蝶。是以花容活现,半铺翡翠之衾;云发微松,斜卷鲛绡之帐。

(6)盖闻八字宫眉,汉宫媲美;九鬟仙髻,泰殿称奇。是以甄后妆台,幼出灵蛇之样;孙和琥珀,艳留獭髓之痕。

以上六首为何恭第《艳体连珠》,分别描述美人恨、美人笑、美人舞、美人醉、美人睡、美人妆。其笔下所描叙的美人,栩栩如生,让人浮想翩翩。

(1)盖闻河洛才人,名传复社;秣陵金粉,雅号媚香。是以柳絮随风,不效逆珰之附;桃花泪血,独标贞女之称。

(2)盖闻诗书世宙,派起河东;闺阁名姝,家传太素。是以牡丹亭上,能消倩女之魂;软红尘中,得逐回生之愿。

(3)盖闻从一而终,独推红粉;不二其志,媲美绿珠。是以鸳鸯梦冷,欲寻再世之盟;燕子楼空,不堕坚贞之节。

(4)盖闻生小婵娟,歌喉百转;香分豆蔻,婀娜连枝。是以一世留名,不让钱塘苏小;千秋遗墓,堪侪虎阜真娘。

此四首连珠体为六如1916年发表在《小说丛报》上的《美人连珠》,第一首连珠体描述的是李香君,第二首描写的是杜丽娘,第三首刻画的是关盼盼,第四首叙述的刘碧君。与以往不同,此四首连珠体,分别描述了四位不同的女子,形象生动,婀娜多姿。

咏物写景,民国时期的连珠体咏物写景继承了明清时期写景的特点,并进一步发展出题景的功用,其内容在写景的同时,还涉及推理,其代表作有长洲沙馥《连珠十二首题桃桂仙史碎锦集》。

（1）在天着象丽,地为文黄。乙朱辰日,星之菁华毕现,丹邱紫逻,泽林之葱郁弥佳。是以八万两千户,乃七宝修合而成;一千七百渠,汇九河昆仑之色。

（2）盖闻说山川者,备九能之大夫;过巴蜀者,谢一时之藻绘。经天有具,效苍极之神功;益地成图,偕玉琬而呈瑞。是以挟碧华而瞻彩珥,有奎璧之双辉;分九派而通十洲,有睢涣之五色。

（3）盖闻卿云杨黼黻之依,山花绚虫龙之采。摘屈宋之艳者,高掇天葩;熏班马之香者,浓蒸地轴。是以虞廷作歌,赓歌皆扬拜之才;义画开爻,变化极文章之妙。

（4）盖闻云峰午午,梅尧臣之诗;石理庚庚,倪高士之作。摇来官绿,缭白而天际无垠;涌出帝青,接蓝而江水可染。是以摹成手笔,即大块之文章;浚澈心源,皆天然之粉本。

（5）盖闻图金石于不泐必言炳,丹青抱精华于未披必神涵。灵秀综千丝于一缕而组织无痕,漱六艺之众芳而咀含不尽。是以有经纬者,始蔚然成文;绣悦肇者,非苟为藻饰。

（6）盖闻美味恒调于九鼎,奇珍非萃于一狐。不得片脔之尝味,无溢于鼎外;不知千腋之集珍,自蕴于狐中。是以甘受和投,曲记揉青之咏;以白受来,绘事有后素之文。

"碎锦"表细碎的锦缎,小花纹的锦缎。晋·潘岳《射雉赋》:"毛体摧落,霍若碎锦。"在此比喻细碎之文。此六首之作皆为长洲沙馥在辛丑二月所作,其体全部采用隐性三段式,"盖闻"起头,"是以"承接,以定格连长的形式排列开来,围绕桃桂仙史所展开。

叙史抒情类,此功用源自南北朝时期庾信《拟连珠》,借连珠体以叙史抒情。此功用在民国得到继承,如谢抗白《清史连珠》,即是借助连珠体用以总结叙述清代历史和教训。

（1）盖闻啼笑皆非，难为佳妇；死生不二，共许忠臣。是以身殉大行，遵后命而完节；情陈遗疏，冀尸谏以回天。

（2）盖闻时逢景运，一旅足以中兴；教衍西夷，小德适为大患。是以东南半壁，光旧物而尽扫机枪；朝野无人，酿巨案而累偿金帛。

（3）盖闻乘风破浪，莫问楼船；撒豆成兵，无非妖孽。是以八月会师，黄海人共涛翻酒；城变照红，灯国如鼎沸。

（4）盖闻八道殷顽格之须德，三台瓯脱备必须兵。是以鸭绿江滚滚波涛，白日东流有限劫生无限劫；狮球岭（台中要地）茫茫云树，黑旅（刘永福）西卷一样青分两样青。

（5）盖闻横刀向天，壮哉肝胆；望门投止，渺矣关河。是以霹雳一声，舍身救国；风尘四海，结党保皇。

武进谢抗白《清史连珠》并不见于报纸期刊，目前见有民国白纸排印本，全书共计71页。以上五首便出自其中，例（1）和例（5）相似，皆"盖闻"以后为言理部分，"是以"后为断案部分；例（2）和例（4）相近，"盖闻"以后为言理部分，"是以"后为举例进一步论证；例（3）"盖闻"以后为设喻部分，"是以"后举例部分。

小 结

民国时期，连珠体的发展延续清代。从文献著录上看，此阶段创作者的数量同清代人数相当，然而此阶段的作品更多集中发表于民国报刊上，也正是因为其报刊版面的问题，此阶段连珠体的创作的篇幅也有所缩小，重在达意。从民国报刊所收录的情况可见，连珠体的发展在民国时期仍较有活力，同时也反映出此阶段连珠体更加注重言理的实用性。

此阶段连珠体的结构形式，除去有意模仿陆机《演连珠》外，多受清代官方用体的影响，已形成以二段式为主的特点。此阶段连珠体的形式标记方面，起头皆为"盖闻"，因发表于报刊，其接受对象具有泛指性。因此二段式的形式标记以"臣闻……是以……"为主，三段式连珠体虽然偶有涉及，但其形式标记相对较全，如"盖闻……何则？……是以……""盖闻……是以……故……""盖闻……故……是以……"。同样，鉴于连珠体多用于报纸评论而注重时政，较为注重列举事实，因此该时期连珠体的结构功用以"先言理,次举例""先言理,次断案""先言理,次设喻"为主,同时还涉及其他结构类型。

此阶段连珠体的句法形式,无论在言理、举例部分,还是断案部分,皆以对偶句为主,而在设喻部分除去对偶句式外,还涉及散句。

此阶段连珠体的语义逻辑继承明清时期特点,同样分为两类:一类为抒情与逻辑性并重之作,一类为侧重抒情、削弱逻辑性之作。其中,前者依据语义逻辑性又可分演绎式、演绎类比式、演绎类比论证式、论证式、论证类比式、归纳式、归纳演绎式、归纳类比式、归纳类比论证式、归纳演绎类比式。

此阶段连珠体的功用虽多继承前代特点,但也有进一步发展。如继承清代连珠体在读书心得、歌颂、怡情娱乐、人物描写等方面的功用,其中清代连珠体的评点功用,在民国时期得到进一步深化,细化为四个方面:行业类评点、时政、人物、忧国忧民类。因为此阶段连珠体多发表于报刊中,所以其修辞手法更偏向于用典、比喻、对偶等方面。

结　语

　　目前学界对"连珠体"的研究多局限于唐以前陆机《演连珠》,在文体观念上受《文心雕龙》影响,多认为其属于"杂文",而忽视了深入研究。学界虽有不少断代研究,但多集中在唐以前,缺乏对连珠体整体发展面貌认识,尤其是对唐至民国时期连珠体发展的研究有待进一步加强。

　　本书通过搜集四部群书、佛经道藏、民国报刊等文献,整理出3545首连珠体,相对全面地反映出历代连珠体发展的面貌,对于唐以后尤其是明清至民国时期的连珠体文献(3350首)进行了初步整理。通过梳理连珠体的发展脉络,着重对唐至民国时期连珠体的文献著录、结构形式、句法形式、推论形式、语言艺术特点及其功用等六个方面的特点进行了综合分析。

　　通过深入考证,我们可得出历代连珠体的发展脉络,即连珠体萌芽于先秦时期的《墨经》,起源于韩非子、肇名于扬雄,兴盛于汉章帝之时,演进于魏晋时期,繁盛于南北朝时期,唐宋之间创作虽有减少,但其体依然受重视并有所发展,南宋到元末期间,连珠体发展才真正进入衰退期,然在元末明初之时,连珠体又再次复兴,至清代发展达到巅峰,民国时期继承清代之余绪,此后连珠体发展再次走向衰落。

　　通过分析唐以后连珠体的结构形式,发现唐以后整体继承唐以前特点,又呈现新的特点,明清时期继承以往连珠体的形态分类,即显性二段式、隐形三段式、显性三段式,但值得注意的是二段式形态在清代被认定作为朝廷官方用体,无论是帝王,还是文臣的各类连珠体之作,统一以二段式的形态出现。在形式标记上,唐代连珠体的形式标记又出现新的特点,一方面是起头标记中出现了"夫""窃以"等新的发语词,另一方面结尾的衔接词中出现"因知"。发展至明代,连珠体的形式标记可谓集大成,可分为十三类。此阶段起头的形式标记在继承以往"臣闻""盖闻""无形式标记"的基础上又出现了"愚闻""余闻";启承部分的形式标记还有新的形式,如"臣闻……盖(原因)……是以……""盖闻……然则……是以……""盖闻……苟……是以……""盖闻……若(如)……是以……"等。清代继承并巩固了明代连珠体的形式标记,并且将二段式连珠体的形式标记"臣闻……是以……"确定为官方用体,此阶段连珠体起头的形式标记又发展出"仆闻",同样表谦称。民国时期,受清代官方用体的影响,连珠体的形式标记主要以"盖闻……是以……"为主,兼涉以"盖闻……何则?……是以……""盖闻……是以……故……"在结构功能上,连珠体的结构功能是一个不断完善并发展成熟的过程,其结构功能的组合如同排列组合,随着时代的发展呈现多样化组合的特点。唐以后连珠体的结构功能继承魏晋南北朝时期特点,而又有新发展,如"言理+言理+言理""言理+言理+断案""举例(正)+举例(反)""言理+举例+断案+设喻""言理+断案+举例+举例"等。至明代,连珠体的结构功能大体可分为28种,其中侧重"言理""设喻"部分。至清代,连珠体的结构功能形式不仅具有多样性,而且具有统一固定性,形成以二段式结构功能为主,以三段式结构功能为辅的特点。到民国时期,由于连珠体多用于报纸评论而注重时政,因此较为注重列举事实,故此阶段连珠体的结构功能以"先言理,次举例""先言理,次断案""先言理,次设喻"为主。

连珠体的句法形式实际上经历了一个从参差不齐、不讲押韵,到句式整齐且多以对偶押韵形式出现的过程。唐以后连珠体的句法形式特点可谓丰富多彩,浓缩了中国文学从赋体到骈文演变的全过程,有助于考察连珠体是如何从汉赋体形式演变为骈文之流。如唐代,连珠体的句法形式整体上继承南北朝时期,但又有所不同。在言理、举例部分主要分为平行对、隔句对,其中平行对以紧缩结构为主,隔句对以四四扇、四六扇为主;在设喻、断案部分,此阶段不同于南北朝时期,其中设喻部分以四四隔句对、四六隔句对为主,缺少平行对;断案部分分为平行对、隔句对,其中平行对以紧缩结构为主,隔句对以四四隔句对、四六隔句对为主。从唐代至民国时期,连珠体的句法虽以对偶句为主,但不同时期,对偶句特点又有所不同,整体还可管窥修辞中对偶在唐以后的发展变化史。

通过分析唐以后连珠体的推论形式,结合学界现有研究,发现连珠体的推类思想并不是一蹴而就的,而是一个动态的不断变化发展的过程,在发展中还曾受其他推理形式的影响而产生变体。整理连珠体类推形式变迁,总体如下:

连珠体中推类思想变迁

先秦时期	两汉时期	魏晋时期	南北朝时期	唐代
论证式 — 演绎论证式, 归纳论证式 类比式 正反对比式	类比式 归纳式 — 归纳演绎式 正反对比式 论证式	论证式 — 类比论证式, 归纳论证式, 演绎论证式, 归纳类比式 归纳式 — 归纳演绎式 演绎式 — 演绎类比式 综合式 — 归纳演绎类比论证式, 演绎类比论证式, 归纳类比论证式	演绎式 — 演绎类比式 论证式 — 演绎论证式, 归纳论证式, 类比论证式 归纳式(无) 综合式 — 归纳类比式, 归纳演绎类比式	演绎式 论证式 — 演绎论证式, 类比论证式 因果式 — 因果类比式 综合式 — 演绎类比论证式

宋代	明代	清代	民国时期
论证式 — 类比论证式, 演绎论证式 归纳式 — 归纳演绎式 演绎式 正反对比式	归纳式 — 归纳类比式, 归纳演绎式, 归纳论证式 论证式 — 演绎论证式, 类比论证式 演绎式 — 演绎类比式 因果式 — 因果论证式 正反对比式 综合式 — 演绎类比论证式, 因果演绎论证式	论证式 — 归纳论证式, 类比论证式, 归纳类比式 归纳式 演绎式 — 演绎类比式 转折式 综合式 — 归纳演绎类比论证式, 归纳类比论证式, 演绎类比论证式	论证式 — 演绎类比式, 类比论证式 归纳式 — 归纳演绎式, 归纳类比式 正反对比式 综合式 — 演绎类比论证式, 归纳类比论证式, 归纳演绎类比式

至唐代,随着佛教的传入,因果论逐渐渗透到连珠体中,曾出现因果式连珠以及因果类比式连珠。发展至北宋时期,连珠体的类推形式仍是继承魏晋时期的特点。明代连珠体复兴,连珠体融合了宋以前的类推形式,其中包括因果式、因果论证式以及在此基础上形成的因果演绎论证式。到清代,虽然连珠体发展至巅峰,但其类推形式依然在魏晋南北朝时期的范围内容上有所侧重,此时期值得注意的是孔广森的"转连珠",他一改往日连珠体的类推特点,将转折融入连珠体的类推中形成一种别出心裁的连珠体。民国时期连珠体继承明清的特点,而没有新的发展。至此可见连珠体的类推形式是一个动态发展的过程,其类推形式发展完备是在魏晋南北朝时期,随后又受其他推理形式的影响而形成新的变体,但无论是何种变体,皆是在类同的基础上进行。

某种程度上,连珠体其实是古人最早将墨家类推思想运用于实践的一种尝试,它在中国传统逻辑思想史上具有活化石的意义,它的存在论证了我国古代形式逻辑的发展历程。通过研究连珠体与墨家思想,我们发现连珠体的创作机制同《墨经》中"三知"也有密切关联。通过对连珠不同形式的分析,我们认为连珠体的创作机制其实是将《墨子·经上》中"闻知""说知""亲知"三者融为一体的综合表达。二段式连珠的创作机制常以"闻知"起头,以"说知"推类来结尾,表现出一种归纳、演绎、类比、论证两两衔接的语用类推形式。三段式连珠的创作机制也常以"闻知"为起头,以"亲知"为转合,以"说知"推类来结尾,表现出一种归纳、演绎、类比、论证两两衔接或四者为一体的语用类推形式。纵观历代连珠的形式,二段式与三段式两者的区别主要在于"说知"是否令贤者微悟,二段式连珠常将"说知"省略,让接受者在阅读中思维类推得其旨;而三段式"说知"往往直接给出主旨,令读者一目了然。纵观明清时期连珠的类推形式,虽然连珠体的功用已扩散至祝寿、写景抒情等,但无论连珠体的功用范围如何扩大,均建立在类同的基础上,可见类同性又是连珠体赖以存在与发展的根基,也是中国传统思维认识事物的一种方式。

通过分析唐以后连珠体的修辞艺术及功用发展,发现不同时期连珠体呈现不同的特点。如在修辞艺术上,唐代连珠体的修辞手法继承魏晋南北朝时期的特点,以对偶和用典为主,较少涉及比喻。发展至宋代,连珠体的修辞手法得到进一步丰富,除以往对偶、用典、比喻手法外,句法中还出现了顶真、叠字的手法,进一步增强了连珠的艺术性。明清时期连珠体的修辞手法可谓集前代之大成,不仅包含对偶、重叠、顶真,还有排比、用典、比喻等手法。民国时期,因连珠体多发表于报刊中,注重实用性,因此其修辞手法更偏向用典、比喻、对偶等。

在功用上,如果说魏晋南北朝时期是连珠"体"发展的成熟时期,那么明清时期则是连珠体"用"的全盛时期。唐以后,尤其是明清时期,连珠体功用在继承以往的基础上又有所突破,渐渐发展出颂君、祝寿、评论、写景记事、读书心得、怡情娱乐等功用。至民国时期,连珠体的功用虽多继承前代特点,但也有进一步发展。如清代连珠体的评点功用,在民国时期得到进一步深化,并细化为三个方面:行业类评点、时政类评点、人物类评点。

从唐以后连珠体发展史上看,连珠体单一短小的文体发生变异,呈现出多元性的变化。若以文体发展史为线索,可以看出唐以后连珠体同赋体、骈体、诗歌、奏议等文体皆有关系,但又有所不同,含有丰富的推理性,自成一体。

古代文体史的发展,承载了古代文学发展史的变迁。连珠体作为我国古代一种特殊的文体,不仅将文学性和推理性融于一体,而且还记载着我国古人最早将类推思想形式化的尝试。本书通过对唐至民国时期连珠文体系统的整理,发现它犹如文苑的一株奇葩,虽纵横古今,源远流长,但却为今人所忽视。它是中国古代逻辑思想史中的活化石,却存在开发挖掘的不足;它贯穿我国古代文学史、汉语史、思想史的发展,却沧海遗珠;笔者希望通过相对系统的研究,以期尽可能描述清楚连珠文体的发展史,还原其本该有的学术历史地位,同时为学界短小文体的发展与研究提供些思路。

附 录

唐以前连珠体文献著录情况

一、秦汉时期连珠体的文献著录情况

序号	时间	作者	作品名称	现存状况
1	战国时期	韩非子	内外储说	33 首
文献著录	《韩非子》内储说上、下、外储说左上、左下、外储说右上、右下			
2	西汉	扬雄	连珠	存 4 首（2 首残损）
文献著录	唐·欧阳询《艺文类聚》卷五十七《杂文部·三》录 1 首（清文渊阁四库全书本） 宋·李昉《太平御览》卷第四六九《人事部·一百一十》录 1 首（四部丛刊三编景宋本） 宋·吴棫《韵补》卷一《上平声》录 1 首（宋刻本） 明·郑朴编《扬子云集》卷六录 1 首（清文渊阁四库全书本） 明·张溥《汉魏六朝一百三家集》卷八《扬雄集》录 2 首（清文渊阁四库全书本） 明·张自烈《正字通》卷四录 1 首（清康熙二十四年清畏堂刻本） 明·梅鼎祚《西汉文纪》卷二十一录 2 首（清文渊阁四库全书补配清文津阁四库全书本） 清·李兆洛《骈体文钞》卷二十九《连珠类》录 1 首（清道光合河康氏家塾刻本） 清·严可均《全上古三代秦汉三国六朝文·全汉文》卷五十三录 4 首（民国十九年景清光绪二十年黄冈王氏刻本） 清·张英《渊鉴类函》卷二百《文学部·九》录 1 首（清文渊阁四库全书本） 清·张玉书《御定佩文韵府》卷九之二录 1 首（清文渊阁四库全书本）			

序号	时间	作者	作品名称	现存状况
备注	严可均《全汉文》所辑两首残连珠源于李善的《文选》注。如："兼听独断圣王之法也"（文选干宝晋纪总论注），"古之人主所以统天者不远焉"（文选陆机五等论注）			
3	东汉	班固	拟连珠	存 5 首
文献著录	唐·欧阳询《艺文类聚》卷五十七《杂文部·三》录 5 首（清文渊阁四库全书本） 明·梅鼎祚《东汉文纪》卷十录 5 首（清文渊阁四库全书本） 明·徐元太《喻林》卷七十《君道门》录 1 首（清文渊阁四库全书本） 明·张溥《汉魏六朝一百三家集》卷十一《汉·班固集》录 5 首（清文渊阁四库全书本） 清·邓志谟《古事苑定本》卷七录 2 首但合为 1 首（清康熙兰雪堂刻本） 清·严可均《全上古三代秦汉三国六朝文·全后汉文》卷二十六录 5 首（民国十九年景清光绪二十年黄冈王氏刻本） 清·张英《渊鉴类函》卷二百《文学部·九》录 1 首（清文渊阁四库全书本） 清·李兆洛《骈体文钞》卷二十九《连珠类》录 2 首（清道光合河康氏家塾刻本） 清·张玉书《佩文韵府》卷九十之一录 1 首（清文渊阁四库全书本）			
备注	清·邓志谟《古事苑定本》卷七将班固连珠 2 首合为 1 首。如：班固连珠有云："公输爱其斧，故能妙其巧。明主贵其士，故能成其治。是以良匠度其材而成大厦，明主器其士而成大功。"			
4	东汉	贾逵	连珠	残存 1 首
文献著录	南北朝·范晔《后汉书》卷三十六《郑范陈贾张列传》第二十六有概述（百衲本景宋绍熙刻本） 清·严可均《全上古三代秦汉三国六朝文·全后汉文》卷三十一录残 1 首（民国十九年景清光绪二十年黄冈王氏刻本） 清·汪师韩《文选理学权舆》卷二标目有"贾逵连珠"（清读画斋丛书本） 清·胡绍煐撰南北朝萧统《文选笺证》卷十三（清光绪聚轩丛书第五集本）			
备注	严可均《全后汉文》所辑一首残连珠，源于李善的《文选》注。如：贾逵连珠曰夫君人者，不饰不美，不足以一民。 清·严可均《全上古三代秦汉三国六朝文·全后汉文》卷三十一录残 1 则（民国十九年景清光绪二十年黄冈王氏刻本）连珠"夫君人者，不饰不美，不足以一民"。又见于《文选·景福殿赋》云："不壮不丽，不足以一民而重威灵；不饰不美，不足以训后而永厥成。故当时享其功利，后世赖其英声。"类似贾逵连珠之作。 范晔《后汉书·贾逵传》卷三十六"逵作诗颂诔书连珠酒令凡九篇"。			

序号	时间	作者	作品名称	现存状况
5	东汉	赵岐	连珠	40首已佚

文献著录	唐章怀太子贤注南北朝范晔《后汉书》卷六十四《吴延史卢赵列传》第五十四（百衲本景宋绍熙刻本） 宋·王应麟《玉海·玉海卷》第五十四《汉连珠》、第六十二《艺文·汉御寇论》均有概述（清文渊阁四库全书本） 明·方以智《通雅》卷三《概述》（清文渊阁四库全书本） 清·张英《渊鉴类函》卷二百《文学部·九连珠一》有说明（清文渊阁四库全书本） 清·姚振宗《后汉艺文志》卷三《赵岐御寇论·四十章》（民国适园丛书本）
备注	唐章怀太子贤注《后汉书》赵岐列传："《三辅决录注》：'是时纲维不摄，阉竖专权，歧拟前代连珠之书四十章上之，留中不出。'" 《后汉艺文志》卷三"拟前代连珠之书四十章上之，留中不出。"

6	东汉	服虔	连珠	已佚

文献著录	南北朝·范晔《后汉书》卷七十九（下）《儒林列传》第六十九（下）有概述（百衲本景宋绍熙刻本） 宋·郑樵《通志》卷一百七十二《儒林传·第一》（清文渊阁四库全书本） 明·王圻《续文献通考》卷二百一《道统考》（明万历三十年松江府刻本） 明·曹金《（万历）开封府志》卷十七（明万历十三年刻本） 明·李贤《明一统志》卷二十七（清文渊阁四库全书本） 明·李汛《（嘉靖）九江府志》卷七（明嘉靖刻本） 清·孔继汾《阙里文献考》卷七十二（清乾隆刻本） 清·罗惇衍《集义轩咏史诗钞》卷十九《服虔》（清光绪元年刻本） 清·熊赐履《学统》卷三十七《附统》（清康熙二十四年刻本） 清·姚振宗《后汉艺文志》卷四九《江太瘦服虔集》十余（民国适园丛书本） 民国 唐晏《两汉三国学案·两汉三国学案卷之九》（清龙溪精舍丛书本）
备注	《儒林传下·服虔下》："所著赋、诔、书记、连珠、九愤，凡十余篇。"

7	东汉	傅毅	连珠	已佚

文献著录	南北朝·范晔《后汉书》卷八十（上）《文苑列传》第七十（上）有概述（百衲本景宋绍熙刻本） 宋·王钦若《册府元龟》卷八百三十七（明刻初印本） 元·佚名《氏族大全》卷十七（清文渊阁四库全书本） 明·何景明《雍大记》卷二十六（明嘉靖刻本） 明·李贤《明一统志》卷三十三（清文渊阁四库全书本） 清·吴士玉《骈字类编》卷一〇一《数目门》二十四（清文渊阁四库全书本） 清·姚振宗《后汉艺文志》卷四（民国适园丛书本） 清·姚振宗《隋书经籍志考证》卷三十九之二《集部·二》之二（民国师石山房丛书本） 清·章履仁《姓史人物考》卷三（清乾隆二十年刻本）
备注	《儒林外传·傅毅传》："着诗、赋、诔、颂、祝文、七激、连珠凡二十八篇。"

序号	时间	作者	作品名称	现存状况
8	东汉	刘珍	连珠	已佚
文献著录	南北朝·范晔《后汉书》卷八十(上)《文苑列传》第七十(上)《刘珍传》(百衲本景宋绍熙刻本) 宋·王钦若《册府元龟》卷八百三十七(明刻初印本) 清·黄叔琳撰《文心雕龙辑注》卷三(清文渊阁四库全书本) 宋·王应麟《玉海》第五十五《艺文》(清文渊阁四库全书本) 明·李贤《明一统志》卷六十(清文渊阁四库全书本) 明·凌迪知《万姓统谱》卷五十八(清文渊阁四库全书本) 明·周圣楷《楚宝》卷十五《文苑·刘珍》(明崇祯十四年刻本) 清·穆彰阿《(嘉庆)大清一统志》卷三百四十八(四部丛刊续编景旧钞本) 清·姚振宗《后汉艺文志》卷四(民国适园丛书本)			
备注	《后汉书》卷八十《文苑传》上《刘珍传》:"著诔、颂、连珠凡七篇。"			
9	东汉	韩说	连珠	已佚
文献著录	南北朝·范晔《后汉书》卷八十二(下)《方术列传》第七十二(下)《韩说传》(百衲本景宋绍熙刻本) 明·欧大任《百越先贤志》卷四(清文渊阁四库全书本)《欧虞部集十五种》百越先贤志卷四(清刻本)(皆依据《后汉书》) 明·徐象梅《两浙名贤录》卷四十八《方枝》(明天启刻本) 清·姚振宗《后汉艺文志》卷四《江夏太守韩说集》(民国适园丛书本)			
备注	《后汉书》卷八十二下《方术列传》:"韩说字叔儒,会稽山阴人也……及奏赋、颂、连珠。"			
10	东汉	蔡邕	连珠	存3首(1首为残缺)
文献著录	宋·李昉《太平御览》卷四百五十九《人事部·一百鉴戒》(下)存1首太平御览卷第八百一十四《布帛部》一丝残存1首(四部丛刊三编景宋本) 明·梅鼎祚《东汉文纪》卷二十三《广连珠》存2首其中残1首(清文渊阁四库全书本)(依据《太平书抄》) 明·代张溥《汉魏六朝一百三家集》卷十八《汉·蔡邕集》存2首其中残1首(清文渊阁四库全书本) 清·桂馥《说文解字义证》卷一"示"字下存残1首,卷九"目"字下存1首,卷三十一"绞"字下存残1首,卷三十七"聊"字下存残1首(清同治刻本) 清·王筠《说文解字句读》卷四(上)"瞤"字下存1首(清刻本) 清·严可均《全上古三代秦汉三国六朝文·全后汉文》卷七十四连珠录3首,含2首残(民国十九年景清光绪二十年黄冈王氏刻本) 清·张英《渊鉴类函》卷三百六十六《布帛部·二·丝一》存1首(清文渊阁四库全书本) 清·张玉书《御定佩文韵府》卷十七之五《小妖》(下)存1首残,卷二十三之二"耳鸣"下存1首残,卷五十五之一"倾首"存1首残,卷七十一之二"封镇""忌慎"下分别存1首残。(清文渊阁四库全书本)			

续表

序号	时间	作者	作品名称	现存状况
备注	《御览》卷四百九十五和张溥《汉魏六朝百三家集》均题作“广连珠” 宋李昉撰《太平御览》卷第四百五十九《人事部·一百》(明刻本)“蔡邕《广连珠》曰：参丝之绞以弦琴，缓张则挠，急张则绝”。 《后汉书·蔡邕传》：“所著诗、赋、碑、诔、铭、讃、连珠、箴……凡百四篇传于世。”			
11	东汉	潘勖	拟连珠	存1首
文献著录	唐·欧阳询《艺文类聚》卷五十七《杂文部·三·连珠》(清文渊阁四库全书本) 清·严可均《全后汉文》卷八十七《拟连珠》(民国十九年景清光绪二十年黄冈王氏刻本)(源自艺文类聚卷五十七) 清·李兆洛《骈体文钞》卷二十九《连珠类·潘勖拟连珠》(清道光合河康氏家塾刻本) 《渊鉴类函》卷二百《文学部·九》 明·梅鼎祚《东汉文纪》卷二十六《拟连珠》(清文渊阁四库全书本) 清·张英《渊鉴类函》卷二百《文学部·九·连珠二》(清文渊阁四库全书本)			
12	东汉	杜笃	连珠	存2残
文献著录	唐·李善《文选》注卷四“蜀都赋一首”卷二十四“夜”存1首残，卷二十三“幽愤诗一首”存1首残(胡刻本) 宋·王应麟《玉海》卷第五十四《艺文·汉连珠》提到杜笃连珠(清文渊阁四库全书本) 清·吴兆宜注《玉台新咏注》卷一《秦嘉妻徐淑注文》存1首残(清乾隆三十九年刻本) 清·孙梅《四六丛话》卷二十六提到杜笃连珠(清嘉庆三年吴兴旧言唐刻本) 清·汪师韩《文选理学权舆》卷二《连珠》提到杜笃连珠(清读书齐丛书本) 清·严可均《全上古三代秦汉三国六朝文·全后汉文》卷二十八《连珠》存2残(民国十九年景清光绪二十年黄冈王氏刻本)			
备注	严可均《全后汉文》卷二十八“能离光明之显”“长吟永啸”《文选·蜀都赋》注，又嵇康《幽愤诗》注，《赠秀才入军诗》注。			
13	汉	延笃	连珠	已佚
文献著录	明·李濂撰《嵩渚文集》卷四十六(明嘉靖刻本)			
备注	明·李濂撰《嵩渚文集》卷四十六(明嘉靖刻本)嵩渚子曰：“连珠，古无是体也。其昉于汉安帝之世乎，维时班固、贾逵、傅毅三子受诏，同撰嗣是蔡邕、延(杜)笃、刘珍、潘勖、张华又从而广之。”			

序号	时间	作者	作品名称	现存状况
14	汉	王粲	仿连珠	4 首
文献著录	唐·欧阳询《艺文类聚》卷五十七《杂文部·三·连珠》(清文渊阁四库全书本) 唐·虞世南《北堂书钞》卷第一百三十六《服节部·三·镜》六十五残存 1 首(清光绪十四年万卷堂刻本) 明·贺复征《文章辨体汇选》卷二百四《仿连珠》只存 2 首(清文渊阁四库全书补配清文津阁四库全书本) 明·张溥《汉魏六朝一百三家集》卷二十九《魏王粲集·连珠》(清文渊阁四库全书本) 清·严可均《全上古三代秦汉三国六朝文·全后汉文》卷九十一《仿连珠》(民国十九年景清光绪二十年黄冈王氏刻本)(源于《艺文类聚》) 清·张英《渊鉴类函》卷二百《文学部·九·连珠二》(清文渊阁四库全书本) 清·张玉书《佩文韵府》卷一百三之一"功力"下存 1 首残(清文渊阁四库全书本) 清·吴士玉《骈字类编》卷二百七《鸟兽门·四鸟集(下)》残 1 首(清文渊阁四库全书本)			

二、魏晋时期连珠体的文献著录情况

序号	时间	作者	作品名称	现存状况
1	魏	曹丕	连珠	存 3 首
文献著录	唐·欧阳询《艺文类聚》卷五十七《杂文部·三·连珠》(清文渊阁四库全书本) 明·徐元太《喻林》卷八十五《德行门·无名(中)》存一首(清文渊阁四库全书本) 明·张溥《汉魏六朝一百三家集》卷二十四《魏文帝集》连珠三首(清文渊阁四库全书本) 清·陈廷敬《御选唐诗》卷二十九七言绝句武元衡(可能作者)《春日偶作》残存 1 首(清文渊阁四库全书本) 清·吴士玉《骈字类编》卷二十七《时令门·六·朔裔》存 1 首(清文渊阁四库全书本) 清·严可均《全上古三代秦汉三国六朝文·全三国文》卷七《连珠》(民国十九年景清光绪二十年黄冈王氏刻本) 清·张英《渊鉴类函》卷二百《文学部·九·连珠二》(清文渊阁四库全书本) 清·张玉书《佩文韵府》卷三十四之八《节士》卷六十七之六《朔裔》卷八十三之三《抗士》卷九十五之五《哀弹发(下)》残存同 1 首(清文渊阁四库全书本)			

序号	时间	作者	作品名称	现存状况
2	晋	傅玄	连珠序	存序

文献著录	唐·欧阳询《艺文类聚》卷五十七《杂文部·三连珠·傅玄序》（清文渊阁四库全书本） 唐·徐坚《初学记》卷二十一（清光绪孔氏三十三万卷堂本） 宋·李昉《太平御览》卷第五百九十一《文部·七·连珠》（四部丛刊三编景宋本） 宋·王十朋撰苏轼《东坡诗集注》卷十八（四部丛刊景宋本） 宋·祝穆《事文类聚》别集卷十一《文章部》（清文渊阁四库全书本） 明·程敏政《明文衡》卷之五十六（四部丛刊景明本） 明·贺复征《文章辨体汇选》卷二百四（清文渊阁四库全书补配清文津阁四库全书本） 明·梅鼎祚《西晋文纪》卷十四《晋叙连珠》（清文渊阁四库全书本） 明·张溥《汉魏六朝一百三家集》卷三十九《傅玄集·连珠序》（清文渊阁四库全书本） 清·李兆洛《骈体文钞》卷二十九《连珠类》（清道光合河康氏家塾刻本） 清·严可均《全上古三代秦汉三国六朝文》全晋文卷四十六《连珠序》（民国十九年景清光绪二十年黄冈王氏刻本） 清·王之绩《铁立文起》前编卷九《连珠》（清康熙刻本） 清·张英《渊鉴类函》卷二百《文学部·九·连珠一》（清文渊阁四库全书本） 清·张玉书《佩文韵府》卷八十八（清文渊阁四库全书本） 清·孔广陶校注唐虞世南《北堂书钞》卷第一百二《艺文部·八·连珠三十四》（清光绪十四年万卷堂刻本）

备注	《全晋文》卷四十六傅玄《连珠序》："连珠者，兴于汉章帝之世，班固、贾逵、傅毅三子受诏作之。"

3	晋	张华	连珠	已佚

文献著录	《全晋文》卷四十六《傅玄连珠序》 唐·欧阳询《艺文类聚》卷五十七《杂文部·三·连珠·傅玄序》（清文渊阁四库全书本） 宋·李昉《太平御览》卷第五百九十一《文部·七·连珠》（四部丛刊三编景宋本） 宋·王十朋撰苏轼《东坡诗集注》卷十八（四部丛刊景宋本） 宋·祝穆《事文类聚·别集》卷十一《文章部》（清文渊阁四库全书本） 明·梅鼎祚《西晋文纪》卷十四《晋叙连珠》（清文渊阁四库全书本） 明·张溥《汉魏六朝一百三家集》卷三十九《傅玄集连珠序》（清文渊阁四库全书本） 清·孙梅《四六丛话》卷二十六案苕溪之孙镜之子也（清嘉庆三年吴兴旧言唐刻本） 清·赵殿成《王右丞集笺注》卷二十七《哀辞》（清文渊阁四库全书本） 清·严可均《全上古三代秦汉三国六朝文·全晋文》卷四十六《连珠序》（民国十九年景清光绪二十年黄冈王氏刻本） 清·张英《渊鉴类函》卷二百《文学部·九·连珠一》（清文渊阁四库全书本）

序号	时间	作者	作品名称	现存状况
备注	《全晋文》卷四十六傅玄《连珠序》："连珠者，兴于汉章帝之世，班固、贾逵、傅毅三子受诏作之，而蔡邕、张华之徒又广焉。" 《东坡诗集注》卷十八："小诗有味似连珠，次公连珠文章一种名。晋傅玄叙《连珠》云：所谓连珠者，兴于汉章帝之世，班固贾逵傅毅三子受诏作之，而蔡邕张华之徒又广焉，其文体词丽而言约，不指事情必假喻以达其旨，而贤者微悟，合于古诗劝兴之义，欲使历历如贯珠，易睹而可悦，故谓之连珠也。"			
4	晋	陆机	演连珠	50 首
文献著录	晋·陆机《陆士衡文集》卷八《杂著》（清嘉庆宛委别藏本） 南北朝·萧统撰《文选》卷五十五《演连珠五十首》刘孝标注（胡刻本） 唐·李善并五臣注《六臣注文选》卷第五十五（四部丛刊景宋本） 唐·欧阳询《艺文类聚》卷五十七《杂文部·三·连珠》（只录 11 首）（清文渊阁四库全书本） 明·吴讷辑《文章辨体·外集》卷一《连珠判律赋》（明天顺刻本） 晋·陆机撰《陆士衡文集》卷八《杂著》（清嘉庆宛委别藏本） 明·梅鼎祚《西晋文纪》卷十五《西晋连珠》（清文渊阁四库全书本） 明·贺复征《文章辨体汇选》卷二百四（只录演连珠三十首）（补配清文津阁四库全书本） 明·王志坚《四六法海》卷十二《演连珠》（存二十二首陆机）（补配清文津阁四库全书本） 明·徐元太《喻林》卷一《造化门·形气》残存一首（清文渊阁四库全书本） 明·张溥《汉魏六朝一百三家集》卷四十八《晋·陆机集》（清文渊阁四库全书本） 清·李兆洛《骈体文钞》卷二十九《连珠类》（清道光合河康氏家塾刻本） 清·张英《渊鉴类函》卷二百《文学部·九·连珠二》（清文渊阁四库全书本） 清·吴士玉《骈字类编》卷二十七山水门六"山盈"存1首（清文渊阁四库全书本） 清·张玉书《佩文韵府》卷十六之一"穷天"存1首（清文渊阁四库全书本） 《全晋文》卷九十九			
5	晋	葛洪	《博喻》《广譬》	182 首
文献著录	《抱朴子》中《博喻》《广譬》			
备注	每首以"抱朴子曰"开篇。			

三、南北朝时期连珠体的文献著录情况

序号	时间	作者	作品名称	现存状况
1	南朝·宋	谢灵运	连珠集	存目
	文献著录	唐·魏徵《隋书·经籍志四》卷三十五《志》第三十存目(清乾隆武英殿刻本) 宋·高似孙《(嘉定)剡录》卷五《书》二(清道光八年刻本) 宋·欧阳修《新唐书》卷六十《艺文志》第五十卷中存目(清乾隆武英殿刻本) 宋·王应麟《玉海》卷第五十四《艺文·汉连珠》(清文渊阁四库全书本) 宋·郑樵《通志》卷七十《艺文略·第八论》(清文渊阁四库全书本) 明·曹金《(万历)开封府志》卷二十六(明万历十三年刻本) 明·高儒《百川书志》卷十九集(清光绪至民国间观古堂书目丛刊本) 清·孙梅《四六丛话》卷二十六提到(清嘉庆三年吴兴旧言唐刻本) 清·沈炳震《唐书合钞》卷七十五《志》五十一(清嘉庆十八年海宁查世俠刻本) 清·姚振宗《隋书经籍志考证》卷四十《集部·三》(民国师石山房丛书本) 清·张英《渊鉴类函》卷二百《文学部·九·连珠一》(清文渊阁四库全书本)		
	备注	唐·魏徵等撰《隋书·经籍志》存目:"梁武帝制旨连珠十卷(陆缃注:梁有设论连珠十卷,谢灵运撰连珠集五卷,陈证撰连珠十五卷,又连珠一卷陆机撰,何承天注,又班固典引一卷,蔡邕注亡。)"		
2	南朝·宋	谢惠连	连珠	4 则
	文献著录	唐·欧阳询《艺文类聚》卷五十七《杂文部·三·连珠傅玄序》(清文渊阁四库全书本) 明·徐元太《喻林》卷八十三《德行门·甘隐(中)》存一则(清文渊阁四库全书本) 明·张溥《汉魏六朝一百三家集》卷七十一《宋谢惠连集》(清文渊阁四库全书本) 明·曹金《(万历)开封府志》卷二十六提到(明万历十三年刻本) 清·严可均《全上古三代秦汉三国六朝文·全宋文》卷三十四(民国十九年景清光绪二十年黄冈王氏刻本) 清·张英《渊鉴类函》卷二百《文学部·九·连珠一》(清文渊阁四库全书本)		
3	南朝·宋	颜延之	范连珠	1 则
		唐·欧阳询《艺文类聚》卷五十七《杂文部·三·连珠》存 1 则(清文渊阁四库全书本) 明·梅鼎祚《宋文纪》卷十一存 1 则(清文渊阁四库全书补配清文津阁四库全书本) 明·徐元太《喻林》卷八十五《德行门·无名(中)》存 1 则(清文渊阁四库全书本) 明·张溥《汉魏六朝一百三家集》卷六十七《颜延之集》存 1 则(清文渊阁四库全书本)		

序号	时间	作者	作品名称	现存状况
	文献著录			

文献著录内容（序号 3 续）：

明·陈耀文《天中记》卷一（清文渊阁四库全书本）

明·张自烈《正字通》卷七《"粲"字（下）》提到（清康熙二十四年清畏堂刻本）

清·李兆洛《骈体文钞》卷二十九《连珠类》（清道光合河康氏家塾刻本）

清·严可均《全上古三代秦汉三国六朝文·全宋文》卷三十八《颜延之·三》（民国十九年景清光绪二十年黄冈王氏刻本）

清·张英《渊鉴类函》卷二百《文学部·九·连珠一》（清文渊阁四库全书本）

清·张玉书《佩文韵府》卷二十二之三《离光（下）》注残1则（清文渊阁四库全书本）

清·厉荃《事物异名录》卷一《干象部》残1则（清乾隆刻本）

清·吴士玉《骈字类编》卷四十八《山水门·十三·河伯（下）》残存1则（清文渊阁四库全书本）

序号	时间	作者	作品名称	现存状况
4	南朝·宋	沈亮	连珠	已佚

文献著录：

南北朝·沈约《宋书》卷一百《列传》第六十（清乾隆武英殿刻本）

清·姚振宗《隋书经籍志考证》卷三十九之六《集部·二之六·参宋书》记载（民国师石山房丛书本）

清·吴士玉《骈字类编》卷一百六十二《器物门·十五》（清文渊阁四库全书本）

备注：《宋书》卷一百《自序·田子子亮传》："所著诗、赋、颂、赞、三言、诔、哀辞、祭告请雨文、乐府、挽歌、连珠、教记、白事、笺、表、签、议一百八十九首"。

序号	时间	作者	作品名称	现存状况
5	南朝·齐	王俭	畅连珠	1则

文献著录：

唐·欧阳询《艺文类聚》卷五十七《杂文部·三·连珠》存一首（清文渊阁四库全书本）

明·张溥《汉魏六朝一百三家集》卷七十五《齐王剑集》存1则（清文渊阁四库全书本）

明·张自烈《正字通》卷七《"粲"字（下）》提到（清康熙二十四年清畏堂刻本）（清文渊阁四库全书本）

清·李兆洛《骈体文钞》卷二十九《连珠类》存1则（清道光合河康氏家塾刻本）

清·严可均《全上古三代秦汉三国六朝文·全齐文》卷十一《畅连珠》存1则（民国十九年景清光绪二十年黄冈王氏刻本）

清·张英《渊鉴类函》卷二百《文学部·九·连珠二》存1则（清文渊阁四库全书本）

清·张玉书《御定佩文韵府》卷五十一之二,卷九十一之一残存1则（清文渊阁四库全书本）

清·凌廷堪《校礼堂文集》卷二十一有提（清嘉庆十八年刻本）

清·吴士玉《骈字类编》卷一百三十二《方隅门·二十·外野（下）》有提（清文渊阁四库全书本）

清·黄叔琳撰《文心雕龙辑注》卷三《连珠（下）》有提（清文渊阁四库全书本）

序号	时间	作者	作品名称	现存状况
6	南朝·齐	刘祥	连珠	15 则
文献著录	南北朝·萧子显《南齐书》卷三十六《列传》第十七（清乾隆武英殿刻本） 明梅鼎祚编《南齐文纪》卷六《刘祥》（清文渊阁四库全书本） 明·徐元太《喻林》卷八十五《德行门·无名（中）》存两则（清文渊阁四库全书本） 清·顾炎武《音学五书·唐韵》正卷十七《节（下）》存一则（清文渊阁四库全书本） 清·严可均《全上古三代秦汉三国六朝文·全齐文》卷十八存 15 则（民国十九年景清光绪二十年黄冈王氏刻本） 清·吴士玉《骈字类编》卷二十七《时令门·六·机神》存 1 则（清文渊阁四库全书本） 清·张玉书《佩文韵府》卷七十四之四《情贯》（下）（清文渊阁四库全书本）			
7	齐梁	陈证	连珠	已佚
文献著录	唐·魏徵《隋书》卷三十五《志》第三十《经籍》四（集道经佛经）（清乾隆武英殿刻本） 宋·王应麟《玉海》卷五十四《艺文·汉连珠》提到陈证连珠十五卷（清文渊阁四库全书本） 清·姚振宗《隋书经籍志考证》卷四十《集部》三（民国师石山房丛书本） 清·孙梅《四六丛话》卷二十六提到陈证连珠十五卷（清嘉庆三年吴兴旧言唐刻本） 清·方以智《通雅》卷三（清文渊阁四库全书本）			
备注	唐·魏徵等撰《隋书·经籍》"陈证撰连珠十五卷" 清·姚振宗《隋书经籍志考证》卷四十《集部》三："梁有陈证撰连珠十五卷亡，陈证始末未详"。			
8	齐梁	黄芳	连珠	已佚
文献著录	唐·魏徵《隋书》卷三十五《志》第三十《经籍》四（集道经佛经）（清乾隆武英殿刻本） 宋·王应麟《玉海》卷五十四《艺文·汉连珠》提到黄芳连珠一卷（清文渊阁四库全书本） 宋·郑樵《通志》卷七十《艺文略·第八》（清文渊阁四库全书本） 清·姚振宗《隋书经籍志考证》卷四十《集部》三（民国师石山房丛书本）			
备注	唐·魏徵《隋书》卷三十五《志》第三十《经籍》四（集道经佛经）"黄芳引连珠一卷"（清乾隆武英殿刻本） 清·姚振宗《隋书经籍志考证》卷四十《集部》三："黄芳引连珠一卷，黄芳始末未详。《通志·艺文略》黄芳引连珠一卷，案此似引连珠集句成文者。"（民国师石山房丛书本）			

序号	时间	作者	作品名称	现存状况
9	南朝·梁	萧衍（梁武帝）	连珠	存 3 则
文献著录	唐·欧阳询《艺文类聚》卷五十七《杂文部三连珠二》存 3 则（清文渊阁四库全书本） 明·徐元太《喻林》卷一百十《性理门》存 1 则（清文渊阁四库全书本） 明·梅鼎祚《梁文纪》卷一连珠存 3 则（清文渊阁四库全书补配清文津阁四库全书本） 明·张溥《汉魏六朝一百三家集》卷八十《梁武帝集》连珠存 3 则（清文渊阁四库全书本） 清·严可均《全上古三代秦汉三国六朝文·全晋文》卷六连珠存 3 则，（民国十九年景清光绪二十年黄冈王氏刻本） 清·张英《渊鉴类函》卷二百《文学部》九连珠存 1 则（清文渊阁四库全书本） 清·张玉书《御定佩文韵府》卷九十二之二《拔岳》（下）存一则残，卷九十九之九《凌云激》（下）存一则（清文渊阁四库全书本） 清·官修《韵府拾遗》卷二十二（下）《易伤》残存 1 则（清文渊阁四库全书本）			
备注	梁武帝《制旨连珠十卷》梁邵陵王纶注，梁武帝《制旨连珠十卷》陆缅注。《梁武连珠》一卷沈约注，《梁武帝制旨连珠》十卷梁邵陵王纶注，《梁武帝制旨连珠》十卷陆缅注。			
10	南朝·梁	萧衍（梁武帝）	赐到溉连珠	存 1 则
文献著录	唐·姚思廉《梁书》卷四十《列传·第三十四》存 1 则（清乾隆武英殿刻本） 宋·王钦若《册府元龟》卷二百六、卷八百三十九存同 1 则（明刻初印本） 明·何良俊《语林》卷二十七存 1 则（清文渊阁四库全书本） 明·梅鼎祚《梁文纪》卷一赐到溉连珠一则（清文渊阁四库全书补配清文津阁四库全书本） 明·李清《南北史合注》卷二十六《列传·第十五·南史二十六》存 1 则残（清四库全书撤出本） 明·张溥《汉魏六朝一百三家集》卷八十《梁武帝集》赐到溉连珠 1 则（清文渊阁四库全书本） 清·严可均《全上古三代秦汉三国六朝文·全晋文》卷六赐到溉连珠 1 则（民国十九年景清光绪二十年黄冈王氏刻本） 清·张玉书《佩文韵府》卷二十之四"韵藻飞蛾"，卷二十之五"研磨"，卷七十一之三"韵藻到茞"，下存 1 则残（清文渊阁四库全书本） 清·翟灏《通俗编》卷十三残存 1 则（清乾隆十六年翟氏无不宜斋刻本） 清·孙梅《四六丛话》卷二十六存 1 则（清嘉庆三年吴兴旧言唐刻本） 清·郝懿行《证俗文》卷六（清光绪东路廰署刻本） 清·顾炎武《日知录》卷三十二存 1 则残（清乾隆刻本） 明·李清《南北史合注》卷二十六《列传》第十五《南史》二十六存 1 则残（清四库全书撤出本） 清·沈名荪《南史识小录》卷四"可假之于少茞"下存 1 则残（清文渊阁四库全书本）			

序号	时间	作者	作品名称	现存状况
11	南朝·梁	萧衍(梁武帝)	《制旨连珠》十卷	已佚
文献著录	唐·魏徵《隋书》卷三十五志第三十经籍四(集道经佛经)(清乾隆武英殿刻本) 五代·刘昫《旧唐书》卷四十七《志第二十七》(清乾隆武英殿刻本) 宋·郑樵《通志》卷七十《艺文略·第八论》(清文渊阁四库全书本) 宋·欧阳修《新唐书》卷六十艺《文志·第五十》(清乾隆武英殿刻本) 宋·王应麟《玉海》卷第五十四艺《文汉·连珠》(清文渊阁四库全书本) 清·沈炳震《唐书合钞》卷七十五《志·五十一》(清嘉庆十八年海宁查世佽刻本) 清·孙梅《四六丛话》卷二十六提到杜笃连珠(清嘉庆三年吴兴旧言唐刻本) 清·姚振宗《隋书经籍志考证》卷四十《集部·三》(民国师石山房丛书本) 清·姚振宗《隋书经籍志考证》卷三十九之八《集部·二之八》(民国师石山房丛书本) 清·佚名《唐书艺文志注》卷四(清藕香簃钞本) 清·赵宏恩《(乾隆)江南通志》卷一百九十二《艺文志》(清文渊阁四库全书本) 清·朱铭盘《南朝梁会要》总集类(稿本)			
备注	唐·魏徵《隋书·经籍志》存目			
12	南朝·梁	萧纲(梁简文帝)	"被幽连珠三首"	3 则
文献著录	唐·释道宣《广弘明集》卷第三十(上)存 3 则(四部丛刊景明本) 宋·李昉《太平御览》卷第五百九十一《文部·七连珠》存两则(四部丛刊三编景宋本) 明·梅鼎祚《梁文纪》卷四连珠存 3 则(清文渊阁四库全书补配清文津阁四库全书本) 明·张溥《汉魏六朝一百三家集》卷八十二(下)《梁简文帝集》连珠存 3 则(清文渊阁四库全书本) 明·蒋一葵《尧山堂外纪》卷十五六朝残存 1 则(明刻本) 明·何良俊《语林》卷二十四(清文渊阁四库全书本) 明·徐元太《喻林》卷二十九存 1 则(清文渊阁四库全书本) 清·严可均《全上古三代秦汉三国六朝文·全梁文》卷十三连珠存 3 则(民国十九年景清光绪二十年黄冈王氏刻本) 清·官修《韵府拾遗》卷五十一"赈寡"残存 1 则(清文渊阁四库全书本) 清·翟灏《通俗编》卷十残存 1 则(清乾隆十六年翟氏无不宜斋刻本)			
13	南朝·梁	沈约	连珠	2 则
文献著录	唐·欧阳询《艺文类聚》卷五十七《杂文部》三连珠存 2 则(清文渊阁四库全书本) 宋·李昉《文苑英华》卷七百七十一《连珠二首》(明刻本) 明·董斯张《吴兴艺文补》卷四(明崇祯六年刻本) 明·徐元太《喻林》卷一百《政治门》存 1 则(清文渊阁四库全书本)			

序号	时间	作者	作品名称	现存状况
文献著录	明·梅鼎祚《梁文纪》卷九连珠二首(清文渊阁四库全书补配清文津阁四库全书本) 明·张溥《汉魏六朝一百三家集》卷八十七《梁·沈约集》连珠二首(清文渊阁四库全书本) 清·严可均《全上古三代秦汉三国六朝文·全梁文》卷三十连珠存两则(民国十九年景清光绪二十年黄冈王氏刻本) 清·张英《渊鉴类函》卷二百《文学部·九·连珠二》(清文渊阁四库全书本) 清·张玉书《佩文韵府》卷四十九之五'蔓草''霄峭'下同存1则残(清文渊阁四库全书本) 清·李兆洛《骈体文钞》卷二十九《连珠类·沈休文连珠》一则(清道光合河康氏家塾刻本)			
备注	唐·欧阳询《艺文类聚》卷五十七《杂文部·三》存沈约《注制旨连珠表》: "连珠者,盖谓辞句连续,互相发明,若珠之结排也。" 明·张自烈《正字通》卷七《絫字》(下)提到 清·姚振宗《隋书经籍志考证》卷四十《集部·三》 清·张英《渊鉴类函》卷二百《文学部·九·连珠三》			
14	南朝	刘孝标	连珠注	44
文献著录	庾信《拟连珠》注释			
15	南朝·梁	丘迟	连珠	1则
文献著录	明·董斯张《吴兴艺文补》卷四存1则(明崇祯六年刻本) 唐·欧阳询《艺文类聚》卷四十七《职官部·三·博士》(清文渊阁四库全书本) 明·梅鼎祚《梁文纪》卷十一《为王博士让表》(清文渊阁四库全书补配清文津阁四库全书本) 明·张溥《汉魏六朝一百三家集》卷九十《丘迟集·为王博士谢表》(清文渊阁四库全书本) 清·严可均《全上古三代秦汉三国六朝文·全梁文》卷五十六《为王博士谢表》(民国十九年景清光绪二十年黄冈王氏刻本) 清·张英《渊鉴类函》卷九十五《设官部·三十五·为王博士谢表》(清文渊阁四库全书本) 清·张玉书《佩文韵府》卷五十一《齐雅》(下)(清文渊阁四库全书本)			
备注	明·董斯张《吴兴艺文补》卷四 "臣闻抚臆可以言心,量能则知所止。是故矫亲鲁门,简业事亡;杂吹齐雅,分声遽逝。" 唐·姚思廉《梁书》卷四十九列传第四十三文学上 "时高祖着连珠,诏群臣继作者数十人,迟文最美。"(清乾隆武英殿刻本) 相通记载还有: 宋·王钦若《册府元龟》卷八百三十九(明刻初印本) 清·姚振宗《隋书经籍志考证》卷四十《集部·三》(民国师石山房丛书本) 清·张英《渊鉴类函》卷一百九十六《文学部·五·连珠二》(清文渊阁四库全书本) 宋·陈应行《吟窗杂录》卷二录有峥嵘对丘迟的诗评,类似连珠"梁中书郎丘迟:评曰:范诗清便,宛转如流风回雪;丘诗点缀,映媚如落花在草。故当浅于江淹而秀于任昉。"(明嘉靖二十七年崇文书堂刻本)			

序号	时间	作者	作品名称	现存状况
16	南朝·梁	吴均	连珠	2则
文献著录	唐·欧阳询《艺文类聚》卷五十七《杂文部·三·连珠》存2则（清文渊阁四库全书本） 宋·李昉《文苑英华》卷七百七十一连珠存两则（明刻本） 宋·祝穆《事文类聚》别集卷十一《文章部·杂著·连珠》存1则（清文渊阁四库全书本）"艳丽居身而以蛾眉入妒贞" 明·董斯张《吴兴艺文补》卷四存2则（明崇祯六年刻本） 明·梅鼎祚《梁文纪》卷十四连珠存2则（清文渊阁四库全书补配清文津阁四库全书本） 明·王志坚《四六法海》卷十二存两则（清文渊阁四库全书补配清文津阁四库全书本） 明·徐元太《喻林》卷十三人事门中存1则（清文渊阁四库全书本） 明·张溥《汉魏六朝一百三家集》卷一〇一《吴均集》存两则（清文渊阁四库全书本） 清·张英《渊鉴类函》卷二百《文学部·九·连珠二》存2则（清文渊阁四库全书本） 清·张玉书《佩文韵府》卷十之四"见猜""绝等"下各存1则（清文渊阁四库全书本）			
17	南朝·梁	刘孝仪	探物作艳体连珠	2则
文献著录	唐·欧阳询《艺文类聚》卷五十七《杂文部·三·连珠》存2则（清文渊阁四库全书本） 宋·李昉《文苑英华》卷七百七十一《为人作连珠二首》（明刻本） 明·梅鼎祚《梁文纪》卷十二《探物·作艳体连珠二首》（清文渊阁四库全书补配清文津阁四库全书本） 明·王志坚《四六法海》卷十二《为人作连珠二首》（清文渊阁四库全书补配清文津阁四库全书本） 明·王志庆《古俪府》卷五《刘孝仪·为人作连珠》存1则（清文渊阁四库全书本） 明·徐元太《喻林》卷八十八《文章门》存1则（清文渊阁四库全书本） 明·张溥《汉魏六朝一百三家集》卷九十七《梁·刘潜集·探物·艳体连珠二首》（清文渊阁四库全书本） 清·李兆洛《骈体文钞》卷三十一《杂文类》（清道光合河康氏家塾刻本） 清·吴士玉《骈字类编》卷七十二《珍宝门·七·金钿》，卷二百二十三虫《鱼门·六·蝉称》存1则（清文渊阁四库全书本） 清·严可均《全上古三代秦汉三国六朝文·全梁文》卷六十一（民国十九年景清光绪二十年黄冈王氏刻本） 清·张英《渊鉴类函》卷二百《文学部·九·连珠二》存两则（清文渊阁四库全书本） 清·张玉书《佩文韵府》卷十二之二《熏芬》，卷六十五之二《动虑》，卷八十三之二《芳性》下存同一则，卷一百《芳泽》下存1则（清文渊阁四库全书本）			

序号	时间	作者	作品名称	现存状况
18	南朝·梁	陆缅	《设论连珠》十卷	已佚

文献著录	唐·魏徵《隋书》卷三十五《志·第三十·经籍四》(集道经佛经)(清乾隆武英殿刻本) 宋·王应麟《玉海》卷五十四《艺文·汉连珠》有提到(清文渊阁四库全书本) 清·孙梅《四六丛话》卷二十六提到(清嘉庆三年吴兴旧言唐刻本) 清·姚振宗《隋书经籍志考证》卷四十《集部·三》提到(民国师石山房丛书本) 清·佚名《唐书艺文志注》卷四提到(清藕香簃钞本)

备注	唐·魏徵《隋书》卷三十五志第三十经籍四："梁有设论连珠十卷"

19	南朝·梁	萧詧(后梁宣帝)	连珠	2 则

文献著录	唐·欧阳询《艺文类聚》卷五十七《杂文部·三·连珠》存 2 则(清文渊阁四库全书本) 宋·李昉《文苑英华》卷七百七十一《为人作连珠二首》(明刻本) 明·梅鼎祚《梁文纪》卷十四《连珠二首》(清文渊阁四库全书补配清文津阁四库全书本) 明·徐元太《喻林》卷七十七《臣术门》存 1 则(清文渊阁四库全书本) 清·严可均《全上古三代秦汉三国六朝文·全梁文》卷六十八存连珠 2 则(民国十九年景清光绪二十年黄冈王氏刻本) 清·张英《渊鉴类函》卷二百《文学部·九·连珠》二存 2 则(清文渊阁四库全书本)

20	北周	庾信	拟连珠	44 则

文献著录	南北朝·庾信撰《庾子山集》卷十(四部丛刊景明屠隆本) 宋·祝穆《事文类聚·别集》卷十一《文章部·杂著》存 5 则(清文渊阁四库全书本) 宋·李昉《文苑英华》卷七百七十一《连珠》(明刻本) 明·徐元太《喻林》卷五十九《人事门·无益(中)》存 1 则(清文渊阁四库全书本) 明·王志庆《古俪府》卷五《周·庾信·拟连珠》存 2 则(清文渊阁四库全书本) 明·徐元太《喻林》卷五十九《人事门(中)》存 1 则残(清文渊阁四库全书本) 明·梅鼎祚编《后周文纪》卷八(清文渊阁四库全书本) 明·王志坚编《四六法海》卷十二《拟连珠》(二十四首庾信)(清文渊阁四库全书补配清文津阁四库全书本) 明·张溥编《汉魏六朝一百三家集》卷一百十一(上)《庾信集》(清文渊阁四库全书本) 明·陈天定辑《古今小品》卷八录入 3 则(清道光九年刻本) 清·倪璠注《庾子山集注》卷九(清文渊阁四库全书本) 清·吴兆宜撰《庾开府集笺注》卷七(清文渊阁四库全书本) 清·李兆洛《骈体文钞》卷二十九(清道光合河康氏家塾刻本) 清·严可均《全上古三代秦汉三国六朝文·全后周文》卷十一《拟连珠四十四首》(民国十九年景清光绪二十年黄冈王氏刻本)

序号	时间	作者	作品名称	现存状况
文献著录	清·张玉书《佩文韵府》卷八十八"嚏血"卷二十三之八"方城"卷二十三之十"狙诈倾"卷七十九之一"齐灶"卷八十一之四"枕跨庚"卷十三之五"马奔"卷三十四之四"平皋蚁"卷十三之五"任安存"卷三十六之一"羁旅"卷三十"避谗"卷十六之二"贤能"卷六十六之四"五步"卷七十二之一"十步内"卷五十四"扛鼎"卷九十八之一"无节"卷九十九之六"谷洛"卷一百二之二"耻食"卷六十三之十二"非智"下各存 1 则残(清文渊阁四库全书本) 清·平步青《霞外攟屑》卷八(上)《眠云舸酿说(上)》存 1 则残(民国六年刻香雪崦丛书本) 清·宋长白《柳亭诗话》卷十六《史记典论》亦存 1 则残(清康熙天茁园刻本) 清·翟灏《通俗编》卷二十三存 1 则残(清乾隆十六年翟氏无不宜斋刻本)			

参考文献

（以时代为类，以拼音为序）

一、工具书

[1][汉] 许慎.1963. 说文解字 [M]. 北京：中华书局.
[2] 陈致.1991. 中国古代诗词典故辞典 [M]. 北京：燕山出版社.
[3] 成志伟，辛夷.1991. 中国典故大辞典 [M]. 北京：北京燕山出版社.
[4] 冯秉文.2001. 全唐文篇目分类索引 [M]. 北京：中华书局.
[5] 邓广铭，张希清.2013. 宋人文集篇目分类索引 [M]. 北京：中华书局.
[6] 陆峻岭.2002. 元人文集篇目分类索引 [M]. 北京：中华书局.
[7] 陆峻岭.1972. 元人文集篇目分类索引 [M]. 北京：中华书局.
[8] 王重民.1979. 清代文集篇目分类索引 [M]. 北京：北京图书馆出版社.
[9] 朱祖延.2000. 引用语大辞典 [M]. 武汉：武汉出版社.

二、古典文献

[1][春秋] 邓析子.1997. 邓析子 [M]. 北京：中华书局.
[2][战国] 韩非子.2018. 韩非子 [M]. 北京：国家图书馆出版社.
[3][汉] 班固撰，[清] 王先谦补注.1983. 汉书（影印本）[M]. 北京：中华书局.
[4][汉] 孔安国传，[唐] 孔颖达疏.1997. 十三经注疏·尚书正义 [M]. 上海：上海古籍出版社.

[5][汉] 扬雄,张震泽.1993.扬雄集校注 .[M].上海：上海古籍出版社.

[6][汉] 刘向集录.1978.战国策 [M].上海：上海古籍出版社.

[7][汉] 司马迁撰.2013.史记（点校本二十四史修订本）[M].北京：中华书局.

[8][汉] 班固.1962.汉书 [M].北京：中华书局.

[9][汉] 严遵撰,樊波成校笺.2013.《老子指归》校笺 [M].上海：上海古籍出版社.

[10][汉] 郑玄注,[唐] 贾公彦疏.1997.十三经注疏·周礼注疏 [M].上海：上海古籍出版社.

[11][汉] 郑玄笺,[唐] 孔颖达疏.1997.十三经注疏·毛诗正义 [M].上海：上海古籍出版社.

[12][魏] 曹丕.1985.典论 [M].北京：中华书局.

[13][魏] 王弼注,[唐] 孔颖达疏.1997.十三经注疏·周易正义 [M].上海：上海古籍出版社.

[14][魏] 王弼注,楼宇烈校释.2012.周易注校释 [M].北京：中华书局.

[15][晋] 陈寿撰,[南朝宋] 裴松之注.2009.三国志集解 [M].上海：上海古籍出版社.

[16][晋] 杜预注,[唐] 孔颖达疏.1997.十三经注疏·春秋左传正义 [M].上海：上海古籍出版社.

[17][晋] 陆机撰,张少康集释.2002.文赋集释 [M].北京：人民文学出版社.

[18][南朝宋] 范晔撰,[唐] 李贤等注.1965.后汉书 [M].北京：中华书局.

[19][南朝梁] 陶弘景.1985.真诰 [M].北京：中华书局.

[20][南朝梁] 刘勰著,詹锳义证.1989.文心雕龙义证 [M].上海：上海古籍出版社.

[21][南朝梁] 萧统编,[唐] 李善注.1977.文选 [M].北京：中华书局.

[22][南朝梁] 沈约.1974.宋书 [M].北京：中华书局.

[23][南朝梁] 萧子显.1972.南齐书 [M].北京：中华书局.

[24][北齐] 魏收.1974.魏书 [M].北京：中华书局.

[25][北周] 周武帝辑,周作明点校.2016.无上秘要 [M].北京：中华书局.

[26][北周]庾子山,倪璠纂注.1980.庾子山集注(中册)[M].北京:中华书局.

[27][唐]房玄龄等.1974.晋书[M].北京:中华书局.

[28][唐]韩愈著,阎琦校注.2004.韩昌黎文集注释[M].西安:三秦出版社.

[29][唐]李延寿.1975.南史[M].北京:中华书局.

[30][唐]房玄龄.1974.晋书[M].北京:中华书局.

[31][唐]刘知几著,[清]浦起龙通释.2009.史通通释[M].上海:上海古籍出版社.

[32][唐]姚思廉.1973.梁书[M].北京:中华书局.

[33][唐]姚思廉.1972.陈书[M].北京:中华书局.

[34][唐]李延寿.1975.南史[M].北京:中华书局.

[35][唐]李延寿.1974.北史[M].北京:中华书局.

[36][唐]令狐德棻.1974.周书[M].北京:中华书局.

[37][唐]魏徵.1973.隋书[M].北京:中华书局.

[38][唐]欧阳询.1999.艺文类聚(汪绍校)[M].上海:上海古籍出版社.

[39][五代]刘昫等.2014.百衲本旧唐书[M].北京:国家图书馆出版社.

[40][宋]欧阳修.1975.新唐书[M].北京:中华书局.

[41][宋]张君房.1988.云笈七籤[M].济南:齐鲁书社.

[42][宋]李昉.1998.太平御览[M].北京:中华书局.

[43][宋]晁公武撰,孙猛校证.1990.郡斋读书志校证[M].上海:上海古籍出版社.

[44][宋]陈骙著,刘彦成注译.1988.文则[M].北京:书目文献出版社.

[45][宋]陈振孙.1985.直斋书录解题[M].北京:中华书局.

[46][宋]陈振孙.2004.直斋书录解题(四库家藏)[M].济南:山东画报出版社.

[47][宋]洪迈.1978.容斋随笔[M].上海:上海古籍出版社.

[48][宋]洪迈撰,孔凡礼点校.2005.容斋随笔[M].北京:中华书局.

[49][宋]洪适.2003.盘洲文集(影印本)[M].北京:北京图书馆出版社.

[50][宋]洪适,洪遵,洪迈撰;凌郁之辑校.2011.鄱阳三洪集[M].南昌:江西人民出版社.

[51][宋]洪兴祖撰,白化文等点校.1983.楚辞补注[M].北京:中华书局.

[52][宋]黄淮,杨士奇.1964.历代名臣奏议(中国史学丛书本)[M].台北:台湾学生书局.

[53][宋]黄庭坚撰,刘琳等校点.2001.黄庭坚全集[M].成都:四川大学出版社.

[54][宋]李昉等编.1966.文苑英华[M].北京:中华书局.

[55][宋]李心传撰.1988.建炎以来系年要录[M].北京:中华书局.

[56][宋]李正民著.1986.大隐集(影印文渊阁四库全书)[O].台北:台湾商务印书馆.

[57][宋]陆九渊著,钟哲点校.1980.陆九渊集[M].北京:中华书局.

[58][宋]陆游撰.1979.老学庵笔记(唐宋史料笔记丛刊本)[M].北京:中华书局.

[59][宋]吕祖谦诠次.1937.宋文鉴[M].上海:商务印书馆.

[60][宋]吕祖谦撰.2008.吕祖谦全集[M].杭州:浙江古籍出版社.

[61][宋]吕祖谦著,黄灵庚,吴战垒主编.2008.吕祖谦全集·古文关键[M].杭州:浙江古籍出版社.

[62][宋]马端临撰.1986.文献通考[M].北京:中华书局.

[63][宋]欧阳修等撰.1975.新唐书[M].北京:中华书局.

[64][宋]欧阳修撰,汪绍楹校.1999.艺文类聚[M].上海:上海古籍出版社.

[65][宋]王溥撰.1955.唐会要[M].北京:中华书局.

[66][宋]欧阳永叔著.1986.欧阳修全集[M].北京:北京市中国书店.

[67][宋]秦观撰,徐培均笺注.1994.淮海集笺注[M].上海:上海古籍出版社.

[68][宋]苏轼著.1986.苏东坡全集[M].北京:北京市中国书店.

[69][宋]孙觌著.1986.鸿庆居士文集(景印文渊阁四库全书)[O].台北:台湾商务印书馆.

[70][宋]叶绍翁撰.1989.四朝闻见录[M].北京:中华书局.

[71][宋]王应麟撰.2010.辞学指南(《王应麟著作集成·四明文献》附)[M].北京:中华书局.

[72][宋] 王应麟撰 .1987. 玉海 [M]. 南京：江苏古籍出版社 .

[73][宋] 王应麟撰 .2006. 玉海（影宋本）[O]. 北京：北京图书馆出版社 .

[74][宋] 王铚撰 .1985. 四六话（丛书集成初编）[M]. 北京：中华书局 .

[75][宋] 谢伋撰 .1986. 四六谈麈（景印文渊阁四库全书）[O]. 台北：台湾商务印书馆 .

[76][宋] 谢维新辑 .2006. 古今合璧事类备要（影印本）[O]. 北京：北京图书馆出版社 .

[77][宋] 谢维新辑 .1992. 古今合璧事类备要（影印本）[O]. 上海：上海古籍出版社 .

[78][宋] 佚名编 .2006. 新刊国朝二百家名贤文粹（影印本）[O]. 北京：北京图书馆出版社 .

[79][宋] 严羽著，郭绍虞校释 .1983. 沧浪诗话校释 [M]. 北京：人民文学出版社 .

[80][宋] 祝穆撰，[元] 富大，祝渊补撰 .2005. 新编古今事文类聚（影印本）[O]. 北京：北京图书馆出版社 .

[81][元] 脱脱等撰 .1977. 宋史 [M]. 北京：中华书局 .

[82][明] 胡松编 .2008. 唐宋元名表（广州大典 第三辑 粤雅堂丛书）[O]. 广州：广州出版社 .

[83][明] 吴讷著，于北山校点 .1962. 文章辨体序说 [M]. 北京：人民文学出版社 .

[84][明] 徐师曾著，罗根泽校点 .1998. 文体明辨序说 [M]. 北京：人民文学出版社 .

[85][明] 叶绍袁，冀勤辑校 .2015. 午梦堂集 [M]. 北京：中华书局 .

[86][明] 谢榛著 .1961. 四溟诗话 [M]. 北京：人民文学出版社 .

[87][明] 杨士奇等编 .1937. 文渊阁书目 [M]. 上海：商务印书馆 .

[88][明] 唐寅 .1985. 唐伯虎全集 [M]. 北京：北京市中国书店 .

[89][明] 刘基 .2008. 诚意伯文集 [M]. 古书社 .

[90][明] 顾璘 .2008. 顾华玉集 [M]. 古书社 .

[91][明] 黄宗会 .2009. 明代别集丛刊 [M]. 上海：华东师范大学出版社 .

[92][清] 王夫之 .2012. 船山全书 [M]. 长沙：岳麓书社 .

[93][清] 陈澧著 .2008. 陈澧集 [M]. 上海：上海古籍出版社 .

[94][清] 陈维崧撰 .1985. 四六金针（丛书集成初编）[M]. 北京：中

华书局.

[95][清]段玉裁注.1988.说文解字注[M].上海：上海古籍出版社.

[96][清]郭庆藩撰,王孝鱼点校.2012.庄子集释[M].北京：中华书局.

[97][清]何文焕辑.1981.历代诗话[M].北京：中华书局.

[98][清]黄虞稷撰.1986.千顷堂书目（景印文渊阁四库全书）[O].台北：台湾商务印书馆.

[99][清]薛熙.1967.明文在[O].台北：台湾华文数据印行.

[100][清]焦循撰.1987.孟子正义[M].北京：中华书局.

[101][清]江永撰.1985.音学辨微（丛书集成初编）[M].北京：中华书局.

[102][清]陆心源撰,徐静波点校.2016.皕宋楼藏书志[M].杭州：浙江古籍出版社.

[103][清]陆心源著,冯惠民整理.2009.仪顾堂书目题跋汇编[M].北京：中华书局.

[104][清]张英.1985.渊鉴类函[M].北京：中国书店.

[105][清]张玉书.1983.佩文韵府[M].上海：上海古籍出版社.

[106][清]刘熙载.1978.艺概[M].上海：上海古籍出版社.

[107][清]瞿镛编纂.1990.铁琴铜剑楼藏书目录[M].北京：中华书局.

[108][清]全祖望补修.1986.宋元学案[M].北京：中华书局.

[109][清]孙梅著,李金松校点.2010.四六丛话[M].北京：人民文学出版社.

[110][清]孙诒让撰.2001.墨子间诂[M].北京：中华书局.

[111][清]孙诒让著.1989.札迻[M].北京：中华书局.

[112][清]方以智.1988.通雅[M].上海：上海古籍出版社.

[113][清]章学诚,吕思勉.2009.文史通义[M].上海：上海古籍出版社.

[114][清]王鸣盛撰.1959.十七史商榷[M].北京：商务印书馆.

[115][清]吴曾祺著.2011.涵芬楼文谈[M].北京：金城出版社.

[116][清]姚鼐编,[民国]高步瀛笺.1997.古文辞类纂笺[M].长春：吉林大学出版社.

[117][清]严可均辑,陈延嘉等点校.1997.全上古三代秦汉三国六朝文[M].石家庄：河北教育出版社.

[118][清]永瑢等撰.1965.四库全书总目[M].北京：中华书局.

[119][清]张廷玉等奉敕修.1936.明史[M].上海：中华书局.

[120][清]张云璈撰.2000.选学胶言（四库未收书辑刊第八辑）[M].北京：北京出版社.

[121][清]庄仲方编.1888.南宋文范[O].南京：江苏书局,清光绪戊子.

[122][清]张廷玉,梁诗正等奉敕编修.2005.皇清文颖[M].吉林：吉林出版集团.

[123]《清代诗文集汇编》编纂委员会.2010.清代诗文集汇编[M].上海：上海古籍出版社.

[124]《续修四库全书》编委会编.2002.续修四库全书·集部目录[M].上海：上海古籍出版社.

[125][民国]俞平伯.1990.俞平伯散文杂论编[M].上海：上海古籍出版社.

[126][日]弘法大师撰,[中]王利器校注.1983.文镜秘府论校注[M].北京：中国社会科学出版社.

三、今人著作

[1]曹明纲.1998.赋学概论[M].上海：上海古籍出版社.

[2]陈高佣.2017.公孙龙子·邓析子·尹文子今解[M].北京：商务印书馆.

[3]陈光磊.2001.修辞论稿[M].北京：北京语言大学出版社.

[4]陈介白.1931.修辞学（复制本）[M].上海：开明书店.

[5]陈文新.2010.中国古代文学[M].北京：北京大学出版社.

[6]陈望道.2011.修辞学发凡[M].上海：复旦大学出版社.

[7]陈垣.1959.校勘学释例[M].北京：中华书局.

[8]陈寅恪.2001.金明馆丛稿初编[M].上海：生活·读书·新知三联书店.

[9]崔绍范.1993.修辞学概要[M].呼和浩特：内蒙古大学出版社.

[10]程千帆.2008.文论十笺[M].武汉：武汉大学出版社.

[11]程千帆,吴新雷.1991.两宋文学史[M].上海：上海古籍出版社.

[12]程俊英,蒋见元.1991.诗经注析[M].北京：中华书局.

[13]成伟钧等.1991.修辞通鉴[M].北京：中国青年出版社.

[14] 丁福保辑.1978.清诗话 [M].上海:上海古籍出版社.

[15] 丁声树.1981.古今字音对照手册 [M].北京:中华书局.

[16] 董季棠.1994.修辞析论 [M].台北:文史哲出版社.

[17] 傅璇琮,龚延明.2005.宋登科记考 [M].南京:江苏教育出版社.

[18] 傅璇琮,施孝峰.2009.王应麟学术讨论集 [M].北京:清华大学出版社.

[19] 傅亚庶.2011.孔丛子校释 [M].北京:中华书局.

[20] 范文澜.1978.文心雕龙注 [M].北京:人民文学出版社.

[21] 冯广艺.2002.汉语比喻研究史 [M].武汉:湖北教育出版社.

[22] 冯广艺.2003.汉语修辞论 [M].武汉:华中师范大学出版社.

[23] 冯友兰.2010.中国哲学简史 [M].北京:北京大学出版社.

[24] 郭绍虞.1979.汉语语法修辞新探(上册)[M].北京:商务印书馆.

[25] 郭锡良.2010.汉字古音手册(增订本)[M].北京:商务印书馆.

[26] 郭英德.2005.中国古代文体学论稿 [M].北京:北京大学出版社.

[27] 何九盈.2006.中国古代语言学史 [M].北京:北京大学出版社.

[28] 胡曙中.2008.英汉修辞跨文化比较 [M].青岛:青岛出版社.

[29] 胡习之.2014.核心修辞学 [M].北京:中国社会科学出版社.

[30] 胡状麟.1994.语篇的衔接与连贯 [M].上海:上海外语教育出版社.

[31] 霍四通.2012.中国现代修辞学的建立:以陈望道《修辞学发凡》考释为中心 [M].上海:上海人民出版社.

[32] 黄侃.2000.文心雕龙札记(周勋初导读本)[M].上海:上海古籍出版社.

[33] 季绍德.1986.古汉语修辞 [M].长春:吉林文史出版社.

[34] 金秬香.1934.骈文概论 [M].上海:商务印书馆.

[35] 姜书阁.1986.骈文史论 [M].北京:人民文学出版社.

[36] 蒋伯潜,蒋祖怡.1997.骈文与散文 [M].上海:上海书店.

[37] 蒋凡,杨明.1996.中国文学批评通史·宋金元卷 [M].上海:上海古籍出版社.

[38] 蒋绍愚.2008.唐诗语言研究 [M].北京:语文出版社.

[39] 黎锦熙.1924.新著国语文法 [M].北京:商务印书馆.

[40] 李道平.1994.周易集解纂疏 [M].北京:中华书局.

[41] 李瑞卿.2007.中国古代文论修辞观 [M].北京:中国传媒大学

出版社.

[42] 李索.2000. 古代汉语修辞学 [M]. 天津：天津人民出版社.

[43] 利瓦伊琦.2012. 修辞学 [M]. 长沙：湖南师范大学出版社.

[44] 李建忠.2013. 批评问题轮纲 [M]. 武汉：武汉大学出版社.

[45] 鲁迅.1973. 汉文学史纲要 [M]. 北京：人民文学出版社.

[46] 王令樾.1979. 历代连珠体评释 [M]. 台湾：学海出版社.

[47] 陆宗达.1981. 说文解字通论 [M]. 北京：北京出版社.

[48] 吕叔湘.2005. 现代汉语八百词 [M]. 北京：商务印书馆.

[49] 吕叔湘,朱德熙.1979. 语法修辞讲话 [M]. 北京：中国青年出版社.

[50] 吕叔湘.1982. 中国文法要略 [M]. 北京：商务印书馆.

[51] 刘麟生.1984. 中国骈文史 [M]. 上海：上海书店.

[52] 刘永济.1962. 文心雕龙校释 [M]. 北京：中华书局.

[53] 罗根泽.1984. 中国文学批评史 [M]. 上海：上海古籍出版社.

[54] 罗积勇.2013. 词汇与修辞学散论 [M]. 北京：中国社会科学出版社.

[55] 罗积勇.2005. 用典研究 [M]. 武汉：武汉大学出版社.

[56] 罗积勇,何越鸿.2019. 中国辞格审美史·对偶辞格审美发展史 [M]. 长春：吉林教育出版社.

[57] 马建忠.1980. 马氏文通 [M]. 北京：商务印书馆.

[58] 莫道才.1986. 骈文通论 [M]. 南宁：广西教育出版社.

[59] 莫山洪.2010. 骈散的对立与互融 [M]. 济南：齐鲁书社.

[60] 张仁青.2009. 中国骈文发展史 [M]. 杭州：浙江大学出版社.

[61] 潘允中.1989. 汉语词汇史概要 [M]. 上海：上海古籍出版社.

[62] 王瑶.1956. 中国文学史论集 [M]. 上海：上海古典文学出版社.

[63] 仇小屏.1998. 文章章法论·陈序 [M]. 台北：台湾万卷楼图书有限公司.

[64] 钱钟书.1990. 钱钟书论学文选(第四卷)[M]. 广州：花城出版社.

[65] 孙锡信.1999. 近代汉语语气词 [M]. 北京：语文出版社.

[66] 施懿超.2005. 宋四六论稿 [M]. 上海：上海古籍出版社.

[67] 范文澜.1958. 文心雕龙注 [M]. 北京：人民文学出版社.

[68] 沈开木.1987. 句段分析 [M]. 北京：语文出版社.

[69] 谭永祥.1996. 修辞新格(增订本)[M]. 广州：暨南大学出版社.

[70] 唐作藩.1982. 上古音手册 [M]. 南京：江苏人民出版社.

[71] 吴承学.2000.中国古代文体形态研究 [M].广州：中山大学出版社.

[72] 吴礼权.2014.传情达意：修辞的策略 [M].广州：暨南大学出版社.

[73] 吴承学,何诗海.2011.中国文体学与文体史研究 [M].南京：凤凰出版社.

[74] 吴承学.2011.中国古代文体学研究 [M].北京：人民出版社.

[75] 万国鼎.1978.中国历史纪年表 [M].北京：中华书局.

[76] 万献初.2008.音韵学要略 [M].武汉：武汉大学出版社.

[77] 王春瑜主编.2007.中国稀见史料丛刊(第 1 辑)[M].厦门：厦门大学出版社.

[78] 王承略,刘心明主编.2014.二十五史艺文经籍志考补萃编·明史艺文志(第 24 卷)[M].北京：清华大学出版社.

[79] 王力.1962.汉语诗律学 [M].上海：上海教育出版社.

[80] 王力.1980.汉语史稿 [M].北京：中华书局.

[81] 王力.1977.诗词格律 [M].北京：中华书局.

[82] 王宁.1996.训诂学原理 [M].北京：中国国际广播出版社.

[83] 王水照.2007.历代文话 [M].上海：复旦大学出版社.

[84] 王希杰.2004.汉语修辞学 [M].北京：商务印书馆.

[85] 王兆鹏.1992.两宋词人年谱·葛胜仲、葛立方年谱 [M].北京：文津出版社.

[86] 奚彤云.2006.中国古代骈文批评史稿 [M].上海：华东师范大学出版社.

[87] 许富宏.2013.慎子集校集注 [M].北京：中华书局.

[88] 许维遹.2009.吕氏春秋集释 [M].北京：中华书局.

[89] 邢福义.2001.汉语复句研究 [M].北京：商务印书馆.

[90] 刑福义.1996.汉语语法学 [M].长春：东北师范大学出版社.

[91] 夏绍臣.1987.文章原理 [M].北京：人民日报出版社.

[92] 夏绍臣.1985.文章章法与阅读写作 [M].北京：人民日报出版社.

[93] 向熹.1993.简明汉语史 [M].北京：高等教育出版社.

[94] 于根元.2003.汉语修辞格发展史 [M].长春：吉林人民出版社.

[95] 于景祥.2012.骈文论稿 [M].北京：中华书局.

[96] 夏德靠.2015.先秦语类文献形态研究 [M].北京：中华书局.

[97] 杨伯峻,何乐士.1992.古汉语语法及其发展 [M]. 北京：语文出版社.

[98] 杨树达.2006.词诠 [M]. 上海：上海古籍出版社.

[99] 杨树达.2003.古书句读释例 [M]. 北京：中华书局.

[100] 杨树达.1954.汉文文言修辞学 [M]. 北京：科学出版社.

[101] 杨树达.2007.中国修辞学 [M]. 上海：上海古籍出版社.

[102] 杨学为主编.2004.中国考试通史（卷 2 宋辽金元）[M]. 北京：首都师范大学出版社.

[103] 袁晖,宗廷虎.1995.汉语修辞学史 [M]. 修订本 . 太原：山西人民出版社.

[104] 袁行霈.1999.中国文学史 [M]. 北京：高等教育出版社.

[105] 曾枣庄,刘琳.2006.全宋文 [M]. 合肥：安徽教育出版社.

[106] 宗廷虎.2008.20 世纪中国修辞学 [M]. 北京：中国人民大学出版社.

[107] 宗廷虎.1988.修辞新论 [M]. 上海：上海教育出版社.

[108] 宗廷虎,陈光磊.2007.中国修辞史 [M]. 长春：吉林教育出版社.

[109] 宗廷虎,李金苓.1998.中国修辞学通史 [M]. 长春：吉林教育出版社.

[110] 朱承平.2003.对偶辞格 [M]. 长沙：岳麓书社.

[111] 朱东润.2009.中国文学批评史大纲 [M]. 武汉：武汉大学出版社.

[112] 朱光潜.2001.谈文学·散文的声音节奏 [M]. 上海：上海文艺出版社.

[113] 朱庆之.2005.中古汉语研究（二）[M]. 北京：商务印书馆.

[114] 祝尚书.2008.宋代科举与文学 [M]. 北京：中华书局.

[115] 祝尚书.1999.宋人别集叙录 [M]. 北京：中华书局.

[116] 祝尚书.2004.宋人总集叙录 [M]. 北京：中华书局.

[117] 祝尚书.2013.宋元文章学 [M]. 北京：中华书局.

[118] 周振甫.1999.中国修辞学史 [M]. 北京：商务印书馆.

[119] 周振甫.2013.文心雕龙今译 [M]. 北京：中华书局.

[120] 张伯伟.2002.全唐五代诗格汇考 [M]. 南京：凤凰出版社.

[121] 张春泉.2007.论接受心理与修辞表达 [M]. 北京：中国社会科学出版社.

[122] 张春泉.2011.叙事对话与语用逻辑 [M]. 北京：中国社会科学

出版社.

[123] 张弓.1993. 现代汉语修辞学 [M]. 石家庄：河北教育出版社.

[124] 张虹.2019. 中国辞格审美史·对偶辞格审美发展史 [M]. 长春：吉林教育出版社.

[125] 张静，郑远汉.1989. 修辞学教程 [M]. 开封：河南教育出版社；香港文化教育出版社.

[126] 张文治.2007. 古书修辞例 [M]. 北京：中华书局.

[127] 张骁飞.2011. 王应麟文集研究 [M]. 北京：中华书局.

[128] 郑奠，谭全基.1980. 古汉语修辞学资料汇编 [M]. 北京：商务印书馆.

[129] 郑荣馨.2014. 得体修辞学 [M]. 广州：暨南大学出版社.

[130] 郑远汉.2004. 修辞风格研究 [M]. 北京：商务印书馆.

[131] 郑远汉.1998. 言语风格学 [M]. 武汉：湖北教育出版社.

[132] 郑远汉.1985. 辞格辨异 [M]. 武汉：湖北教育出版社.

[133] 郑子瑜.1984. 中国修辞学史稿 [M]. 上海：上海教育出版社.

[134] 钟涛.1997. 六朝骈文形式及其文化意蕴 [M]. 北京：东方出版社.

[135][日] 古田敬一著，李淼译.1989. 中国文学的对句艺术 [M]. 长春：吉林文史出版社.

[136][日] 前田繁树.2004. 初期道教の形成 [M]. 日本：东京汲古书院.

[137] 陈鸿彦，谢冬荣，徐慧.2019. 明代诗文集珍本丛刊 [M]. 北京：国家图书馆出版社.

[138] 徐永明主编.2011. 美国哈佛大学哈佛燕京图书馆藏明代善本别集丛刊 [M]. 广西：广西师范大学出版社.

[139]《明代基本史料丛刊》编纂委员会.2013. 明代基本史料丛刊：文集卷 [M]. 北京：线装书局.

[140] 北京图书馆古籍编纂组编.1989. 北京图书馆古籍珍本丛刊 [M]. 北京：书目文献出版社.

[141] 阎凤梧主编.2002. 全辽金文 [M]. 太原：山西古籍出版社.

[142] 陈述.1982. 全辽文 [M]. 北京：中华书局.

四、期刊论文

[1] 沈海燕.1985. 连珠体试论 [J]. 文学遗产.

[2] 鲍明炜.1981. 白居易、元稹诗的韵系 [J]. 南京大学学报.

[3] 陈启智.1985. 陆机《演连珠》中比喻的妙用 [J]. 沧州师范学院学报.

[4] 陈汝法.1982. "连珠" 略说 [J]. 读书.

[5] 陈汝法.1994. 试论 "连珠体" 的产生及影响 [J]. 北京图书馆馆刊.

[6] 张晓明.1990. 论扬雄 "连珠" 的文学价值 [J]. 青岛大学师范学院学报.

[7] 周文英.1981. 连珠的逻辑性质 [J]. 南昌师范学院学报.

[8] 孙波论.1993. "连珠体" 的逻辑性质 [J]. 社会科学战线.

[9] 李朝虹.1997. 试论连珠体的逻辑论证 [J]. 阅读与写作.

[10] 李世跃.1991. 从连珠体的构成看中国传统思维方式 [J]. 江淮论坛.

[11] 王克喜.2010. 推类视角下的连珠体研究 [J]. 毕节学院学报.

[12] 王克喜.2019. 因明与连珠体比较 [J]. 逻辑学研究.

[13] 任树民.2008. 从连珠的艺术特质看其文体渊源 [J]. 中国石油大学学报.

[14] 马世年.2008. 连珠体渊源新探 [J]. 甘肃社会科学.

[15] 崔红军.2000. 连珠体探源 [J]. 郑州大学学报.

[16] 管宗昌.2018.《淮南子》与连珠体的演变 [J]. 光明日报.

[17] 徐国荣,杨艳华.2005. 论汉魏六朝连珠体的演变与文学发展 [J]. 暨南学报(哲学社会科学版).

[18] 傅刚.2000. 汉魏六朝文体辨析的学术渊源 [J]. 中国社会科学.

[19] 李乃龙.2005. 论《文选》"对问" 体——兼论先秦问对体的发展历程 [J]. 广西师范大学学报(哲学社会科学版).

[20] 耿振东.2007. 连珠源于先秦子书考 [J]. 西南交通大学学报(社会科学版).

[21] 陈鹏.2017. 连珠与骈文关系辨析 [J]. 社会科学家.

[22] 仇海平.2011. 连珠文体新论——兼论连珠与奏议之关系 [J]. 燕赵学术.

[23] 胡大雷.2010. 论 "连珠" 体起源于 "对问" ——刘胜《闻乐对》为连珠雏形论 [J]. 中山大学学报(社会科学版).

[24] 韩贤克.2010.《韩非子储说》文体与连珠体辨析 [J]. 文学教育(下).

[25] 李乃龙.2007. 游戏性与严肃性的统一——论连珠的文体特征

与陆机的《演连珠》[J]. 广西师范大学学报(哲学社会科学版).

[26] 李秀花.2002.陆机与连珠体 [J]. 上海大学学报(社会科学版).

[27] 罗莹.2007.连珠体的归类与起源问题的再思考 [J]. 古典文学知识.

[28] 邱渊.2011.连珠文体及其与《韩非子储说》的关系 [J]. 云南民族大学学报(哲学社会科学版).

[29] 孙良申.2010.连珠源起及与汉赋之关系 [J]. 西南民族大学学报(人文社科版).

[30] 王德华.2011.假喻达旨辞丽言约陆机《演连珠》解读 [J]. 古典文学知识.

[31] 王晓妮.2012.庾信《拟连珠》初探 [J]. 安康学院学报.

[32] 夏冬梅.2009.连珠体述略 [J]. 才智.

[33] 夏德靠.2011.连珠体的起源及文体意义 [J]. 绍兴文理学院学报(哲学社会科学).

[34] 杨明.2008.读陆机的《演连珠》[J]. 中华文史论丛.

[35] 颜兆丽.2015.浅探魏晋南北朝连珠功用 [J]. 镇江高专学报.

[36] 张海涛.2008.《拟连珠》的史家意识及悲情美 [J]. 安康学院学报.

[37] 孙津华.2009.文体学视野中的“连珠”定位 [J]. 许昌学院学报.

[38] 孙津华.2014.连珠题材的演变与突破——明末以来连珠创作管窥 [J]. 河南教育学院学报(哲学社会科学版).

[39] 周龙生.2006.连珠体与三段论的形式比较 [J]. 船山学刊.

[40] 陈光磊,王俊衡.1984.文必虚字备而后神态出——谈古汉语虚字的修辞功用 [J]. 语文学习.

[41] 张春泉.2013.《韩非子》显性话语衔接及其互文性——基于篇章题目的衔接标记语分析 [J]. 长沙理工大学学报(社会科学版).

[42] 张春泉.2007.《孟子》中排比问的修辞效用 [J]. 修辞学习.

[43] 张春泉.2007.《论语》和《孟子》排比问的语用比较 [J]. 云南师范大学学报(哲学社会科学版).

[44] 张春泉.2020.认知与审美交响的术语修辞:钱锺书《围城》中的科技术语管窥 [J]. 西南大学学报(社会科学版).

[45] 张春泉.2022.“桥梁性学科”:张志公编辑学思想的基本要义 [J]. 河南大学学报(社会科学版).

[46] 李熙宗.2011.语体学的研究方法探析 [J]. 平顶山学院学报.

[47] 罗积勇, 张鹏飞. 2009. 流水对类型新论 [J]. 武汉大学学报.

[48] 罗积勇. 2015. 论唐宋诗歌对偶之新变 [J]. 长江学术.

[49] 刘珺珺. 2009. 王应麟的词科学与文学 [J]. 清华大学学报 (哲学社会科学版).

[50] 沈乃文. 2004. 《事文类聚》的成书与版本 [J]. 文献 (季刊).

[51] 吴承学. 1993. 中国古代文体风格学的历史发展 [J]. 中山大学学报 (社会科举版).

[52] 吴承学, 刘湘兰. 2008. 奏议类文体 [J]. 古典文学知识.

[53] 魏慧斌, 程邦雄. 2005. 词韵 "上去通押" 与 "浊上变去" [J]. 古汉语研究.

[54] 王园园. 2014. 论 《汉书》 作者的历史人物观 [J]. 广西师范大学学报: 哲学社会科学版.

[55] 徐红, 郭应彪. 2010. 宋代词科中选者考论 [J]. 湖南科技大学学报 (社会科学版).

[56] 于景祥. 1997. 骈散三论 [J]. 广西师范大学学报 (哲学社会科学版).

[57] 杨帅, 罗积勇. 2019. 《云笈七籖》中 "连珠" 与 《妙真经》 佚文研究 [J]. 人文论丛.

[58] 杨帅. 2018. 《中国对联集成·湖北卷》 订补 [J]. 湖北社会科学.

[59] 杨帅. 2019. 基于文本视角分析庾信 《拟连珠》 的价值 [J]. 出版广角.

[60] 樊宁, 杨帅. 2019. 《春秋左传补注》 整理刍议: 以惠栋手稿本与批校本为中心 [J]. 新世纪图书馆.

[61] 杨帅. 2016. 《韩非子》 单句排比及其功用 [J]. 平顶山学院学报.

[62] 杨帅. 2017. 《韩非子》 单句排比及其语用价值 [J]. 湖北师范大学学报.

[63] 金高辉, 杨帅. 2018. 先秦论辩艺术特色分析——以 《论语》 《孟子》 《韩非子》 中排比句为例 [J]. 湖北师范大学学报.

[64] 杨帅. 2020. 《云笈七签》 中 "七部语要" 阙误考 [J]. 宗教学研究.

五、硕博士论文:

[1] 李朝虹. 1997. 连珠体研究 [D]. 广西大学, 硕士论文.

[2] 孙津华.2003.文体的范式与突破——七体、连珠、对问、九体研究 [D].南京大学,博士论文.

[3] 陆祖吉.2006.汉唐连珠体研究 [D].广西师范大学,硕士论文.

[4] 符欲静.2006.南北朝连珠体研究 [D].郑州大学,硕士论文.

[5] 靳丹.2007.六朝连珠体研究 [D].四川大学,硕士论文.

[6] 解瑞.2008.汉魏六朝连珠体研究 [D].辽宁师范大学,硕士论文.

[7] 范蓓蓓.2009.连珠体探析 [D].南京大学,硕士论文.

[8] 杨帅.2015.《韩非子》排比句研究 [D].湖北师范大学,硕士论文.

[9] 石小玮.2017.连珠体源流结构及论证性研究 [D].上海师范大学,硕士论文.

[10] 昌娜.2017.《文选》七、对文、设论、连珠研究 [D].广西师范大学,硕士论文.

[11] 汪煜熹.2017.魏晋南北朝连珠体研究 [D].黑龙江大学,硕士论文.

[12] 何越鸿.2015.《文心雕龙》修辞研究 [D].武汉大学,博士论文.

[13] 李铠萍.2006.王应麟《辞学指南》研究 [D].中山大学,硕士论文.